NÃO HÁ SEGUNDA CHANCE

CB070372

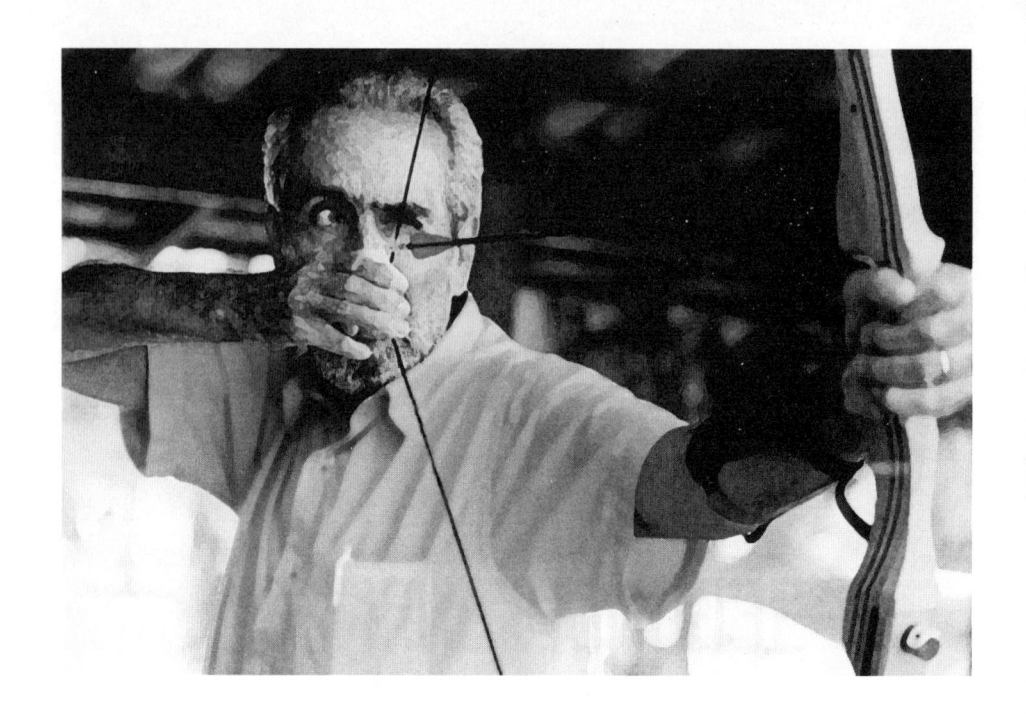

O Arqueiro

GERALDO JORDÃO PEREIRA (1938-2008) começou sua carreira aos 17 anos, quando foi trabalhar com seu pai, o célebre editor José Olympio, publicando obras marcantes como *O menino do dedo verde*, de Maurice Druon, e *Minha vida*, de Charles Chaplin.

Em 1976, fundou a Editora Salamandra com o propósito de formar uma nova geração de leitores e acabou criando um dos catálogos infantis mais premiados do Brasil. Em 1992, fugindo de sua linha editorial, lançou *Muitas vidas, muitos mestres*, de Brian Weiss, livro que deu origem à Editora Sextante.

Fã de histórias de suspense, Geraldo descobriu *O Código Da Vinci* antes mesmo de ele ser lançado nos Estados Unidos. A aposta em ficção, que não era o foco da Sextante, foi certeira: o título se transformou em um dos maiores fenômenos editoriais de todos os tempos.

Mas não foi só aos livros que se dedicou. Com seu desejo de ajudar o próximo, Geraldo desenvolveu diversos projetos sociais que se tornaram sua grande paixão.

Com a missão de publicar histórias empolgantes, tornar os livros cada vez mais acessíveis e despertar o amor pela leitura, a Editora Arqueiro é uma homenagem a esta figura extraordinária, capaz de enxergar mais além, mirar nas coisas verdadeiramente importantes e não perder o idealismo e a esperança diante dos desafios e contratempos da vida.

NÃO HÁ SEGUNDA CHANCE

HARLAN COBEN

ARQUEIRO

Título original: *No Second Chance*

Copyright © 2003 por Harlan Coben
Copyright da tradução © 2020 por Editora Arqueiro Ltda.

Todos os direitos reservados. Nenhuma parte deste livro pode ser utilizada ou reproduzida sob quaisquer meios existentes sem autorização por escrito dos editores.

tradução: Beatriz Medina

preparo de originais: Rafaella Lemos

revisão: Ana Grillo e Rebeca Bolite

diagramação: Abreu's System

capa: Elmo Rosa

impressão e acabamento: Lis Gráfica e Editora Ltda.

CIP-BRASIL. CATALOGAÇÃO NA PUBLICAÇÃO
SINDICATO NACIONAL DOS EDITORES DE LIVROS, RJ

C586n	Coben, Harlan
	Não há segunda chance / Harlan Coben; tradução Beatriz Medina. São Paulo: Arqueiro, 2020.
	336 p.; 16 x 23 cm.
	Tradução de: No second chance
	ISBN 978-85-306-0092-1
	1. Ficção americana. I. Medina, Beatriz. II. Título.
19-60676	CDD: 813
	CDU: 82-3(73)

Todos os direitos reservados, no Brasil, por
Editora Arqueiro Ltda.
Rua Funchal, 538 – conjuntos 52 e 54 – Vila Olímpia
04551-060 – São Paulo – SP
Tel.: (11) 3868-4492 – Fax: (11) 3862-5818
E-mail: atendimento@editoraarqueiro.com.br
www.editoraarqueiro.com.br

Em memória de minha sogra,
Nancy Armstrong

E em homenagem aos seus netos:
Thomas, Katharine, McCallum, Reilly, Charlotte, Dovey,
Benjamin, Will, Ana, Eve, Mary, Sam, Caleb e Annie

capítulo 1

Quando a primeira bala atingiu o meu peito, pensei na minha filha.

Pelo menos é nisso que quero acreditar. Perdi a consciência bem depressa. E, se quiser saber os detalhes, nem sequer me lembro de ter levado um tiro. Sei que perdi muito sangue. Sei que uma segunda bala me acertou de raspão no alto da cabeça, embora a essa altura eu provavelmente já estivesse apagado. Sei que o meu coração parou. Mas ainda gosto de achar que, enquanto estava ali, morrendo, pensei em Tara.

Se você estiver se perguntando: não vi nenhum túnel nem luz forte. Ou, se vi, também não lembro.

Tara, a minha filha, tem apenas 6 meses. Estava no berço. Eu me pergunto se o tiro a assustou. Deve ter assustado. Ela provavelmente começou a chorar. Eu me pergunto se o som familiar e irritante de seu choro conseguiu atravessar o meu torpor, se em algum nível realmente a escutei. Só que, mais uma vez, não tenho qualquer lembrança disso.

Recordo, no entanto, do momento em que Tara nasceu. Eu me lembro de Monica – a mãe dela – se preparando para fazer força uma última vez. Eu me lembro da cabeça coroando. Fui o primeiro a ver a minha filha. Todos nós sabemos das encruzilhadas na estrada da vida. Todos nós sabemos das portas que se abrem enquanto outras se fecham, dos ciclos da vida, das mudanças de estação. Mas o momento em que um filho nasce é mais que surreal. É como passar por um portal estilo *Star Trek*, uma transformação total da realidade. Tudo fica diferente. A gente fica diferente, um elemento simples, atingido por um catalisador espantoso, que se metamorfoseia em outro muito mais complexo. O nosso mundo desaparece, encolhe e assume as dimensões – pelo menos nesse caso – de uma massa de 3 quilos e 100 gramas.

A paternidade me confunde. É, eu sei que, com apenas seis meses de serviço, sou um amador. Lenny, o meu melhor amigo, tem quatro filhos. Uma menina e três meninos. Marianne, a mais velha, tem 10 anos. O caçula acabou de fazer 1. Com o rosto sempre alegremente preocupado e o chão da caminhonete sempre repleto de restos de comida de lanchonete, Lenny me lembra que ainda não sei nada. Concordo. Mas, quando fico totalmente perdido ou assustado no terreno da criação de filhos, olho o pacotinho indefeso no berço e ela me olha, e me pergunto o que eu não faria para protegê-la. Entregaria a minha vida num segundo. E, verdade seja dita, se fosse necessário, entregaria a sua também.

Portanto, gosto de pensar que, quando as duas balas perfuraram o meu corpo, enquanto eu caía no chão da cozinha com uma barrinha de granola meio comida na mão, enquanto jazia imóvel na poça crescente do meu próprio sangue, e, sim, mesmo quando o meu coração parou de bater, eu ainda estava tentando fazer alguma coisa para proteger a minha filha.

Acordei no escuro.

A princípio não tinha a menor ideia de onde estava, mas aí ouvi os bipes que vinham da minha direita. Um som conhecido. Não me mexi. Apenas escutei os bipes. Parecia que o meu cérebro estava mergulhado em melaço. O primeiro impulso foi primitivo: sede. Ansiava por beber água. Nem sabia que a garganta podia ficar tão seca. Tentei gritar, mas a minha língua estava colada a seco no fundo da boca.

Alguém entrou no quarto. Quando tentei me sentar, uma dor lancinante passou como uma faca pelo meu pescoço. A cabeça caiu de volta. E novamente mergulhei na escuridão.

Quando voltei a acordar, era dia. Faixas implacáveis de luz do sol cortavam as venezianas. Pisquei. Parte de mim queria erguer a mão e tapar os raios, mas a exaustão não permitiu que o comando chegasse aos braços. A garganta ainda estava absurdamente seca.

Escutei um movimento e, de repente, havia alguém de pé na minha frente. Ergui os olhos e vi uma enfermeira. O ponto de vista tão diferente do que eu estava acostumado me desconcertou. Parecia que estava tudo errado. Era eu quem devia estar em pé olhando para baixo, não o contrário. Uma touquinha branca – uma daquelas pequenas e rigidamente triangulares – pousava como um ninho de passarinho na cabeça dela. Passei grande parte da vida trabalhando em diversos hospitais, mas tenho certeza de que nunca vi um chapéu daqueles a não ser na TV ou no cinema. A enfermeira era negra e corpulenta.

– Dr. Seidman?

A voz era uma calda quentinha. Consegui fazer que sim bem de leve com a cabeça.

A enfermeira devia ler pensamentos, porque já trazia um copo d'água. Pôs o canudinho entre os meus lábios e suguei, ávido.

– Calma – disse ela baixinho.

Eu ia perguntar onde estava, mas parecia bem óbvio. Abri a boca para tentar descobrir o que acontecera, mas novamente ela estava um passo à minha frente.

– Vou chamar a médica – falou, seguindo para a porta. – Agora relaxe.

– Minha família... – gemi.

– Já volto. Não se preocupe.

Deixei os olhos vagarem pelo quarto. Minha visão tinha aquela névoa de cortina de banheiro por causa da medicação. Ainda assim, havia estímulos suficientes para fazer certas deduções. Eu estava num típico quarto de hospital. Isso era óbvio. Havia uma bolsa de soro com cateter à minha esquerda, o tubo serpenteando até o meu braço. As lâmpadas fluorescentes faziam um zumbido quase, mas não totalmente, imperceptível. Uma TV pequena num suporte projetava-se do canto superior direito.

Um pouco mais além do pé da cama, havia uma janela grande. Franzi os olhos, mas não consegui ver através dela. Ainda assim, eu provavelmente estava sendo monitorado. Isso significava que estava num CTI. Isso significava que o que eu tinha era bem grave.

O alto da minha cabeça comichou e senti o cabelo repuxar. Enfaixada, aposto. Tentei me olhar, mas o corpo não queria mesmo cooperar. Uma dor surda ressoava em silêncio dentro de mim, mas eu não saberia dizer de onde vinha. Meus membros pareciam pesados, o peito revestido de chumbo.

– Dr. Seidman?

Voltei os olhos para a porta. Uma mulher miudinha de avental cirúrgico com touca e tudo entrou no quarto. A parte de cima da máscara estava desamarrada e pendia no pescoço. Tenho 34 anos. Ela parecia ter a mesma idade.

– Sou a Dra. Heller – disse ela se aproximando. – Ruth Heller. – Ela me disse o primeiro nome. Cortesia profissional, sem dúvida. Ruth Heller me observou e tentei me concentrar. O cérebro ainda estava meio lento, mas dava para sentir que voltava à vida aos trancos. – O senhor está no St. Elizabeth's Hospital – disse ela com voz adequadamente séria.

A porta atrás dela se abriu e um homem entrou. Era difícil vê-lo com clareza através da névoa de cortina de banheiro, mas não o achei familiar. O homem cruzou os braços e se encostou na parede, com informalidade estudada. Não é médico, pensei. Quem trabalha com médicos tempo suficiente sabe reconhecer.

A Dra. Heller olhou o homem de soslaio e depois me devolveu toda a sua atenção.

– O que aconteceu? – perguntei.

– O senhor foi baleado – disse ela. Depois, acrescentou: – Duas vezes.

Ela deixou a informação no ar um instante. Espiei o homem encostado na parede. Ele não havia se mexido. Abri a boca para dizer alguma coisa, mas Ruth Heller continuou:

– Uma das balas passou de raspão pelo alto da cabeça. A bala arrancou o couro cabeludo, que, como o senhor provavelmente sabe, é muito vascularizado.

É, eu sabia. Ferimentos graves no couro cabeludo sangram como decapitações. Tudo bem, pensei, isso explicava a coceira. Quando Ruth Heller hesitou, perguntei:

– E a segunda bala?

Heller suspirou.

– Essa foi um pouco mais complicada.

Esperei.

– A bala penetrou na caixa torácica e perfurou o pericárdio. Isso provocou uma hemorragia importante no espaço entre o coração e o saco pericárdico. Os paramédicos tiveram dificuldade para identificar os seus sinais vitais. Tivemos de abrir o tórax e...

– Doutora? – interrompeu o homem encostado, e, por um momento, achei que fosse falar comigo. Ruth Heller parou, claramente irritada. O homem se descolou da parede e continuou se dirigindo a ela. – Pode dar os detalhes depois? O tempo é essencial aqui.

Ela fez cara feia, mas não resistiu.

– Ficarei aqui para observar – disse ela ao homem –, se não tiver problema.

A Dra. Heller recuou e o homem assomou sobre mim. A cabeça era grande demais para os ombros e dava a impressão de que o pescoço ia ceder com o peso dela. O cabelo era curtíssimo na cabeça toda, menos na frente, onde pendia num topete que caía sobre os olhos. Uma mancha feia de pelos pousava no queixo como um inseto que quisesse se enterrar ali. No geral, parecia o integrante de uma banda pop que envelheceu mal. Ele sorriu para mim, mas não havia cordialidade no sorriso.

– Sou o detetive Bob Regan, do Departamento de Polícia de Kasselton – disse. – Sei que neste momento o senhor está confuso.

– A minha família... – comecei.

– Chegarei lá – interrompeu. – Agora preciso lhe fazer algumas perguntas, tudo bem? Antes de entrarmos nos detalhes do que aconteceu.

Ele aguardava uma resposta. Forcei a voz ao máximo e disse:

– Tudo bem.

– Qual a última coisa de que se lembra?

Examinei os registros da minha memória. Lembrei-me de acordar naquele dia, de me vestir. Lembrei-me de dar uma olhada em Tara. Lembrei-me de girar o botão do seu móbile preto e branco, presente de um colega que insistiu que ajudaria a estimular o cérebro do bebê ou coisa assim. O móbile não se mexeu nem tocou a musiquinha. As pilhas tinham acabado. Anotei mentalmente que devia trocá-las. Depois disso, desci.

– Comer uma barra de granola – respondi.

Regan fez que sim, como se esperasse exatamente essa resposta.

– Estava na cozinha?

– Estava, perto da pia.

– E depois?

Fiz força, mas não veio nada. Balancei a cabeça.

– Acordei uma vez. À noite. Estava aqui, acho.

– Mais nada?

Examinei tudo de novo, mas não adiantou.

– Não, nada.

Regan puxou um bloquinho.

– Como a doutora aqui lhe disse, você levou dois tiros. Não tem nenhuma recordação de ver uma arma ou de ouvir um tiro ou coisa assim?

– Não.

– Acho compreensível. Você ficou muito mal, Marc. Os paramédicos acharam que estivesse morto.

Senti a garganta seca de novo.

– Onde estão Tara e Monica?

– Preste atenção aqui, Marc. – Regan fitava o bloco, não a mim. Senti o pavor apertar o meu peito. – Escutou alguma janela quebrando?

Eu estava grogue. Tentei ler o rótulo da bolsa de soro para ver com que estavam me dopando. Não consegui. Analgésico, no mínimo. Provavelmente morfina. Tentei combater o efeito.

– Não – respondi.

– Tem certeza? Encontramos uma janela quebrada perto dos fundos da casa. Deve ter sido assim que o criminoso conseguiu entrar.

– Não me lembro de nenhuma janela quebrando – falei. – Você sabe quem...

Regan me interrompeu:

– Não, ainda não. Por isso estou aqui lhe fazendo essas perguntas. Para descobrir quem fez isso. – Ele ergueu os olhos do bloco. – Tem algum inimigo?

Ele realmente tinha me perguntado isso? Tentei me sentar, tentei encontrar algum novo ângulo dele, mas não havia como. Não gostei de ser o paciente, de estar no lado errado da cama. Dizem que os médicos são os piores pacientes. Provavelmente é por causa dessa súbita inversão de papéis.

– Quero saber da minha mulher e da minha filha.

– Entendo – disse Regan, e algo no tom da voz dele fez um calafrio passar pelo meu coração. – Mas você não pode se dar ao luxo dessa distração, Marc. Não agora. Quer ajudar, não quer? Então precisa prestar atenção em mim. – Ele voltou ao bloquinho. – Agora, e os inimigos?

Continuar discutindo com ele parecia inútil e mesmo inconveniente, então aquiesci de má vontade.

– Algum que pudesse atirar em mim?

– É.

– Não, ninguém.

– E a sua mulher?

Os olhos dele pousaram duros sobre mim. Minha imagem favorita de Monica – o seu rosto iluminado quando vimos as cachoeiras de Raymondskill Falls pela primeira vez, o jeito como me abraçara com medo fingido enquanto a água despencava à nossa volta – surgiu como uma aparição.

– Tinha inimigos?

Encarei-o.

– Monica?

Ruth Heller avançou.

– Acho que basta por ora.

– O que aconteceu com Monica? – perguntei.

A Dra. Heller se juntou ao detetive Regan, ombro a ombro. Ambos me olhavam. A doutora começou a protestar de novo, mas a interrompi.

– Não me venha com essa bobagem de proteger o paciente – tentei berrar, medo e fúria lutando contra o que deixava o meu cérebro naquela confusão. – Digam o que aconteceu com a minha mulher.

– Ela está morta – disse o detetive Regan.

Simples assim. Morta. A minha mulher. Monica. Foi como se eu não o escutasse. As palavras não podiam me alcançar.

– Quando a polícia invadiu a sua casa, vocês dois tinham sido baleados. Conseguiram salvar você. Mas era tarde demais para a sua esposa. Sinto muito.

Houve outro flash rápido – Monica em Martha's Vineyard, na praia, maiô marrom, aquele cabelo preto batendo no rosto, me lançando o seu sorriso afiado como navalha. Pisquei para que sumisse.

– E Tara?

– A sua filha – começou Regan com um rápido pigarro. Olhou o bloquinho de novo, mas acho que não planejava escrever nada. – Ela estava em casa naquela manhã, correto? Quer dizer, na hora do incidente?

– Estava, claro. Cadê ela?

Regan fechou o bloquinho ruidosamente.

– Ela não estava no local quando chegamos.

Meu coração parou.

– Como assim?

– Primeiro achamos que talvez estivesse sob os cuidados de um amigo ou parente. Uma babá, talvez, mas... – A voz dele sumiu.

– Está me dizendo que não sabe onde Tara está?

Dessa vez não houve hesitação.

– Isso.

Foi como se uma mão gigante apertasse o meu peito. Fechei os olhos com força.

– Há quanto tempo? – perguntei.

– Que ela está desaparecida?

– É.

A Dra. Heller começou a falar depressa demais.

– O senhor precisa entender. Estava com ferimentos gravíssimos. Não tínhamos esperança de que sobrevivesse. Estava ligado a um respirador mecânico. Sofreu um pneumotórax. Septicemia também. O senhor é médico, por isso não preciso explicar a gravidade. Tentamos reduzir a medicação, ajudá-lo a acordar...

– Há quanto tempo? – perguntei de novo.

Ela e Regan trocaram outro olhar e depois a Dra. Heller disse algo que novamente arrancou o ar de dentro de mim:

– O senhor está desacordado há doze dias.

capítulo 2

– Estamos fazendo todo o possível – disse Regan com uma voz que soou ensaiada demais, como se ele tivesse ficado à minha cabeceira preparando o discurso enquanto eu estava inconsciente. – Como já lhe disse, no começo não tínhamos certeza de que havia uma criança desaparecida. Perdemos um tempo valioso, mas nos recuperamos. A foto de Tara foi enviada a todas as delegacias, aeroportos, cabines de pedágio, estações rodoviárias e ferroviárias, todos os lugares desse tipo num raio de 150 quilômetros. Examinamos perfis e históricos de casos de sequestro semelhantes para ver se encontrávamos um padrão ou algum suspeito.

– Doze dias – repeti.
– Grampeamos todos os seus telefones: o de casa, o comercial, o celular...
– Por quê?
– Caso alguém ligue pedindo resgate – disse ele.
– Houve alguma ligação?
– Não, ainda não.

A minha cabeça caiu de volta no travesseiro. Doze dias. Eu estou deitado nessa cama há doze dias enquanto a minha bebezinha está... Afastei a ideia.

Regan coçou a barba.

– Lembra-se da roupa que Tara usava naquela manhã?

Eu me lembrava. Desenvolvera uma rotina pela manhã – acordar cedo, ir na ponta dos pés até o berço de Tara, olhar para ela. Bebês não são só alegria. Sei disso. Sei que há momentos de tédio absoluto. Sei que há noites em que os gritos dela atacam as minhas terminações nervosas como um ralador de queijo. Não quero romantizar a vida com um bebê. Mas eu gostava da nova rotina das manhãs. De certo modo, olhar a forma minúscula de Tara me fortalecia. Mais do que isso, acho que era uma forma de arrebatamento. Algumas pessoas encontram arrebatamento em locais de culto. Eu – é, sei como isso parece piegas – encontrava arrebatamento naquele berço.

– Um macacão rosa com pinguins pretos – respondi. – Monica comprou na Baby Gap.

Ele rabiscou.

– E Monica?
– E Monica o quê?

O olhar dele voltou ao bloco.

– Que roupa usava?

– Calça jeans – respondi, recordando o jeito como ela tinha deslizado sobre seus quadris – e uma blusa vermelha.

Regan rabiscou mais um pouco.

– Já existe... quer dizer, vocês já têm alguma pista? – indaguei.

– Estamos investigando todas as possibilidades.

– Não foi isso que eu perguntei.

Regan só me olhou. Havia muita coisa naquele olhar.

A minha filha. Por aí. Sozinha. Durante doze dias. Pensei nos olhos dela, a luz calorosa que só os pais veem, e disse uma coisa estúpida:

– Ela está viva. – Regan inclinou a cabeça como um cachorrinho que escuta um som novo. – Não desista.

– Não vamos desistir.

Ele continuava com a cara esquisita.

– É só que... O senhor é pai, detetive Regan?

– Tenho duas filhas – foi a resposta.

– É ridículo, mas eu saberia. – Do mesmo jeito que soube que o mundo nunca mais seria o mesmo quando Tara nasceu. – Eu saberia – repeti.

Ele não respondeu. Percebi que o que eu dizia – vindo de um homem que zomba do sobrenatural ou de noções de percepção extrassensorial – era mesmo ridículo. Sabia que esse "sexto sentido" vinha apenas do desejo. A gente quer tanto acreditar que o cérebro rearranja o que vê. Mas me agarrei à intuição assim mesmo. Certo ou errado, parecia uma tábua de salvação.

– Precisamos de mais informações suas – disse Regan. – Sobre você, a sua esposa, amigos, finanças...

– Depois. – Era a Dra. Heller de novo. Ela avançou como se quisesse me proteger do olhar dele. A voz era firme. – Ele precisa descansar.

– Agora não – respondi, o meu firmezômetro um nível mais alto que o dela. – Precisamos encontrar a minha filha.

Monica fora sepultada no jazigo da família Portman, na propriedade do pai. Claro que não fui ao velório. Não sei o que sentia quanto a isso, mas, como sempre, os meus sentimentos por minha esposa, naqueles duros momentos em que sou franco comigo mesmo, sempre foram confusos. Monica tinha aquela beleza de gente rica, as maçãs do rosto delicadas demais, o cabelo preto liso e sedoso e aquele sotaque travado da elite nova-iorquina que irritava e excitava ao mesmo tempo. O nosso casamento foi à moda antiga: na mira da espingarda. Tudo bem, isso é um exagero. Monica estava grávida. Eu estava em cima do muro. O nascimento iminente me empurrou para o lado matrimonial.

Soube dos detalhes do velório por Carson Portman, tio de Monica e único membro da família dela que mantinha contato conosco. Ela gostava muito dele. Carson ficou à cabeceira do meu leito de hospital com as mãos cruzadas no colo. Ele parecia muito o seu professor favorito da faculdade: óculos de lentes grossas, paletó de tweed quase puído e um tufo de cabelo muito grande num cruzamento de Albert Einstein com Don King. Mas os olhos castanhos cintilaram quando me contou, com a voz triste de barítono, que Edgar, o pai de Monica, cuidara para que o velório fosse um "evento pequeno e de bom gosto".

Disso eu não duvidava. Pelo menos quanto ao pequeno.

Nos dias seguintes recebi o meu quinhão de visitas no hospital. A minha mãe – todo mundo a chamava de Querida – aparecia no meu quarto todas as manhãs com a corda toda. Usava tênis Reebok branquíssimo. O moletom era azul com debruns dourados. O cabelo, embora bem penteado, tinha o jeito quebradiço do excesso de tintura, e em torno dela sentia-se o leve aroma do último cigarro. A maquiagem não conseguia disfarçar a angústia de ter perdido a única neta. Ela possuía uma energia espantosa, dia após dia à cabeceira do meu leito, transmitindo uma torrente contínua de histeria. Isso era bom. Era como se, em parte, ela ficasse histérica por mim, e, portanto, de um jeito estranho, as suas erupções me mantivessem calmo.

Apesar do calor absurdo que fazia no quarto – e dos meus protestos constantes –, mamãe punha mais um cobertor sobre mim quando eu dormia. Acordei certa vez – o corpo encharcado de suor, naturalmente – e ouvi a minha mãe contar à enfermeira sobre a última vez que estive no St. Elizabeth's quando eu tinha apenas 7 anos.

– Ele teve salmonela – afirmava Querida num sussurro conspiratório que era apenas um pouquinho mais alto que um megafone. – Nunca vi uma diarreia feder tanto. E não passava. O fedor praticamente grudou no papel de parede.

– Agora ele também não está com nenhum odor de rosas – respondeu a enfermeira.

As duas riram juntas.

No segundo dia da minha recuperação, mamãe estava em pé ao lado da cama quando acordei.

– Lembra disso aqui? – perguntou.

Ela segurava um boneco de pelúcia do Gugu, da Vila Sésamo, que alguém me dera naquela internação por salmonela. O verde desbotara para um tom claro de piscina. Ela olhou a enfermeira.

– Esse é o Gugu do Marc – explicou.

– Mamãe – repreendi.

Ela voltou a atenção para mim. Naquele dia havia um certo excesso de delineador que se alojava nas rugas.

– Gugu lhe fez companhia naquela época, lembra? Ajudou você a melhorar.

Revirei e depois fechei os olhos. Uma lembrança me veio. Eu pegara a salmonela de ovos crus. O meu pai costumava colocá-los na vitamina para aumentar o teor de proteína. Lembro do terror absoluto que tomou conta de mim quando soube que teria que passar a noite no hospital. O meu pai, que tinha rompido o tendão de aquiles jogando tênis, estava de gesso, com uma dor constante. Mas viu o meu medo e, como sempre, se sacrificou. Trabalhara o dia inteiro na fábrica e passou a noite toda numa cadeira ao lado do meu leito no hospital. Fiquei dez dias no St. Elizabeth's. O meu pai dormiu naquela cadeira todas as noites.

De repente mamãe se virou e pude ver que estava se lembrando da mesma coisa. A enfermeira rapidamente pediu licença e saiu. Pus a mão nas costas da minha mãe. Ela não se mexeu, mas senti que estremecia. Ela fitou o Gugu desbotado nas mãos. Tirei-o dela devagar.

– Obrigado.

Mamãe enxugou os olhos. Papai não viria ao hospital dessa vez, e, embora tivesse certeza de que mamãe lhe contara o acontecido, não havia como saber se ele chegara a entender. O meu pai tivera o primeiro AVC aos 41 anos – um ano depois de passar aquelas noites comigo no hospital. Eu tinha 8 anos na época.

Também tenho uma irmã mais nova, Stacy, que é uma "dependente de substâncias psicoativas" (para os mais politicamente corretos) ou "viciada" (para os mais precisos). Às vezes olho fotos antigas, de antes do derrame de papai, aquelas com a jovem e confiante família de quatro pessoas, um cachorro peludo, o gramado bem aparado, o aro de basquete e a churrasqueira cheia de carvão e saturada de fluido de isqueiro. Procuro pistas do futuro no sorriso da minha irmã sem os dentes da frente, o seu eu sombrio, talvez, um mau agouro. Mas não vejo nada. A casa ainda existe, mas é como o cenário desconjuntado de um filme. Papai ainda está vivo, mas quando ele caiu levou tudo com ele. Principalmente Stacy.

Ela não me visitou nem telefonou, mas nada que faça ou deixe de fazer me surpreende mais.

A minha mãe finalmente se virou para mim. Segurei o Gugu desbotado com um pouco mais de força quando uma nova ideia me veio: éramos só nós dois de novo. Papai era praticamente um vegetal. Stacy estava oca, ausente. Estendi a mão e peguei a de mamãe, sentindo o calor e o modo como a recente tragédia a havia endurecido um pouco mais. Ficamos assim até a porta se abrir. A enfermeira se inclinou para dentro do quarto.

Mamãe se endireitou e disse:

– Marc também brincava de boneca.

– Bonecos – disse eu, rápido na correção. – Eram bonecos, não bonecas.

Lenny, o meu melhor amigo, também passava no hospital todo dia acompanhado da mulher, Cheryl. Lenny Marcus é um importante advogado criminal, embora também cuide das minhas pequenas causas, como nas vezes em que recorri de uma multa por excesso de velocidade e fechamos o negócio da nossa casa. Quando ele se formou e começou a trabalhar na promotoria do condado, amigos e adversários logo o apelidaram de Lenny "Buldogue" por causa do comportamento agressivo no tribunal. Em algum momento, decidiram que o apelido era suave demais e agora o chamavam de "Cujo". Conheço Lenny desde o ensino fundamental. Sou padrinho do seu filho Kevin. E Lenny é padrinho de Tara.

Não tenho dormido muito. Fico deitado à noite olhando para o teto, conto os bipes, escuto os sons noturnos do hospital e faço um grande esforço para não deixar a mente vagar até a minha filhinha e a série interminável de possibilidades. Nem sempre consigo. Aprendi que a mente é mesmo um poço escuro infestado de serpentes.

O detetive Regan me visitou depois com uma possível pista.

– Fale da sua irmã – começou.

– Por quê? – perguntei meio depressa demais. Antes que ele pudesse dar detalhes, ergui a mão para detê-lo. Entendi. A minha irmã é viciada. Onde há drogas, há também certo elemento criminoso. – Fomos roubados? – perguntei.

– Achamos que não. Parece que nada sumiu, mas o lugar foi revirado.

– Revirado?

– Alguém bagunçou tudo. Tem ideia de por que fariam isso?

– Não.

– Então me fale da sua irmã.

– Vocês têm a ficha de Stacy? – perguntei.
– Temos.
– Não sei o que acrescentar.
– Vocês não são muitos próximos, correto?
Não muito próximos. Isso se aplicava a mim e Stacy?
– Eu a amo – respondi devagar.
– E quando foi a última vez que a viu?
– Seis meses atrás.
– Quando Tara nasceu?
– É.
– Onde?
– Onde a vi?
– É.
– Stacy foi ao hospital – respondi.
– Para conhecer a sobrinha?
– É.
– O que aconteceu durante a visita?
– Stacy estava doidona. Queria pegar o bebê no colo.
– Você não deixou.
– Isso mesmo.
– Ela se zangou?
– Mal reagiu. A minha irmã fica meio desligada quando está doidona.
– Mas você a expulsou?
– Disse que ela só poderia participar da vida de Tara quando largasse as drogas.
– Entendo. Esperava que isso a forçasse a voltar à reabilitação?
Eu devo ter soltado uma risadinha.
– Não, não mesmo.
– Desculpe. Não entendi.
Tentei achar um jeito de explicar. Pensei no sorriso da foto de família em que ela estava sem os dentes da frente.
– Já ameaçamos Stacy com coisa pior – falei. – A verdade é que a minha irmã não vai largar. As drogas são parte dela.
– Então você não tem esperanças de recuperação?
Não havia como eu dizer isso.
– Não confio nela perto da minha filha – concluí. – Deixemos as coisas assim.

19

Regan foi até a janela e olhou para fora.

– Quando se mudou para a sua atual residência?

– Monica e eu compramos a casa quatro meses atrás.

– Não é longe de onde vocês dois foram criados, certo?

– Isso mesmo.

– Vocês se conheciam havia muito tempo?

Não entendi a linha do interrogatório.

– Não.

– Mesmo tendo sido criados na mesma cidade?

– Frequentávamos círculos diferentes.

– Entendo – disse o policial. – Então, se compreendi bem, vocês compraram a casa quatro meses atrás e você não vê a sua irmã há seis meses, correto?

– Correto.

– Então a sua irmã nunca visitou a sua casa atual?

– Isso mesmo.

Regan se virou para mim.

– Encontramos impressões digitais de Stacy na casa. – Eu não disse nada. – Você não parece surpreso, Marc.

– Stacy é viciada. Acho que não seria capaz de atirar em mim e sequestrar a minha filha, mas já a subestimei antes. Vocês foram ao apartamento dela?

– Ninguém a vê desde que atiraram em você.

Fechei os olhos.

– Não achamos que a sua irmã fosse capaz de armar algo assim sozinha – continuou ele. – Pode ter havido um cúmplice: um namorado, um traficante, alguém que soubesse que a sua mulher era de família rica. Tem alguma ideia?

– Não – respondi. – Mas espere. Vocês acham que essa coisa toda foi um plano de sequestro?

Regan começara a coçar a mosca outra vez. Depois deu de ombros.

– Mas tentaram matar nós dois – continuei. – Como pedir resgate a pais mortos?

– Podiam estar tão doidões que cometeram um erro – disse ele. – Ou talvez achassem que poderiam extorquir dinheiro do avô de Tara.

– Então por que ainda não tentaram?

Regan não respondeu. Mas eu sabia a resposta. A confusão, principalmente depois dos tiros, seria demais para viciados. Viciados não lidam bem com conflitos. Essa é uma das razões para começarem a fumar ou se picar: para fugir, para sumir, para evitar as coisas, mergulhar no nada. Os meios de comunicação dariam atenção máxima ao caso. A polícia faria perguntas. Viciados ficariam apavorados com esse tipo de pressão. Fugiriam, abandonariam tudo.

E se livrariam de todas as provas.

Mas o pedido de resgate veio dois dias depois.

Agora que eu retomara a consciência, a minha recuperação dos ferimentos avançava com facilidade surpreendente. Podia ser porque eu estava concentrado em melhorar ou porque ficar em estado quase catatônico durante doze dias tivesse dado às lesões tempo de sarar. Ou talvez eu estivesse sofrendo de uma dor que nenhum dano físico poderia causar. Pensava em Tara e o medo do desconhecido me tirava o fôlego. Pensava em Monica, nela morta, e garras de aço me rasgavam por dentro.

Queria ir embora.

O corpo ainda doía, mas pressionei Ruth Heller a me dar alta. Ao observar que confirmava a regra de os médicos serem os piores pacientes, ela, relutante, me permitiu voltar para casa. Combinamos que um fisioterapeuta me visitaria todos os dias. Uma enfermeira apareceria periodicamente só por garantia.

Na manhã da minha partida do St. Elizabeth's, mamãe foi para a casa – a antiga cena do crime –, a fim de "prepará-la" para mim, fosse lá o que isso significasse. Estranhamente, não senti medo de voltar. Casas são apenas tijolos e cimento. Não achei que ver o lugar bastasse para me comover, mas talvez eu apenas estivesse em negação.

Lenny me ajudou a me vestir e embalar as minhas coisas. Ele é alto e esguio, cabelo crespo, o rosto escurecido por uma barba por fazer à la Homer Simpson que surge seis minutos depois de ele se barbear. Quando criança, usava óculos de fundo de garrafa e veludo cotelê grossíssimo, mesmo no verão. O cabelo crespo tinha o hábito de crescer demais, a ponto de deixá-lo parecido com um poodle. Hoje ele mantém os cachos religiosamente aparados. Fez cirurgia com laser nos olhos dois anos atrás e os óculos se foram. Os ternos tendem à classe alta.

– Tem certeza de que não quer ficar conosco? – perguntou Lenny.

– Você tem quatro filhos – lembrei-lhe.

– Ah, é, claro. – Ele fez uma pausa. – Posso ficar com você?

Tentei sorrir.

– Sério – disse Lenny –, você não deveria ficar sozinho naquela casa.

– Vou ficar bem.

– Cheryl preparou algumas refeições para você e deixou no freezer.
– É muita gentileza dela.
– Ela ainda é a pior cozinheira do mundo – atalhou Lenny.
– Eu não disse que ia comer.

Lenny olhou para o outro lado, ocupando-se com a mala já pronta. Observei-o. Nos conhecemos há muito tempo, desde as aulas da Sra. Roberts no primeiro ano. Ele provavelmente não se surpreendeu quando perguntei:

– Quer me dizer qual é o problema?

Ele estava esperando a abertura e, portanto, logo a aproveitou.

– Veja bem, sou seu advogado, certo?
– Certo.
– Então quero lhe dar uma orientação jurídica.
– Estou escutando.
– Eu deveria ter falado antes, mas sabia que você não me escutaria. Agora, bom, acho que agora o caso é diferente.
– Lenny?
– Hein?
– Do que você está falando?

Apesar dos aprimoramentos físicos, eu ainda via Lenny como um garoto. Era difícil levar seus conselhos a sério. Não me entenda mal. Eu sabia que ele era inteligente. Comemorei quando foi aceito em Princeton e depois na escola de Direito de Colúmbia. Fizemos juntos o exame de avaliação do ensino médio e éramos da mesma turma de química avançada do último ano. Mas o Lenny que eu via era aquele com quem ficava zanzando desesperado nas noites quentes de sexta e sábado. Usávamos a caminhonete com painéis laterais de madeira do pai dele – não exatamente uma boa isca para mulheres que curtem carros – e tentávamos entrar nas festas. Sempre conseguíamos, mas nunca fomos bem recebidos. Éramos membros daquela maioria do ensino médio que chamo de O Grande Invisível. Ficávamos pelos cantos, com uma cerveja na mão, balançando a cabeça ao ritmo da música, fazendo força para sermos notados. Nunca éramos. A maioria das noites acabava com um queijo quente no Heritage Diner ou, melhor, no campo de futebol atrás da Benjamin Franklin School, deitados, olhando as estrelas. Era mais fácil falar, mesmo com o melhor amigo, quando a gente estava olhando as estrelas.

– Tudo bem – disse Lenny, com um gesto exagerado como era seu costume. – É o seguinte: não quero mais você falando com a polícia sem a minha presença.

Franzi a testa.

– Sério?

– Talvez não seja nada, mas já vi casos assim. Não *iguais* a esse, mas você conhece a história. O primeiro suspeito é sempre da família.

– Você quer dizer a minha irmã.

– Não, quero dizer a família próxima. Ou a *mais próxima* possível.

– Está dizendo que a polícia suspeita de mim?

– Não sei. Realmente não sei. – Ele parou, mas não por muito tempo. – Tá, tá certo, provavelmente sim.

– Mas levei dois tiros, lembra? Levaram a minha filha.

– E isso é uma faca de dois gumes.

– Como assim?

– Com o passar do tempo, vão começar a suspeitar cada vez mais de você.

– Por quê? – perguntei.

– Não sei. Mas é assim que funciona. Olha, é o FBI que cuida de sequestros. Disso você sabe, não é? Quando uma criança some por mais de 24 horas, eles presumem que é interestadual e que o caso é deles.

– E daí?

– Daí que, nos primeiros dez dias, pelo menos, havia uma tonelada de agentes deles por aqui. Eles monitoraram os seus telefones e esperaram o pedido de resgate. Mas faz alguns dias que praticamente desmontaram o acampamento. Isso é normal, claro. Não podem esperar indefinidamente e reduziram para um ou dois agentes. E a hipótese deles também mudou. Tara deixou de ser um sequestro com extorsão para ser um sequestro simples. Mas aposto que os telefones ainda estão grampeados. Ainda não perguntei, mas vou perguntar. Eles vão dizer que deixaram os grampos para o caso de alguém pedir resgate. Mas também vão ficar torcendo para ouvir você dizer alguma coisa comprometedora.

– E daí?

– E daí que é para você tomar cuidado – disse Lenny. – Lembre-se de que provavelmente os seus telefones, casa, consultório, celular, estão grampeados.

– E pergunto mais uma vez: e daí? Não fiz nada.

– Não fez...? – Lenny agitou as mãos como se estivesse se preparando para levantar voo. – Olhe, basta tomar cuidado, certo? Você pode achar difícil acreditar, mas... e tente não ficar muito surpreso quando eu falar: todo mundo sabe que a polícia distorce as provas.

– Você está me deixando confuso. Quer dizer que sou suspeito só porque sou pai e marido?

– É – respondeu Lenny. – E não é.
– Ah, então tá, obrigado. Isso esclarece tudo.
O telefone junto à minha cama tocou. Eu estava no lado errado do quarto.
– Pode atender? – perguntei.
Lenny atendeu.
– Quarto do Dr. Seidman.
O rosto dele se nublou enquanto escutava. Ele cuspiu as palavras "Um momento" e me entregou o fone como se estivesse cheio de germes. Olhei-o com cara de quem não entende e atendi:
– Alô!
– Alô, Marc. Aqui fala Edgar Portman.
O pai de Monica. Isso explicava a reação de Lenny. Como sempre, a voz de Edgar era formal demais. Algumas pessoas medem as palavras. Pouquíssimas, como o meu sogro, pegam cada uma delas e usam uma fita métrica antes de deixá-la sair pela boca.
Por um instante, fiquei surpreso.
– Olá, Edgar – disse estupidamente. – Como vai?
– Vou bem, obrigado. É claro que me sinto relapso por não ter ligado antes. Pelo que Carson falou, entendi que você estava se recuperando dos ferimentos. Achei melhor esperar que melhorasse.
– Foi muita consideração sua – falei nem nenhum sarcasmo.
– É, pois é, me disseram que você teria alta hoje.
– Isso mesmo.
Edgar pigarreou, o que não combinava com ele.
– Eu gostaria de saber se você pode dar uma passadinha lá em casa.
Em casa. Ou seja: a dele.
– Hoje?
– Assim que possível, sim. E sozinho, por favor.
Fez-se silêncio. Lenny me olhou como quem não entendia.
– Aconteceu alguma coisa, Edgar? – perguntei.
– O carro está esperando lá embaixo, Marc. Conversaremos mais quando chegar.
Então, antes que eu dissesse mais alguma coisa, ele desligou.

O carro, um Lincoln Town Car preto, estava mesmo esperando.
Lenny me levou na cadeira de rodas até o lado de fora. É claro que eu conhecia a área. Cresci a poucos quilômetros do St. Elizabeth's. Quando tinha

5 anos, o meu pai me levou correndo para a emergência de lá (doze pontos) e, quando tinha 7, bem, você já sabe sobre o meu episódio de salmonela. Fui para a faculdade de Medicina e fiz residência no hospital que, na época, se chamava Columbia Presbyterian, em Nova York, mas voltei ao St. Elizabeth's com uma bolsa de cirurgia oftalmológica reparadora.

É, sou cirurgião plástico, mas não do tipo que você está pensando. Faço rinoplastias de vez em quando, mas você nunca me verá trabalhando com próteses de silicone nem nada disso. Não estou julgando. Só não é o que faço.

Trabalho com cirurgia pediátrica reparadora com uma ex-colega da escola de Medicina, uma estrela do Bronx chamada Zia Leroux. Trabalhamos num grupo chamado One World WrapAid. Na verdade, Zia e eu o fundamos. Cuidamos de crianças, principalmente no exterior, que têm deformidades causadas pelo parto, pela pobreza ou por conflitos. Viajamos muito. Cuidei de esmagamentos faciais em Serra Leoa, lábios leporinos na Mongólia, síndrome de Crouzon no Camboja e vítimas de queimaduras no Bronx. Como a maioria que trabalha no meu campo, fiz um treinamento extenso. Estudei otorrinolaringologia – ouvidos, nariz e garganta – com um ano de cirurgia reparadora, bucomaxilofacial e, como já disse, oftalmológica. O histórico de formação de Zia é semelhante, embora ela seja melhor na área de bucomaxilofacial.

Você deve achar que somos bons samaritanos. Está errado. Foi uma escolha. Eu poderia colocar peitos e repuxar a pele de mulheres que já são bonitas demais ou ajudar crianças pobres e feridas. Decidi pela segunda opção, não tanto para ajudar os destituídos, mas porque é lá que estão os melhores casos. No fundo, a maioria dos cirurgiões reparadores adora um quebra-cabeça. Somos esquisitos. Ficamos empolgados com tumores imensos e anomalias congênitas dignas de programas sensacionalistas. Sabe aqueles livros de Medicina com deformações faciais horrendas que ninguém tem coragem de olhar? Zia e eu adoramos. Ficamos ainda mais doidos para consertar tudo aquilo – pegar o que está destruído e deixar inteiro de novo.

O ar fresco fez cócegas no meu pulmão. O sol brilhava, parecendo zombar da minha tristeza. Inclinei o rosto para o calor e deixei que me acalmasse. Monica gostava de fazer isso. Afirmava que isso a "desestressava". As rugas do rosto sumiam como se os raios fossem suaves massageadores. Mantive os olhos fechados. Lenny aguardou em silêncio e me deu um tempo.

Sempre me vi como um homem sensível demais. Choro à toa com filmes idiotas. É fácil manipular as minhas emoções. Mas nunca chorei por causa do meu pai. E agora, com esse golpe terrível, me senti... não sei, além das lágrimas. Um clássico mecanismo de defesa, supus. Tinha que continuar seguindo em frente. Não é muito diferente do meu trabalho: quando aparecem cortes, suturo logo antes que virem fissuras enormes.

Lenny ainda estava furioso com o telefonema.

– Alguma ideia do que o velho canalha quer?

– Nenhuma.

Ele ficou um momento em silêncio. Eu sabia no que ele estava pensando. Lenny culpava Edgar pela morte do pai. O seu velho fora um dos gerentes da ProNess Foods, uma das empresas de Edgar. Trabalhara duro durante 26 anos e tinha acabado de fazer 52 quando Edgar organizou uma grande fusão com outra empresa. O pai de Lenny perdeu o emprego. Lembro de ter visto o Sr. Marcus sentado à mesa da cozinha, de ombros caídos, enfiando meticulosamente seu currículo em envelopes. Nunca mais arranjou outro emprego e morreu de enfarte dois anos depois. Nada convenceria Lenny de que os dois fatos não estavam ligados.

– Tem certeza de que não quer que eu vá? – perguntou.

– Tenho, vai dar tudo certo.

– Está com o celular?

Mostrei-lhe.

– Ligue se precisar de alguma coisa.

Agradeci e deixei que se afastasse. O motorista abriu a porta. Embarquei com uma careta. O passeio não foi longo. Kasselton, Nova Jersey. A minha cidade natal. Passamos pelas casas de dois andares e meio dos anos 1960, os ranchos ampliados dos anos 1970, os revestimentos de alumínio dos anos 1980, as mansões cafonas dos anos 1990. Finalmente as árvores ficaram mais densas. As casas se afastaram da estrada, protegidas pela folhagem luxuriante, longe das massas que aparecessem por ali. Agora nos aproximávamos da riqueza antiga, aquele terreno exclusivo que sempre cheirou a outono e fumaça de lenha.

A família Portman se instalara nessa mata pouco depois da Guerra Civil. Como a maioria dos subúrbios de Jersey, essa era uma região rural. O trisavô Portman vendeu a terra aos poucos e fez fortuna. Ainda tinham seis hectares e meio e a propriedade era uma das maiores da área. Enquanto subíamos pela entrada, os meus olhos se desviaram para a esquerda – o cemitério da família.

Vi um montinho de terra fresca.

– Pare o carro – pedi.

– Sinto muito, Dr. Seidman – respondeu o motorista –, mas recebi ordens de levar o senhor diretamente à casa principal.

Quase protestei, mas pensei melhor. Esperei o carro parar diante da porta da frente. Saí do carro e desci de volta pelo caminho. Ouvi o motorista chamar: "Dr. Seidman?" Fui em frente. Ele me chamou de novo. Ignorei. Apesar da falta de chuva, a grama era de um verde normalmente reservado às florestas tropicais. As roseiras do jardim estavam em plena floração, uma explosão de cores.

Tentei me apressar, mas ainda parecia que a minha pele ia se rasgar. Desacelerei. Era apenas a minha terceira visita à propriedade da família Portman – eu a vira de fora dezenas de vezes na juventude – e nunca fora ao cemitério. Na verdade, como a maioria das pessoas racionais, me esforçava ao máximo para evitá-lo. A ideia de enterrar os parentes no quintal como um bichinho de estimação era uma daquelas coisas que os ricos fazem e nós, gente comum, nunca conseguimos entender direito. Nem queremos.

A cerca em torno do cemitério tinha pouco mais de meio metro de altura e era de um branco ofuscante. Talvez tivesse sido recém-pintada para a ocasião. Passei por cima do portão inútil e pelas lápides modestas, de olho no montinho de terra. Quando cheguei ao ponto, um calafrio percorreu meu corpo. Olhei para baixo.

Uma cova recém-aberta. Ainda sem lápide. Havia uma placa com caligrafia de convite de casamento que dizia simplesmente: NOSSA MONICA.

Fiquei ali parado e pisquei. Monica. A minha beldade de olhos selvagens. A nossa relação fora turbulenta – um clássico caso de paixão de mais no começo e de menos no final. Não sei por que isso acontece. Monica era diferente, sem dúvida. A princípio aquele crepitar, aquela empolgação, fora atraente. Mais tarde, as mudanças bruscas de humor simplesmente me deixavam cansado. Não tinha paciência de cavar mais fundo.

Enquanto olhava o monte de terra, uma lembrança dolorosa surgiu. Duas noites antes do ataque, Monica estava chorando quando entrei no quarto. Não era a primeira vez. Longe disso. Representei o meu papel no palco que era a nossa vida e lhe perguntei qual era o problema, mas o meu coração não estava ali. Antes, perguntava com mais preocupação. Monica nunca respondia. Eu tentava abraçá-la. Ela se enrijecia. Depois de algum tempo, a falta de resposta se tornou cansativa, parecendo apenas uma tentativa de chamar atenção. Isso acaba deixando o coração gelado. Viver com alguém que sofre de depressão é assim. Não dá para se preocupar o tempo todo. Em algum momento, a gente começa a se ressentir.

Pelo menos, era o que eu me dizia.

Porém, dessa vez, algo diferente aconteceu: Monica realmente me respondeu. Não foi uma resposta longa. Só uma frase, na verdade. "Você não me ama", disse ela. E foi só. Não havia lamento na voz dela. "Você não me ama." E, embora eu tenha conseguido pronunciar os protestos necessários, me perguntei se ela não teria razão.

Fechei os olhos e deixei aquilo tudo me inundar. A situação estivera ruim, mas, pelo menos, nos últimos seis meses, tivemos uma válvula de escape, um centro calmo e caloroso na nossa filha. Nisso, dei uma espiada no céu, pisquei de novo e voltei a olhar a terra que cobria a minha esposa de mente instável. "Monica", disse em voz alta. E fiz uma última promessa à minha mulher.

Jurei que encontraria Tara.

Um criado, mordomo, secretário ou seja lá qual for o nome que dão hoje em dia me acompanhou pelo corredor até a biblioteca. A decoração era discreta mas inequivocamente rica: pisos de madeira escura encerada, tapetes persas simples, mobília americana antiga, mais sólida do que ornamentada. Apesar da riqueza e da grande propriedade, Edgar não era dado a ostentação. Para ele a expressão *nouveau riche* era profana e impronunciável.

Vestido com um paletó de caxemira azul, Edgar se levantou atrás da imensa escrivaninha de carvalho. Havia uma pena de ganso em cima – do bisavô dele, se me lembro bem – e dois bustos de bronze, um de Washington, o outro de Jefferson. Fiquei surpreso ao ver também o tio Carson ali sentado. Quando me visitou no hospital, eu estava fraco demais para abraçá-lo. Agora ele compensou isso. Puxou-me para junto dele. Abracei-o em silêncio. Ele também cheirava a outono e fumaça de lenha.

Não havia fotografias no cômodo – nenhum instantâneo das férias com a família, nenhum retrato de escola, nenhuma foto do homem com a sua senhora a rigor num jantar filantrópico. Na verdade, acho que nunca vi nenhuma fotografia em lugar nenhum da casa.

– Como está se sentindo, Marc? – perguntou Carson.

Respondi que estava bem, na medida do possível, e me virei para o meu sogro. Edgar não saiu de trás da escrivaninha. Não nos abraçamos. Na verdade, nem sequer apertamos as mãos. Ele gesticulou para a cadeira diante da mesa.

Eu não conhecia Edgar muito bem. Só tínhamos nos encontrado três vezes. Não sabia quanto dinheiro ele tinha, mas até fora daquela residência, até numa rua da cidade ou num ponto de ônibus... Caramba! Até se estivessem pelados dava para saber que os Portmans tinham dinheiro. Monica também tinha esse porte que atravessara gerações, que não pode ser ensinado, que talvez seja literalmente genético. É provável que a opção de Monica por morar na nossa casa relativamente modesta fosse uma forma de rebelião.

Ela odiava o pai.

Eu também não era um grande fã dele, provavelmente porque já conhecera outros do mesmo tipo. Edgar se considerava um homem que começou do nada, mas ganhou o seu dinheiro à moda antiga: por herança. Não conheço muitos super-ricos, mas já notei que, quanto mais a pessoa recebe as coisas numa bandeja de prata, mais ela reclama das mães solitárias que vivem à custa do seguro-desemprego e do auxílio do governo. É bizarro. Edgar pertence àquela classe mimada que se ilude acreditando que conquistou a própria condição social pelo trabalho duro. É claro que todos vivemos nos justificando, e quando alguém nunca teve que se virar e sempre viveu no luxo sem ter feito nada para merecer, bom, acho que isso deve causar certa insegurança. Mas isso não é desculpa para deixar ninguém assim tão pedante, afinal.

Sentei-me. Edgar também. Carson continuou em pé. Fitei Edgar. Ele tinha a robustez dos bem alimentados. O rosto era todo arredondado. O corado normal do rosto, muito longe de ser ossudo, tinha sumido. Ele cruzou os dedos e os descansou na pança. Parecia arrasado, exausto e sem vida. Fiquei surpreso.

Digo *surpreso* porque Edgar sempre me parecera alguém cuja dor e cujo prazer superavam os de todo mundo, que acreditava que as pessoas ao redor mal passavam de adereços para a sua diversão. Agora ele perdera dois filhos. O filho Eddie IV morrera dez anos antes, num acidente de carro. Estava a toda depois de beber. De acordo com Monica, o irmão cruzara a linha dupla entre as pistas e se jogara de propósito na frente de uma carreta. Por alguma razão, ela culpou o pai. Ela culpava o pai por muitas coisas.

Havia também a mãe de Monica. Ela "descansava" muito. Tirava "férias prolongadas". Em resumo, entrava e saía de instituições psiquiátricas. Nas duas vezes em que nos encontramos, a minha sogra estava preparada para algum evento social, bem-vestida e maquiada, linda e pálida demais, o olhar perdido, a fala arrastada, a postura meio cambaleante.

Com exceção do tio Carson, Monica era distante da família. Como dá para imaginar, eu não me incomodava.

– Queria me ver? – perguntei.

– Queria, sim, Marc. Queria.
Esperei.
Edgar pôs as mãos na escrivaninha.
– Você amava a minha filha?
Fui pego de surpresa, mas ainda assim disse "Muito", sem hesitar.
Ele pareceu notar que era mentira. Fiz um grande esforço para manter o olhar firme.
– Ainda assim ela não era feliz, sabe.
– Acho que você não pode me culpar por isso – respondi.
Ele fez que sim com a cabeça devagar.
– É justo.
Mas a minha defesa de passar a batata quente adiante não funcionou para mim.
As palavras de Edgar eram um novo golpe. A culpa voltou com tudo.
– Sabia que ela andava se consultando com um psiquiatra? – perguntou Edgar.
Virei-me primeiro para Carson, depois de novo para Edgar.
– Não.
– Ela não queria que ninguém soubesse.
– Como você descobriu?
Edgar não respondeu. Fitou as mãos. Depois disse:
– Quero lhe mostrar uma coisa.
Olhei de novo o tio Carson, de soslaio. Estava com os dentes trincados. Achei ter visto um tremor. Voltei a Edgar.
– Tudo bem.
Edgar abriu a gaveta da escrivaninha, enfiou a mão e puxou um saco plástico. Ergueu-o à vista, segurando o cantinho do saco com o indicador e o polegar. Levou um instante, mas, quando percebi o que era, meus olhos se arregalaram.
Edgar viu a minha reação.
– Então, reconhece?
A princípio, não consegui falar. Olhei para Carson. Os olhos dele estavam vermelhos. Voltei o olhar para Edgar e fiz que sim, meio anestesiado. Dentro do saco plástico estava um retalho de pano, talvez com uns 8 centímetros de comprimento. Eu vira aquela estampa havia quinze dias, momentos antes de levar o tiro.
Rosa com pinguins pretos.

A minha voz era quase um sussurro.

– Onde arranjou isso?

Edgar me entregou um grande envelope pardo, do tipo com plástico bolha por dentro. Também estava dentro de um saco plástico. Virei-o. O nome e o endereço de Edgar tinham sido impressos numa etiqueta branca. Não havia endereço do remetente. O carimbo do correio era de Nova York.

– Chegou hoje – disse Edgar. Ele apontou o retalho. – É de Tara?

Acho que disse que sim.

– Tem mais – continuou. Ele enfiou a mão na gaveta de novo. – Tomei a liberdade de pôr tudo em sacos plásticos. Para o caso de as autoridades precisarem examinar.

Ele me entregou outro saquinho com fecho. Menor, dessa vez. Havia cabelo dentro. Fiapinhos de cabelo. Com pavor crescente, percebi o que estava vendo. Parei de respirar.

Cabelo de bebê.

De muito longe, ouvi Edgar perguntar:

– São dela?

Fechei os olhos e tentei visualizar Tara no berço. Fiquei horrorizado ao perceber que a imagem da minha filha já desaparecia da minha mente. Como era possível? Eu não sabia mais se era uma lembrança ou algo que inventara para substituir o que já estava esquecendo. Droga. As lágrimas pressionaram as minhas pálpebras. Tentei trazer de volta a sensação da cabeça macia da minha filha, o jeito como o meu dedo passava pelo alto.

– Marc?

– Pode ser – respondi, abrindo os olhos. – Não há como ter certeza.

– Outra coisa – disse Edgar.

Ele me entregou outro saco plástico. Com cuidado, pousei na escrivaninha o saco com o cabelo. Peguei o novo saco. Nele, havia uma folha de papel. Um bilhete saído de algum tipo de impressora laser.

Se entrar em contato com as autoridades, nós desaparecemos. Você nunca saberá o que aconteceu com ela. Estamos de olho. Nós saberemos. Temos um informante. As suas ligações estão sendo monitoradas. Não discuta nada disso pelo telefone. Sabemos que você, Vovô, é rico. Queremos 2 milhões de dólares. Queremos que você, Papai, entregue o dinheiro. Você, Vovô, vai separar a grana. Estamos mandando um celular. Não é rastreável. Mas se você ligá-lo ou o usar de qualquer jeito, saberemos. Vamos desaparecer e você nunca mais verá a criança. Separe a grana. Entregue ao Papai. Papai, fique com o dinheiro e o telefone por perto. Vá para casa e espere. Ligaremos e lhe diremos o que fazer. Se fizer diferente do que estamos mandando, nunca mais verá a sua filha. Não há segunda chance.

O bilhete era no mínimo estranho. Li três vezes e depois ergui os olhos para Edgar e Carson. Uma calma esquisita tomou conta de mim. É, era aterrorizante, mas receber esse bilhete também era um alívio. Alguma coisa finalmente acontecera. Agora podíamos agir. Podíamos pegar Tara de volta. Havia esperança.

Edgar se levantou e foi até o canto da sala. Abriu a porta de um armário e tirou uma sacola de academia com o logotipo da Nike. Sem preâmbulos, disse:

– Está tudo aqui.

Ele largou a sacola no meu colo. Fitei-a.

– Dois milhões de dólares?

– As notas não são sequenciais, mas temos a lista de todos os números de série, só para garantir.

Olhei Carson, depois Edgar de novo.

– Não acha que deveríamos entrar em contato com o FBI?

– Não, na verdade não. – Edgar se encostou na beirada da escrivaninha, cruzando os braços sobre o peito. Cheirava a loção pós-barba, mas dava para sentir algo mais primitivo, mais rançoso, que ficava logo abaixo. De perto, os olhos tinham as manchas escuras da exaustão. – A decisão é sua, Marc. Você é o pai. Respeitaremos o que fizer. Porém, como sabe, já tive algumas relações com as autoridades federais. Talvez a minha opinião seja influenciada pela minha noção da incompetência deles, ou talvez eu seja tendencioso por ter testemunhado até que ponto são dominados por interesses pessoais. Se fosse a minha filha, eu confiaria mais na minha avaliação do que na deles.

Não soube o que dizer ou fazer. Edgar cuidou disso para mim. Bateu as mãos uma vez e depois apontou a porta.

– O bilhete diz para você ir para casa e esperar. Acho que é melhor obedecermos.

capítulo 3

O MESMO MOTORISTA ESTAVA LÁ. Enfiei-me no banco de trás, a sacola da Nike apertada contra o peito. As minhas emoções oscilavam violentamente entre o medo abjeto e um toque estranho de euforia. Eu poderia ter a minha filha de volta. Eu poderia estragar tudo.

Mas comecemos pelo princípio: será que eu deveria contar à polícia?

Tentei me acalmar, avaliar a situação friamente, com certa objetividade, analisar os prós e os contras. É claro que era impossível. Sou médico. Já tomei decisões capazes de alterar vidas. Sei que a melhor maneira de fazer isso é remover da equação a bagagem emocional. Mas a vida da minha filha estava em jogo. Da minha própria filha. Para repetir o que disse no começo: o meu mundo.

A casa que eu e Monica compramos fica na esquina da casa onde fui criado e onde os meus pais ainda moram. Quanto a isso, me sinto ambivalente. Na verdade não gosto de morar tão perto dos meus pais, mas gosto menos ainda da culpa de abandoná-los. O meu meio-termo: morar perto deles e viajar muito.

Lenny e Cheryl moram a quatro quarteirões, perto do Kasselton Mall, na casa onde Cheryl cresceu. Os pais dela se mudaram para a Flórida seis anos atrás, mas mantêm um apartamento na vizinha Roseland, para visitar os netos e fugir da lava derretida do verão no Estado do Sol.

Não gosto muito de morar em Kasselton. A cidade mudou pouquíssimo nos últimos trinta anos. Na juventude, zombávamos dos nossos pais, do materialismo deles, dos valores aparentemente sem sentido. Agora somos os nossos pais. Simplesmente os substituímos e os mandamos para uma comunidade de aposentados qualquer, assim como os nossos filhos nos substituirão. Mas a Lanchonete do Maury ainda fica na avenida Kasselton. O corpo de bombeiros ainda é quase todo de voluntários. A Liga dos Dentes de Leite ainda joga no campo de Northland. Os fios de alta tensão ainda ficam perto demais da minha antiga escola. O bosque atrás da casa dos Brenners, em Rockmont Terrace, ainda é um lugar aonde a garotada vai fumar. A escola de ensino médio ainda tem de cinco a oito finalistas do mérito nacional todo ano, embora, quando eu era mais novo, a lista tivesse mais judeus e hoje tenha mais asiáticos.

Viramos à direita na avenida Monroe e passamos pela casa onde fui criado. Com a pintura branca e persianas pretas, a cozinha, a sala de visitas e a sala de jantar três degraus acima à esquerda e a sala de estar e a entrada da garagem dois degraus abaixo à direita, a nossa casa, embora um pouco mais gasta do que a maioria, ainda era quase indistinta no quarteirão, no meio das outras iguaizinhas. O que a destacava, a única coisa, na verdade, era a rampa para cadeira de rodas. Nós a instalamos depois do terceiro derrame do meu pai, quando eu tinha 12 anos. Eu e os meus amigos gostávamos de descê-la de skate. Com compensado e blocos de cimento, construímos uma pista de salto e a colocávamos na parte de baixo.

O carro da enfermeira estava na entrada. Ela passa o dia. Não temos ninguém em horário integral. Agora faz mais de duas décadas que o meu pai está confinado à cadeira de rodas. Não fala. A boca tem uma curva feia para baixo no lado esquerdo. Metade do corpo está totalmente paralisada e a outra metade não está muito melhor.

Quando o motorista entrou em Darby Terrace, vi que a minha casa – a nossa casa – parecia a mesma de algumas semanas antes. Não sabia o que estava esperando. Uma fita amarela para isolar cenas de crime, talvez. Ou uma grande mancha de sangue. Mas não havia nada que indicasse o que acontecera duas semanas antes.

Quando a comprei, a casa estava em inventário. Durante 36 anos, a família Levinsky morara ali, mas na verdade ninguém os conhecia. A Sra. Levinsky parecia uma mulher doce com um tique no rosto. O Sr. Levinsky era um grosseirão que sempre berrava com ela no gramado. A gente tinha pavor dele. Certa vez, vimos a Sra. Levinsky sair correndo da casa de camisola, o Sr. Levinsky correndo atrás com uma pá. As crianças passavam pelo quintal de todo mundo, menos pelo deles. Quando saí da faculdade, houve boatos de que ele abusara da filha Dina, uma menina abatida, de olhos tristes e cabelo escorrido que frequentara a escola comigo desde o primeiro ano. Se bem me recordo, fizemos várias matérias juntos, e não me lembro de ouvi-la falar mais alto do que um sussurro, e mesmo assim só quando forçada por professores bem-intencionados. Nunca tentei ajudá-la. Não sei o que poderia ter feito, mas, de qualquer maneira, eu gostaria de ter tentado.

Em algum momento durante aquele ano depois da faculdade, quando os boatos sobre Dina ter sofrido abuso sexual começaram a se espalhar, a família Levinsky fez as malas e se mudou. Ninguém sabia para onde. O banco assumiu a casa e começou a alugá-la. Eu e Monica fizemos a oferta de compra algumas semanas antes de Tara nascer.

Meses depois, quando nos instalamos, eu ficava acordado à noite e tentava escutar, sei lá, algum tipo de som, sinais do passado da casa, da infelicidade lá dentro. Tentava descobrir qual fora o quarto de Dina e imaginar como seria para ela, como era agora, mas ali não havia pistas. Como já disse, casas são cimento e tijolos. Nada mais.

Dois carros desconhecidos estavam estacionados diante de casa. A minha mãe estava em pé na porta da frente. Quando desci do carro, ela correu para mim como naqueles vídeos de prisioneiros de guerra que voltam para o lar. Abraçou-me com força e recebi uma lufada forte demais de perfume. Ainda estava segurando a sacola da Nike com o dinheiro e foi difícil retribuir.

Por cima do ombro da minha mãe, o detetive Bob Regan saiu da minha casa. Ao lado dele estava um homem negro e alto, com a cabeça raspada lustrosa e óculos de marca. A minha mãe cochichou:

– Estavam esperando você.

Fiz que sim e fui na direção deles. Regan pôs a mão acima dos olhos, mas só por dramaticidade. O sol não estava tão forte assim. O homem negro permaneceu imóvel.

– Onde você estava? – perguntou Regan. Como não respondi de imediato, acrescentou: – Você saiu do hospital há mais de uma hora.

Pensei no celular no meu bolso. Pensei na sacola de dinheiro na minha mão. Por enquanto, ficaria com meias verdades.

– Fui visitar o túmulo da minha esposa – disse.

– Precisamos conversar, Marc.

– Vamos entrar – convidei.

Todos nós fomos para dentro de casa. Parei no vestíbulo. O corpo de Monica fora encontrado a menos de 3 metros de onde eu estava agora. Ainda na entrada, os meus olhos examinaram as paredes em busca de algum sinal revelador de violência. Só havia um. Encontrei-o bem depressa. Acima da litografia de Behrens perto da escada, um buraco de bala – causado pelo único projétil que não atingiu nem a mim nem a Monica – fora coberto de massa. A massa era branca demais para a parede. Precisaria de uma camada de tinta.

Fitei-a durante um bom momento. Ouvi um pigarro, que me tirou da contemplação. A minha mãe fez um carinho nas minhas costas e depois foi para a cozinha. Levei Regan e o colega para a sala de visitas. Eles se sentaram nas duas cadeiras. Fiquei no sofá. Monica e eu ainda não tínhamos decorado a casa. As cadeiras tinham sido do meu dormitório na faculdade e revelavam a idade. O sofá viera do apartamento de Monica, era de segunda mão e formal demais. Parecia algo vindo de Versalhes. Era pesado, duro e, mesmo nos seus melhores dias, tinha pouquíssimo estofamento.

– Esse é o agente especial Lloyd Tickner – começou Regan, apontando o homem negro. – Ele é do FBI.

Tickner cumprimentou com a cabeça. Cumprimentei de volta.

Regan tentou sorrir para mim.

– É bom ver que está se sentindo melhor.

– Não estou – respondi.

Ele pareceu confuso.

– Só me sentirei melhor quando tiver a minha filha de volta.

– Certo, é claro. Aliás, temos mais algumas perguntas, se não se importa.

Deixei claro que me importava.

Regan tossiu no punho para ganhar tempo.

– Você precisa entender uma coisa. Precisamos lhe fazer essas perguntas. Não gosto necessariamente disso. Tenho certeza de que também não gosta, mas as perguntas têm que ser feitas. Entende?

Na verdade, não entendia, mas não era hora de encorajar uma elaboração.

– Vá em frente – disse.

– O que pode me dizer sobre o seu casamento?

Uma lâmpada de alerta se acendeu no meu córtex.

– O que o meu casamento tem a ver com isso?

Regan deu de ombros. Tickner permaneceu imóvel.

– Só estamos tentando encaixar algumas peças, só isso.

– O meu casamento não tem a ver com nada disso.

– Tenho certeza de que não, mas veja bem, Marc, a verdade é que as pistas estão esfriando. Cada dia que passa nos prejudica. Precisamos examinar todas as linhas.

– A única linha que me interessa é aquela que leva à minha filha.

– Entendemos. Esse é o foco principal da nossa investigação. Descobrir o que aconteceu com a sua filha. E com você também. Não nos esqueçamos de que alguém tentou matá-lo, certo?

– Acho que sim.

– Mas, veja, não podemos apenas ignorar as outras questões.

– Que outras questões?

– O seu casamento, por exemplo.

– O que tem ele?

– Quando vocês se casaram, Monica já estava grávida, não é?

– O que isso...?

Parei. Queria atacar com tudo, mas lembrei as palavras de Lenny. Não falar com a polícia sem a presença dele. Eu deveria ligar para ele. Sabia disso. Mas algo na voz e na postura deles... Se eu parasse agora e dissesse que queria chamar o meu advogado, pareceria culpado. Não tinha nada a esconder. Por que alimentar suspeitas? Eu só precisava distraí-los. É claro que também sabia que era assim que a polícia jogava, mas sou médico. Pior ainda, cirurgião. Costumamos achar que somos mais inteligentes do que todo mundo.

Escolhi a franqueza.

– É, ela estava grávida. E daí?

– Você é cirurgião plástico, correto?

A mudança de assunto me surpreendeu.

– Correto.

– Você e a sua sócia viajam para o exterior e consertam lábios leporinos, traumas faciais graves, queimaduras, esse tipo de coisa?

– Mais ou menos isso.

– Então você viaja muito?

– Bastante – respondi.

– Na verdade – disse Regan –, nos dois anos anteriores ao casamento, seria correto dizer que você passou mais tempo no exterior do que no país?

– É possível – respondi, e me remexi no sofá sem enchimento. – Pode me dizer qual é a importância disso tudo?

Regan me deu o seu sorriso mais encantador.

– Só estamos tentando montar o quadro completo.

– Quadro do quê?

– A sua colega de trabalho – ele verificou as anotações –, Srta. Zia Leroux...

– Dra. Leroux – corrigi.

– Dra. Leroux, isso, obrigado. Onde ela está agora?

– No Camboja.

– Está operando crianças deformadas por lá?

– Está.

Regan inclinou a cabeça, fingindo confusão.

– Não era você que estava agendado para fazer essa viagem?

– Há muito tempo.

– Há quanto tempo?

– Acho que não entendi.

– Há quanto tempo você desmarcou a viagem?

– Não sei – respondi. – Há uns oito ou nove meses, talvez.

– E a Dra. Leroux foi no seu lugar, correto?

– Correto. E você está perguntando isso porque...?
Ele não mordeu a isca.
– Gosta do seu trabalho, não gosta, Marc?
– Gosto.
– Gosta de viajar para o exterior? Fazer esse trabalho louvável?
– Claro.
Regan coçou a cabeça com excesso de dramaticidade, fingindo, da maneira mais óbvia, estar perplexo.
– Então, se gosta de viajar, por que cancelou e deixou a Dra. Leroux ir no seu lugar?
Agora eu via aonde ele queria chegar.
– Eu queria reduzir – disse eu.
– As viagens, você diz?
– Isso.
– Por quê?
– Porque tinha outras obrigações.
– Essas obrigações sendo uma esposa e uma filha... Estou certo?
Sentei-me mais ereto e o encarei.
– O que isso tem a ver? – perguntei. – Há uma razão para tudo isso?
Regan se recostou. O outro agente caladão fez o mesmo.
– Só quero ter o quadro completo, só isso.
– Você já disse isso.
– É, espere aí, me dê um segundinho. – Regan folheou as páginas do caderno. – Calça jeans e blusa vermelha.
– O quê?
– A sua mulher. – Ele apontou as anotações. – Você disse que ela estava usando calça jeans e uma blusa vermelha naquela manhã.
Mais imagens de Monica me inundaram. Tentei segurar a onda.
– E daí?
– Quando achamos o corpo – respondeu Regan –, ela estava nua.
Os tremores começaram no meu coração. Espalharam-se pelos meus braços e fizeram os meus dedos formigarem.
– Você não sabia?
Engoli em seco.
– Ela foi...? – A voz morreu na minha garganta.
– Não – disse Regan. – Nenhuma marca nela além dos buracos de bala.
– Ele fez de novo aquela inclinação de cabeça tipo me-ajude-a-entender.

– Nós a encontramos morta nesta mesma sala. Ela costumava desfilar por aqui sem roupas?

– Já lhe disse. – Sobrecarga. Tentei assimilar esses dados novos, acompanhá-lo. – Ela estava usando calça jeans e uma blusa vermelha.

– Então já estava vestida?

Lembrei-me do som do chuveiro. Lembrei-me dela saindo, jogando o cabelo para trás, deitando-se na cama, puxando a calça sobre os quadris.

– Já.

– Com toda a certeza?

– Com toda a certeza.

– Revistamos a casa inteira. Não encontramos blusas vermelhas. Jeans, claro. Ela possuía vários. Mas nenhuma blusa vermelha. Não acha esquisito?

– Espere um instante. As roupas não estavam perto do corpo?

– Não.

Isso não fazia sentido.

– Então vou olhar no armário.

– Já fizemos isso, mas, tudo bem, pode olhar. É claro que, nesse caso, eu ainda gostaria de saber como as roupas que ela estava usando foram parar de volta no armário. Você não?

Eu não tinha resposta.

– O senhor tem alguma arma, Dr. Seidman?

Outra mudança de assunto. Tentei acompanhar, mas a minha cabeça girava.

– Tenho.

– De que tipo?

– Um .38 Smith and Wesson. Foi do meu pai.

– Onde o guarda?

– Há um compartimento no armário do quarto. Está na prateleira de cima, numa caixa trancada.

Regan esticou a mão para trás e puxou a caixa de metal.

– Esta?

– É.

– Abra.

Ele a jogou para mim. Peguei-a. O metal azul-acinzentado estava frio. Mais do que isso, parecia horrivelmente leve. Movi as rodinhas para acertar a combinação e levantei a tampa. Remexi os papéis – os documentos do carro, a escritura da casa, a planta do imóvel –, mas foi só para me situar. Soube na mesma hora. O revólver sumira.

– Você e a sua mulher foram alvejados com um .38 – disse Regan. – E parece que o seu sumiu.

Fiquei olhando a caixa como se esperasse que a arma se materializasse de repente dentro dela. Tentei entender, mas nada me vinha.

– Alguma ideia de onde está a arma?

Balancei a cabeça.

– E tem outra coisa estranha – disse Regan.

Ergui os olhos para ele.

– Você e Monica foram baleados por revólveres calibre 38 *diferentes*.

– Como assim?

Ele assentiu.

– Pois é, também achei difícil acreditar. Mandei a balística verificar duas vezes. Você e a sua mulher foram baleados por armas diferentes, as duas .38... E parece que a sua sumiu. – Teatral, Regan deu de ombros. – Ajude-me a entender, Marc.

Olhei a cara deles. Não gostei do que vi. O aviso de Lenny me voltou, dessa vez mais firme.

– Quero falar com o meu advogado – disse.

– Tem certeza?

– Tenho.

– Fique à vontade.

A minha mãe estava em pé à porta da cozinha, torcendo as mãos. Quanto escutara? A julgar pela cara dela, demais. Mamãe me olhava com expectativa. Acenei e ela foi ligar para Lenny. Cruzei os braços, mas não estava à vontade. Batuquei o pé no chão. Tickner tirou os óculos escuros. Os olhos dele se concentraram nos meus e ele falou pela primeira vez.

– O que tem na sacola? – perguntou.

Apenas olhei para ele.

– Aquela sacola de academia que você estava segurando. O que tem dentro dela?

Tudo aquilo fora um erro. Eu deveria ter escutado Lenny. Deveria tê-lo chamado logo. Agora não sabia direito o que responder. Lá atrás, ouvi a minha mãe pedindo a Lenny que se apressasse. Tentava descobrir uma resposta que fosse uma meia verdade, para ganhar tempo, mas nenhuma era convincente. Foi quando um som capturou a minha atenção.

O celular, o que os sequestradores tinham mandado ao meu sogro, começou a tocar.

capítulo 4

Tickner e Regan aguardaram que eu atendesse.

Pedi licença e me levantei antes que tivessem oportunidade de reagir. A minha mão remexeu o telefone enquanto eu ia depressa lá para fora. O sol me atingiu bem no rosto. Pisquei e olhei o teclado. O botão de atender ficava num lugar diferente no meu celular. Do outro lado da rua, duas meninas com capacetes coloridos andavam em bicicletas de tons neon. Fitas rosa-choque cascateavam do guidom de uma delas.

Quando eu era pequeno, havia mais de uma dezena de garotos da minha idade no bairro. Costumávamos nos encontrar depois da aula. Não me lembro do que brincávamos – nunca éramos organizados o suficiente para, digamos, um jogo de beisebol ou coisa assim –, mas tudo envolvia se esconder, perseguir os outros e alguma forma de violência fingida (ou quase real). Supostamente a infância nos subúrbios é repleta de inocência, mas quantos dias daqueles terminavam com pelo menos um garoto em lágrimas, indo para casa se queixar com a mãe? Discutíamos, mudávamos alianças, fazíamos declarações de guerra e amizade e, como num caso de memória de curto prazo, tudo era esquecido no dia seguinte. A vida começava do zero na tarde seguinte. Novas coalizões forjadas. Outro garoto correndo para casa em lágrimas.

O meu polegar finalmente apertou o botão certo e levei o celular à orelha, tudo num movimento só. O coração batia contra as costelas. Pigarreei e, me sentindo um completo idiota, simplesmente disse:

– Alô?

– Responda sim ou não. – A voz tinha o zumbido robótico daqueles sistemas de atendimento telefônico ao cliente, aqueles que mandam apertar um para manutenção, dois para verificar o acompanhamento do pedido. – Está com o dinheiro?

– Sim.

– Conhece o Garden State Plaza?

– Em Paramus – respondi.

– Daqui a exatamente duas horas, quero você estacionado na área norte. Perto da Nordstrom. Setor Nove. Alguém abordará o seu carro.

– Mas...

– Se não estiver sozinho, desapareceremos. Se for seguido, desapareceremos. Se eu farejar um policial, desapareceremos. Não há segunda chance. Entendeu?

– Entendi, mas quando...

Clique.

Deixei a mão cair ao lado do corpo. Um torpor se instalou. Não lutei contra o sentimento. As menininhas do outro lado da rua agora discutiam. Não conseguia escutar nada específico, mas a palavra *meu* aparecia bastante, essa simples sílaba acentuada e arrastada. Uma caminhonete dobrou a esquina a toda. Observei-a como se a visse de cima. Os freios guincharam. A porta do motorista se abriu antes que o carro parasse totalmente.

Era Lenny. Ele me localizou e apertou o passo.

– Marc?

– Você tinha razão. – Apontei a casa com a cabeça. Agora Regan estava em pé à porta. – Eles acham que estou envolvido.

O rosto de Lenny ficou sombrio. Os seus olhos se estreitaram, as pupilas do tamanho de cabeças de alfinete. No esporte, chamam isso de "cara de mau". Lenny estava virando Cujo. Fitou Regan como se decidisse qual membro arrancar.

– Falou com eles?

– Um pouco.

Lenny voltou o olhar para mim.

– Não disse para eles que queria orientação?

– Não no começo.

– Droga, Marc, eu avisei...

– Recebi um pedido de resgate.

Isso fez Lenny parar. Olhei o relógio. Paramus ficava a uns 40 minutos. Dependendo do trânsito, podia levar até uma hora. Eu tinha tempo, mas não muito. Comecei a contar tudo a ele. Lenny lançou outro olhar furioso a Regan e me afastou mais da casa. Paramos no meio-fio, aquelas conhecidas pedras cinzentas que ficam nos limites das propriedades como fileiras de dentes. Depois, como duas crianças, nos agachamos e nos sentamos nelas. Os joelhos batendo no queixo. Dava para ver a pele de Lenny entre a meia xadrez e a barra dobrada da calça justa. Ficar agachado daquele jeito era desconfortável demais. O sol batia nos nossos olhos. Ambos olhávamos para a frente, não um para o outro, como na juventude. Ficava mais fácil colocar tudo para fora.

Falei depressa. No meio da história, Regan começou a vir na nossa direção. Lenny se virou para ele e gritou:

– O seu saco.

Regan parou.

– O quê?

– Vai prender o meu cliente?

– Não.

Lenny apontou a virilha de Regan.

– Então vou mandar arrancar o seu saco e pendurá-lo no meu retrovisor se der mais um passo.

Regan endireitou a coluna.

– Temos algumas perguntas a fazer ao seu cliente.

– Só lamento. Vá abusar dos direitos de alguém com um advogado pior.

Lenny fez um gesto de desdém e, com a cabeça, me mandou continuar. Regan não gostou, mas deu dois passos para trás. Olhei o relógio de novo. Apenas 5 minutos tinham se passado desde o telefonema do resgate. Terminei enquanto Lenny mantinha o olhar em Regan.

– Quer a minha opinião? – perguntou.

– Quero.

Ainda encarando.

– Acho que você deveria contar a eles.

– Tem certeza?

– Claro que não.

– Você contaria? – perguntei. – Quer dizer, se fosse um dos seus filhos?

Lenny pensou por alguns segundos.

– Não consigo me colocar no seu lugar, se é o que quer dizer. Mas, é, acho que contaria. Gosto de pesar as probabilidades. Temos mais chance quando contamos à polícia. Isso não quer dizer que sempre dê certo, mas eles são especialistas nisso. Nós, não. – Lenny pôs os cotovelos nos joelhos e descansou o queixo nas mãos – uma pose da juventude. – Essa é a opinião de Lenny, o Amigo – continuou. – Lenny, o Amigo, o encorajaria a contar a eles.

– E Lenny, o Advogado? – perguntei.

– Ele seria mais insistente. Recomendaria com o máximo vigor que você fosse à polícia.

– Por quê?

– Se você sair por aí com 2 milhões de dólares e o dinheiro sumir, mesmo que recupere Tara, as suspeitas deles serão, no mínimo, despertadas.

– Não dou a mínima para isso. Só quero Tara de volta.

– Entendo. Ou melhor, Lenny, o Amigo, entende.

Agora foi a vez de Lenny olhar o relógio. As minhas entranhas pareciam ocas, cavadas como uma canoa. Quase dava para ouvir o tique-taque. Era enlouquecedor. Tentei de novo fazer o que era racional, listar prós e contras, os prós à direita, os contras à esquerda, e depois compará-los. Mas o tique-taque não parava.

Lenny falara em pesar as probabilidades. Não sou dado a apostas. Não corro riscos. Do outro lado da rua, uma das meninas gritou: "Já falei!" Ela veio correndo pela calçada. A outra menina riu dela e voltou a subir na bicicleta. Senti os olhos se encherem d'água. Ah, como eu queria que Monica estivesse aqui! Eu não deveria tomar essa decisão sozinho. Ela também deveria estar nisso.

Olhei a porta da frente lá atrás. Agora tanto Regan quanto Tickner estavam do lado de fora. Regan estava de braços cruzados, trocando o peso do corpo de um pé para o outro. Tickner não se mexia, no rosto a mesma placidez. Era a esses homens que eu confiaria a vida da minha filha? Eles colocariam Tara em primeiro lugar ou, como Edgar insinuara, seguiriam algum interesse oculto?

O tique-taque ficou mais alto, mais insistente.

Alguém tinha assassinado a minha mulher e levado a minha filha. Nos últimos dias, eu me perguntara por quê – por que nós? –, tentando mais uma vez manter a racionalidade sem me permitir afundar na piscina da autocomiseração. Mas a resposta não veio. Não conseguia ver motivos e talvez isso fosse o mais assustador. Talvez não houvesse razão. Talvez fosse apenas puro azar.

Lenny olhava diretamente à frente e esperava. Tique, taque, tique.

– Vamos lá contar a eles – falei.

A reação deles me surpreendeu. Entraram em pânico.

É claro que Regan e Tickner tentaram disfarçar, mas de repente a linguagem corporal deles ficou toda errada – os olhos flutuantes, a tensão no canto da boca, o timbre da voz. O prazo era simplesmente curto demais para eles. Tickner ligou rapidamente para o especialista em negociações de sequestro do FBI para pedir ajuda. Cobriu o bocal com a mão enquanto falava. Regan entrou em contato com os colegas da polícia de Paramus.

Quando desligou, Tickner me disse:

– Teremos gente no shopping. Discretamente, é claro. Tentaremos ter homens em carros perto de todas as saídas e na Route 17 em ambas as direções. Teremos gente dentro do shopping perto de todas as entradas. Mas quero que me escute com atenção, Dr. Seidman. O nosso especialista diz que deveríamos tentar retardá-los. Talvez a gente consiga fazer o sequestrador adiar...

– Não.

– Não vão simplesmente fugir – disse Tickner. – Eles querem o dinheiro.

– A minha filha está com eles há quase três semanas – retruquei. – Não vou ficar adiando isso.

Ele concordou a contragosto. Tentava manter a placidez.

– Então quero um homem no carro com você.

– Não.

– Ele pode ficar agachado atrás.

– Não.

Tickner tentou outra abordagem.

– Ou melhor ainda, já fizemos isso: dizemos ao sequestrador que você não consegue dirigir. Caramba, você acabou de sair do hospital. Mandamos um dos nossos homens dirigir. Dizemos que é seu primo.

Franzi a testa e olhei para Regan.

– Você não disse que acha que a minha irmã pode estar envolvida?

– É possível, sim.

– Não acha que ela saberia que não era um primo nosso?

Tanto Tickner quanto Regan hesitaram e depois concordaram ao mesmo tempo.

– Bem pensado – disse Regan.

Lenny e eu trocamos olhares. Era a esses profissionais que eu estava confiando a vida de Tara. A ideia não era reconfortante. Segui para a porta.

Tickner pôs a mão no meu ombro.

– Aonde está indo?

– O que você acha?

– Sente-se, Dr. Seidman.

– Não temos tempo – retorqui. – Precisamos ir para lá. O trânsito pode estar ruim.

– Podemos limpar o trânsito.

– Ah, e isso não vai parecer nada suspeito – rebati.

– Duvido muitíssimo que ele o siga daqui.

Virei-me para ele.

– E você apostaria a vida da sua filha nisso?

Ele parou tempo suficiente.

– Vocês não entendem – continuei, agora na cara dele. – Não me importa o dinheiro nem que eles fujam. Só quero a minha filha de volta.

– Entendemos, sim – disse Tickner –, mas você esqueceu de uma coisa.

– Do quê?

– Por favor – disse ele –, sente-se.

– Olhe, me faça um favor, tá? Me deixe ficar em pé. Sou médico. Conheço melhor do que ninguém o treinamento para dar más notícias. Não me venha com essa.

Tickner ergueu as mãos espalmadas e disse:

– É justo.

Depois inspirou profunda e lentamente. Tática de retardamento. Eu não estava com cabeça para isso.

– O que é? – perguntei.

– Quem fez isso atirou em você. Matou a sua mulher.

– Eu sei.

– Não, acho que não sabe. Pense um segundo. Não podemos permitir que vá sozinho. Quem fez isso tentou acabar com a sua vida. Deram dois tiros e o deixaram para morrer.

– Marc – disse Regan, se aproximando –, já lhe revelamos algumas teorias malucas. O problema é que não passam disso: teorias. Não sabemos quem realmente são esses sujeitos. Talvez seja apenas um sequestro simples, mas, se for, não parece com nada que já vimos. – A cara de interrogação dele sumira agora, substituída por uma tentativa de franqueza do tipo *ora, vamos*, as sobrancelhas erguidas. – O que sabemos com certeza é que tentaram matar você. Quem só quer o resgate não tenta matar os pais.

– Talvez planejassem tirar o dinheiro do meu sogro – falei.

– Então por que esperaram tanto?

Eu não tinha resposta.

– Talvez – continuou Tickner – não seja um sequestro. Pelo menos não a princípio. Talvez isso seja apenas um efeito colateral. Talvez você e a sua mulher fossem o alvo o tempo todo e agora queiram terminar o serviço.

– Acha que é armação?

– É uma forte possibilidade, sim.

– Então o que aconselham?

Tickner respondeu.

– Não vá sozinho. Consiga tempo para nos prepararmos direito. Faça com que liguem de novo.

Olhei para Lenny. Ele viu e assentiu.

– Não é possível – disse Lenny.

Tickner se virou para ele de cara feia.

– Com todo o devido respeito, o seu cliente aqui corre grave perigo.

– A minha filha também – retruquei. Palavras simples. A decisão era óbvia quando a gente mantinha a simplicidade. Virei-me e segui para o carro. – Mantenha os seus homens a distância.

capítulo 5

Não havia trânsito e cheguei ao shopping com bastante antecedência. Desliguei o motor e me recostei. Olhei em volta. Imaginei que provavelmente os policiais ainda estariam de olho em mim, mas não conseguia vê-los. Achei que isso era bom.

E agora?

Não fazia ideia. Esperei mais um pouco. Mexi no rádio, mas nada chamou a minha atenção. Liguei o toca-fitas. Quando Donald Fagan, do Steely Dan, começou a cantar "Black Cow", senti um leve sobressalto. Não a escutava desde... Ora, desde o tempo de faculdade. Por que Monica estava com essa fita? Então, com uma nova pontada, percebi que ela fora a última a usar o carro, que aquela devia ter sido a última música que ela ouviu.

Observei as pessoas se preparando para entrar no shopping. Concentrei-me nas jovens mães: o jeito como abriam a porta traseira da minivan; como desdobravam os carrinhos de bebê em pleno ar, com um floreio de mágico; como lutavam para soltar a prole das cadeirinhas que me lembravam Buzz Aldrin na *Apolo XI*; como avançavam de cabeça erguida, apertando habilmente o controle remoto que fazia as portas do carro se fecharem.

As mães, todas elas, pareciam tão blasés. Os filhos estavam com elas. A sua segurança, nas cadeirinhas com selo de certificação contra acidentes, dignas da Nasa, era um fato. E ali estava eu com uma sacola de dinheiro de resgate torcendo para ter a minha filha de volta. A linha tênue. Eu queria abrir a janela e berrar.

Estava quase na hora marcada. O sol batia direto no meu rosto. Estendi a mão para pegar os óculos escuros, mas achei melhor não. Não sei por quê. Pôr os óculos escuros deixaria o sequestrador nervoso? Não, acho que não. Talvez sim. Melhor não. Não correr riscos.

Os meus ombros se tensionaram. Não parava de tentar olhar em volta sem chamar muita atenção. Sempre que alguém estacionava próximo ou passava perto do meu carro, sentia um nó na barriga e me perguntava: Tara estaria por perto?

Agora eram duas horas em ponto. Queria que aquilo acabasse. Os minutos seguintes decidiriam tudo. Eu sabia disso. Calma. Precisava ficar calmo.

O aviso de Tickner reverberava na minha cabeça. Será que alguém simplesmente viria até o meu carro estourar os meus miolos?

Percebi que essa possibilidade era bem real.

Quando o celular tocou, dei um pulo. Levei-o à orelha e falei alô rápido demais.

A voz robótica disse:

– Saia pelo portão oeste.

Fiquei confuso.

– Para onde fica o oeste?

– Siga as placas para a Route 4. Pegue o viaduto. Estamos de olho. Se alguém o seguir, desapareceremos. Fique com o celular na orelha.

Obedeci de bom grado; a mão direita apertava tanto o celular contra a orelha que impedia a circulação. A mão esquerda agarrou o volante como se quisesse arrancá-lo.

– Pegue a Route 4 para oeste.

Virei à direita e entrei na rodovia. Olhei o retrovisor para ver se alguém me seguia. Difícil dizer. A voz robótica disse:

– Há uma galeria de lojas.

– Há um milhão de galerias de lojas – retruquei.

– Fica à direita, ao lado de uma loja de berços. Na frente da saída de Paramus.

Vi.

– Tudo bem.

– Entre lá. Você verá um caminho à esquerda. Vá até os fundos e desligue o motor. Fique com o dinheiro pronto para mim.

Entendi na mesma hora por que o sequestrador escolhera esse lugar. Só havia uma entrada. Todas as lojas estavam para alugar, a não ser pela de berços. E essa ficava na extrema direita. Em outras palavras, era fechado e bem perto de uma rodovia. Não havia como alguém dar a volta por trás nem desacelerar sem ser notado.

Torci para os policiais entenderem isso.

Quando cheguei aos fundos do prédio, vi um homem em pé ao lado de uma van. Usava uma camisa de flanela xadrez vermelha e preta, calça jeans preta, óculos escuros e um boné dos Yankees. Tentei achar algo que o distinguisse, mas a palavra que veio à mente foi *mediano*. Altura mediana, compleição mediana. A única coisa que se destacava era o nariz. Mesmo de longe dava para ver que era deformado, como o de um ex-boxeador. Mas seria real ou algum tipo de disfarce? Eu não sabia.

Observei a van. Havia um letreiro: B & T ELETRICISTAS, de Ridgewood, Nova Jersey. Nenhum telefone ou endereço. A placa era de Nova Jersey. Memorizei-a.

O homem levou um celular aos lábios em estilo walkie-talkie e ouvi a voz mecânica dizer:

– Vou me aproximar. Passe o dinheiro pela janela. Não saia do carro. Não me diga nada. Quando estivermos longe, com o dinheiro em segurança, ligarei para dizer onde você pode pegar a sua filha.

O homem de camisa xadrez e calça jeans preta baixou o celular e se aproximou. A camisa estava para fora da calça. Estaria armado? Não dava para saber. E, mesmo que estivesse, o que eu poderia fazer? Apertei o botão para abrir as janelas. Elas não se mexeram. A chave precisava estar virada. O homem se aproximava. O boné dos Yankees estava puxado para a frente até a aba tocar os óculos. Estendi a mão para a chave e dei uma torcida minúscula. As luzes do painel voltaram à vida. Apertei o botão de novo. A janela baixou.

Novamente tentei encontrar algo que distinguisse o homem. O andar era levemente desequilibrado, como se tivesse tomado um ou dois drinques, mas ele não parecia nervoso. O rosto estava mal barbeado. As mãos, sujas. A calça, rasgada no joelho direito. Os tênis All-Star de cano alto já tinham vivido dias melhores.

Quando ele estava a apenas dois passos do carro, empurrei a sacola até a janela e me preparei. Prendi a respiração. Sem atrasar o passo, o homem pegou o dinheiro e deu meia-volta rumo à van. Então se apressou. A traseira da van se abriu e ele pulou para dentro com a porta se fechando imediatamente depois. Foi como se a van o engolisse inteiro.

O motorista deu a partida. A van saiu a toda, e só então percebi que havia uma entrada dos fundos que dava para uma rua lateral. A van disparou por ela e sumiu.

Eu estava sozinho.

Fiquei parado e esperei o celular tocar. O coração batia com força. A camisa estava encharcada de suor. Nenhum outro carro entrou ali. O asfalto estava rachado. Caixas de papelão se projetavam da caçamba de lixo. Garrafas quebradas cobriam o lugar. Os meus olhos fitavam o chão com firmeza, tentando decifrar as palavras em rótulos apagados de cerveja.

Quinze minutos se passaram.

Fiquei imaginando o meu reencontro com a minha filha, como a pegaria e a ninaria e a acalmaria com sons suaves. O celular. O celular deveria tocar.

Fazia parte do combinado. O celular tocando, a voz robótica me dando instruções. Essas eram as partes um e dois. Por que o maldito celular não cooperava?

Um Buick LeSabre parou no estacionamento, mantendo uma boa distância de mim. Não reconheci o motorista, mas Tickner estava no banco do carona. Os nossos olhos se cruzaram. Tentei ler algo na sua expressão, mas ele ainda era pura placidez.

Fitei agora o celular, não ousando afastar os olhos. O tique-taque estava de volta, dessa vez lento e forte.

Mais dez minutos se passaram até o celular tocar a sua musiquinha. Coloquei-o na orelha antes que o toque tivesse a chance de completar três notas.

– Alô! – disse.

Nada.

Tickner me observava com atenção. Ele deu um leve aceno com a cabeça, embora eu não entendesse por quê. O seu motorista ainda estava com as duas mãos no volante, uma de cada lado.

– Alô! – Tentei de novo.

– Eu falei para não entrar em contato com a polícia – disse a voz robótica. Gelo inundou as minhas veias. – Não há segunda chance.

E então o celular ficou mudo.

capítulo 6

Não havia como escapar.
Ansiei por algum torpor. Pelo estado comatoso do hospital. Por uma bolsa de soro e seu fluxo ininterrupto de anestésicos. A minha pele fora arrancada. As minhas terminações nervosas estavam expostas. Eu conseguia sentir tudo.

O medo e o desespero tomaram conta de mim. O medo me trancou num quarto, enquanto o desespero – a consciência horrível de que eu tinha estragado tudo e não podia fazer nada para aliviar a dor da minha filha – me prendeu numa camisa de força e apagou a luz. Eu podia muito bem estar enlouquecendo.

Os dias se passaram numa neblina arrastada. Eu ficava a maior parte do tempo ao lado do telefone – de vários telefones, na verdade. O telefone fixo, o meu celular e o celular do sequestrador. Comprei um carregador para o celular do sequestrador para que continuasse funcionando. Ficava no sofá. Os celulares à minha direita. Tentava olhar para o outro lado, até mesmo assistir à televisão, porque me lembrava do velho ditado sobre a chaleira vigiada que nunca ferve. Ainda lançava olhares furtivos àqueles malditos telefones, temendo que fugissem, mandando que tocassem.

Tentei desenterrar novamente aquela ligação sobrenatural entre pai e filha, aquela que antes insistira que Tara ainda estava viva. Achei que o pulso ainda estava lá (ou pelo menos me obriguei a acreditar nisso), batendo fraquinho, a ligação agora tênue na melhor das hipóteses.

"Não há segunda chance..."

Para aumentar a minha culpa, na noite anterior sonhei com uma mulher que não era Monica: Rachel, o meu antigo amor. Foi um daqueles sonhos com tempo e realidade distorcidos, aqueles em que o mundo é totalmente estranho e até contraditório, mas nem assim a gente o questiona. Rachel e eu estávamos juntos. Ainda não tínhamos rompido, mas tínhamos ficado separados todos esses anos. Eu ainda tinha 34 anos, mas ela não envelhecera desde o dia em que me deixara. Tara ainda era minha filha no sonho – na verdade, nunca fora sequestrada –, mas de certa forma também era de Rachel, embora Rachel não fosse a mãe. Provavelmente você já teve sonhos assim. Na verdade nada faz sentido, mas a gente não questiona o que vê. Quando acordei, o sonho se desfez em fumaça, como sempre acontece. Fiquei com um gosto amargo na boca e uma saudade que puxava com força inesperada.

A minha mãe ficava tempo demais na minha casa. Ela tinha acabado de largar outra bandeja de comida na minha frente. Ignorei e, pela milionésima vez, ela repetiu o seu mantra:

– Você tem que manter as forças por Tara.

– Certo, mãe, força é a palavra-chave aqui. Se eu fizer flexões suficientes isso vai trazê-la de volta.

Mamãe balançou a cabeça, se recusando a morder a isca. Era cruel dizer aquilo. Ela também estava sofrendo. A neta sumira e o filho estava em péssimo estado. Observei-a suspirar e voltar para a cozinha. Não pedi desculpas.

Tickner e Regan faziam visitas frequentes. Lembravam-me o som e a fúria de Shakespeare, que nada significavam. Falaram-me de todas as maravilhas tecnológicas utilizadas na busca de Tara – coisas envolvendo DNA e impressões latentes e câmeras de segurança e aeroportos e cabines de pedágio e estações de trem e rastreadores e vigilância e laboratórios. Repetiram-me os clichês policiais provados e comprovados como "verificar todas as possibilidades" e "seguir todas as pistas". Eu fazia que sim com a cabeça. Eles me fizeram olhar fotos de bandidos, mas o cara de camisa de flanela não estava em nenhum dos álbuns.

– Fizemos uma investigação sobre a B & T Eletricistas – disse Regan naquela primeira noite. – A empresa existe, mas eles usam letreiros magnéticos, do tipo que é fácil tirar do veículo. Alguém roubou um deles dois meses atrás. Nunca acharam que valesse a pena dar queixa.

– E a placa? – perguntei.

– O número que você nos passou não existe.

– Como assim?

– Eles usaram duas placas velhas – explicou Regan. – Eles cortam as placas ao meio e depois soldam a metade de uma com a metade da outra.

Fiquei olhando para ele.

– Há algo bom nisso – acrescentou Regan.

– É?

– Significa que estamos lidando com profissionais. Sabiam que, se entrassem em contato conosco, estaríamos no shopping. Acharam um lugar de entrega onde não poderíamos entrar sem sermos vistos. Obrigaram a gente a seguir pistas inúteis com o letreiro falso e as placas soldadas. Como disse, são profissionais.

– E isso é bom porque...?

– Em geral, profissionais não gostam de sangue.

– Então o que estão fazendo?

– A nossa teoria – disse Regan – é que estão querendo amaciar você para pedir mais dinheiro.

Querendo me amaciar. Estava dando certo.

O meu sogro ligou depois do fiasco do resgate. Deu para ouvir a decepção na voz de Edgar. Não quero soar grosseiro aqui; foi Edgar que deu o dinheiro e deixou claro que faria tudo de novo. Mas a decepção parecia ser direcionada a mim por não ter seguido o seu conselho de não entrar em contato com a polícia, não ao resultado final.

É claro que nisso ele estava certo. Eu tinha estragado tudo.

Tentei participar da investigação, mas a polícia não foi nada encorajadora. Nos filmes, as autoridades cooperam e dividem informações com a vítima. Naturalmente, fiz muitas perguntas a Tickner e Regan sobre o caso. Eles não respondiam. Nunca discutiam pontos específicos comigo. Tratavam os meus interrogatórios quase com desdém. Por exemplo, eu queria saber mais sobre como a minha mulher fora encontrada, por que estava nua. Eles se fechavam.

Lenny ficava muito tempo na minha casa. Tinha dificuldade de me olhar nos olhos porque também se culpava por ter me incentivado a falar com a polícia. A cara de Regan e Tickner flutuava entre a culpa por tudo ter dado tão errado e outro tipo de culpa, como se talvez eu, pai e marido enlutado, estivesse por trás daquilo desde o princípio. Queriam saber tudo sobre o meu abalado casamento com Monica. Queriam saber do meu revólver desaparecido. Foi exatamente como Lenny previra. Quanto mais o tempo passava, mais as autoridades voltavam o olhar para o único suspeito à disposição.

O papai aqui.

Depois de uma semana, a presença da polícia e do FBI começou a esmaecer. Tickner e Regan não apareciam tanto. Olhavam o relógio com mais frequência. Pediam licença para telefonemas envolvendo outros casos. É claro que eu compreendia. Não houvera novas pistas. A situação tinha se acalmado. Parte de mim gostou do descanso.

Então, no nono dia, tudo mudou.

Às dez da noite, comecei a me preparar para dormir. Estava sozinho. Amo a minha família e os meus amigos, mas eles perceberam que eu precisava de um tempo só meu. Todos tinham ido embora antes do jantar. Pedi comida e, seguindo as instruções anteriores de mamãe, comi para ter forças.

Olhei o despertador na mesinha de cabeceira. Foi assim que soube que eram exatamente 22h18. Dei uma olhada na janela, só para ver a paisagem. No escuro, quase deixei de perceber – nada foi registrado conscientemente –, mas algo capturou o meu olhar. Parei e olhei de novo.

Lá, em pé como uma pedra na minha calçada, observando a minha casa, havia uma mulher. Supus que estava olhando na minha direção. Não sabia com certeza. O rosto estava oculto pelas sombras. Tinha cabelo comprido – isso dava para ver pela silhueta – e usava um casaco longo. As mãos estavam enfiadas nos bolsos.

Ela estava ali parada.

Não soube direito o que pensar. Estávamos no noticiário, é claro. Toda hora apareciam repórteres. Olhei os dois lados da rua. Nenhum carro, nenhuma van de reportagem, nada. Ela viera a pé. Mais uma vez, isso não era estranho. Moro num bairro afastado do centro. As pessoas fazem caminhadas a qualquer hora, geralmente com um cão, o cônjuge ou ambos, mas dificilmente seria tão extraordinário assim uma mulher caminhando sozinha.

Então por que parara?

Curiosidade mórbida, imaginei.

Parecia alta vista dali, mas isso não passava de um palpite. Não sabia o que fazer. Uma sensação desconfortável deslizou pelas minhas costas. Peguei o casaco de moletom e joguei por cima da camisa do pijama. Fiz o mesmo com as calças do moletom. Olhei pela janela de novo. A mulher se enrijeceu.

Ela tinha me visto.

A mulher se virou e começou a andar depressa. O meu peito se apertou. Tentei abrir a janela. Estava emperrada. Bati nas laterais para soltá-la e tentei de novo. De má vontade, ela cedeu uns 3 centímetros. Baixei a boca até a fresta.

– Espere!

Ela apressou o passo.

– Por favor, espere um instante.

Ela começou a correr. Droga. Dei meia-volta e saí correndo pela porta atrás dela. Não sabia onde estavam os chinelos e não havia tempo para sapatos. Corri lá fora. A grama fez cócegas nos meus pés. Disparei na direção que ela tomara. Tentei segui-la, mas a perdi.

Quando voltei para dentro de casa, liguei para Regan e contei a ele o que havia acontecido. Enquanto falava, já me sentia idiota. Uma mulher ficara parada na frente da minha casa. Grande coisa. Regan também não pareceu impressionado. Convenci-me de que não era nada, só uma vizinha abelhuda. Voltei para a cama, desliguei a televisão e acabei fechando os olhos.

Mas a noite não terminara.

Eram quatro da manhã quando o telefone tocou. Eu estava naquela condição que hoje chamo de adormecer. Não caio mais no sono de verdade. Fico pendendo acima dele com os olhos fechados. As noites passam com dificuldade, como os dias. A separação entre os dois é a mais tênue das cortinas. À noite, o corpo consegue descansar, mas a mente se recusa a desligar.

Com os olhos fechados, eu revivia a manhã do ataque pela enésima vez na esperança de despertar alguma nova lembrança. Comecei onde estava agora: no quarto. Lembrei que o despertador tinha tocado. Eu e Lenny íamos jogar raquetebol naquela manhã. Fazia mais ou menos um ano que jogávamos toda quarta-feira e, até então, tínhamos chegado ao ponto em que os jogos passaram de "lamentáveis" a "quase terapêuticos". Monica estava acordada, no chuveiro. Eu tinha uma cirurgia marcada para as onze horas. Levantei e dei uma olhada em Tara. Voltei para o quarto. Agora Monica saíra do chuveiro e estava vestindo a calça jeans. Desci para a cozinha, ainda de pijama, abri o armário à direita da geladeira, escolhi a barra de granola de framboesa em vez da de mirtilo (eu chegara a contar esse detalhe a Regan recentemente, como se fosse importante) e me apoiei na pia enquanto comia...

Droga, era só isso. Nada até o hospital.

O telefone tocou uma segunda vez. Os meus olhos se abriram.

A mão encontrou o telefone. Atendi:

– Alô!

– É o detetive Regan. Estou com o agente Tickner. Chegaremos aí em dois minutos.

Engoli em seco.

– O que foi?

– Dois minutos.

Ele desligou.

Saí da cama. Dei uma olhada na janela, meio que esperando ver a mulher de novo. Não havia ninguém lá. A calça jeans da véspera estava jogada no chão. Enfiei-me nela. Passei o moletom por cima da cabeça e desci a escada. Abri a porta da frente e espiei lá fora. Um carro da polícia dobrou a esquina. Regan dirigia. Tickner estava no banco do carona. Acho que nunca tinha visto os dois chegarem no mesmo veículo.

Eu sabia que não eram boas notícias.

Os dois desceram do carro. A náusea tomou conta de mim. Eu havia me preparado para essa visita desde que o resgate dera errado. Chegara a ponto de ensaiar na cabeça como aconteceria – como dariam o golpe e eu faria que sim, agradeceria e pediria licença. Treinara a minha reação. Sabia exatamente como tudo aconteceria.

Mas agora, enquanto observava Regan e Tickner vindo na minha direção, essas defesas sumiram. O pânico se instalou. O meu corpo começou a tremer. Eu mal conseguia ficar em pé. Os joelhos bambearam e me encostei no batente da porta. Os dois homens andavam em passo sincronizado. Eu me lembrei de um velho filme de guerra, da cena em que os oficiais vão à casa da mãe com o rosto solene. Balancei a cabeça, desejando que fossem embora.

Quando chegaram à porta, os dois entraram com tudo.

– Temos uma coisa para lhe mostrar – disse Regan.

Virei-me e segui. Regan acendeu um abajur, que não iluminava muito. Tickner foi até o sofá. Abriu o seu laptop. O monitor ganhou vida e o banhou de luz azul.

– Temos uma pista – explicou Regan.

Cheguei mais perto.

– O seu sogro nos deu a lista dos números de série das notas do resgate, lembra?

– Lembro.

– Uma dessas notas foi usada num banco ontem à tarde. O agente Tickner está carregando o vídeo.

– Do banco? – perguntei.

– É. Baixamos o vídeo para o laptop dele. Há doze horas, alguém levou uma nota de cem dólares ao banco para trocá-la por notas menores. Queremos que você dê uma olhada.

Sentei-me ao lado de Tickner. Ele apertou um botão. O vídeo começou imediatamente. Eu esperava imagens em preto e branco ou granuladas, de má qualidade. Não era nada disso. O vídeo fora filmado de cima, com cores quase vivas demais. Um careca falava com o caixa. Não havia som.

– Não o conheço – falei.

– Espere.

O careca disse alguma coisa ao caixa. Parecia que ambos deram risadas. Ele pegou um papelzinho e se despediu. O caixa acenou. A próxima pessoa da fila se aproximou do guichê. Ouvi o meu próprio gemido.

Era a minha irmã, Stacy.

O torpor que eu tanto desejara de repente me inundou. Não sei por quê. Talvez porque duas emoções diametralmente opostas me puxaram ao mesmo tempo. Uma, pavor. A minha própria irmã fizera aquilo. A minha própria irmã, que eu tanto amava, me traíra. Mas, a outra, esperança: agora tínhamos esperança. Tínhamos uma pista. E se havia sido Stacy, eu não podia acreditar que ela machucaria Tara.

– É a sua irmã? – perguntou Regan, apontando a imagem com o dedo.
– É. – Olhei-o. – Onde isso foi filmado?
– Nos montes Catskill – disse ele. – Numa cidade chamada...
– Montague – completei.
Tickner e Regan se entreolharam.
– Como sabe?
Mas eu já seguia para a porta.
– Sei onde ela está.

capítulo 7

O MEU AVÔ ADORAVA CAÇAR. Sempre achei estranho porque ele era uma alma muito gentil e afável. Nunca falava da sua paixão. Não pendurava cabeças de cervo sobre a lareira. Não guardava fotos de troféus, galhadas de lembrança nem sei lá o que os caçadores gostam de fazer com carcaças. Não caçava com amigos nem parentes. Para o meu avô, caçar era uma atividade solitária; ele não a explicava, não a defendia nem dividia com os outros.

Em 1956, vovô comprou uma cabaninha na floresta de caça de Montague, no estado de Nova York. O preço, conforme me contaram, foi de menos de 3 mil dólares. Duvido que hoje valha muito mais. Tinha apenas um quarto. A estrutura conseguia ser rústica mas sem qualquer sinal do charme normalmente associado a essa palavra. Era quase impossível de achar; a estrada de terra acabava 200 metros antes da cabana. Era preciso caminhar até lá por uma trilha na mata fechada.

Quatro anos atrás, quando ele morreu, a minha avó a herdou. Pelo menos, foi o que supus. Na verdade, ninguém pensou muito nisso. Os meus avós tinham se mudado para a Flórida quase uma década antes. A minha avó agora estava nas garras da doença de Alzheimer, e imaginei que a velha cabana devia fazer parte do patrimônio. Em termos de impostos e outras despesas, provavelmente estava afundada em dívidas.

Quando éramos crianças, todo verão eu e a minha irmã passávamos um fim de semana com os nossos avós na cabana. Eu não gostava. Para mim, a natureza era um tédio às vezes interrompido por um ataque violento de mosquitos. Não havia televisão. Íamos para a cama cedo demais e era escuro demais. Durante o dia, o silêncio profundo era abalado com frequência excessiva pelo eco encantador de tiros de espingarda. Passávamos a maior parte do tempo caminhando, atividade que até hoje acho tediosa. Certa vez, a minha mãe só me mandou roupas cáqui. Passei dois dias apavorado, com medo de um caçador me confundir com um veado.

Stacy, por outro lado, se sentia reconfortada lá. Mesmo bem pequena, ela parecia adorar a fuga do nosso labirinto suburbano, da escola e das atividades extracurriculares, das equipes esportivas e da popularidade. Ela passava horas perambulando. Colhia folhas de árvore e guardava lagartas num vidro. Passava os pés pelos tapetes de agulhas caídas dos pinheiros.

Expliquei sobre a cabana a Tickner e Regan enquanto avançávamos pela Route 87. Pelo rádio, Tickner avisou o departamento de polícia de Montague. Ainda me lembrava de como chegar à cabana, mas descrever o caminho era mais difícil. Fiz o melhor que pude. Regan pisou fundo no acelerador. Eram 4h30 da manhã. Não havia trânsito nem necessidade de sirene. Chegamos à saída 16 da New York Thruway e passamos voando pelo Woodbury Common Outlet Center.

A floresta era um borrão. Agora não estávamos longe. Disse a ele onde entrar. O carro subiu e desceu estradas que não tinham mudado uma vírgula nas últimas três décadas.

Quinze minutos depois, estávamos lá.

Stacy.

A minha irmã nunca foi muito bonita. Isso pode ter sido parte do problema. É, parece bobagem. É bobo mesmo. Mas vou explicar de qualquer modo. Ninguém convidou Stacy para o baile. Garotos nunca telefonavam. Ela tinha pouquíssimos amigos. É claro que muitos adolescentes têm as mesmas dificuldades. A adolescência é uma guerra; ninguém sai ileso. E, claro, a doença do meu pai era um fardo tremendo para nós. Mas nada disso explica.

No final, depois de todas as teorias e psicanálises, depois de vasculhar todos os traumas de infância, acho que o que deu errado com a minha irmã era algo mais básico. Ela tinha algum tipo de desequilíbrio químico no cérebro. Alguma substância a mais fluindo aqui, outra de menos fluindo ali. Não reconhecemos os sinais de alerta com antecedência suficiente. Stacy era deprimida numa época em que confundiam esse comportamento com estar emburrado. Ainda uso esse tipo de explicação complicada para justificar a minha própria indiferença em relação a ela. Stacy era apenas a minha irmã caçula esquisita. Eu já tinha os meus problemas, muito obrigado. Adolescentes são egoístas, essa é a descrição mais verdadeiramente redundante de todas.

Seja como for, se a origem da infelicidade de Stacy fosse fisiológica, fosse psicológica – ou o combo completo –, sua jornada destrutiva chegara ao fim.

A minha irmã caçula estava morta.

Nós a encontramos no chão, encolhidinha em posição fetal. Era assim que ela dormia quando criança, os joelhos junto ao peito, o queixo escondido. Embora não houvesse nenhuma marca, dava para ver que não estava dormindo. Me abaixei. Os olhos de Stacy estavam abertos. Ela me encarava diretamente, sem piscar, questionadora. Ainda parecia perdida. Não era para ser assim. A morte deveria trazer descanso. A morte deveria trazer a paz que lhe fora tão fugidia em vida. Por que, perguntei a mim mesmo, Stacy ainda parecia tão perdida?

Uma agulha hipodérmica estava no chão ao seu lado, sua companheira tanto na vida quanto na morte. Drogas, é claro. Intencional ou não, eu ainda não sabia. Também não tinha tempo de pensar nisso. A polícia se espalhou. Forcei os olhos a se afastarem dela.

Tara.

O lugar estava uma bagunça. Guaxinins tinham conseguido entrar e tinham criado para si um lar confortável. O sofá onde o meu avô tirava os seus cochilos, sempre com os braços cruzados sobre o peito, estava rasgado. O enchimento se derramava pelo chão. Molas pulavam em busca de alguém para furar. O lugar todo cheirava a urina e animais mortos.

Parei e tentei escutar o som do choro de um bebê. Nada. Apenas mais um cômodo. Mergulhei no quarto atrás de um policial. O lugar estava às escuras. Liguei o interruptor. Nada aconteceu. As lanternas fatiaram o negrume como sabres. Os meus olhos examinaram o quarto. Quando vi, quase chorei.

Havia um cercadinho.

Era um daqueles modernos com as laterais de tela, que se dobram para facilitar o transporte. Eu e Monica temos um. Não conheço ninguém com um bebê que não tenha. A etiqueta do produto estava pendurada ao lado. Devia ser novo.

As lágrimas subiram aos meus olhos. A lanterna passou pelo cercadinho, dando-lhe um efeito estroboscópico. Parecia estar vazio. O meu coração apertou. Corri até lá de qualquer modo, caso a luz tivesse provocado uma ilusão de óptica, caso Tara estivesse tão docemente embrulhadinha que, sei lá, mal fizesse volume.

Mas havia só uma manta lá dentro.

Uma voz suave – uma voz de um pesadelo sussurrante e inescapável – flutuou pelo quarto.

– Jesus Cristo.

Virei a cabeça na direção do som. A voz voltou, mais fraca dessa vez.

– Aqui – disse um policial. – No armário.

Tickner e Regan já estavam lá. Ambos olhavam para dentro. Mesmo com a luz fraca, vi o rosto deles empalidecer.

Os meus pés se arrastaram para a frente. Atravessei o quarto, quase caindo, e segurei o puxador da porta do armário no último instante para recuperar o equilíbrio. Olhei pela porta e vi. Então, enquanto fitava o tecido esfarrapado, pude realmente sentir as minhas entranhas implodirem e se esfarelarem.

Ali, caído no chão, rasgado e descartado, estava um macacão rosa com pinguins pretos.

Dezoito meses depois

capítulo 8

L‌YDIA AVISTOU A VIÚVA sentada sozinha na Starbucks.

A viúva estava num banco alto, fitando com olhar perdido o suave tráfego de pedestres. O café estava perto da janela, o vapor formando um círculo no vidro. Lydia a observou um instante. Ela ainda parecia arrasada: o olhar longe, a postura derrotada, o cabelo sem vida, o tremor nas mãos.

Lydia pediu um café com leite desnatado com uma dose extra de expresso de tamanho grande. O barista, um rapaz magro demais de cavanhaque, vestido de preto, lhe deu a dose extra "por conta da casa". Os homens, mesmo os jovens, faziam coisas desse tipo para Lydia. Ela baixou os óculos escuros e agradeceu. Ele quase se mijou.

Lydia foi até a mesa em que ficavam o açúcar, a canela, sabendo que ele ainda estava olhando para a sua bunda. Mais uma vez, estava acostumada. Acrescentou um adoçante em pó ao café. Havia muitos lugares vagos, mas Lydia se sentou no banco alto ao lado da viúva. Ao senti-la chegar, a viúva saiu do seu devaneio.

– Wendy? – chamou Lydia.

Wendy Burnet, a viúva, se virou para a voz suave.

– Sinto muito pela sua perda – continuou com um sorriso.

Ela sabia que tinha um sorriso caloroso. Usava um terninho cinza bem cortado no corpo firme e miúdo. A saia tinha uma fenda bem alta. Sexy formal. Os olhos tinham aquele jeito brilhante, o nariz era pequeno e levemente arrebitado. O cabelo era cacheado num tom meio ruivo, mas ela podia mudá-lo – e o fazia com frequência.

Wendy Burnet fitou Lydia tempo suficiente para a mulher se perguntar se fora reconhecida. Já vira aquele olhar muitas vezes, aquela expressão insegura de conheço-você-de-algum-lugar, embora não aparecesse mais na TV desde os 13 anos. Alguns chegavam até a comentar: "Ei, sabe com quem você parece?", mas Lydia – naquela época, anunciada como Larissa Dane – não ligava.

Infelizmente, essa hesitação era diferente. Wendy Burnet ainda estava em choque com a horrível morte do amor de sua vida. Simplesmente estava demorando para perceber e assimilar dados desconhecidos. Provavelmente se perguntava como reagir, se devia ou não fingir que conhecia Lydia.

Depois de mais alguns segundos, preferiu não se comprometer.
– Obrigada.
– Pobre Jimmy – continuou Lydia. – Que jeito horrível de partir.

Wendy procurou o copo com café e deu um bom gole. Lydia verificou as anotações na lateral do copo e viu que a Viúva Wendy também pedira um café com leite grande, mas semidescafeinado e com leite de soja. Lydia se aproximou um pouco mais.

– Você não sabe quem eu sou, sabe?

Wendy lhe deu um sorrisinho como quem diz "me pegou".

– Sinto muito.
– Não precisa. Acho que nunca nos encontramos.

Wendy esperou que Lydia se apresentasse. Como ela não o fez, disse:

– Então você conhece o meu marido?
– Ah, conhecia.
– Trabalha com seguros, também?
– Não, acho que não.

Wendy franziu a testa. Lydia tomou um gole de café. O mal-estar aumentou, pelo menos para Wendy. Para Lydia, estava tudo bem. Quando ficou esquisito demais, a viúva se levantou para ir embora.

– Então, prazer em conhecê-la.
– Eu... – começou Lydia, hesitante até estar certa de ter toda a atenção de Wendy. – Fui a última pessoa a ver Jimmy vivo.

Wendy parou. Lydia tomou outro gole e fechou os olhos.

– Bom e forte – disse, apontando o copo. – Adoro o café daqui. E você?
– O que você disse...?
– Por favor – disse Lydia com um pequeno movimento do braço. – Sente-se para eu explicar direito.

Wendy deu uma olhada nos baristas. Estavam ocupados gesticulando e se queixando da grande conspiração mundial que os impedia de levar a vida mais extraordinária do mundo. Wendy se sentou de volta no banco. Por alguns momentos, Lydia apenas a fitou. Ela tentou sustentar o seu olhar.

– Sabe – começou Lydia, dando um novo sorriso caloroso e inclinando a cabeça –, fui eu que matei o seu marido.

O rosto de Wendy empalideceu.

– Isso não tem a menor graça.
– É verdade, nisso tenho que concordar com você, Wendy. Mas é preciso dizer que o meu objetivo não era humorístico. Quer ouvir uma piada? Estou

num grupo que compartilha piadas por e-mail. A maioria é ruim, mas de vez em quando eles mandam uma ótima.

Wendy estava atordoada.

– Quem é você?

– Acalme-se, Wendy.

– Quero saber...

– Shhh. – Lydia pôs o dedo nos lábios de Wendy com demasiada ternura. – Deixe-me explicar, certo?

Os lábios de Wendy tremeram. Lydia manteve o dedo ali mais alguns segundos.

– Você está confusa. Compreendo. Vou esclarecer algumas coisas. Em primeiro lugar, sim, fui eu quem pôs a bala na cabeça de Jimmy. Mas Heshy – Lydia apontou pela janela um homem enorme de cabeça deformada –, ele fez o estrago anterior. Na minha opinião, na hora em que matei Jimmy, sabe, acho que lhe fiz um favor.

Wendy só ficou olhando.

– Quer saber por quê, não é? É claro que quer. Mas, lá no fundo, Wendy, acho que você sabe. Somos mulheres do mundo, não somos? Conhecemos os nossos homens.

Wendy não disse nada.

– Wendy, sabe do que estou falando?

– Não.

– É claro que sabe, mas vou dizer assim mesmo. Jimmy, o seu querido marido que partiu, devia muito dinheiro a certas pessoas muito desagradáveis. Hoje, a quantia é de quase 200 mil dólares. – Lydia sorriu. – Wendy, você não vai fingir que não sabe nada sobre os problemas do seu marido com o jogo, não é?

Wendy teve dificuldade de formar as palavras.

– Não entendi...

– Espero que a sua confusão não tenha nada a ver com o fato de eu ser mulher.

– Como assim?

– Isso seria muito mesquinho e sexista da sua parte, não acha? Estamos no século XXI. As mulheres podem ser o que quiserem.

– Você... – Wendy parou, tentou de novo. – Você assassinou o meu marido?

– Você vê muita televisão, Wendy?

– O quê?

– Televisão. Sabe, na televisão, quando alguém como o seu marido deve dinheiro a alguém, bom, o que acontece?

Lydia parou como se realmente esperasse uma resposta. Finalmente, Wendy disse:

– Não sei.

– É claro que sabe, mas vou responder por você mais uma vez. Mandam alguém como eu... Tudo bem, geralmente um *homem*... para fazer ameaças. Depois talvez o meu colega Heshy lá fora lhe dê uma surra ou quebre suas pernas, coisas assim. Mas nunca matam o sujeito. Essa é uma daquelas regras dos bandidos da TV. "Não se pode cobrar um morto." Já ouviu dizerem isso, não é, Wendy?

Ela esperou. Finalmente, Wendy disse:

– Acho que sim.

– Mas, sabe, não é assim. Vejamos Jimmy, por exemplo. O seu marido tinha uma doença: o vício em apostas. Acertei? Isso lhe custou tudo, não foi? A seguradora que foi do seu pai. Jimmy a tomou para si. Agora acabou. O banco estava prestes a tomar a sua casa. Você e as crianças mal tinham dinheiro para comprar comida. E nem assim Jimmy parou. – Lydia balançou a cabeça. – Ah, os homens.

Havia lágrimas nos olhos de Wendy. A voz, quando ela conseguiu falar, estava fraquíssima.

– Então você o matou?

Lydia ergueu os olhos, balançando a cabeça de leve.

– Não estou explicando direito, não é? – Ela baixou os olhos e tentou de novo. – Já ouviu dizer que não dá para tirar leite de pedra?

Mais uma vez, Lydia esperou a resposta. Wendy finalmente fez que sim. Lydia pareceu contente.

– Pois é esse o caso aqui. Com Jimmy, quer dizer. Podia mandar meu amigo ali resolver com ele, Heshy é bom nisso; mas de que adiantaria? Jimmy não tinha dinheiro. Nunca conseguiria pôr as mãos nesse tipo de dinheiro. – Lydia se sentou um pouco mais ereta e mostrou as mãos. – Agora, Wendy, quero que você pense como um homem de negócios... Ou melhor, uma *pessoa* de negócios. Não precisamos ser feministas exageradas, mas acho que pelo menos devemos estar em condições iguais.

Lydia abriu outro sorriso a Wendy, que se encolheu.

– Tudo bem, então o que eu, uma *pessoa* de negócios inteligente, teria que fazer? Não posso permitir que me deem um calote, é claro. No meu ramo profissional, seria suicídio. Quem deve ao meu patrão precisa pagar. Não dá para ser diferente. O problema aqui é que Jimmy não tinha um centavo, mas... – Lydia parou e abriu mais o sorriso – mas tem esposa e três filhos. E era corretor de seguros. Está vendo aonde quero chegar, Wendy?

Wendy ficou com medo de respirar.

– Ah, acho que está, mas vou explicar de novo para você. Seguro. Mais especificamente, seguro de *vida*. Jimmy tinha uma apólice. Ele não quis admitir logo, mas afinal, bom, Heshy é muito convincente. – Os olhos de Wendy se desviaram para a janela. Lydia viu o tremor e escondeu o sorriso. – Jimmy nos disse que na verdade tinha duas apólices que pagariam um total de quase 1 milhão de dólares.

– Então você... – Wendy se esforçava para compreender. – Você matou Jimmy pelo dinheiro do seguro?

Lydia estalou os dedos.

– Isso aí, gata.

Wendy abriu a boca, mas não saiu nada.

– E, Wendy? Vou deixar isso bem claro. As dívidas de Jimmy não morrem com ele. Ambas sabemos disso. O banco ainda quer que você pague a hipoteca, não é? As empresas de cartão de crédito não param de somar os juros. – Lydia ergueu os pequenos ombros, as palmas das mãos para o alto. – Por que com o meu patrão seria diferente?

– Você não pode estar falando sério.

– O primeiro cheque do seu seguro deve chegar daqui a uma semana, mais ou menos. Nesse momento, a dívida do seu marido será de 280 mil dólares. Espero um cheque nesse valor no mesmo dia.

– Mas só as contas que ele deixou...

– Shhh. – Novamente Lydia a silenciou com o dedo sobre os lábios dela. A voz caiu para um cochicho íntimo. – Isso não é mesmo da minha conta, Wendy. Estou lhe dando a rara oportunidade de sair dessa. Declare falência, se for preciso. Você mora num bairro chique. Mude-se. Jack é o seu filho de 11 anos, não é?

Wendy deu um pulo ao ouvir o nome do filho.

– Então, não mande Jack para o acampamento de verão este ano. Arranje um emprego para ele depois da escola. Ou coisa assim. Nada disso é da minha conta. Você, Wendy, pagará o que deve e pronto, acabou. Nunca mais me verá nem ouvirá falar de mim. Mas, se não pagar, bom, dê uma boa olhada em Heshy ali.

Ela parou e deixou Wendy obedecer. Teve o efeito desejado.

– Mataremos Jack primeiro. Então, dois dias depois, mataremos Lila. Se falar sobre essa conversa para a polícia, mataremos Jack, Lila e Darlene. Os três, em ordem de idade. E depois que você enterrar os seus filhos, ouça bem, Wendy, porque é importantíssimo, ainda assim farei você pagar.

Wendy não conseguiu falar.

Lydia fez um "Ah" de satisfação depois de um grande gole do café.

– De-li-ci-o-so – disse ela, levantando-se. – Gostei mesmo do nosso papinho de garotas, Wendy. Vamos nos encontrar em breve. Que tal na sua casa, ao meio-dia de sexta-feira, dia 16?

Wendy ficou de cabeça baixa.

– Entendeu?

– Entendi.

– O que você vai fazer?

– Pagar a dívida – disse Wendy.

Lydia sorriu.

– Novamente, as minhas mais sinceras condolências.

Lydia saiu e inspirou o ar fresco. Olhou para trás. Wendy Burnet não tinha se mexido. Lydia deu um aceno de despedida e se encontrou com Heshy. Ele media 2 metros. Ela, 1,55. Ele pesava 125 quilos. Ela, 48. A cabeça dele parecia uma abóbora deformada. Os traços dela pareciam feitos de porcelana no Oriente.

– Problemas? – perguntou Heshy.

– Por favor – disse Lydia com um gesto de desdém. – Vamos a empreendimentos mais lucrativos. Achou o nosso homem?

– Achei.

– E o pacote já foi?

– Claro, Lydia.

– Muito bom.

Ela franziu a testa, preocupada.

– O que foi? – perguntou ele.

– Estou com uma sensação esquisita.

– Quer voltar atrás?

Lydia sorriu.

– Nunca, jamais, Ursinho Pooh.

– Então o que quer fazer?

Ela pensou um pouco.

– Vamos ver como o Dr. Seidman reage.

capítulo 9

— Chega de suco de maçã – disse Cheryl a Conner, o filho de 2 anos.

Eu estava meio de lado, os braços cruzados. Fazia um frio cortante – o frio gelado e úmido de final do outono em Nova Jersey –, e puxei o capuz do moletom por cima do boné dos Yankees. Também estava com óculos Ray-Ban. Óculos escuros e capuz. Estava muito parecido com o retrato falado do Unabomber.

Estávamos num jogo de futebol para meninos de 8 anos. Lenny era o treinador principal. Precisava de um assistente e me recrutou, suponho, porque sou a única pessoa que sabe menos de futebol do que ele. Ainda assim, o nosso time estava ganhando. Acho que estava 83 a 2, mas não tenho certeza.

– Por que não posso mais tomar suco? – perguntou Conner.

– Porque – respondeu Cheryl com paciência de mãe – suco de maçã lhe dá diarreia.

– Dá?

– Dá.

À minha direita, Lenny afogava os garotos numa torrente constante de incentivo. "Você é o máximo, Ricky." "É isso aí, Petey." "*Isso* é o que eu chamo de marcação, Davey." Ele sempre acrescentava um *y* no final dos nomes. E, claro, é irritante. Num frenesi de empolgação, ele até me chamou de Marky. Uma vez.

– Tio Marc?

Senti um puxão na perna. Olhei para baixo e vi Conner, que tem 26 meses.

– O que há, amigão?

– Suco de maçã me dá diarreia.

– Bom saber – respondi.

– Tio Marc?

– Oi?

Conner me lançou o seu olhar mais sério.

– A diarreia não é minha amiga.

Olhei Cheryl de soslaio. Ela sufocou um sorriso, mas notei certa preocupação também. Voltei a olhar Conner.

– Grandes palavras, garoto.

Conner concordou, contente com a minha resposta. Eu o amo. Ele me deixa de coração partido e me traz alegria em igual medida, exatamente ao mesmo tempo. Vinte e seis meses. Dois a mais do que Tara. Observo o seu desenvolvimento com espanto e um anseio que poderia acender uma fornalha.

Ele se virou para a mãe. Espalhado em torno de Cheryl, estava todo o farnel da mamãe-mula-de-carga. Havia caixas de suco e barras de cereais. Havia fraldas e lenços umedecidos com aloe vera para bumbuns diferenciados. Havia mamadeiras. Havia biscoitos de canela, minicenouras bem lavadinhas, laranjas em gomos, uvas cortadas (fatiadas ao comprido, para não engasgar) e cubos do que esperei que fosse queijo, tudo hermeticamente fechado nos seus saquinhos Ziploc.

Lenny, o treinador-chefe, berrava para nossos jogadores estratégias importantes e vencedoras. Quando estávamos no ataque, ele lhes dizia: "Cruza para o gol!" Quando estávamos na defesa, ele os aconselhava: "Marca!" Então às vezes, como agora, ele lhes dava percepções inteligentes das sutilezas do jogo:

– Chuta a bola!

Lenny me lançou um olhar depois de berrar isso pela quarta vez seguida. Mostrei-lhe o polegar erguido e fiz com a cabeça um gesto de é-isso-aí. Ele quis me dar o dedo, mas havia muitas testemunhas menores de idade. Voltei a cruzar os braços e franzi os olhos para o campo. Os garotos estavam vestidos como profissionais. Chuteiras. Meias puxadas sobre as caneleiras. Muitos com aquela graxa preta sob os olhos, embora mal houvesse possibilidade de o sol sair. Dois haviam colado até aquelas tiras por cima do nariz para respirar melhor. Observei Kevin, meu afilhado, tentar chutar a bola segundo as instruções do pai. Então aquilo me acertou como um golpe.

Cambaleei para trás.

É assim que sempre acontece. Estou assistindo ao jogo, jantando com amigos, trabalhando num paciente, ouvindo música no rádio. Estou fazendo coisas normais, comuns, me sentindo bem, e então, *bam*, sou pego de surpresa.

Os meus olhos se encheram d'água. Antes do assassinato e do sequestro isso nunca me acontecia. Sou médico. Sei parecer equilibrado na vida pessoal e profissional. Mas hoje uso óculos escuros o tempo todo, como algum astro de filmes B cheio de si. Cheryl ergueu os olhos para mim e vi novamente a preocupação. Endireitei o corpo e forcei um sorriso. Ela estava linda. Isso acontecia às vezes. A maternidade combinava com certas mulheres. Dava à aparência delas um fascínio e uma riqueza quase celestiais.

Não quero lhe dar a impressão errada. Não passo os dias chorando. Vou vivendo. Estou de luto, é verdade, mas não o tempo todo. Não estou paralisado. Trabalho, embora ainda não tenha coragem de viajar para o exterior. Não paro de pensar que preciso estar por perto caso aconteça algo novo. Sei que esse tipo de pensamento não é racional e talvez seja até um delírio. Mas ainda não estou pronto.

O que mata – o que me causa aquele *bam* de surpresa – é o jeito como a tristeza adora pegar a gente no contrapé. Quando a reconhecemos, mesmo que não resolvida, ela pode de certo modo ser manipulada, refinada, ocultada. Mas a tristeza gosta de se esconder. Gosta de surgir do nada, nos dar um susto, zombar da gente, tirar de nós a normalidade fingida. Ela nos nina na hora de dormir e isso torna mais chocante aquele ataque surpresa.

– Tio Marc?

Era Conner de novo. Ele falava muito bem para um garoto da sua idade. Fiquei me perguntando como seria a voz de Tara, e, por trás dos óculos escuros, os meus olhos se fecharam. Cheryl percebeu alguma coisa e estendeu a mão para afastá-lo. Fiz que não.

– O que é, amigão?

– E o cocô?

– O que tem?

Ele olhou para cima e fechou um dos olhos, concentrado.

– O cocô é meu amigo?

Uma pergunta e tanto.

– Não sei, amigão. O que você acha?

Conner pensou na própria pergunta com tanta força que pareceu que ia explodir. Finalmente, respondeu:

– É mais meu amigo que a diarreia.

Concordei sabiamente com a cabeça. O nosso time marcou mais um gol. Lenny jogou os punhos para o ar e gritou: "Isso!" Quase deu uma estrela indo cumprimentar Craig (ou será que eu deveria dizer Craigy), que fez o gol. Os jogadores o seguiram. Houve muitos tapinhas de comemoração. Não participei. O meu serviço, imaginei, era ser o parceiro calado do histrionismo de Lenny, o Tonto do seu Zorro, o Abbott do seu Costello. Equilíbrio.

Observei os pais nas arquibancadas. As mães se reuniam. Falavam sobre os filhos, sobre realizações e atividades extracurriculares das crianças, e ninguém se escutava muito porque os filhos dos outros são uma chatice.

Os pais variavam entre filmar, berrar frases de incentivo e atormentar os filhos de um jeito quase doentio. Outros usavam celulares e remexiam constantemente em algum tipo de aparelho eletrônico portátil, sofrendo da síndrome da descompressão depois de passar a semana inteira mergulhados em trabalho.

Por que falei com a polícia?

Desde aquele dia terrível, já me disseram incontáveis vezes que não tive culpa do que aconteceu. Em certa medida, entendo que as minhas ações podem não ter feito qualquer diferença. É bem possível que eles nunca tenham pensado em devolver Tara. Ela podia até já estar morta antes do pedido de resgate. A morte pode ter sido acidental. Talvez tenham entrado em pânico ou estivessem nervosos. Quem sabe? Com certeza, eu não.

E, ah, aí está o problema.

Não posso ter certeza de não ser responsável. Ciência básica: para cada ação há uma reação.

Não sonho com Tara – ou, se sonho, os deuses são generosos o suficiente para não me deixarem lembrar. Mas é provável que os deuses estejam pouco se importando. Vamos mudar a frase. Talvez eu não sonhe especificamente com Tara, mas sonho com a van branca de placa fria e letreiro magnético roubado. Nos sonhos, ouço um ruído abafado, mas tenho bastante certeza de que é o som de um bebê chorando. Tara está na van, mas no meu sonho não vou na direção do som. As minhas pernas estão enterradas bem fundo naquela imobilidade dos pesadelos. Não consigo me mexer. Quando finalmente acordo, não consigo me impedir de pensar o óbvio. Tara estaria assim tão perto? E, mais importante: se eu fosse um pouco mais corajoso, poderia tê-la salvado bem ali?

O juiz, um garoto magricela do ensino médio com um sorriso largo, soprou o apito e gesticulou com as mãos acima da cabeça. Fim de jogo. Lenny berrou: "U-huu, ééé!" Os meninos de 8 anos se entreolharam, confusos. Um deles perguntou ao companheiro "Quem ganhou?", e o outro deu de ombros. Eles fizeram fila, como na Copa, para os apertos de mão pós-jogo.

Cheryl se levantou e pôs a mão nas minhas costas.

– Grande vitória, treinador.

– É, eu levo esse time nas costas – respondi.

Ela sorriu. Os meninos começaram a correr na nossa direção. Cumprimentei-os com o meu estoico gesto de cabeça. A mãe de Craig comprara uma caixa com cinquenta rosquinhas pequenas com decoração de Halloween.

A mãe de Dave estava com caixinhas de uma coisa chamada Yoo-hoo, uma desculpa pervertida para leite achocolatado com gosto de giz. Joguei uma rosquinha na boca e recusei o líquido. Cheryl perguntou:

– Qual o sabor desse?

Dei de ombros.

– Eles têm mais de um sabor?

Observei os pais interagirem com os filhos e me senti tremendamente deslocado. Lenny veio até mim.

– Grande vitória, não foi?

– Foi – respondi. – Somos o máximo.

Ele fez um gesto para nos afastarmos. Obedeci. Quando não podíamos mais ser ouvidos, Lenny disse:

– O inventário de Monica está quase terminado. Agora não vai levar muito tempo.

Respondi "aham" porque não ligava muito.

– Também redigi o seu testamento. Você precisa assiná-lo.

Nem Monica nem eu tínhamos feito testamento. Durante anos Lenny me falara disso. Você precisa deixar por escrito quem fica com o dinheiro, me lembrava ele, quem vai criar a sua filha, quem vai cuidar dos seus pais, blá, blá, blá. Mas não demos ouvidos. Íamos viver para sempre. Ora, testamentos são para os mortos.

Lenny mudou de assunto de repente.

– Vamos jogar uma partida de totó lá em casa?

– Já sou campeão do mundo – lembrei-lhe.

– Isso foi ontem.

– Um homem não pode aproveitar o seu título um pouquinho? Ainda não estou disposto a abandonar essa sensação.

– Entendo.

Lenny voltou para junto da família. Observei a filha Marianne encurralá-lo. Ela gesticulava muito. Ele deixou os ombros caírem, puxou a carteira, tirou uma nota. Marianne a pegou, lhe deu um beijo na bochecha, saiu correndo. Lenny a observou desaparecer, balançando a cabeça. Havia um sorriso no seu rosto. Virei para o outro lado.

A pior parte – ou devo dizer a melhor parte – era que eu tinha esperança.

Eis aqui o que descobrimos naquela noite na cabana do vovô: o cadáver da minha irmã, fios de cabelo pertencentes a Tara no cercadinho (confirmado pelo DNA) e um macacão rosa com pinguins pretos igual ao de Tara.

Eis aqui o que não achamos até agora: o dinheiro do resgate, a identidade, se havia, dos cúmplices de Stacy – e Tara.

Isso mesmo. Nunca encontramos a minha filha.

A floresta é grande, eu sei. O túmulo seria pequeno e fácil de esconder. Poderia haver pedras em cima. Um bicho pode tê-lo encontrado e arrastado o conteúdo para mais fundo dentro do matagal. O conteúdo poderia estar a quilômetros da cabana do meu avô. Poderia estar num lugar totalmente diferente.

Ou – embora eu guarde essa ideia para mim – talvez não haja túmulo nenhum.

Está vendo, a esperança está aí. Como a tristeza, a esperança se esconde, golpeia, provoca e nunca vai embora. Não tenho certeza de qual das duas é mais cruel.

A polícia e o FBI teorizam que a minha irmã agiu em conjunto com pessoas muito más. Embora ninguém saiba ao certo se a intenção original era sequestro ou assalto, quase todos concordam que alguém entrou em pânico. Talvez achassem que eu e Monica não estaríamos em casa. Talvez tenham pensado que só teriam que lidar com uma babá. Não importa, eles nos viram e, drogado ou enlouquecido, alguém atirou. Então outro alguém atirou, daí os testes de balística mostrarem que eu e Monica fomos atingidos por armas diferentes. Então sequestraram o bebê. Finalmente tiraram Stacy da jogada e a mataram com uma overdose de heroína.

Fico dizendo "eles" porque as autoridades também acreditam que Stacy teria pelo menos dois cúmplices. Um seria o profissional de cabeça fria que sabia como dar o golpe, soldar as placas da van e sumir sem deixar vestígios. O outro seria o "apavorado", por assim dizer, que atirou em nós e provavelmente causou a morte de Tara.

É claro que alguns não concordam com essa teoria. Alguns acreditam que só havia um cúmplice – o profissional frio – e que quem entrou em pânico foi a própria Stacy. Segundo essa teoria, foi ela que disparou a primeira bala, provavelmente em mim, porque não me lembro de nenhum tiro, e depois o profissional matou Monica para encobrir o erro. Essa teoria é sustentada por uma das poucas pistas que encontramos depois daquela noite na cabana: um traficante de drogas que, para reduzir a pena de outra acusação, contou às autoridades que Stacy comprara dele uma arma, um revólver calibre 38, uma semana antes do assassinato e do sequestro. Essa teoria fica ainda mais forte com o fato de que os únicos cabelos e impressões digitais inexplicáveis encontrados na cena do crime eram de Stacy. O profissional frio usaria luvas e tomaria cuidado, mas um cúmplice drogado provavelmente não.

Outros também não aceitam essa teoria, e, por isso, no departamento de polícia e no FBI, alguns preferem e sustentam um terceiro roteiro mais óbvio. O de que eu planejei tudo.

Essa teoria é mais ou menos assim: primeira condição, o marido é sempre o suspeito número um. Segunda, o meu Smith & Wesson calibre 38 ainda não apareceu. Eles me pressionam com essa pergunta o tempo todo. Gostaria de ter uma resposta. Terceira, nunca quis ter filhos. O nascimento de Tara me obrigou a um casamento sem amor. Eles acreditam ter provas de que eu pensava em divórcio (algo em que, sim, cheguei a pensar) e portanto planejei a coisa toda, do início ao fim. Convidei a minha irmã para ir à minha casa e talvez tenha lhe pedido ajuda para que ela levasse a culpa. Escondi o dinheiro do resgate. Matei e enterrei a minha própria filha.

É horrível mesmo, mas já passei do ponto de ter raiva. Estou além da exaustão. Nem sei mais onde é que estou.

É claro que o principal problema da hipótese deles é que é difícil imaginar como eu teria ferido a mim mesmo. Matei Stacy? Ela atirou em mim? Ou – rufar de tambores aqui – haverá uma terceira possibilidade por aí, uma fusão dessas duas hipóteses numa só? Alguns acreditam que sim, que eu estava por trás de tudo, mas havia outro cúmplice além de Stacy. Esse cúmplice matou Stacy, talvez contra a minha vontade, talvez como parte do meu plano grandioso de me livrar da culpa e vingar o tiro que levei. Ou coisa assim.

E lá vamos nós.

Em resumo, quando se examina tudo, eles – e eu – não temos nada. Nada do dinheiro do resgate. Nenhuma ideia de quem fez isso. Nenhuma ideia do porquê. E o mais importante: nenhum cadáver.

É aí que estamos hoje, um ano e meio depois do sequestro. Tecnicamente o caso ainda está aberto, mas Regan e Tickner passaram para casos novos. Não tenho notícias deles há quase seis meses. Os jornalistas nos atormentaram durante algumas semanas, mas, sem nada de novo de que se alimentar, também se retiraram para histórias mais suculentas.

As rosquinhas acabaram. Todo mundo começou a ir para o estacionamento sobrecarregado de minivans. Depois do jogo, nós, treinadores, levamos os nossos atletas em formação à sorveteria Schrafft's Ice Cream Parlor, uma tradição da cidade. Todos os treinadores de todas as outras ligas de todas as outras faixas etárias seguem a mesma tradição. O lugar estava lotado. Nada como um sorvete de casquinha no gelo do outono para enterrar o frio nos ossos.

Em pé com a minha casquinha sabor Cookies'n' Cream, examinei a cena. Filhos e pais. Era demais para mim. Olhei o relógio. Hora de ir embora, de qualquer modo. Cruzei os olhos com os de Lenny e indiquei com um gesto que estava indo. Com a boca, ele articulou a palavra *Testamento*. Caso eu não entendesse, ele chegou a fazer com a mão o movimento de assinar. Acenei ter entendido. Voltei para o meu carro e liguei o rádio.

Durante um bom tempo, fiquei ali sentado e observei o fluxo de famílias. Mantive os olhos sobretudo nos pais. Avaliei as suas reações às atividades mais ordinárias na esperança de ver uma centelha de dúvida, algo nos olhos que pudesse me consolar. Mas não vi.

Não tenho certeza de quanto tempo fiquei assim. Uns dez minutos, no máximo, acho. Uma antiga música de James Taylor começou a tocar no rádio. Ela me trouxe de volta. Sorri, liguei o carro e segui para o hospital.

Dali a uma hora, eu estava vestindo a roupa cirúrgica para operar um menino de 8 anos que, para usar uma terminologia conhecida por leigos e profissionais, sofrera um esmagamento facial. Zia Leroux, a minha sócia, estava lá.

Não sei direito por que escolhi ser cirurgião plástico. Não foi o canto de sereia da riqueza fácil nem o ideal de ajudar o próximo. Eu queria ser cirurgião quase desde o princípio, mas me via mais no campo vascular ou cardíaco. Só que as reviravoltas da vida acontecem de um jeito engraçado. No meu segundo ano de residência, o cirurgião cardíaco que cuidava do nosso turno era... Como é que se diz? Um perfeito babaca. Liam Reese, o médico encarregado da cirurgia estética, por outro lado, era incrível. O Dr. Reese tinha aquele ar invejável de quem tem tudo, aquela combinação de boa aparência, confiança calma e simpatia que atraía os outros naturalmente. Todo mundo queria agradá-lo. Todo mundo queria ser como ele.

O Dr. Reese se tornou o meu mentor. Ele me mostrou como a cirurgia reparadora era criativa, um processo de colar caquinhos que nos forçava a encontrar novas maneiras de consertar o que fora destruído. Os ossos do rosto e do crânio são a parte mais complexa da paisagem esquelética do corpo humano. Nós que o consertamos somos artistas. Somos músicos de jazz. Quando conversamos com cirurgiões ortopédicos ou torácicos, eles sabem ser bem específicos sobre os seus procedimentos. O nosso trabalho de reconstrução nunca é exatamente igual. Improvisamos. Isso o Dr. Reese me ensinou. Ele apelou ao meu lado tecnófilo falando de microcirurgia, enxertos ósseos e pele sintética. Lembro-me da visita que lhe fiz em Scarsdale. A esposa tinha pernas longas e era linda. A filha era oradora da escola. O filho era capitão do time de basquete e o garoto mais bacana que já conheci. Aos 49 anos, o Dr. Reese morreu num acidente de carro na Route 684, indo para Connecticut. Talvez alguém veja algo de comovente nisso, mas essa pessoa não sou eu.

Quando estava terminando a residência, arranjei uma bolsa de um ano para treinar cirurgia bucomaxilofacial no exterior. Não me inscrevi querendo ser um benfeitor; me inscrevi porque parecia legal. Esperava que fosse a minha versão de uma viagem como mochileiro na Europa. Não foi. Tudo deu errado desde o princípio. Fomos pegos de surpresa por uma guerra civil em Serra Leoa. Tratei de ferimentos tão horríveis, tão inconcebíveis, que era difícil acreditar que a mente humana fosse capaz de reunir a crueldade necessária para provocá-los. Mas, mesmo no meio dessa destruição, senti um êxtase estranho. Nem tento imaginar por quê. Como já disse, esse negócio me deixa empolgado. Em parte, talvez seja a satisfação de ajudar pessoas que realmente estão precisando. Ou talvez esse trabalho tenha me atraído pelo mesmo motivo que os esportes radicais atraem alguns: porque eles precisam do risco para se sentirem vivos.

Quando voltei, Zia e eu fundamos a One World e lá fomos nós. Adoro o que faço. Talvez o nosso trabalho pareça um esporte radical, mas também tem – desculpem o trocadilho – uma faceta humana. Gosto disso. Amo os meus pacientes, assim como também amo o distanciamento calculado, a frieza necessária ao que faço. Tenho um carinho imenso por eles, só que eles logo vão embora – amor intenso misturado a dedicação passageira.

O paciente de hoje nos apresentava um desafio bastante complicado. O meu santo padroeiro – e santo padroeiro de muita gente na cirurgia reparadora – é o pesquisador francês René LeFort. Ele jogava cadáveres do alto do telhado de uma taberna para ver o padrão natural das linhas de fratura no rosto. Aposto que isso impressionava as damas. Hoje, batizamos algumas fraturas com o nome dele: mais especificamente, LeFort tipo 1, LeFort tipo 2, LeFort tipo 3. Zia e eu conferimos as radiografias de novo. A projeção mento-naso de Waters dava uma visão melhor, mas a fronto-naso de Caldwell e a lateral confirmavam.

Resumindo, a linha de fratura desse menino de 8 anos era uma LeFort tipo 3, que provoca a separação completa entre o crânio e os ossos da face. Se eu quisesse, poderia arrancar o rosto do menino como uma máscara.

– Acidente de carro? – perguntei.

Zia fez que sim.

– O pai estava bêbado.

– Não me diga. Ele está bem, acertei?

– Ele se lembra até de ter colocado o próprio cinto de segurança.

– Mas não o do filho.

– Difícil demais. Já pensou? Ele estava cansado de levantar o copo tantas vezes.

Zia e eu começamos a jornada da vida em contextos bem diferentes. Como dizia "Brother Louie", clássico dos anos 1970 do grupo de rock Stories, Zia é negra como a noite e sou mais branco que o branco (o meu tom de pele descrito por Zia: "barriga de peixe debaixo d'água"). Nasci no Hospital Beth Israel, em Newark, e cresci nas ruas suburbanas de Kasselton, Nova Jersey. Zia nasceu numa casinha de barro, numa aldeia perto de Porto Príncipe, no Haiti.

Em algum momento durante o reinado de Papa Doc, seus pais se tornaram presos políticos. Ninguém sabe muitos detalhes. O pai foi executado. A mãe, quando a soltaram, estava traumatizada. Agarrou a filha e fugiu em algo que, com muita boa vontade, poderia ser chamado de jangada. Três passageiros morreram na viagem. Zia e a mãe sobreviveram. Acabaram indo parar no Bronx, onde foram morar no porão de um salão de beleza. As duas passavam os dias varrendo cabelo em silêncio. Para Zia, o cabelo era interminável. Ficava nas roupas, agarrado à pele, na garganta, no pulmão. Ela passou o resto da vida com a sensação de que tinha um fio perdido na boca e não conseguia tirá-lo. Até hoje, quando fica nervosa, ela pega a língua com os dedos, como se tentassem puxar uma lembrança do passado.

Quando a cirurgia acabou, Zia e eu desmoronamos num banco. Ela desamarrou a máscara cirúrgica e a deixou cair no peito.

– Mamão com açúcar – disse.

– Amém. Como foi o encontro de ontem?

– Uma droga – disse ela.

– Sinto muito.

– Os homens são um lixo.

– E eu não sei?

– Estou ficando tão desesperada – disse ela – que até pensei em transar com você de novo.

– Caraca. Mulher, você não tem amor-próprio?

O sorriso dela era ofuscante, o branco muito branco contra a pele escura. Ela media um tiquinho além de um e oitenta, com músculos lisos e maçãs do rosto tão altas e pontudas que a gente ficava com medo que lhe perfurassem a pele.

– Quando vai começar a chamar mulheres para sair? – perguntou ela.

– Eu chamo.

– Quer dizer, quando vai sair com alguma por tempo suficiente para ter um encontro sexual?

– Nem todas as mulheres são fáceis como você, Zia.

– Que pena – disse ela, dando um soquinho no meu braço de brincadeira.

Eu e Zia dormimos juntos uma vez – e ambos soubemos que nunca mais aconteceria. Foi assim que nos conhecemos. Fomos para a cama no meu primeiro ano na faculdade de Medicina. É, foi coisa de uma noite só. Tive o meu quinhão de casos de uma noite só, mas só duas foram memoráveis. A primeira foi um desastre. A segunda levou a um relacionamento que estimarei para sempre.

Eram oito da noite quanto tiramos a roupa cirúrgica. Pegamos o carro de Zia, uma coisa minúscula chamada BMW Mini, e fomos ao mercado na avenida Northwood. Zia falava sem parar enquanto empurrávamos os carrinhos pelos corredores. Eu gostava quando Zia falava. Me dava energia. No balcão de frios Zia puxou uma senha. Olhou a tábua de ofertas e franziu a testa.

– O que foi? – perguntei.

– Presunto Cabeça de Javali em oferta.

– E daí?

– Cabeça de Javali – repetiu ela. – Que gênio do marketing inventou esse nome? "Ei, tive uma ideia. Vamos dar aos nossos melhores frios o nome do animal mais nojento possível. Não, isso não. Vamos lhe dar o nome da cabeça do bicho."

– Você sempre pede esse – comentei.

Ela pensou um pouco.

– É, pois é.

Fomos para a fila do caixa. Zia pôs as coisas dela na frente. Pus a divisória e descarreguei o meu carrinho. Uma caixa corpulenta começou a marcar os itens dela.

– Está com fome? – perguntou ela.

Dei de ombros.

– Acho que eu comeria algumas fatias de pizza na Garbo's.
– Então vamos.

Os olhos de Zia passaram por cima do meu ombro e pararam de repente. Ela os franziu e algo cruzou seu rosto.

– Marc?
– Diga.

Ela fez um gesto de desdém.

– Não, não pode ser.
– O quê?

Ainda olhando por cima do meu ombro, Zia apontou com o queixo. Virei-me devagar e, quando a vi, senti algo em meu peito.

– Só a vi em fotos – disse Zia –, mas aquela não é...?

Consegui concordar com um gesto de cabeça. Era Rachel.

O mundo se fechou à minha volta. Não devia ser assim. Eu sabia disso. Tínhamos rompido anos atrás. Agora, depois de todo esse tempo, eu deveria estar sorrindo. Deveria sentir algo saudoso, uma nostalgia passageira, uma recordação comovente da época em que era jovem e ingênuo. Mas, não, não era isso que estava acontecendo. Rachel estava a 10 metros e tudo me inundou de novo. O que senti foi um desejo ainda muito poderoso, uma saudade que me rasgou por dentro, que trouxe de volta num instante o amor e o coração partido.

– Você está bem? – perguntou Zia.

Assenti outra vez.

Você é um daqueles que acreditam que todos temos uma verdadeira alma gêmea, um único amor predestinado? Ali, do outro lado dos caixas do mercado, debaixo de uma placa que dizia CAIXA EXPRESSO – ATÉ 15 ITENS, estava o meu.

– Achei que ela tivesse se casado – disse Zia.
– Casou – respondi.
– Sem aliança. – Então Zia socou o meu braço. – Ah, isso é emocionante, não é?
– É – respondi. – Puro êxtase.

Zia estalou os dedos.

– Ei, sabe o que isso me lembra? Aquele disco velho que você gostava de colocar para tocar. Uma música horrível sobre encontrar o antigo amor no supermercado. Qual era mesmo o nome?

A primeira vez que vi Rachel, quando era um garoto de 19 anos, o efeito foi relativamente suave. Não houve nenhuma grande explosão. Nem sei direito se a achei tão atraente assim. Mas, como logo descobriria, gosto de mulheres cuja aparência cresce dentro da gente. A gente começa a pensar: tudo bem, até que ela é bonitinha, e aí, alguns dias depois, talvez alguma coisa que ela diga ou o jeito como inclina a cabeça ao falar, e é como ser atropelado por um ônibus.

Senti tudo isso de novo. Rachel mudara, mas não muito. Os anos deixaram aquela beleza furtiva talvez mais rija, mais angulosa e frágil. Estava mais magra. O cabelo preto-azulado fora puxado para trás e amarrado num rabo de cavalo. A maioria dos homens gosta de cabelo solto. Sempre gostei de cabelo preso, a abertura e a exposição que permite, acho, principalmente com as maças do rosto e o pescoço de Rachel. Ela estava de calça jeans e blusa cinza. Os olhos cor de mel estavam voltados para baixo e a cabeça curvada naquela postura de concentração que eu conhecia tão bem. Ainda não tinha me visto.

– "Same Old Lang Syne" – disse Zia.

– O quê?

– A música sobre o antigo amor no supermercado. De Dan sei lá quem. O nome é "Same Old Lang Syne". Acho que é.

Rachel enfiou a mão na carteira e puxou uma nota de vinte. Começou a entregá-la ao caixa. Os olhos se ergueram – e foi aí que ela me viu.

Não sei dizer exatamente o que passou pelo rosto dela. Ela não pareceu surpresa. Os nossos olhos se cruzaram, mas não vi alegria neles. Medo, talvez. Resignação. Não sei. Também não sei quanto tempo ficamos assim.

– Talvez eu devesse me afastar de você – cochichou Zia.

– Hein?

– Se ela achar que você está com uma gostosa como eu, vai concluir que não tem a menor chance.

Acho que sorri.

– Marc?

– Diga.

– O jeito como você está aí parado, boquiaberto como um doido de pedra. É meio assustador.

– Obrigado.

Senti a mão dela empurrar as minhas costas.

– Vá até lá e diga oi.

Os meus pés começaram a se mexer, embora eu não me lembre do cérebro dando qualquer ordem. Rachel deixou o caixa embalar as compras. Deu um passo na minha direção e tentou sorrir. O sorriso dela sempre fora espetacular, do tipo que faz a gente pensar em poesia e chuva de primavera, um sorriso ofuscante que muda o nosso dia. No entanto, o sorriso de agora não foi assim. Foi mais tenso. Dolorido. E me perguntei se ela estava se contendo ou se não conseguia mais sorrir como antigamente, se algo diminuíra sua alegria para sempre.

Paramos a um metro um do outro, nenhum dos dois sabendo se o protocolo correto exigia um abraço, um beijo, um aperto de mão. Então não fizemos nada disso. Fiquei ali parado e senti o corpo todo doer.

– Oi – disse.

– É bom ver que você ainda se lembra de todas as cantadas inteligentes – respondeu Rachel.

Fingi um sorriso devasso.

– Olá, gostosa, qual é o seu signo?

– Melhor – disse ela.

– Vem sempre aqui?

– Bom. Agora diga: "Não nos conhecemos?"

– Não... – Ergui a sobrancelha. – Sem chance de eu esquecer que já conhecia uma garota linda como você.

Ambos rimos. Ambos estávamos muito sem graça. E ambos sabíamos disso.

– Você está ótima.

– Você também.

Um breve silêncio.

– Tudo bem – falei. – Os meus clichês desconfortáveis e o papo forçado acabaram.

– Ufa – disse Rachel.

– Por que está aqui?

– Vim comprar comida.

– Não, eu quis dizer...

– Sei o que quis dizer – interrompeu ela. – A minha mãe se mudou para um novo condomínio em West Orange.

Alguns fios escaparam do rabo de cavalo e caíram sobre o seu rosto. Precisei de toda a minha força de vontade para não afastá-los.

Rachel olhou para longe e depois me olhou de novo.

– Soube da sua mulher e da sua filha – disse. – Sinto muito.

– Obrigado.

– Quis ligar ou escrever mas...
– Soube que você estava casada – disse eu.
Ela remexeu os dedos da mão esquerda.
– Não mais.
– E que era agente do FBI.
Rachel baixou a mão.
– Também não sou mais.

Mais silêncio. Novamente não sei quanto tempo ficamos ali. O caixa passara para o próximo freguês. Zia veio por trás de nós. Pigarreou e esticou a mão para Rachel.

– Olá, Zia Leroux – disse.
– Rachel Mills.
– Prazer em conhecê-la, Rachel. Sou médica e sócia de Marc. – Depois, pensando melhor, acrescentou: – Somos apenas amigos.
– Zia – repreendi.
– Ah, tá, desculpe. Sabe, Rachel, eu adoraria ficar e bater um papo mas tenho de correr. – Ela apontou a saída com o polegar para dar mais ênfase. – Fiquem aí. Marc, depois a gente se vê. Muito prazer em conhecê-la, Rachel.
– O prazer foi meu.

Zia saiu correndo. Dei de ombros.
– Ela é uma excelente médica.
– Aposto que sim. – Rachel pegou o carrinho. – Estão me esperando no carro, Marc. Foi bom ver você.
– Também achei. – Mas, claro, com tudo o que perdi, eu deveria ter aprendido alguma coisa, não é? Não podia simplesmente deixar que ela se fosse. Pigarreei e disse: – Talvez pudéssemos nos encontrar.
– Ainda moro em Washington. Volto para casa amanhã.

Silêncio. Senti um nó no estômago. A respiração se apertou.
– Adeus, Marc – disse Rachel, mas aqueles olhos cor de mel estavam úmidos.
– Não vá ainda.

Tentei tirar a súplica da voz, mas acho que não consegui. Rachel me olhou e viu tudo.
– O que quer que eu diga, Marc?
– Que você também quer me encontrar.
– Só isso?

Fiz que não.

– Você sabe que não é só isso.
– Não tenho mais 21 anos.
– Nem eu.
– A garota que você amava está morta.
– Não. Ela está bem na minha frente.
– Você não me conhece mais.
– Então vamos voltar a nos conhecer. Não estou com pressa.
– Desse jeito assim?
Tentei sorrir.
– É.
– Moro em Washington. Você mora em Nova Jersey.
– Eu me mudo – respondi.

Mas, mesmo antes de as palavras impetuosas saírem, antes mesmo de Rachel fazer aquela cara, reconheci a minha falsa bravata. Não poderia deixar os meus pais, largar o trabalho com Zia nem... nem abandonar os meus fantasmas. Em algum lugar entre os meus lábios e os ouvidos dela, o sentimento desapareceu.

Então Rachel se virou para ir embora. Ela não disse adeus de novo. Observei-a empurrar o carrinho pela porta. Vi a porta se abrir automaticamente com um zumbido elétrico. Vi Rachel, o amor da minha vida, sumir de novo sem dar sequer uma olhadinha para trás. Fiquei parado. Não a segui. Deixei o meu coração cair e se partir, mas não fiz nada para detê-la.

Talvez eu não tivesse aprendido nada, afinal de contas.

capítulo 10

Bebi.

Não sou um grande bebedor – a maconha foi o meu elixir de escolha durante os tempos da juventude –, mas encontrei uma velha garrafa de gim no armário acima da pia. Havia água tônica na geladeira. O meu congelador faz gelo automaticamente. Faça as contas.

Eu ainda morava na velha casa dos Levinsky. É muito grande só para mim, mas não tenho coragem de me livrar dela. Agora parece um portal, uma corda salva-vidas (embora frágil) para a minha filha. É, sei que soa estranho, mas vendê-la agora seria como fechar uma porta. Isso eu não consigo fazer.

Zia queria ficar comigo, mas eu não quis. Ela não insistiu. Pensei na música piegas de Dan Fogelberg (não Dan sei lá quem) em que os antigos amantes conversam até se cansarem. Pensei em Humphrey Bogart perguntando aos deuses qual deles permitiria a entrada de Ingrid Bergman no bar dele, em vez de em qualquer outro da cidade. Ele bebeu depois que ela saiu. Parece que isso o ajudou. Talvez me ajudasse também.

O fato de Rachel ainda causar esse tipo de impacto em mim me incomodou mais do que tudo. Era mesmo estúpido e infantil. Eu e Rachel nos conhecemos nas férias de verão entre o segundo e o terceiro ano da faculdade. Ela era de Middlebury, no estado de Vermont, supostamente uma prima distante de Cheryl, embora ninguém conseguisse definir ao certo o real grau de parentesco. Naquele verão – o melhor de todos os verões –, Rachel ficou na casa de Cheryl porque os pais dela passavam por um divórcio horrível. Fomos apresentados, e, como já disse, levou algum tempo para o ônibus me atropelar. Talvez por isso tenha sido muito mais potente quando aconteceu.

Começamos a namorar. Saíamos muito com Lenny e Cheryl. Nós quatro passamos todos os fins de semana na casa de veraneio de Lenny, no litoral de Jersey. Foi mesmo um verão glorioso, do tipo que todo mundo deveria viver pelo menos uma vez na vida.

Se fosse um filme, estaria começando a música da montagem. Fui para a Tufts University e Rachel, para o Boston College. Pois bem, na primeira cena da montagem, eles provavelmente nos mostrariam num barco no rio Charles, eu remando, Rachel segurando um guarda-sol, o sorriso hesitante e depois zombeteiro. Ela me jogaria água, depois eu nela e aí o barco viraria.

Isso nunca aconteceu, mas dá para entender. Depois talvez houvesse uma cena de piquenique no campus, uma tomada nossa estudando na biblioteca, os corpos entrelaçados no sofá, eu hipnotizado observando Rachel ler, de óculos, arrumando o cabelo atrás da orelha sem pensar. A montagem provavelmente terminaria com um close de dois corpos debaixo de um lençol de cetim branco, embora nenhum estudante universitário use lençóis de cetim. Mesmo assim. Estou pensando em termos cinematográficos.

Eu estava apaixonado.

Certo Natal, visitamos a avó de Rachel, uma judia sabe-tudo das antigas, numa casa de repouso. A velha pegou as nossas mãos nas dela e nos declarou *beshert*, que é uma palavra iídiche que significa predestinado.

Aí, o que aconteceu?

O nosso final não foi incomum. Éramos jovens. No meu último ano da faculdade, Rachel decidiu que queria passar um semestre em Florença. Eu tinha 22 anos. Fiquei zangado e, enquanto ela estava fora, transei com outra mulher – uma noite só com uma colega sem graça de Babson. Não significou absolutamente nada. Sei que isso não melhora as coisas, mas talvez devesse. Não sei.

Seja como for, alguém da festa contou a outro alguém e finalmente a história chegou a Rachel. Ela me ligou da Itália e terminou comigo, bem assim, numa reação que considerei meio exagerada. Como eu disse, éramos jovens. A princípio, fui orgulhoso demais (leia-se: idiota) para implorar e depois, quando entendi a repercussão, liguei, escrevi cartas, mandei flores. Rachel nunca respondeu. Estava tudo terminado.

Levantei-me e fui aos tropeços até a escrivaninha. Pesquei a chave que colara com fita adesiva debaixo do móvel e destranquei a última gaveta. Tirei as pastas e, embaixo delas, encontrei o meu estoque secreto. Não de drogas. Do passado. As coisas de Rachel. Encontrei a foto conhecida e a peguei. Lenny e Cheryl ainda têm essa foto na sala de estar, o que, de maneira bastante compreensível, deixava Monica extremamente brava. Era uma fotografia de nós quatro – Lenny, Cheryl, Rachel e eu – em trajes formais. Rachel está com um vestido preto e justo de alcinhas e a lembrança do modo como pendiam de seus ombros ainda me tira o fôlego.

Faz muito tempo.

Segui em frente, é claro. Acabei me formando em Medicina. Sempre soube que queria ser médico. A maioria dos médicos que conheço lhe dirá a mesma coisa. Raramente essa decisão é tomada tardiamente.

E namorei também. Tive até outros casos de uma noite só (lembra-se de Zia?), mas – e isso vai parecer triste –, mesmo depois de tantos anos, nunca passei um dia sequer sem pensar em Rachel, pelo menos de modo passageiro. Sim, sei que romantizei o romance, por assim dizer, de forma totalmente desproporcional. Se não fosse aquele erro idiota, é provável que eu nem estivesse vivendo num bem-aventurado universo alternativo, ainda entrelaçado no sofá com a minha amada. Como Lenny ressaltou certa vez num momento de franqueza nua e crua, se meu relacionamento com Rachel tivesse sido tão bom assim, sem dúvida teria sobrevivido a esse sobressalto tão comum.

Estou dizendo que nunca amei a minha esposa? Não. Pelo menos, acho que a resposta é não. Monica era linda – diretamente linda, sem nenhuma lentidão na maneira como a beleza dela atingia a gente –, apaixonada e surpreendente. Também era rica e glamorosa. Tentei não comparar – esse é um jeito horrível de levar a vida –, mas não pude evitar amar Monica no meu mundo menor pós-Rachel. Com o tempo, o mesmo poderia ter acontecido se eu tivesse ficado com Rachel, mas isso é usar a lógica, e, nos assuntos do coração, a lógica não se aplica.

Com o passar dos anos, embora relutante, Cheryl me manteve informado do que Rachel andava fazendo. Soube que ela entrara para a polícia e se tornara agente federal em Washington. Não posso dizer que tenha ficado muito surpreso. Três anos atrás, Cheryl me contou que Rachel se casara com um sujeito mais velho, um policial federal importante. Mesmo depois de tanto tempo – nessa época, fazia onze anos que Rachel e eu tínhamos rompido –, senti o coração apertado. Percebi, com uma pancada forte, como eu estragara tudo. Não sei por quê, eu sempre achei que eu e Rachel estávamos só dando um tempo, vivendo num estado em suspenso, até que, inevitavelmente, recuperaríamos os sentidos e voltaríamos a ficar juntos. Agora ela estava casada com outro.

Cheryl viu a minha cara e nunca mais falou de Rachel.

Observei a foto e ouvi a caminhonete conhecida parar à porta. Nenhuma surpresa aí. Nem me dei ao trabalho de ir até a porta. Lenny tinha a chave. E nunca batia de qualquer forma. Ele sabia onde eu estava. Guardei a fotografia enquanto ele entrava na sala trazendo dois enormes copos de cores vivas.

Lenny ergueu os Slurpees.

– Cereja ou cola?

– Cereja.

Ele me entregou o copo. Esperei.

– Zia ligou para Cheryl – disse ele sem mais explicações.
Eu já imaginava.
– Não quero falar sobre isso.
Lenny se jogou no sofá.
– Nem eu. – Ele enfiou a mão no bolso e tirou um maço grosso de papel. – O testamento e o inventário final do patrimônio de Monica. Leia quando quiser. – Ele pegou o controle remoto e começou a mudar de canal.
Lenny escolheu um jogo de basquete universitário na ESPN. Assistimos alguns minutos em silêncio. Eu o interrompi.
– Por que não me contou que Rachel se divorciou?
Lenny fez uma careta de dor e ergueu a mão como se quisesse parar o trânsito.
– O quê? – perguntei.
– Cérebro congelado. – Ele fez uma careta. – Sempre tomo essas coisas depressa demais.
– Por que não me contou?
– Pensei que não íamos falar sobre isso.
Olhei para ele.
– Não é tão simples assim, Marc.
– O que não é?
– Rachel passou por coisas bem difíceis.
– Eu também – respondi.
Lenny assistia ao jogo com atenção um pouco exagerada.
– O que aconteceu com ela, Lenny?
– Isso não é da minha conta. – Ele balançou a cabeça. – Você não a vê há quanto tempo? Quinze anos?
Quatorze, na verdade.
– Quase isso.
Os olhos dele examinaram a sala e pousaram numa fotografia de Monica e Tara. Ele afastou os olhos e tomou um gole do Slurpee.
– Você tem que parar de viver no passado, meu amigo.
Ambos nos acomodamos e fingimos assistir ao jogo. Pare de viver no passado, dissera ele. Olhei a fotografia de Tara e me perguntei se Lenny falava sobre outras coisas além de Rachel.

Edgar Portman pegou a guia de couro do cachorro. Fez a ponta tilintar. Bruno, seu bullmastiff campeão, veio a toda na direção do som. Bruno fora o Melhor da Raça na Exposição de Cães de Westminster seis anos antes. Muitos acreditavam que tinha tudo para ser o Melhor do Evento. Mas Edgar preferiu aposentá-lo. Cães de exposição nunca ficam em casa. Edgar queria Bruno com ele.

As pessoas decepcionavam Edgar. Os cães, jamais.

Bruno pôs a língua para fora e balançou o rabo. Edgar prendeu a guia na coleira. Dariam um passeio de uma hora. Ele olhou a escrivaninha. Ali, no verniz lustroso, estava uma caixa de papelão idêntica à que recebera dezoito meses antes. Bruno ganiu. Edgar se perguntou se era um ganido de impaciência ou se conseguia sentir o pavor do dono. Talvez ambos.

Fosse o que fosse, precisava de ar fresco.

A caixa de dezoito meses antes tinha passado por todos os exames técnicos possíveis. A polícia nada descobrira. Edgar tinha praticamente certeza, com base na experiência passada, de que os incompetentes a serviço da lei nada encontrariam outra vez. Dezoito meses atrás, Marc não lhe dera ouvidos. Edgar esperava que o erro não se repetisse.

Seguiu rumo à porta. Bruno ia à frente. O ar puro era agradável. Ele saiu de casa e inspirou fundo. Isso não mudou seu estado de espírito, mas ajudou. Edgar e Bruno partiram pelo caminho conhecido, mas algo fez Edgar dobrar à direita. O cemitério da família. Ele o via todo dia, com tanta frequência que não o enxergava mais, por assim dizer. Nunca visitava as lápides. Mas naquele dia se sentiu atraído. Bruno, surpreso com o desvio da rota, seguiu de má vontade.

Edgar passou por cima da cerquinha. A perna doeu. Velhice. Esses passeios estavam ficando cada vez mais difíceis. Começara a usar uma bengala – comprara uma supostamente usada por Dashiell Hammett durante um surto de tuberculose –, mas, por alguma razão, nunca a levava nos passeios com Bruno. Não combinava.

Bruno hesitou e depois pulou a cerca. Ambos ficaram parados diante das duas lápides mais recentes. Edgar tentou não pensar em vida e morte, em riqueza e na sua relação com a felicidade. Era melhor deixar esse tipo de reflexão inútil para os outros. Agora ele percebia que provavelmente não tinha sido um pai muito bom. No entanto, aprendera com o seu pai, que aprendera com o dele. E, no fim das contas, talvez a sua indiferença o tivesse salvado. Se tivesse amado os filhos sem ressalvas, se tivesse se envolvido profundamente na vida deles, duvidava que teria sido capaz de sobreviver à morte dos dois.

O cão começou a ganir de novo. Edgar olhou o seu companheiro no fundo dos olhos. "Hora de ir, garoto", disse suavemente. A porta da frente se abriu. Edgar se virou e avistou Carson correndo em sua direção. Viu a cara do irmão.

– Meu Deus – gritou Carson.
– Suponho que tenha visto o pacote.
– Vi, é claro. Ligou para Marc?
– Não.
– Bom – disse Carson. – É um golpe. Só pode ser.

Edgar não respondeu.

– Não acha? – perguntou Carson.
– Não sei.
– Não é possível que você ache que ela ainda está viva.

Edgar deu um leve puxão na guia.

– É melhor esperar o resultado dos exames – disse. – Então saberemos com certeza.

Gosto de trabalhar de madrugada. Sempre gostei. Tive sorte na escolha da minha carreira. Adoro o meu trabalho. Nunca é um peso, uma rotina chata nem algo que faço simplesmente para pôr comida na mesa. Eu mergulho no meu trabalho. Como um atleta problemático, esqueço tudo quando estou no meu jogo. Entro em estado de fluxo. É o que faço de melhor.

Mas nessa noite – três noites depois de ver Rachel – eu estava de folga. Fiquei sozinho na sala, trocando de canal. Eu, como a maioria das pessoas da nossa espécie, uso o controle remoto com excessiva frequência. Consigo assistir a várias horas de nada. Ano passado Lenny e Cheryl me deram um aparelho de DVD e me explicaram que o meu videocassete estava indo pelo mesmo caminho do toca-fitas. Verifiquei a hora nele. Nove e pouquinho. Dava para colocar um DVD e estar na cama às onze.

Eu acabara de tirar o DVD alugado do estojo e estava prestes a enfiá-lo na máquina – ainda não inventaram um controle remoto que faça isso – quando ouvi um cão latir. Levantei-me. Uma nova família se mudara para duas casas mais abaixo. Tinham quatro ou cinco filhos pequenos, algo assim. É difícil saber quando tem tanta gente assim na mesma família. As crianças parecem se misturar. Ainda não havia me apresentado, mas vira no quintal deles um lebrel irlandês aproximadamente do tamanho de um Ford Explorer. O latido, pensei, era dele.

Afastei a cortina. Olhei pela janela e, por alguma razão – que não sei articular direito –, não fiquei surpreso com o que vi.

A mulher estava no mesmíssimo lugar onde a vira dezoito meses antes. O casaco comprido, o cabelo longo, as mãos nos bolsos – tudo igual.

Tive medo de perdê-la de vista mas, novamente, não quis que ela me visse. Fiquei de joelhos e me esgueirei para o lado da janela, no estilo superdetetive. Com as costas e a bochecha contra a parede, pensei nas minhas opções.

Em primeiro lugar, eu já não estava mais olhando pela janela. Isso significava que ela podia ir embora sem que eu notasse. Hum, nada bom. Tinha de me arriscar a olhar. Essa era a primeira coisa.

Virei a cabeça e dei uma olhadinha. Ainda lá. A mulher estava meio longe, mas dera alguns passos na direção da minha porta da frente. Eu não sabia direito o que isso significava. E agora? Que tal ir até a porta e enfrentá-la? Parecia promissor. Se ela corresse, bem, acho que a perseguiria.

Arrisquei outra olhada, só uma virada rápida da cabeça e, quando o fiz, percebi que a mulher olhava diretamente para a minha janela. Recuei. Droga. Ela tinha me visto. Não havia como contornar. As minhas mãos seguraram a base da janela, preparando-se para abri-la, mas ela já começara a se apressar quarteirão acima.

Ah, não, de novo não.

Eu estava de roupa cirúrgica – todo médico que conheço tem alguns conjuntos para usar em casa – e descalço. Corri para a porta e a escancarei. A mulher estava quase no fim do quarteirão. Quando me viu, parou de andar depressa e começou a correr.

Fui atrás. Danem-se os meus pés. Parte de mim sentiu o ridículo da situação. Não sou o sujeito mais veloz. E ali estava eu perseguindo uma mulher desconhecida porque ela parara na frente da minha casa. Não sei o que esperava descobrir. Provavelmente a mulher estava dando um passeio e eu a assustara. Provavelmente chamaria a polícia. Dava para imaginar a reação dos policiais. Já não bastava que eu tivesse matado a minha família e continuado livre. Agora perseguia desconhecidas pelo bairro.

Não parei.

A mulher virou à direita na Phelps Road. Estava muito à frente. Fiz as pernas apressarem o passo. As pedrinhas da calçada feriam a sola dos meus pés. Tentei correr pela grama. Agora não conseguia mais vê-la e estava fora de forma. Percorrera talvez uns cem metros e já conseguia ouvir o chiado da respiração. O nariz começou a escorrer.

Cheguei ao fim da rua e entrei à direita.

Mas não havia ninguém.

A rua era comprida, reta e bem iluminada. Em outras palavras, ela ainda tinha que estar ali. Por alguma razão idiota, olhei também para o outro lado, atrás de mim. Mas a mulher não estava lá. Corri pelo caminho que ela fizera. Olhei pela Morningside Drive, mas não havia sinal dela.

A mulher sumira.

Como?

Ela não poderia ter sido tão rápida. Carl Lewis não era tão rápido. Parei, pus as mãos no joelho, inspirei um pouco de oxigênio supernecessário. Pense. Tudo bem, será que ela mora numa dessas casas? Talvez. E se morasse? Isso significava que fora dar um passeio no próprio bairro. Vira alguma coisa que lhe parecera interessante. Parara e dera uma olhada.

Como fizera dezoito meses antes?

Tudo bem. Em primeiro lugar, não sabemos se era a mesma mulher.

Então duas mulheres muito parecidas pararam na frente da sua casa no mesmíssimo lugar e ficaram imóveis como estátuas?

Era possível. Ou talvez fosse a mesma mulher. Talvez gostasse de olhar casas. Talvez apreciasse a arquitetura ou coisa assim.

Ah, sim, a linda arquitetura das casas suburbanas da década de 1970. E se a visita dela era totalmente inocente, por que sairia correndo?

Não sei, Marc, mas talvez – e isso não passa de um tiro no escuro –, talvez porque um lunático a perseguira?

Mandei a voz se calar e voltei a correr, procurando não sei quê. Mas, quando passei pela casa dos Zuckers, parei.

Seria possível?

A mulher simplesmente desaparecera. Eu verificara as duas saídas. Ela não estava em nenhuma delas. Então isso significava que A, ela morava numa das casas, B, estava se escondendo.

Ou C, ela pegara o caminho dos Zuckers pela floresta.

Quando garoto, às vezes passávamos pelo quintal dos Zuckers. Havia um atalho até o terreno da escola. Não era fácil de achar, e a Velha Dona Zucker não gostava nem um pouquinho que passássemos pelo seu gramado. Nunca dizia nada, mas ficava em pé à janela, o cabelo superarmado, cheio de laquê, e nos olhava de cara feia. Depois de algum tempo, paramos de usar o atalho e passamos a seguir o caminho mais longo.

Olhei para a esquerda e para a direita. Nem sinal dela.

A mulher conheceria o atalho?

Disparei pela escuridão do quintal dos Zuckers. Quase esperei que a Velha Dona Zucker estivesse na janela da cozinha me olhando de cara feia, mas ela tinha se mudado para Scottsdale anos antes. Não sabia quem morava ali agora. Não sabia sequer se o atalho ainda existia.

Estava um breu no quintal. Não havia nenhuma luz acesa na casa. Tentei me lembrar onde exatamente ficava o atalho. Na verdade, não demorou. A gente se lembra de coisas assim. É automático. Corri na direção certa e algo me acertou na cabeça. Senti o golpe e caí de costas.

A cabeça girou. Olhei para cima. À luz fraca do luar, consegui ver um balanço. Um daqueles bonitos de madeira. Não existia na minha infância e, no escuro, não o vira. Estava tonto, mas o tempo era fundamental. Pulei de pé com excesso de ousadia, cambaleei para trás.

O atalho ainda estava lá.

Segui por ele o mais depressa que pude. Os galhos açoitavam o meu rosto. Não liguei. Tropecei numa raiz. Não liguei. O atalho dos Zuckers não era muito comprido, uns 15 metros. Abria-se numa grande clareira de campos de futebol e beisebol. Ainda dava tempo. Se ela tivesse seguido essa rota, eu conseguiria avistá-la na clareira.

Pude ver a névoa esfumaçada das lâmpadas fluorescentes do estacionamento do campo. Entrei a toda na clareira e examinei rapidamente as cercanias. Vi vários conjuntos de traves de futebol e um alambrado.

Mas nenhuma mulher.

Droga.

Eu a perdera. De novo. O meu coração ficou apertado. Não sei. Quer dizer, quando a gente pensa bem, de que adiantava? Toda essa coisa era mesmo estúpida. Olhei os meus pés. Doíam demais. Senti algo úmido que provavelmente era sangue na sola direita. Eu parecia um idiota. Um idiota derrotado ainda por cima. Comecei a me virar...

Parem tudo.

A distância, sob as lâmpadas do estacionamento, havia um carro. Um carro solitário, totalmente sozinho. Fiz que sim para mim mesmo e segui os meus pensamentos. Digamos que o carro fosse da mulher. Por que não? Se não fosse, bom, eu não tinha nada a perder. Mas se fosse, se ela tivesse estacionado ali, fazia sentido. Ela estaciona, passa pelo bosque, para na frente da minha casa. Por que faria tudo isso, eu não tinha a mínima ideia. Mas naquele momento decidi seguir nessa linha de raciocínio.

Bom, se fosse isso – se o carro fosse dela –, então eu poderia concluir que ela ainda não tinha ido embora. Não fugira. Então o que acontecera ali? Ela é avistada, corre, começa a descer o atalho...

...e percebe que posso segui-la.

Quase estalei os dedos. A mulher misteriosa devia saber que eu crescera naquele bairro e, portanto, me lembraria do atalho. E se me lembrasse, se conseguisse juntar dois mais dois (como fizera) e descobrir que ela usara o atalho, eu a avistaria. Então, o que ela faria?

Pensei nisso e a resposta veio logo.

Ela se esconderia no bosque.

Provavelmente a mulher misteriosa estava me observando naquele mesmo instante.

É, sei que essa discussão mal chegava ao nível de frágeis conjeturas. Mas parecia certo. Muito certo. Então, o que fazer? Dei um suspiro profundo e disse em voz alta "Droga". Deixei os ombros caírem como se estivesse decepcionado, tentando ao máximo não exagerar na interpretação, e comecei a me arrastar de volta pelo atalho da casa dos Zuckers. Baixei a cabeça, os olhos oscilando da esquerda para a direita. Andei devagar, os ouvidos atentos, me esforçando para escutar algum tipo de ruído.

A noite permanecia silenciosa.

Cheguei ao fim do atalho e continuei como se estivesse indo para casa. Quando estava bem no meio da escuridão, me joguei no chão. Arrastei-me como um soldado de volta até o balanço, na direção da abertura do caminho. Parei e esperei.

Não sei quanto tempo fiquei ali. No máximo dois ou três minutos. Estava prestes a desistir quando ouvi o barulho. Ainda estava de barriga para baixo no chão, a cabeça levantada. A silhueta se levantou e partiu pelo atalho.

Fiquei em pé, tentando manter silêncio, mas era impossível. A mulher girou na direção do ruído e me avistou.

– Espere – gritei. – Só quero falar com você.

Mas ela já havia disparado de volta para o bosque. O bosque era denso e, sim, muito escuro. Eu a perderia facilmente. Não me arriscaria a isso. Não de novo. Talvez não conseguisse *vê-la*, mas ainda conseguiria *ouvi-la*.

Pulei no bosque e quase na mesma hora bati numa árvore. Vi estrelas. Gente, isso foi uma burrice e tanto. Então parei e escutei. Silêncio.

Ela tinha parado. Estava escondida de novo. E agora?

Ela só podia estar ali perto. Pensei nas minhas opções e depois concluí:

Ah, dane-se. Recordei de onde viera o último barulho e pulei sobre o local, de braços abertos, para o meu corpo cobrir o máximo possível de território. Caí num arbusto.

Mas a mão esquerda tocou outra coisa.

Ela tentou se afastar, mas os meus dedos se fecharam com força no seu tornozelo. Ela me chutou com a perna livre. Segurei-a como um cachorro que lhe afundasse os dentes.

– Me largue! – gritou ela.

Não reconheci a voz. Não larguei o tornozelo.

– Mas que... Me largue!

Não. Consegui um ponto de apoio e a puxei na minha direção. Ainda estava muito escuro, mas minha visão começava a se ajustar. Dei outro puxão. Ela rolou de costas. Agora estávamos bem perto. Finalmente consegui ver o seu rosto.

Levei alguns momentos para registrar. A lembrança era antiga, para começar. O rosto, ou o que eu conseguia ver dele, mudara. Ela parecia diferente. O que a revelou, o que me ajudou a reconhecê-la, foi o jeito como o cabelo caiu no rosto durante a nossa briga. Isso era quase mais familiar do que os traços – a vulnerabilidade da postura, o jeito como agora ela evitava o contato visual. E é claro que morar naquela casa, aquela casa que eu sempre associara tão intimamente a ela, mantivera a sua imagem no primeiro plano dos meus bancos de memória.

A mulher afastou o cabelo para o lado e me encarou. Voltei aos dias de escola, ao prédio de tijolos a uns 200 metros de onde estávamos. Agora talvez fizesse algum sentido. A mulher misteriosa estivera parada diante da casa onde morara.

A mulher misteriosa era Dina Levinsky.

capítulo 11

Nós dois nos sentamos à mesa da cozinha. Fiz um chá, um chá verde chinês que comprara na Starbucks. Deveria servir para acalmar. Veríamos. Entreguei uma xícara a Dina.

– Obrigada, Marc.

Assenti e me sentei diante dela. Conhecia Dina desde sempre. Conhecia do jeito que só uma criança conhece outra criança, do jeito que só colegas do ensino fundamental se conhecem, muito embora – e isso é importante – eu ache que nunca tenhamos nos falado direito.

Todos temos uma Dina Levinsky no passado. Ela era a vítima da turma, a menina deixada de fora, provocada e agredida tantas vezes que nos perguntamos como manteve a sanidade mental. Nunca impliquei com ela, mas em muitas ocasiões fiquei de lado e deixei que acontecesse. Mesmo que eu não morasse na casa onde ela passara a infância, Dina Levinsky ainda vivia em mim. Ela vive em você também. Responda depressa: quem era a criança que mais sofria na sua escola? Isso, exatamente, você se lembra. Você se lembra do nome e do sobrenome, da aparência. Lembra-se de vê-la indo para casa sozinha ou sentada sozinha no recreio, em silêncio. Seja o que for, você se lembra. Dina Levinsky fica em você.

– Soube que agora você é médico – disse Dina.

– Sou. E você?

– Designer e artista plástica. Tenho uma exposição no Village mês que vem.

– Pinturas?

Ela hesitou.

– É.

– Você sempre foi boa em artes.

Ela inclinou a cabeça, surpresa.

– Você notou?

Houve uma breve pausa. Então me ouvi dizer:

– Eu deveria ter feito alguma coisa.

Dina sorriu.

– Não, eu deveria.

Ela parecia bem. Não, não virara uma grande beldade, como aqueles patinhos feios que viram cisnes no cinema. Em primeiro lugar, nunca fora feia.

Só não tinha grandes atrativos. Os traços ainda eram estreitos demais, mas funcionavam melhor num rosto adulto. O cabelo, tão escorrido na infância, agora tinha volume.

– Você se lembra de Cindy McGovern? – perguntou ela.

– Claro.

– Ela me torturava mais do que qualquer um.

– Eu me lembro.

– Bem, isso é engraçado. Fiz uma exposição alguns anos atrás numa galeria no centro da cidade, e Cindy apareceu. Ela chega e me beija e me abraça. Quer conversar sobre os velhos tempos, sabe, tipo "lembra-se de como o Sr. Lewis era?". Cheia de sorrisos, e juro, Marc, ela não se lembrava de como era. Não estava fingindo. Ela simplesmente havia bloqueado totalmente o jeito como me tratava. Às vezes vejo isso.

– Vê o quê?

Dina ergueu a xícara com as duas mãos.

– Ninguém se lembra de ter sido o agressor.

Ela se curvou à frente; os olhos dardejavam pela sala. Fiquei pensando nas minhas próprias lembranças. Será que eu ficara mesmo só observando ou isso também era algum tipo de revisionismo da minha parte?

– Isso é tão confuso – disse Dina.

– Estar de volta nesta casa?

– É. – Ela pousou a xícara. – Acho que você quer uma explicação.

Esperei.

Os olhos dela começaram a dardejar de novo.

– Quer ouvir uma coisa esquisita? – perguntou.

– Claro.

– Era aqui que eu costumava me sentar. Quer dizer, quando criança. Também tínhamos uma mesa retangular. Sempre me sentava no mesmo lugar. Ao entrar aqui agora, não sei, naturalmente vim direto para esta cadeira. Acho... acho que isso faz parte da razão de ter vindo aqui hoje.

– Acho que não entendi.

– Esta casa – disse ela. – Ainda exerce uma atração sobre mim. Uma influência. – Ela se inclinou à frente. Os olhos dela encontraram os meus pela primeira vez. – Você ouviu os boatos, não ouviu? Sobre o meu pai e o que aconteceu aqui?

– Ouvi.

– É tudo verdade – disse ela.

Forcei-me a não fazer uma careta. Não sabia o que dizer. Pensei no inferno da escola. Tentei somar a isso o inferno desta casa. Era incalculável.

– Ele está morto agora. O meu pai. Morreu seis anos atrás.

Pisquei e desviei o olhar.

– Estou bem, Marc. De verdade. Fiz terapia... Quer dizer, ainda faço. Conhece o Dr. Radio?

– Não.

– É o nome verdadeiro dele. Stanley Radio. Ficou bem famoso pela Técnica Radio. Estou com ele há anos. E melhorei muito. Superei as tendências autodestrutivas. Não me sinto mais inútil. Mas é engraçado. Superei. Falando sério. A maioria das vítimas de abuso têm problemas sexuais e dificuldade em estabelecer compromissos. Eu, não. Consigo ter um relacionamento saudável, sem problemas. Hoje estou casada. O meu marido é muito legal. Não é "felizes para sempre", mas é muito bom.

– Fico contente – disse, porque não fazia ideia do que mais dizer.

Ela sorriu de novo.

– Você é supersticioso, Marc?

– Não.

– Nem eu. Só que, não sei, quando li sobre a sua mulher e a sua filha, comecei a pensar. Nesta casa. Carma negativo e coisas assim. A sua mulher era um amor.

– Conheceu Monica?

– Conheci.

– Como?

Dina não respondeu na mesma hora.

– Conhece o termo "gatilho"?

Eu me lembrava da época de residência médica.

– Quer dizer, em termos psiquiátricos? – confirmei.

– É. Sabe, quando li sobre o que aconteceu aqui, foi um gatilho. Como no caso de alguém que tem alcoolismo ou anorexia. A pessoa nunca se cura totalmente. Algo acontece, um gatilho, e a gente recai nos mesmos padrões ruins. Voltei a roer as unhas. Voltei a me machucar. Foi como... Foi como se eu tivesse que enfrentar esta casa. Tinha que enfrentar o passado para derrotá-lo.

– E era isso que você estava tentando fazer hoje?

– Era.

– E quando a avistei dezoito meses atrás?

– A mesma coisa.

Recostei-me.

– Com que frequência você vem aqui?

– De dois em dois meses, acho. Estaciono na escola e venho pelo atalho dos Zuckers. Mas tem mais.

– Mais o quê?

– As minhas visitas. Sabe, esta casa ainda guarda os meus segredos. Literalmente.

– Não estou entendendo.

– Fico tentando reunir coragem para bater à porta de novo, mas não consigo. E agora estou aqui dentro, nesta cozinha, e estou bem. – Ela tentou sorrir, como se quisesse provar a própria tese. – Mas ainda não sei se consigo.

– Consegue o quê? – perguntei.

– Estou falando bobagens. – Dina começou a coçar as costas da mão, depressa e com força, enterrando as unhas e quase arrancando a pele. Quis lhe estender a mão, mas pareceu forçado. – Escrevi tudo. Num diário. O que me aconteceu. Ainda está aqui.

– Aqui em casa?

Ela fez que sim.

– Escondi.

– A polícia examinou tudo depois do assassinato. Revistaram muito bem este lugar.

– Eles não acharam – disse ela. – Tenho certeza. E, mesmo que achassem, é só um diário velho. Não haveria razão para mexerem nele. Parte de mim quer que continue escondido. Já acabou, já passou, entende o que quero dizer? Deixe quieto o que quieto está. Mas outra parte quer trazê-lo à luz. Como se fosse um vampiro e o sol pudesse matá-lo.

– Onde está? – perguntei.

– No teto do porão. Tem que subir na secadora para alcançar. Está por cima de um dos dutos debaixo do assoalho. – Ela olhou o relógio. Depois me olhou e abraçou o próprio corpo. – Está tarde.

– Você está bem?

Os olhos dardejavam de novo. A respiração de repente ficou irregular.

– Não sei quanto tempo aguento ficar aqui.

– Quer que eu procure o diário?

– Não sei.

– Quer que o pegue para você?

Ela balançou a cabeça com força e disse:
– Não. – Então se levantou, agora ofegante. – É melhor eu ir agora.
– Você pode voltar depois, Dina. Sempre que quiser.
Mas ela não estava escutando. Estava em estado de pânico, seguindo para a porta.
– Dina?
De repente ela se virou.
– Você a amava?
– O quê?
– Monica. Você a amava? Ou havia outra pessoa?
– Do que você está falando?
O rosto dela perdeu a cor. Agora ela me encarava, recuando, petrificada.
– Você sabe quem atirou em você, não sabe, Marc?
Abri a boca, mas não saiu nenhuma palavra. Quando encontrei a voz, Dina já tinha se virado.
– Sinto muito. Tenho que ir.
– Espere.
Ela escancarou a porta e fugiu. Fiquei junto à janela e a observei andando rápido de volta rumo à Phelps Road. Dessa vez, preferi não ir atrás.
Em vez disso, me virei e, com as suas palavras ainda reverberando nos ouvidos – *Você sabe quem atirou em você, não sabe, Marc?* –, corri para o porão.

Tudo bem, deixe-me explicar uma coisa aqui. Eu não ia descer ao porão lúgubre e sem acabamento para invadir a privacidade de Dina. Não estava fingindo saber o que era melhor para ela, o que poderia poupá-la de sua horrenda dor. Muitos colegas meus da psiquiatria discordariam, mas às vezes acho que é melhor deixar o passado enterrado. É claro que não tenho respostas e, como os meus colegas psiquiatras me recordariam, não lhes pergunto sobre a melhor maneira de tratar um lábio leporino. Portanto, no fim das contas, só sei com certeza que não cabe a mim decidir por Dina.
E também não fui ao porão por curiosidade sobre o passado dela. Não tinha interesse em ler os detalhes do seu tormento. Na verdade, não queria de jeito nenhum conhecê-los. Falando de forma egoísta, fiquei apavorado só de saber que esses horrores tinham ocorrido no lugar que chamo de lar. Isso já me bastava, obrigado. Não precisava saber nem ler mais nada.
Então o que eu procurava exatamente?
Apertei o interruptor. Uma lâmpada pendurada se acendeu. Eu montava

as peças enquanto descia. Dina dissera várias coisas interessantes. Por um instante deixei de lado as mais dramáticas e comecei a avaliar as mais sutis. Eu estava espontâneo àquela noite. Decidi deixar a tendência continuar.

Em primeiro lugar, me lembrei que Dina, quando ainda era a mulher misteriosa na calçada, dera um passo na direção da porta. Agora sei, como ela mesma me contou, que estivera "tentando reunir coragem para bater à porta de novo".

De novo.

Bater à porta *de novo.*

A conclusão óbvia era que Dina, em pelo menos uma ocasião, reunira coragem para bater à minha porta.

Em segundo lugar, Dina me contou que "conhecera" Monica. Não conseguia imaginar como. Sim, Monica também crescera nesta cidade, mas, pelo que eu sabia, poderia igualmente ter crescido numa época diferente e mais opulenta. A propriedade dos Portmans ficava do outro lado do nosso bairro, que é bem grande. Monica fora para um colégio interno ainda pequena. Ninguém na cidade a conhecia. Lembro-me de tê-la visto uma vez no cinema Colony no verão do meu segundo ano no ensino médio. Eu a observara. Ela me ignorara de modo estudado. Na época Monica já tinha toda aquela coisa da beleza distante. Quando a conheci anos depois – na verdade, ela é que me abordou –, eu me senti lisonjeado, e esse sentimento me subiu à cabeça. Monica parecia absurdamente fabulosa a distância.

Então como, me perguntei, a minha esposa linda, distante e rica conhecera a pobre e sem graça Dina Levinsky? A resposta mais provável, quando pensamos no comentário "de novo", era que Dina batera à porta e Monica atendera. Então se conheceram. Provavelmente conversaram. Provavelmente Dina falou a Monica do diário escondido.

Você sabe quem atirou em você, não sabe, Marc?

Não, Dina. Mas gostaria de descobrir.

Cheguei ao piso de cimento. Caixas que eu nunca jogaria fora e nunca abriria estavam empilhadas por toda parte. Notei, talvez pela primeira vez, que havia respingos de tinta no chão. Uma grande variedade de tons. Provavelmente estavam ali desde a época de Dina, um lembrete de seu único consolo.

A lavadora e a secadora ficavam no canto esquerdo. Avancei lentamente na direção delas à luz fraca. Na ponta dos pés, na verdade, como se tivesse medo de acordar os fantasmas de Dina. Uma idiotice, na verdade. Como já disse, não sou supersticioso, mas, mesmo que fosse, mesmo que acreditasse em espíritos maus e coisas assim, não havia razão para temer irritá-los. A minha mulher estava morta e a minha filha, desaparecida; o que mais poderiam fazer comigo? Na verdade, era até bom perturbá-los, forçá-los a agir, na esperança de que me revelassem o que realmente acontecera à minha família, a Tara.

Lá vamos nós de novo. Tara. Tudo acabava voltando a ela. Não sei como ela se encaixava naquilo tudo. Não sei como o seu sequestro estaria ligado a Dina Levinsky. Provavelmente não estava. Mas eu não ia desistir.

Veja bem. Monica nunca mencionou ter conhecido Dina Levinsky.

Achei isso esquisito. É verdade que estou construindo essa teoria ridícula sem qualquer base lógica. Mas se Dina realmente bateu à porta, se Monica realmente a abriu, seria de imaginar que a minha mulher mencionaria isso em algum momento. Ela sabia que Dina Levinsky frequentara a escola comigo. Por que manter em segredo a visita ou o fato de terem se conhecido?

Pulei em cima da secadora. Tive que me agachar e olhar para cima ao mesmo tempo. A cidade do pó. Teias de aranha por toda parte. Vi o duto e estendi a mão. Tateei. Foi difícil. Havia uma teia de canos, e o meu braço teve dificuldade de se encaixar entre eles. Seria muito mais fácil para uma criança com braços finos.

Finalmente consegui passar a mão por entre eles. Deslizei a ponta dos dedos para a direita e forcei para cima. Nada. A minha mão se arrastou mais alguns centímetros e empurrou de novo. Algo cedeu.

Arregacei a manga e torci o braço mais uns centímetros. Dois canos se apertaram contra a minha pele, mas cederam o suficiente. Consegui enfiar a mão no espaço. Tateei, encontrei alguma coisa, puxei para olhar.

O diário.

Era um caderno de escola comum, com a familiar capa marmorizada preta. Abri e folheei. A letra era minúscula. Lembrava aquele ambulante que escreve nomes em grãos de arroz. A letra impecável de Dina – que, sem dúvida, dava uma falsa ideia do conteúdo – começava bem no alto da página e corria até embaixo. Não havia margem esquerda nem direita. Dina usara ambos os lados de todas as páginas.

Não li. Mais uma vez, não era o que eu estava procurando. Estiquei a mão de novo e pus o diário de volta no lugar. Não sei como isso me deixaria diante dos deuses – se apenas tocá-lo provocaria uma maldição ou sei lá –, mas, novamente, não me importei muito.

Tateei de novo. Eu sabia. Não sei como, mas eu sabia. Finalmente a minha mão encontrou outra coisa. O coração bateu com força. Parecia liso. Couro. Puxei para olhar. Veio com alguma poeira. Pisquei para tirar as partículas dos olhos.

Era a agenda de Monica.

Lembrei-me de quando ela a comprou numa butique chique de Nova York. Para organizar a vida, disse. Tinha o calendário e as páginas com todos os dias do ano como em qualquer agenda. Quando ela a comprara? Não tinha certeza. Talvez oito ou nove meses antes de morrer. Tentei me lembrar da última vez que a vira. Nada me veio.

Segurei a agenda de couro entre os joelhos e coloquei o revestimento do teto no lugar. Peguei a agenda e desci da secadora. Pensei em esperar até chegar lá em cima com luz melhor, mas não, sem chance. A agenda tinha um zíper. Apesar da poeira, abriu suavemente.

Um CD caiu no chão.

Cintilou à luz fraca como uma joia. Peguei-o pelas bordas. Não tinha rótulo. Fabricado pela Memorex. CD-R, dizia, 80 MINUTOS.

Que diabo é isso?

Só havia um jeito de descobrir. Corri escada acima e liguei o computador.

capítulo 12

QUANDO PUS O DISCO no drive de CD, a seguinte tela apareceu:

Senha: ------
MVD
Newark, NJ

Senha de seis dígitos. Digitei o aniversário dela. Nada. Tentei a data de nascimento de Tara. Nada. Pus o nosso aniversário de casamento e depois o meu. Tentei a senha da nossa conta conjunta no banco. Nada funcionava.

Eu me recostei na cadeira. E agora?

Pensei em ligar para o detetive Regan. Já era quase meia-noite, e, mesmo que eu o encontrasse, o que lhe diria exatamente? "Oi, achei um CD escondido no porão, corra até aqui"? Não. Histeria não daria certo. Melhor demonstrar calma, fingir racionalidade. O segredo era a paciência. Pensar cuidadosamente. Poderia ligar para Regan de manhã. Ele não faria nem poderia fazer nada à noite. Era melhor dormir.

Tudo bem, mas eu não ia desistir. Entrei na internet e abri um site de busca. Digitei "MVD em Newark". Uma listagem apareceu.

"MVD Detetives."

Detetives?

Cliquei no link e o site da MVD se abriu. Os meus olhos fizeram uma análise rápida. A MVD era "um grupo de investigadores particulares profissionais" que prestava "serviços confidenciais". Ofereciam verificação de antecedentes pela internet por menos de cem dólares. Os anúncios exclamavam: "Descubra se o seu novo namorado tem ficha na polícia!" e "Onde está aquela antiga paixão? Talvez esteja morrendo de saudades de você!". Coisas assim. Também faziam "investigações discretas" para quem precisasse dessas coisas. Pelo banner no alto, faziam "todo tipo de investigação".

Então me perguntei: o que Monica precisou investigar?

Peguei o telefone e liguei para o 0800 da MVD. Uma secretária eletrônica atendeu – nenhuma surpresa, dada a hora – e me disse que agradeciam muito a minha ligação e que o escritório abriria às nove da manhã. Certo. Então eu ligaria a essa hora.

Desliguei e tirei o CD do compartimento. Inspecionei o objeto atrás de, sei lá, pistas, acho. Nada de novo. Tempo para pensar aqui. Parecia evidente que Monica contratara a MVD para descobrir alguma coisa e que o CD continha o que ela mandara investigar. Não exatamente uma dedução brilhante da minha parte, mas era um começo.

Voltemos atrás, então. O fato é que eu não fazia ideia do que Monica queria investigar nem por quê. Mas, se estivesse certo, se esse CD realmente pertencesse a Monica, se ela tivesse contratado um detetive particular por alguma razão, naturalmente se concluiria que tivera de pagar à MVD pelos ditos serviços.

Assenti. Tudo bem, um começo melhor.

Mas – e foi aí que a confusão se instalou – a polícia examinara minuciosamente as nossas contas bancárias e registros financeiros. Esmiuçaram cada transação, cada compra com o cartão de crédito, cada cheque preenchido, cada saque no caixa eletrônico. Teriam visto algum pagamento à MVD? Se viram, decidiram não me contar. É claro que eu não era um simples espectador. A minha filha tinha sumido. Eu também examinara esses extratos financeiros. Não havia nada para nenhuma agência de detetives nem saques fora do comum.

Então o que isso significava?

Talvez esse CD fosse antigo.

Era uma possibilidade. Acho que nenhum de nós verificou transações para além de seis meses antes do ataque. Talvez a relação dela com a MVD Detetives fosse anterior. Eu poderia verificar os extratos antigos.

Mas essa não dava para engolir.

O CD não era velho. Disso eu tinha bastante certeza. E de qualquer modo isso não importava muito. A época, pensando melhor, era irrelevante. Recente ou não, as principais perguntas continuavam: por que Monica contrataria um detetive particular? O que estava protegido por senha nesse maldito CD? Por que ela o escondera naquele espaço horripilante no porão? O que Dina Levinsky tinha a ver com tudo isso? E o mais importante: isso teria alguma coisa a ver com o ataque ou era tudo um grande exercício de imaginação da minha parte?

Olhei pela janela. A rua estava vazia e silenciosa. O subúrbio dormia. Nenhuma reposta surgiria naquela noite. Pela manhã, eu levaria o meu pai para o nosso passeio semanal e depois ligaria para a MVD e talvez até para Regan.

Fui me deitar e esperei o sono vir.

* * *

O telefone ao lado da cama de Edgar Portman tocou às 4h30 da manhã. Edgar acordou com um sobressalto, arrancado no meio do sonho, e remexeu no telefone.

– Alô? – bradou.

– O senhor pediu que ligasse assim que eu tivesse o resultado.

Edgar esfregou o rosto.

– Você está com ele.

– Estou.

– E?

– Bate.

Edgar fechou os olhos.

– Qual o grau de certeza?

– É preliminar. Para levar a um tribunal, eu precisaria de mais algumas semanas para alinhar tudo. Mas seria apenas para seguir o protocolo correto.

Edgar não conseguia parar de tremer. Agradeceu, pôs o telefone no gancho e começou a se arrumar.

capítulo 13

Às seis da manhã seguinte, saí de casa e desci o quarteirão. Com a chave que tinha desde a faculdade, destranquei a porta e entrei na casa da minha infância.

Os anos não tinham sido gentis com essa moradia, mas, mesmo nos bons tempos, ela não sairia na revista *House & Garden* (a não ser, talvez, como uma das fotos de "antes"). Tínhamos trocado o carpete felpudo quatro anos atrás – o azul com pintinhas brancas estava tão desbotado e pelado que quase se substituiu sozinho – e escolhemos um cinza-escritório bem baixinho para a cadeira de rodas do meu pai se deslocar com facilidade. Fora isso, nada mudara. As mesinhas de canto superenvernizadas ainda sustentavam bibelôs de porcelana Lladró de uma viagem à Espanha feita muito tempo atrás. Pinturas a óleo de violinos e frutas, do tipo que encontramos em hotéis de quinta categoria – nenhum de nós é nem um pouquinho musical nem *frutado* –, ainda adornavam o lambri de madeira pintado de branco.

Havia fotos sobre a lareira. Eu sempre parava e olhava os retratos da minha irmã Stacy. Não sei o que procurava. Ou talvez soubesse. Procurava pistas, presságios. Procurava qualquer sinal de que um dia essa mulher jovem, frágil, ferida compraria uma arma nas ruas, me daria um tiro, faria mal à minha filha.

– Marc? – Era mamãe. Ela sabia o que eu estava fazendo. – Pode me ajudar aqui?

Concordei e segui para o quarto dos fundos. Agora papai dormia no andar térreo, mais fácil do que tentar subir a escada com a cadeira de rodas. Nós o vestimos, o que era como vestir areia molhada. O meu pai caía de um lado para outro. O seu peso tende a oscilar subitamente. Nós estávamos acostumados, mas isso não tornava a tarefa menos árdua.

Quando a minha mãe me deu um beijo de despedida, senti o hálito leve e conhecido de bala de hortelã e fumaça de cigarro. Sempre insisto com ela para largar. Ela promete, mas sei que nunca vai acontecer. Notei como a pele do pescoço estava ficando flácida, as correntes de ouro quase escondidas nas dobras. Ela se inclinou e beijou a bochecha do meu pai, deixando os lábios encostados nele alguns segundos a mais.

– Tomem cuidado – disse.

Ela dizia isso sempre.

Começamos a nossa jornada. Empurrei papai pela estação de trem. Moramos numa cidade-dormitório. Homens e mulheres formavam fila, casacos compridos, pasta numa das mãos, copo de café na outra. Pode soar esquisito, mas, mesmo antes do 11 de Setembro, essas pessoas já eram heróis para mim. Elas embarcam naquele maldito trem cinco vezes por semana. Vão até Hoboken e lá passam para o trem que as leva a Nova York. Algumas seguem para a 33th Street e fazem baldeação. Outras seguem nele até o centro financeiro, agora que está aberto outra vez. Fazem o sacrifício cotidiano de sufocar os próprios sonhos e desejos para sustentar os entes queridos.

Eu poderia fazer plásticas cosméticas e ganhar uma fortuna. Poderia pagar cuidados melhores para o meu pai. Eles e minha mãe poderiam se mudar para algum lugar bonito, contratar enfermeiras em tempo integral, encontrar um lugar que atendesse às suas necessidades. Mas não faço isso. Não os ajudo indo pelo caminho mais fácil porque, francamente, esse tipo de serviço me mataria de tédio. Escolhi fazer algo mais empolgante, algo que amo. Por isso, todos acham que eu é que sou heroico, eu é que faço sacrifícios. Eis a verdade: sabe quem trabalha com os pobres? Geralmente são os mais egoístas. Não estamos dispostos a sacrificar as nossas próprias necessidades. Ter um emprego para sustentar a família não basta. Isso é secundário. Precisamos de satisfação pessoal mesmo que a família seja obrigada a se virar. Essas pessoas de terno que agora observo embarcarem entorpecidas no trem? Elas normalmente detestam o lugar para onde estão indo e odeiam o que fazem, mas fazem mesmo assim. Fazem para cuidar da família, para dar uma vida melhor ao cônjuge, aos filhos e talvez, só talvez, aos pais velhos e doentes.

Então, na verdade, qual de nós deve ser admirado?

Papai e eu fazemos o mesmo trajeto toda quinta-feira. Pegamos o caminho que contorna o parque atrás da biblioteca. O parque era lotado – e aí notaremos um tema suburbano – de campos de futebol. O meu pai parecia se sentir tranquilizado pela pracinha, pelas imagens e pelos sons de crianças brincando. Paramos e respiramos fundo. Olhei para a esquerda. Mulheres corriam por ali vestidas com a melhor Lycra lustrosa e colante. Papai parecia muito imóvel. Sorri. Talvez o gosto dele por esse lugar não tivesse nada a ver com futebol.

Não me lembro mais de como o meu pai era. Quando tento recordar coisas antigas, as lembranças são cenas, instantâneos – um riso grave de homem, um menininho agarrado ao seu braço, balançando fora do chão. E era quase só isso. Lembro que o amava profundamente e acho que isso sempre bastou.

Depois do segundo AVC, dezesseis anos atrás, a fala de papai ficou extremamente trabalhosa. Ele parava no meio das frases. Pulava palavras. Ficava calado horas e às vezes dias a fio. A gente esquecia que ele estava lá. Na verdade ninguém sabia se ele entendia, se tinha afasia expressiva clássica – a pessoa entende, mas não consegue se comunicar – ou algo mais sinistro.

Mas, num dia quente de junho, no meu último ano no ensino médio, de repente o meu pai estendeu a mão e segurou a minha manga com a força das garras de uma águia. Naquela ocasião eu estava saindo para ir a uma festa. Lenny me esperava à porta. A força surpreendente da mão do meu pai me fez parar de repente. Olhei para baixo. O rosto dele estava inteiramente branco, os tendões do pescoço tensos, e, mais do que tudo, o que vi foi puro medo. Aquela expressão assombrou o meu sono durante anos. Enfiei-me na cadeira ao seu lado, a mão dele ainda agarrada ao meu braço.

– Pai?

– Eu entendo – disse ele num tom de súplica. A mão na minha manga apertou. – Por favor. – Cada palavra era uma luta. – Eu ainda entendo.

Isso foi tudo que ele disse. Mas bastou. O que entendi foi: "Embora não possa falar nem reagir, compreendo. Por favor, não me isolem." Por algum tempo, os médicos concordaram. Ele tinha afasia expressiva. Depois ele sofreu outro AVC e os médicos tiveram menos certeza do que ele era capaz de entender ou não. Não sei se aplico aqui a minha versão da Aposta de Pascal – se ele me entende, eu devo falar com ele; se não me entende, que mal faz? –, mas imagino que lhe devo essa. Portanto, converso com ele. Conto-lhe tudo. E naquele momento eu lhe falava da visita de Dina Levinsky – "Lembra-se dela, papai?" – e do CD escondido.

O rosto de papai estava travado, imóvel, o lado esquerdo da boca virado para baixo numa foice zangada. Muitas vezes gostaria que aquela nossa conversa do "eu entendo" nunca tivesse acontecido. Não sei o que é pior: estar além da compreensão ou entender que você realmente está preso. Ou talvez saiba.

Eu dava a segunda volta, a que passa pela nova pista de skate, quando avistei o meu ex-sogro. Edgar Portman estava sentado num banco, esplêndido no seu aspecto mais casual, as pernas cruzadas, o vinco das calças afiado a ponto de poder fatiar tomates. Depois da tragédia, Edgar e eu tentamos manter um relacionamento que nunca existira quando a filha estava viva. Contratamos uma agência de detetives – é claro que Edgar conhecia a melhor –, que nada descobriu. Depois de algum tempo, tanto eu quanto ele nos cansamos do fingimento. O único laço entre nós era aquele surgido no pior momento da minha vida.

É claro que o fato de ele estar ali poderia ser coincidência. Moramos na mesma cidade. Seria natural nos esbarrarmos de vez em quando. Mas não era o caso. Eu sabia disso. Edgar não era de visitar praças casualmente. Estava ali atrás de mim.

Os nossos olhos se encontraram e não tive certeza se gostei do que vi. Empurrei a cadeira de rodas até o banco. Edgar manteve os olhos em mim, sem nunca desviá-los para o meu pai. Eu podia muito bem estar empurrando um carrinho de supermercado.

– A sua mãe me disse que eu o encontraria aqui – disse Edgar.

Parei a uma pequena distância dele.

– O que houve?

– Sente-se aqui.

Arrumei a cadeira do meu pai à minha esquerda. Baixei os freios. O meu pai fitava diretamente à frente. A cabeça pendeu na direção do ombro direito, do jeito que fica quando ele está cansado. Virei-me e encarei Edgar. Ele descruzou as pernas.

– Fiquei me perguntando como lhe contar – começou ele.

Dei-lhe um pouco de espaço. Ele parecia desligado.

– Edgar?

– Hein.

– Apenas diga.

Ele concordou, apreciando a minha objetividade. Edgar era um homem desse tipo. Sem preâmbulos, disse:

– Recebi outro pedido de resgate.

Foi um choque. Não sei o que esperava ouvir – talvez que Tara fora encontrada morta –, mas o que ele dizia... Eu quase não consegui compreender. Estava prestes a fazer mais perguntas quando vi que ele estava com uma bolsa no colo. Ele a abriu e tirou algo lá de dentro. Estava num saco plástico, igualzinho à última vez que passamos por isso. Franzi os olhos. Ele me entregou. Alguma coisa se encheu no meu peito. Pisquei e olhei o saco plástico.

Cabelo. Havia cabelo dentro dele.

– Essa é a prova deles – disse Edgar.

Não consegui falar. Só olhei os cabelos. Pousei o saco plástico no colo suavemente.

– Eles acharam que não acreditaríamos – disse Edgar.

– Quem achou?
– Os sequestradores. Disseram que nos dariam alguns dias. Levei imediatamente os cabelos a um laboratório de DNA.

Ergui os olhos para ele, depois baixei-os para o cabelo.

– O resultado preliminar chegou duas horas atrás – disse Edgar. – Nada que seja válido nos tribunais, mas é bastante conclusivo. Os fios batem com os que nos mandaram um ano e meio atrás. – Ele parou e engoliu em seco. – Os cabelos são de Tara.

Ouvi as palavras. Não as entendi. Por alguma razão, fiz que não com a cabeça.

– Talvez só tenham guardado...
– Não. Agora eles fazem exames de idade também. Esses fios são de uma criança com cerca de 2 anos.

Acho que eu já sabia. Podia olhar e ver que não eram os cabelos fininhos de bebê da minha filha. Ela não os teria mais. O cabelo teria engrossado e escurecido...

Edgar me entregou um bilhete. Ainda meio zonzo, peguei-o. A tipologia era a mesma do bilhete que tínhamos recebido dezoito meses antes. A linha do alto, acima da dobra, dizia:

QUER UMA ÚLTIMA CHANCE?

Senti um baque no peito. De repente, a voz de Edgar soou muito distante.

– Talvez eu devesse ter contado a você imediatamente, mas parecia um golpe óbvio. Carson e eu não queríamos despertar esperanças desnecessariamente. Tenho amigos. Eles conseguiram apressar o resultado do DNA. Ainda tínhamos o cabelo da remessa anterior.

Ele pôs a mão no meu ombro. Não me mexi.

– Ela está viva, Marc. Não sei como nem onde, mas Tara está viva.

Os meus olhos ficaram no cabelo. Tara. Pertenciam a Tara. O brilho, aquele tom de trigo dourado. Acariciei-os por cima do plástico. Quis pôr a mão dentro do saquinho, tocar a minha filha, mas achei que o meu coração explodiria.

– Querem mais 2 milhões de dólares. O bilhete alerta novamente para não chamarmos a polícia; eles afirmam ter uma fonte infiltrada. Mandaram outro celular para você. Estou com o dinheiro no carro. Talvez tenhamos 24 horas. Foi o prazo que nos deram para o exame de DNA. Você tem que estar preparado.

Finalmente li o bilhete. Depois olhei o meu pai na cadeira de rodas. Ele ainda olhava direto para a frente.

– Sei que você me acha rico – disse Edgar. – Acho que sou. Mas não como você pensa. Tenho influência e...

Virei-me para ele. Os olhos dele estavam arregalados. As mãos tremiam.

– O que quero dizer é que não me restam tantos ativos líquidos assim. Não tenho todo o dinheiro do mundo. Só isso.

– Você fazer isso já me surpreende – falei.

Pude ver na mesma hora que essas palavras o magoaram. Quis me retratar, mas por alguma razão não o fiz. Deixei os meus olhos perambularem até o meu pai. O rosto dele continuava paralisado, mas – olhei com atenção – havia uma lágrima na bochecha. Isso não significava nada. Papai já soltara lágrimas antes, em geral sem razão aparente. Não tomei isso como nenhum sinal.

Então, não sei por quê, segui seu olhar. Olhei além do campo de futebol, além das traves, além das duas mulheres com carrinhos de bebê, até a rua a quase 100 metros dali. Senti um frio no estômago. Lá, em pé na calçada, me olhando com as mãos nos bolsos, estava um homem de camisa de flanela, calça jeans preta e um boné dos Yankees.

Não saberia ao certo se era o mesmo homem do pagamento do resgate. Xadrez vermelho e preto não é uma estampa incomum. E talvez fosse a minha imaginação – eu estava longe demais –, mas acho que ele sorriu para mim. Senti o corpo todo se sacudir.

– Marc? – chamou Edgar.

Mal o ouvi. Levantei-me e mantive os olhos erguidos. A princípio, o homem de camisa de flanela ficou absolutamente imóvel. Corri na direção dele.

– Marc?

Mas eu sabia que não estava errado. A gente não esquece. A gente fecha os olhos e ainda vê. A lembrança nunca nos abandona. A gente deseja momentos assim. Eu sabia disso. E sabia o que os desejos podem nos trazer. Corri na direção dele. Porque eu não estava errado. Eu sabia quem ele era.

Quando ainda estava a uma boa distância, o homem ergueu a mão e acenou para mim. Continuei avançando, mas já dava para saber que era inútil. Eu estava apenas no meio da praça quando uma van branca parou. O homem de camisa de flanela bateu continência na minha direção antes de sumir na traseira.

A van sumiu de vista antes que eu chegasse à rua.

capítulo 14

O TEMPO COMEÇOU A JOGAR COMIGO. Indo mais depressa e mais devagar. Entrando em foco e, de repente, saindo. Mas isso não durou muito. Deixei o meu lado cirurgião assumir o controle. Ele, Dr. Marc, sabia compartimentar. Sempre achei mais fácil fazer isso no trabalho do que na vida pessoal. Essa capacidade de separar, isolar, nunca se traduziu na minha vida pessoal. No trabalho, consigo pegar o meu excesso emocional e canalizá-lo, fazê-lo convergir num foco construtivo. Nunca tive sucesso com isso em casa.

Mas essa crise forçara uma mudança. Compartimentar não era questão de vontade, mas de sobrevivência. Ficar emotivo, me permitir chafurdar na dúvida ou pensar nas consequências do sumiço de uma criança durante dezoito meses... isso me paralisaria. Provavelmente era o que os sequestradores queriam. Queriam que eu desmoronasse. Mas trabalho bem sob pressão. É o que faço melhor. Sei disso. Tinha que fazer isso agora. As defesas aumentaram e eu conseguia ver a situação com racionalidade.

Primeira coisa: não, não falaria com a polícia desta vez. Mas isso não significava que ficaria esperando indefeso.

Quando Edgar me entregou a bolsa de academia cheia de dinheiro, tive uma ideia.

Liguei para a casa de Cheryl e Lenny. Ninguém atendeu. Olhei o relógio. Oito e quinze da manhã. Eu não tinha o celular de Cheryl, mas seria melhor fazer isso pessoalmente.

Dirigi até a Willard Elementary School e cheguei às 8h25. Estacionei atrás de uma fila de picapes e minivans e desci do carro. Essa escola, como tantas outras, tem os tijolos, os degraus dos fundos de cimento, o andar único, o projeto arquitetônico já sem forma com os muitos puxadinhos. Alguns deles costumam combinar entre si, mas havia os outros, geralmente construídos entre 1968 e 1975, falsamente elegantes de vidro azul e telhados esquisitos. Pareciam estufas pós-apocalípticas.

Crianças corriam pelo terreno, como sempre. A diferença era que agora os pais ficavam parados, observando. Conversavam entre si e, quando tocou o sinal, todos se asseguraram de que os seus rebentos estavam abrigados em segurança dentro dos tijolos ou do moderno vidro azul antes de partir. Eu detestava ver o medo nos olhos dos pais. Mas entendia. No dia em que a gente se torna pai ou mãe, o medo vira um companheiro constante. Nunca mais nos abandona. A minha vida era a maior prova disso.

O Chevy Suburban azul de Cheryl parou na fila de carros. Parti na direção dela. Ela soltava Justin da cadeirinha quando me avistou. Justin lhe deu o beijo regulamentar, ato que faz automaticamente – acho que é assim que deve ser –, e depois saiu correndo. Cheryl o observou como se tivesse medo de que ele sumisse no curto caminho de concreto. As crianças nunca entendem esse medo, mas tudo bem. Já é bem difícil ser criança sem ter esse peso sobre a gente.

– Oi – disse Cheryl.

– Oi. Preciso de uma coisa.

– O quê?

– O telefone de Rachel.

Cheryl já estava na porta do motorista.

– Entre.

– O meu carro está estacionado ali.

– Trago você de volta. A natação acabou tarde. Tenho que deixar Marianne na escola.

Ela já ligara o carro. Pulei no banco do carona. Virei-me e sorri para Marianne. Ela estava de fones e dedilhava velozmente o Game Boy Advance. Fez um aceno distante, mal erguendo os olhos. O cabelo ainda estava molhado. Conner estava na cadeirinha ao lado dela. O carro fedia a cloro, mas achei o cheiro estranhamente confortável. Sei que Lenny lava o carro religiosamente, mas não dá para mantê-lo limpo. Havia batatas fritas no espaço entre os bancos. Migalhas de origem desconhecida se agarravam ao estofado. No chão, junto aos meus pés, estava um pot-pourri de avisos da escola e desenhos de criança que tinham sido submetidos a ataques de botas enlameadas. Sentei-me num bonequinho do tipo que vem de brinde em lanches. Um estojo de CD dizendo ISSO É O QUE EU CHAMO DE MÚSICA 14 descansava entre nós, oferecendo aos ouvintes as novidades de Britney, Christina e qualquer boy band genérica. As janelas de trás estavam marcadas com dedos gordurosos.

As crianças só tinham permissão de brincar com o Game Boy no carro, nunca dentro de casa. Nunca, sob nenhuma circunstância, tinham permissão de assistir a filmes desaconselháveis para menores de 14 anos. Perguntei a Lenny como ele e Cheryl decidiam essas coisas e a resposta foi: "Não são as regras propriamente ditas, mas o fato de haver regras." Acho que entendo o que ele quis dizer.

Cheryl manteve os olhos na rua.

– Não é da minha natureza me meter...

– Mas você quer saber as minhas intenções.

– Acho que sim.

– E se eu não quiser lhe contar?

– Talvez – disse ela – seja melhor mesmo.

– Confie em mim, Cheryl. Preciso do telefone.

Ela ligou a seta.

– Rachel ainda é a minha amiga mais próxima.

– Tudo bem.

– Ela demorou muito para esquecer você – disse ela, hesitando.

– E vice-versa.

– Exatamente. Olhe, não estou me explicando direito. É só que... há algumas coisas que você precisa saber.

– Como assim?

Ela mantinha os olhos à frente, as duas mãos no volante.

– Você perguntou a Lenny por que nunca lhe contamos que ela tinha se divorciado.

– Isso.

Cheryl deu uma olhada no retrovisor, não para ver a rua, mas a filha. Marianne parecia absorta no jogo.

– Ela não se divorciou. O marido dela morreu.

Cheryl foi deslizando e parou diante da escola. Marianne tirou os fones e saiu. Não se deu o trabalho de dar o beijo regulamentar, mas disse tchau. Cheryl voltou a ligar o carro.

– Sinto muito em saber disso – comentei, porque era o que todo mundo diria nessas circunstâncias.

Quase acrescentei – porque a cabeça funciona de um jeito muito estranho e até macabro: "Ei! Agora temos mais uma coisa em comum."

Então, como se pudesse ler esses pensamentos, Cheryl disse:

– Ele levou um tiro.

Esse estranho paralelo ficou vários segundos em suspenso entre nós. Fiquei calado.

– Não sei detalhes – acrescentou ela depressa. – Ele também era do FBI. Na época, Rachel era uma das mulheres com cargo mais alto no órgão. Pediu demissão depois da morte dele. Parou de atender aos meus telefonemas. A vida não tem sido fácil para ela desde então. – Cheryl dirigiu até o meu carro e parou. – Estou lhe dizendo isso porque quero que você entenda. Muitos anos se passaram desde a faculdade. Rachel não é a mesma pessoa que você amou tantos anos atrás.

Mantive a voz firme.

– Só preciso do telefone dela.

Sem mais palavras, Cheryl pegou uma caneta no painel, tirou a tampa com os dentes e rabiscou o número num guardanapo.

– Obrigado – falei.

Ela fez um aceno quase imperceptível com a cabeça quando saí.

Não pensei duas vezes. Estava com o celular. Entrei no carro e telefonei. Rachel atendeu com um alô hesitante. As minhas palavras foram simples:

– Preciso da sua ajuda.

capítulo 15

Cinco horas depois, o trem de Rachel parava na estação de Newark.

Não pude deixar de pensar em todos aqueles filmes antigos em que os trens separam amantes, o vapor saindo em nuvens por baixo, o condutor fazendo a última chamada, o soar do apito, o tchuque-tchuque das rodas que começam a se mexer, um amante acenando pendurado na janela, o outro correndo pela plataforma. Não sei por que pensei nisso. A estação de trem de Newark é quase tão romântica quanto uma pilha de cocô de hipopótamo. O trem se aproximou sem um sussurro sequer e nada que alguém pudesse gostar de ver subindo no ar.

Mas quando Rachel desceu, ainda senti aquele zumbido no peito. Ela vestia uma calça jeans desbotada e um suéter vermelho de gola rulê. A bolsa de viagem pendia do ombro e ela a içou ao descer. Por um momento, fiquei apenas olhando. Eu acabara de fazer 36 anos. Rachel tinha 35. Não nos víamos desde os 20 e poucos. Passamos toda a nossa vida adulta separados. É esquisito pensar desse jeito. Já contei sobre o nosso rompimento. Tento desenterrar os porquês, mas talvez seja simples assim. Éramos jovens. Jovens fazem coisas idiotas. Jovens não entendem repercussões, não pensam a longo prazo. Não entendem que o zumbido pode ficar para sempre no peito.

Mas hoje, quando percebi que precisava de ajuda, Rachel foi a primeira pessoa que me veio à mente. E ela atendeu ao meu chamado.

Ela se dirigiu a mim sem hesitação.

– Você está bem?

– Estou.

– Eles ligaram?

– Ainda não.

Ela assentiu e começou a andar pela plataforma. O tom de voz era objetivo. Ela também adotara o papel de profissional.

– Fale mais do exame de DNA.

– Não sei mais nada.

– Então não é definitivo?

– Não para um tribunal, mas eles têm certeza.

Rachel passou a bolsa do ombro direito para o esquerdo. Tentei acompanhar seu ritmo.

– Temos que tomar algumas decisões difíceis, Marc. Está preparado?
– Estou.
– Em primeiro lugar, tem certeza de que não quer entrar em contato com a polícia nem com o FBI?
– O bilhete disse que eles têm alguém infiltrado.
– Isso provavelmente é conversa – disse ela.

Demos mais alguns passos.

– Entrei em contato com as autoridades da última vez – falei.
– Isso não significa que tenha sido um erro.
– Mas com certeza não foi um acerto.

Ela fez um gesto de sim e não com a cabeça.

– Você não sabe o que aconteceu da última vez. Talvez tenham descoberto que você estava sendo seguido. Talvez tenham vigiado a sua casa. Mas o mais provável é que nunca tenham pretendido devolvê-la. Entende isso?

– Entendo.
– Mas ainda assim quer que fiquem de fora.
– Foi por isso que liguei para você.

Ela concordou com a cabeça e finalmente parou, esperando que eu indicasse o caminho. Apontei a direita. Ela voltou a andar.

– Outra coisa – disse ela.
– O quê?
– Não podemos deixar que eles ditem o ritmo desta vez. Precisamos insistir que nos deem garantias de que Tara está viva.
– Eles dirão que o cabelo prova.
– E diremos que o exame não foi conclusivo.
– Acha que vão acreditar?
– Não sei. Provavelmente não. – Ela continuava a andar, o maxilar proeminente. – Mas é isso o que quero dizer com decisões difíceis. Aquele sujeito de camisa de flanela na praça? Jogos psicológicos. Querem intimidar e enfraquecer você. Querem que os obedeça às cegas outra vez. Tara é sua filha. Se quer simplesmente entregar o dinheiro outra vez, é com você. Mas eu não aconselharia. Eles sumiram antes. Não há razão para achar que não sumiriam de novo.

Entramos no estacionamento. Entreguei o papelzinho à atendente.

– Então, o que sugere? – perguntei.
– Algumas coisas. Primeiro, temos que exigir uma troca. Nada de "Aqui está o dinheiro, ligue depois". Pegamos a sua filha e depois eles levam o dinheiro.

– E se eles não concordarem?

Ela me olhou.

– Decisões difíceis.

Fiz que sim.

– Também quero um sistema completo de vigilância eletrônica para que eu possa estar com você. Quero uma câmera de fibra óptica para tentar ver como é esse sujeito. Não temos ninguém para nos ajudar, mas ainda há coisas que podemos fazer.

– E se eles descobrirem?

– E se eles fugirem de novo? – contrapôs ela. – Vamos correr riscos, não importa o que façamos. Precisamos aprender alguma coisa com o que aconteceu da primeira vez. Não há garantia nenhuma. Estou apenas tentando melhorar as nossas chances.

O carro chegou. Entramos e começamos a subir a McCarter Highway. De repente Rachel ficou muito calada. Os anos desapareceram novamente. Eu conhecia essa postura. Já a vira.

– O que mais? – perguntei.

– Nada.

– Rachel.

Algo na minha voz a fez olhar para longe.

– Há algumas coisas que você precisa saber.

Esperei.

– Liguei para Cheryl – disse ela. – Sei que ela lhe contou a maior parte. Você sabe que não sou mais agente federal.

– Sei.

– Há um limite no que posso fazer.

– Eu sei. – Ela se recostou. A postura ainda estava lá. – O que mais?

– Você precisa de um choque de realidade, Marc.

Paramos num sinal vermelho. Virei-me e a olhei – olhei de verdade – pela primeira vez. Os olhos ainda tinham aquele tom cor de mel com flocos dourados. Sei que os anos tinham sido difíceis, mas seus olhos não demonstravam.

– A probabilidade de Tara ainda estar viva é minúscula – disse ela.

– Mas o exame de DNA... – comecei.

– Cuido disso depois.

– Cuidar disso?

– Depois – repetiu.

– Que merda isso quer dizer? O DNA bateu. Edgar disse que a confirmação final é uma formalidade.

– Depois – disse mais uma vez com a voz dura. – Agora podemos muito bem supor que ela esteja viva. Passaremos pela entrega do resgate como se houvesse uma criança saudável do outro lado. Mas, em algum momento, preciso que você entenda que esse pode ser um golpe bem elaborado.

– Por que acha isso?

– Isso não é relevante.

– Claro que é. Está dizendo o quê? Que eles forjaram um exame de DNA?

– Duvido. – Depois ela acrescentou: – Mas é uma possibilidade.

– Como? As duas porções de cabelo combinam.

– Combinam entre si.

– É.

– Mas – disse ela – como sabe que o primeiro envelope de cabelo, que você recebeu um ano e meio atrás, pertencia a Tara?

O significado levou alguns instantes para me alcançar.

– Vocês examinaram o primeiro cabelo para ver se o DNA combinava com o seu?

– Por que faríamos isso?

– Então, até onde vocês sabem, os sequestradores originais podem ter enviado cabelos de outra criança.

Tentei clarear as ideias.

– Mas eles tinham um retalho da roupa dela – retruquei. – Rosa com pinguins pretos. Como explica isso?

– Você acha que a Gap só vendeu um macacão desses? Olhe, não sei ainda qual é a história, então não vamos nos afundar em hipóteses. Vamos nos concentrar no que podemos fazer aqui e agora.

Recostei-me. Ficamos em silêncio. Perguntei a mim mesmo se dera um passo certo ao chamá-la. Havia muita coisa entre nós. Mas, no fim das contas, eu confiava nela. Precisávamos nos manter profissionais, continuar compartimentando.

– Só quero a minha filha de volta – falei.

Rachel concordou com a cabeça, abriu a boca como se fosse dizer alguma coisa e se calou de novo. E foi então que veio a ligação do pedido de resgate.

capítulo 16

LYDIA GOSTAVA DE OLHAR fotografias antigas.

Não sabia por quê. Elas lhe davam pouco consolo. O fator nostalgia era, no máximo, limitado. Heshy nunca olhava para trás. Já Lydia, por razões que nunca conseguia articular direito, sempre olhava.

Esta fotografia específica fora tirada quando ela tinha 8 anos. Era uma imagem em preto e branco do amado seriado de TV *Risos em família*. O programa durou sete anos – no caso de Lydia, do 6º até o 13º aniversário. *Risos em família* era estrelado pelo ex-galã do cinema Clive Wilkins, como viúvo, pai de três filhos adoráveis: dois meninos gêmeos, Tod e Rod, que tinham 11 anos quando a série começou, e uma fofurinha de irmã caçula com o nome bem bonitinho de Trixie, representada pela irrepreensível Larissa Dane. É, o programa estava pelo menos três passos além do que se pode chamar de fofo. Reprises de *Risos em família* ainda passavam na TV a cabo.

De vez em quando, um desses canais sobre celebridades exibe um documentário sobre o antigo elenco de *Risos em família*. Clive Wilkins morreu de câncer de pâncreas dois anos depois do fim do programa. O narrador observa que Clive era "como um verdadeiro pai no estúdio", o que, como Lydia sabia, era pura lorota. O sujeito bebia e cheirava a cigarro. Quando o abraçava para as câmeras, ela precisava de todo o seu considerável talento de atriz mirim para não vomitar com o fedor.

Jarad e Stan Frank, os gêmeos da vida real que representavam Tod e Rod, tentaram seguir carreira na música depois do fim do seriado. Em *Risos em família*, eles tinham uma banda de garagem com um repertório de músicas compostas por outras pessoas, instrumentos tocados por outras pessoas e vozes com tanto eco e distorção de sintetizadores que até Jarad e Stan, que não conseguiam manter o tom nem se o tatuassem na palma da mão, começaram a acreditar que eram genuínos artistas da música. Os gêmeos agora se aproximavam dos 40 anos, ambos visivelmente clientes de uma clínica de implante capilar, ambos na ilusão de que, embora afirmassem estar "cansados da fama", estavam a um passo de voltar ao estrelato.

Mas o que realmente despertava interesse, o enigma cativante da saga *Risos em família*, envolvia o destino de Larissa Dane, ou "Trixie, a Caçulinha". Eis o que se sabe dela: na última temporada do programa, os pais de Larissa se divorciaram e tiveram uma briga acirrada pelo dinheiro da menina. O pai acabou dando um tiro na cabeça. A mãe se casou de novo com um golpista que sumiu com a fortuna. Como a maioria dos atores mirins, imediatamente Larissa Dane virou passado. Houve boatos sobre promiscuidade e drogas, embora – por ser antes da moda da nostalgia – ninguém realmente desse importância a isso. Ela teve uma overdose e quase morreu quando tinha apenas 15 anos. Foi mandada para um tipo de sanatório e, aparentemente, sumiu da face da Terra. Ninguém sabe ao certo o que aconteceu a ela. Muitos acreditam que morreu de uma segunda overdose.

Mas é claro que não morreu.

Heshy disse:

– Pronta pro telefonema, Lydia?

Ela não respondeu na mesma hora. Passou para a fotografia seguinte. Outra tomada de *Risos em família*, dessa vez da 5ª temporada, episódio 112. A pequena Trixie estava com o braço engessado. Tod queria desenhar uma guitarra no gesso. Papai não aprovou. Tod insistiu: "Mas, pai, prometo que só vou desenhar, não tocar!" Os risos enlatados gargalharam. A pequena Larissa não entendeu a piada. A Lydia adulta também não. Mas o que ela se lembrava era de como quebrara o braço naquele dia. Coisa típica de crianças. Estava brincando e rolou escada abaixo. A dor foi tremenda, mas precisavam gravar o programa. Com isso em mente, o médico do estúdio lhe injetou sabe Deus o quê e dois roteiristas incorporaram o ferimento no roteiro. Ela mal estava consciente na hora da gravação.

Mas, por favor, não comece com a música triste.

Lydia lera o livro do Danny da Família Dó Ré Mi. Escutara os lamentos de Willis em *Arnold*. Ouvira tudo sobre o sofrimento dos astros infantis, o abuso sexual, o dinheiro roubado, as longas horas de trabalho. Assistira a todos os programas de entrevistas, ouvira todos os queixumes, vira todas as lágrimas de crocodilo dos colegas – e a falta de franqueza deles a enojava.

Eis a verdade sobre o dilema do astro infantil. Não, não é o abuso sexual, embora quando Lydia era jovem e boba a ponto de acreditar que um psicólogo poderia ajudar, ele não parasse de dizer que ela devia estar "bloqueando", que com toda probabilidade fora molestada por algum produtor do programa. Não culpem a negligência dos pais pelo que acontece aos astros infantis. Ou, ao contrário, os incentivos deles. Não é a falta de amigos, as longas jornadas de trabalho, a pouca habilidade social, a torrente de tutores nos estúdios. Não, não é nada disso.

É, simplesmente, deixar de ser o centro das atenções.

Ponto final. O resto são desculpas, porque ninguém gosta de admitir que é tão superficial. Lydia começou a trabalhar no programa com 6 anos. Tem poucas lembranças anteriores a essa data. Portanto só se lembra de ter sido uma estrela. A estrela é especial. A estrela é realeza. A estrela é o que há de mais próximo de um deus na Terra. E, para Lydia, nunca houve outra coisa. Ensinamos aos nossos filhos que eles são especiais, mas ela viveu isso. Todos a achavam adorável. Todos achavam que ela era a filha perfeita, amorosa e gentil mas adequadamente sapeca. Todos a fitavam com um desejo esquisito. Queriam ficar perto dela, saber da sua vida, passar tempo com ela, tocar a barra de seu manto.

Então, um dia, *puf!* Tudo acabou.

A fama vicia mais que o crack. Os adultos que perdem a fama – astros de um único sucesso, por exemplo – costumam cair em depressão, embora tentem fingir que estão acima disso. Não querem admitir a verdade. Toda a sua vida é uma mentira, uma busca desesperada por outra dose da droga mais potente de todas: a fama.

Aqueles adultos provaram um mero gole do néctar antes que lhes fosse tirado. Mas, para o astro infantil, esse néctar é o leite materno. É tudo o que conhecem. Não conseguem compreender que é passageiro, que não vai durar. Não dá para explicar isso a uma criança. Não se pode prepará-la para o inevitável. Lydia só conhecera adulação. Então, quase da noite para o dia, o refletor se apagou. Pela primeira vez na vida, ela estava sozinha no escuro.

É isso que acaba com a gente.

Agora ela reconhecia disso. Heshy a ajudara. Ele a tirara das drogas. Ela se ferira, fora promíscua, cheirara e injetara mais narcóticos do que se pode imaginar. Não fizera nenhuma dessas coisas para fugir. Ela as fazia para descontar, para ferir algo ou alguém. O erro, percebeu ela na reabilitação depois de um incidente verdadeiramente horrível e violento, foi que feria *a si mesma*. A fama ergue a gente. Deixa os outros menores. Então por que razão ela estava ferindo quem deveria estar no topo? Em vez disso, por que não ferir as massas lastimáveis, aquelas que a tinham adorado, que tinham lhe dado poder tão inebriante, que tinham lhe virado as costas? Por que prejudicar a espécie superior, aquela que fora merecedora de todo esse louvor?

– Lydia?

– Hein.

– Acho que é melhor ligar agora.

Ela se virou para Heshy. Eles tinham se conhecido no hospital psiquiátrico e, na mesma hora, foi como se a infelicidade de cada um tivesse estendido os braços e abraçado a do outro. Heshy a salvou quando dois auxiliares a atacaram. Na época, ele apenas os tirou de cima dela. Os auxiliares os ameaçaram e ambos prometeram não contar nada. Mas Heshy sabia ser paciente. E esperou. Duas semanas depois, passou por cima de um dos valentões com um carro roubado. Enquanto ele estava lá, ferido, Heshy deu marcha a ré sobre a cabeça dele e depois, posicionando o pneu perto da base do pescoço, pisou no acelerador. Um mês depois, o segundo valentão – o auxiliar-chefe – foi encontrado em casa. Quatro dedos seus tinham sido arrancados. Não foram cortados, mas torcidos. O legista pôde afirmar pelas rupturas por torção. Os dedos tinham sido girados e girados até os tendões e ossos finalmente se romperem. Lydia ainda tinha um dos dedos guardado em algum lugar do porão.

Havia dez anos, eles fugiram juntos e mudaram de nome. Alteraram a própria aparência apenas o suficiente. Ambos recomeçaram, anjos vingadores, feridos mas superiores, acima da ralé. Ela não sentia mais dor. Ou, pelo menos, quando sentia, achava uma saída.

Tinham três residências. Heshy supostamente morava no Bronx. Ela, em uma casa no Queens. Ambos tinham endereços e telefones que funcionavam. Mas era tudo aparência. Escritórios comerciais, se preferir. Nenhum dos dois queria que ninguém soubesse que, na verdade, eram uma equipe, estavam ligados, eram amantes. Lydia, com nome falso, comprara essa casa amarelo-vivo quatro anos atrás. Tinha dois quartos, um banheiro e um lavabo. A cozinha, onde Heshy estava agora, era arejada e alegre. Ficava à beira de um lago no canto mais ao norte de Morris County, em Nova Jersey. Era tranquilo ali. Eles adoravam o pôr do sol.

Lydia não parava de olhar as fotos de "Trixie, a Caçulinha". Tentava se recordar de como se sentia na época. As lembranças tinham praticamente desaparecido. Heshy agora estava atrás dela e aguardava com a paciência de sempre. Alguns afirmariam que ela e Heshy eram assassinos frios. Mas essa, Lydia logo percebeu, era uma expressão bastante equivocada, outra criação de Hollywood. Como Trixie, a Caçulinha. Ninguém entra nesse negócio violento só porque é lucrativo. Há maneiras mais fáceis de ganhar a vida. É possível agir profissionalmente. É possível manter as emoções sob controle. É possível até se iludir e pensar que é apenas mais um dia de serviço, porém, quando se olha com sinceridade, a razão de andar do lado errado da linha é apenas o gosto. Lydia entendia isso. Ferir alguém, matar alguém, reduzir ou apagar a luz dos olhos de alguém... Não, ela não precisava disso. Ela não ansiava por isso como ansiara por ser o centro das atenções. Mas, sim, não há como negar, havia aquele sobressalto agradável, aquela emoção inconfundível, a redução da própria dor.

– Lydia?

– Estou ligando, Ursinho Pooh.

Ela pegou o celular com o número roubado e o misturador de voz. Virou-se e encarou Heshy. Ele era horrendo, mas ela não via isso. Ele fez que sim com a cabeça. Ela ligou o misturador e digitou o número.

Quando ouviu a voz de Marc Seidman, disse:

– Vamos tentar de novo?

capítulo 17

Antes que eu pudesse atender, Rachel pôs a mão sobre a minha.
– Isso é uma negociação – disse ela. – Medo e intimidação são ferramentas. Você precisa se manter forte. Se pretenderem entregá-la, serão flexíveis.
Engoli em seco e atendi ao telefone. Disse alô.
– Vamos tentar de novo?
A voz tinha o mesmo zumbido robótico. Senti o sangue pulsar. Fechei os olhos e disse:
– Não.
– Como é?
– Quero garantias de que Tara está viva.
– Você recebeu amostras de cabelo, não recebeu?
– Recebi.
– E?
Olhei para Rachel. Ela assentiu.
– O resultado não foi conclusivo.
– Ótimo – disse a voz. – Então vou desligar.
– Espere.
– Sim?
– Você foi embora da última vez.
– Isso mesmo.
– Como saber que não farão isso de novo?
– Chamou a polícia desta vez?
– Não.
– Então não tem o que temer. Eis o que quero que faça.
– Não vai funcionar assim desta vez.
– O quê?
Deu para sentir meu corpo tremer.
– Fazemos uma troca. Você não recebe o dinheiro enquanto eu não estiver com a minha filha.
– Você não está em condições de barganhar.
– Você me entrega a minha filha – falei, as palavras saindo devagar, pesadas. – Eu lhe entrego o dinheiro.
– Não vai funcionar assim.

– Vai – continuei, tentando forçar a bravata na voz. – Ou isso acaba aqui e agora. Não quero que você fuja de novo e depois venha pedindo mais dinheiro. Então fazemos a troca e acabamos com isso.

– Dr. Seidman?

– Estou aqui.

– Quero que escute com atenção.

O silêncio foi longo demais, forçando os meus nervos.

– Se eu desligar agora, só ligarei de novo daqui a dezoito meses. – Fechei os olhos e aguentei. – Pense um instante nas repercussões. Nunca se perguntou onde a sua filha está? Nunca pensou no que será feito dela? Se eu desligar, o senhor ficará sem saber de nada durante mais um ano e meio.

Parecia que um cinto de aço se apertava no meu peito. Eu não conseguia respirar. Olhei para Rachel. Ela me fitou com firmeza, insistindo que me mantivesse forte.

– Que idade ela teria até lá, Dr. Seidman? Quer dizer, se a deixarmos viver.

– Por favor.

– Está disposto a escutar?

Franzi o rosto e fechei os olhos.

– Só estou pedindo garantias.

– Nós lhe mandamos as amostras de cabelo.

– Levo o dinheiro. Você leva a minha filha. Você recebe o dinheiro quando eu a vir.

– Está tentando ditar os termos, Dr. Seidman?

A voz robótica tinha agora uma cadência engraçada.

– Não me importa quem você é – respondi. – Não me importa por que fez tudo isso. Só quero a minha filha de volta.

– Então fará a entrega exatamente do jeito que eu disser.

– Não. Não sem garantias.

– Dr. Seidman?

– Diga.

– Adeus.

E o celular ficou mudo.

capítulo 18

A SANIDADE É UMA LINHA FINA. A minha arrebentou.
Não, não gritei. Bem ao contrário. Fiquei absurdamente calmo. Afastei o celular da orelha e o olhei como se ele tivesse acabado de se materializar ali e eu não fizesse ideia do que era.
– Marc?
Olhei para Rachel.
– Desligaram.
– Vão ligar de novo – disse ela.
Balancei a cabeça.
– Disseram que só daqui a mais dezoito meses.
Rachel fitou o meu rosto.
– Marc?
– Diga.
– Preciso que você escute com atenção.
Esperei.
– Você fez o que era certo.
– Obrigado. Agora me sinto melhor.
– Tenho experiência com isso. Se Tara ainda estiver viva e se tiverem alguma intenção de devolvê-la, vão ceder. A única razão para não fazer a troca é não quererem... ou não poderem.
Não poderem. A parte minúscula do meu cérebro que permanecia racional entendeu isso. Recordei o meu treinamento. Compartimentar.
– E agora?
– Vamos nos preparar exatamente como planejamos. Tenho equipamento suficiente. Vamos grampear você. Se ligarem de novo, estaremos prontos.
Assenti atônito.
– Tudo bem.
– Enquanto isso, há alguma coisa que possamos fazer? Você reconheceu a voz? Lembra-se de algo novo sobre o homem de camisa de flanela, sobre a van, qualquer coisa?
– Não.
– No telefone, você mencionou ter encontrado um CD no porão.
– É.

Contei-lhe rapidamente a história sobre o disco e a MVD Detetives. Ela pegou um bloquinho e rabiscou anotações.

– Está com o CD aí?

– Não.

– Não importa – disse ela. – Agora estamos em Newark. Podemos ver o que dá para descobrir com essa MVD Detetives.

capítulo 19

Lydia levantou no ar a SIG-Sauer P226.
– Não gostei – disse ela.
– Você fez certo – tranquilizou Heshy. – Paramos agora. Acabou.
Ela fitou a arma. Queria muito puxar o gatilho.
– Lydia?
– Estou ouvindo.
– Estávamos fazendo isso porque era simples.
– Simples?
– É. Achamos que seria dinheiro fácil.
– Muito dinheiro.
– É verdade.
– Não podemos simplesmente desistir.
Heshy viu a umidade nos olhos dela. Não era só questão de dinheiro. Ele sabia disso.
– Seja como for, ele está atormentado – disse ele.
– Eu sei.
– Pense no que acabou de fazer a ele – continuou Heshy. – Se nunca mais ouvir falar de nós, passará o resto da vida com dúvidas, se culpando.
Ela sorriu.
– Está tentando me seduzir?
Lydia sentou no colo de Heshy e se enrolou nele como um gatinho. Ele a envolveu com os braços gigantescos e, por um instante, ela se acalmou.
Lydia se sentiu tranquila e segura. Fechou os olhos. Adorava aquela sensação. E sabia – como ele também sabia – que não duraria. Nunca seria suficiente.
– Heshy?
– Diga.
– Quero aquele dinheiro.
– Sei que quer.
– Então acho que seria melhor que ele morresse.
Heshy a apertou contra si.
– Então é isso que vai acontecer.

capítulo 20

Não sei o que esperava encontrar no escritório da MVD Detetives. Uma porta de vidro jateado à moda de Sam Spade ou Philip Marlowe, talvez. Um prédio sujo de tijolos desbotados. Uma escada, com certeza. Uma secretária gordinha com o cabelo mal tingido.

Mas o escritório da MVD não tinha nada disso. O prédio era claro e brilhante, parte do programa de "renovação urbana" de Newark. Não paro de ouvir falar na revitalização de Newark, mas não consigo vê-la. Claro, há vários prédios comerciais bonitos como esse e um estonteante Centro de Artes Cênicas com excelente localização para quem pode pagar (leia-se: quem não mora em Newark) conseguir chegar lá sem, digamos, passar pela cidade. Mas esses edifícios brilhantes são flores no meio da erva daninha, estrelas esparsas num céu quase todo negro. Não mudam nada. Não se misturam nem influenciam a paisagem. Permanecem isolados. Sua beleza estéril não é contagiosa.

Saímos do elevador. Ainda segurava a bolsa com os 2 milhões de dólares. Ela parecia esquisita na minha mão. Havia três recepcionistas com fones atrás de uma parede de vidro. A mesa delas era alta. Dissemos o nome pelo interfone. Rachel mostrou a identificação de agente do FBI aposentada. A porta zumbiu.

Rachel a abriu. Fui atrás. Sentia-me oco, mas continuava funcional. O horror do que tinha acontecido ao telefone era tão grande que eu passara da paralisia a um estranho estado de concentração. Mais uma vez, comparo tudo isso à sala de cirurgia. Entro naquela sala, cruzo o portal e deixo o mundo para trás. Certa vez tive um paciente, um menino de 6 anos, que passava por um reparo de rotina de lábio leporino. Na mesa, seus sinais vitais caíram de repente. O coração parou. Não entrei em pânico. Fiquei num estado de concentração não muito diferente desse. O menino sobreviveu.

Ainda mostrando a identificação, Rachel explicou que queria falar com o encarregado. A recepcionista sorriu e assentiu do jeito que as pessoas fazem quando não estão escutando. Não tirou os fones. Os dedos apertaram alguns botões. Outra mulher apareceu. Ela nos levou pelo corredor até uma sala.

Por um instante, não soube dizer se estávamos na presença de um homem ou de uma mulher. A plaquinha de bronze na mesa dizia Conrad Dorfman.

Conclusão: um homem. Ele se levantou de forma teatral. Era magro demais, com um terno risca de giz como os do filme *Garotos e garotas*, ajustado na cintura de modo que a barra do paletó se abria quase o suficiente para se confundir com uma saia. Os dedos eram finos como os de um pianista, o cabelo alisado como o de Julie Andrews em *Victor ou Victória?* e o rosto de uma uniformidade manchada que costumo associar a base cosmética.

– Por favor – disse ele com voz demasiado afetada. – Eu me chamo Conrad Dorfman. Sou o vice-presidente executivo da MVD.

Apertamos as mãos. Ele segurou a nossa mão um segundo a mais, pondo a mão livre sobre elas e nos olhando intensamente nos olhos. Convidou-nos a sentar. Sentamos. Ele nos perguntou se aceitaríamos uma xícara de chá. Rachel, assumindo a liderança, disse que sim.

Houve mais alguns minutos de conversa fiada. Conrad fez a Rachel perguntas sobre a sua época no FBI. Rachel foi vaga. Insinuou que também trabalhava no setor de investigações particulares e portanto era sua colega e merecedora de certa cortesia profissional. Não falei nada e a deixei trabalhar. Houve uma batida na porta. A mulher que nos escoltara pelo corredor abriu a porta e entrou empurrando um carrinho de chá prateado. Conrad começou a servir o chá. Rachel foi direto ao ponto.

– Esperamos que você possa nos ajudar – disse Rachel. – A esposa do Dr. Seidman foi cliente sua.

Conrad Dorfman se concentrou no chá. Usava uma daquelas peneirinhas que parecem estar na moda. Encheu-a com algumas folhas e serviu o chá devagar.

– Vocês lhe forneceram um CD protegido por senha. Precisamos acessar o conteúdo do CD.

Conrad entregou uma xícara de chá a Rachel primeiro, depois a mim. Instalou-se e deu um gole profundo.

– Sinto muito – disse ele. – Não posso ajudá-los. A senha é escolhida pelo cliente por conta própria.

– A cliente está morta.

Conrad Dorfman nem piscou.

– Na verdade isso não muda nada.

– O marido dela é o parente mais próximo. Isso faz com que o CD seja dele.

– Não sei dizer – respondeu Conrad. – Não entendo de Direito. Mas não temos controle sobre nada disso. Como já disse, o cliente escolhe a senha. Podemos ter lhe dado o CD, realmente não sou capaz de confirmar nem negar isso a esta altura; mas não temos ideia dos números e letras que ela escolheu como senha.

Rachel alongou a espera. Fitou Conrad Dorfman. Ele a fitou de volta mas baixou o olhar primeiro; pegou a xícara de chá e deu outro gole.

– Podemos descobrir por que ela os procurou, pelo menos?

– Sem mandado judicial? Não, creio que não.

– O seu CD – disse ela. – Há uma forma de acessá-lo.

– Como assim?

– Toda empresa faz isso – disse Rachel. – As informações não ficam perdidas para sempre. A sua empresa programa neles uma senha própria para que vocês possam acessar o CD.

– Não sei do que você está falando.

– Fui agente do FBI, Sr. Dorfman.

– E daí?

– E daí que sei dessas coisas. Por favor, não insulte a minha inteligência.

– Não foi essa a minha intenção, Sra. Mills. Mas simplesmente não posso ajudar.

Olhei para Rachel. Ela parecia pesar as opções.

– Ainda tenho amigos, Sr. Dorfman. No departamento. Podemos fazer perguntas. Podemos bisbilhotar suas atividades. Os federais não gostam muito de detetives particulares. Você sabe. Não quero problema. Só quero saber o que há no CD.

Dorfman pousou a xícara. Tamborilou com os dedos. Houve uma batida e a mesma mulher abriu a porta. Ela acenou para chamar Conrad Dorfman. Ele se levantou, mais uma vez com excesso de teatralidade, e praticamente saltou até o outro lado da sala.

– Com licença um instantinho.

Quando ele saiu do escritório, olhei para Rachel. Ela não se virou para mim.

– Rachel?

– Vamos ver como isso se desenrola, Marc.

Mas na verdade não havia muito a se desenrolar. Conrad voltou ao escritório. Atravessou a sala e ficou em pé diante de Rachel, esperando que ela erguesse os olhos. Ela não lhe deu essa satisfação.

– O nosso presidente, Malcolm Deward, também é ex-agente federal. Sabia disso?

Rachel não respondeu.

– Ele deu alguns telefonemas enquanto conversávamos. – Conrad esperou. – Sra. Mills? – Rachel finalmente olhou para cima. – As suas ameaças não significam nada. A senhora não tem amigos na agência. Ao contrário do Sr. Deward, que tem. Saiam da minha sala. Agora.

capítulo 21

— Que merda foi aquela? – perguntei.
— Já lhe disse. Não sou mais agente.
— O que aconteceu, Rachel?
Ela manteve os olhos à frente.
— Você não faz parte da minha vida há muito tempo.
Não havia nada a acrescentar. Agora Rachel dirigia. Eu segurava o celular, novamente torcendo para que tocasse. Quando chegamos de volta à minha casa, o crepúsculo caíra. Entramos. Pensei em ligar para Tickner ou Regan, mas de que adiantaria agora?
— Precisamos verificar o DNA – disse Rachel. – A minha teoria pode parecer pouco plausível, mas a ideia da sua filha sequestrada todo esse tempo também parece, não é?
Liguei para Edgar. Disse-lhe que queria fazer novos exames no cabelo. Ele acatou. Desliguei sem lhe contar que já pusera em risco a entrega do resgate ao pedir ajuda a uma ex-agente do FBI. Quanto menos falasse disso, melhor. Rachel pediu a algum conhecido para buscar as amostras com Edgar e coletar uma amostra do meu sangue. Ele tinha um laboratório particular, segundo ela. Teríamos o resultado dali a 24 ou 48 horas, o que, em termos de um pedido de resgate, provavelmente seria tarde demais.
Instalei-me numa cadeira na sala de estar. Rachel se sentou no chão. Abriu a bolsa e tirou fios e aparelhos eletrônicos de todo tipo. Como cirurgião, sou muito bom com as mãos, mas, quando se trata de engenhocas de alta tecnologia, fico totalmente perdido. Ela espalhou o conteúdo da bolsa pelo tapete com cuidado, muito concentrada. Mais uma vez me lembrei do jeito como fazia o mesmo com os livros quando estávamos na faculdade. Ela enfiou a mão na bolsa e tirou uma navalha.
— A sacola de dinheiro – pediu.
Entreguei-a.
— O que vai fazer?
Ela a abriu. O dinheiro estava em maços de notas de cem dólares. Ela pegou um deles e puxou o dinheiro devagar, sem rasgar a fita de papel que o prendia. Separou o maço ao meio como se fosse um baralho.
— O que está fazendo? – perguntei.

– Vou abrir um buraco.
– No dinheiro de verdade?
– É.
Ela usou a navalha. Cavou um círculo do tamanho de uma moeda de um dólar, com a profundidade de meio centímetro. Ela examinou o chão, achou um aparelho preto mais ou menos do mesmo tamanho e o encaixou nas notas. Depois, colocou de volta a faixa de papel. O aparelho ficou totalmente escondido no meio do maço de dinheiro.
– Um localizador Q-Logger – disse ela à guisa de explicação. – É um aparelho de GPS.
– Se você diz...
– GPS significa Global Positioning System, ou sistema de posicionamento global. Em poucas palavras, vai rastrear o dinheiro. Vou colocar outro no forro da sacola, mas disso a maioria dos criminosos sabe. Geralmente passam o dinheiro para uma bolsa deles. Mas, com tanto dinheiro assim, eles vão demorar a ter tempo para checar todos os maços.
– Qual o menor tamanho dessas coisas?
– Os localizadores?
– É.
– Podem ser mais fininhos, mas o problema é a bateria. Precisam de uma pilha. É aí que dançamos. Mas agora basta algo que possa viajar pelo menos uns 12 ou 13 quilômetros. Este aqui serve.
– E para onde isso vai?
– Quer dizer onde acompanho os movimentos?
– É.
– Geralmente em um laptop, mas este aqui é mais avançado.
Rachel levantou no ar um aparelho que vejo com muita frequência no mundo da medicina. Na verdade, acho que sou o único médico do planeta que não tem um deles.
– Um Palm Pilot?
– Projetado com uma tela especial de rastreamento. Ficará comigo caso tenha que me deslocar.
Ela voltou ao trabalho.
– E o que são todas essas coisas? – perguntei.
– Equipamento de vigilância. Não sei o que conseguirei usar, mas gostaria de pôr um localizador no seu sapato. Quero colocar também uma câmera no carro. Gostaria de ver se consigo pôr fibra óptica em você, mas aí pode

ser mais arriscado. – Ela começou a organizar o equipamento, absorta na atividade. Os olhos estavam baixos quando voltou a falar. – Mais uma coisa que quero lhe explicar.

Cheguei mais à frente.

– Lembra-se de quando os meus pais se divorciaram? – perguntou.

– Lembro, claro.

Tinha sido quando nos conhecemos.

– Por mais íntimos que fôssemos, nunca falamos disso.

– Sempre tive a impressão de que você não queria.

– Não queria – disse ela depressa demais.

Nem eu, pensei. Fui egoísta. Supostamente, passamos dois anos apaixonados – e nem assim cheguei a sequer estimulá-la a se abrir a respeito do divórcio dos pais. Foi mais do que uma "impressão" que me fez segurar a língua. Eu sabia que ali se escondia algo escuro e infeliz. Não queria cutucá-lo, incomodá-lo, fazer talvez com que voltasse a atenção para mim.

– A culpa foi do meu pai.

Quase disse algo imbecil como "Nunca é culpa de ninguém" ou "Toda história tem dois lados", mas um lampejo de bom senso manteve a minha boca fechada. Rachel ainda não erguera os olhos. Parecia estar com dificuldade para continuar.

– O meu pai destruiu a minha mãe. Esmagou a sua alma. Sabe como?

– Não.

– Ele a traía.

Ela ergueu a cabeça e enfrentou o meu olhar. Não desviei os olhos.

– Era um ciclo destrutivo. Ele a traía, era pego, jurava que nunca faria de novo. Mas sempre fazia. Isso corroeu a minha mãe, acabou com ela. – Rachel engoliu em seco, voltou aos seus brinquedos tecnológicos. – Por isso, quando eu estava na Itália e soube que você saíra com outra pessoa...

Pensei em um milhão de coisas diferentes para dizer, mas nenhuma fazia sentido. Falando francamente, o que ela estava me contando também não. Explicava muito, acho, mas era um pouco tarde demais. Fiquei onde estava, sem levantar da cadeira.

– Tive uma reação exagerada – disse ela.

– Éramos jovens.

– Eu só queria... Eu deveria ter lhe contado isso na época.

Era como se ela me estendesse a mão. Eu ia dizer alguma coisa, mas parei. Era demais. Tudo demais. Seis horas tinham se passado desde o pedido de resgate. Os segundos passavam, uma batida profunda e dolorosa no fundo do meu peito.

Pulei quando o telefone tocou, mas era o fixo, não o celular do sequestrador. Atendi. Era Lenny.

– O que foi? – perguntou ele sem preâmbulos.

Olhei para Rachel. Ela balançou a cabeça. Também com a cabeça, sinalizei ter entendido.

– Nada – respondi.

– A sua mãe me disse que você encontrou Edgar no parque.

– Não se preocupe.

– Aquele velho canalha vai acabar com você, sabe disso.

Não havia como argumentar com Lenny quando se tratava de Edgar Portman. Ele também podia ter razão.

– Eu sei.

Houve um breve silêncio.

– Você ligou para Rachel – disse ele.

– É.

– Por quê?

– Nada importante.

Houve outra pausa. Então Lenny disse:

– Você está mentindo para mim, não está?

– Como uma peruca falsa em Las Vegas.

– Tá, tá bom. Ei, o jogo de raquetebol está de pé amanhã de manhã?

– Prefiro cancelar.

– Sem problemas. Marc?

– Hein.

– Se precisar de mim...

– Obrigado, Lenny.

Desliguei. Rachel estava ocupada com as engenhocas eletrônicas. As palavras que dissera tinham desaparecido agora, fumaça dissipada. Ela ergueu os olhos e viu alguma coisa no meu rosto.

– Marc?

Não falei.

– Se a sua filha estiver viva, nós a traremos para casa. Eu prometo.

E, pela primeira vez, não tive certeza de que acreditava nela.

capítulo 22

O AGENTE ESPECIAL TICKNER FITOU o relatório.

O caso Seidman de sequestro e homicídio estava em banho-maria. O FBI reorganizara as prioridades nos últimos anos. O terrorismo era o número um da lista. Os números dois a dez eram o terrorismo também. Ele só se envolvera no caso Seidman quando virou uma questão de sequestro. Apesar do que aparece nas séries de televisão, geralmente a polícia local fica ansiosa para o FBI se envolver. Os federais têm técnica e recursos. Chamá-los tarde demais pode custar vidas. Regan fora bastante esperto ao não esperar.

Mas depois que o caso de sequestro fora "resolvido" – e ele detestava esse termo –, o serviço de Tickner (pelo menos extraoficialmente) seria recuar e deixar o trabalho para a polícia local. Ele ainda pensava muito no assunto – ninguém esquece a visão de roupas de bebê esfarrapadas numa cabana daquelas –, mas, na sua cabeça, o caso estava inativo.

Até cinco minutos atrás.

Ele leu o relatório pela terceira vez. Não estava tentando juntar as peças. Ainda não. A situação era esquisita demais para isso. O que tentava fazer, o que esperava conseguir, era encontrar algum tipo de ponto de vista, algum tipo de fio solto que pudesse agarrar. Não lhe veio nada.

Rachel Mills. Como ela se encaixava naquilo tudo?

Um jovem subordinado – Tickner não conseguia se lembrar se o sobrenome era Kelly ou Fitzgerald, alguma coisa irlandesa do tipo – estava em pé diante da escrivaninha, sem saber o que fazer com as mãos. Tickner se recostou na cadeira e cruzou as pernas. Batucou a caneta no lábio inferior.

– Tem que haver uma ligação entre eles – disse a Sean ou Patrick.

– Ela afirmou ser detetive particular.

– Tem licença?

– Não, senhor.

Tickner balançou a cabeça.

– Tem mais coisa nisso aí. Verifique registros telefônicos, encontre amigos, o que for. Confira isso para mim.

– Sim, senhor.

– Ligue para aquela agência de detetives. A MVD. Diga a eles que estou indo.

– Sim, senhor.

O garoto irlandês saiu. Tickner olhou para o nada. Ele e Rachel tinham treinado juntos em Quantico. Ambos tiveram o mesmo instrutor. Tickner pensou no que fazer. Embora nem sempre confiasse na polícia local, ele gostava de Regan. O sujeito tinha iniciativa. Pegou o telefone e ligou para ele.

– Detetive Regan.

– Há quanto tempo, hein?

– Ah, agente federal Tickner. Ainda está de óculos escuros?

– E você, ainda acariciando aquela mosca no queixo... entre outras coisas?

– Pois é.

Tickner conseguia ouvir ao fundo música de sitar.

– Ocupado?

– De jeito nenhum. Estava só meditando.

– Como Phil Jackson, o técnico de basquete?

– Exatamente. Só que sem todas aquelas taças de campeonatos. Você devia vir praticar comigo.

– Tá, vou pôr isso na minha lista.

– Assim você relaxa, agente Tickner. Estou sentindo uma tensão tremenda na sua voz. Suponho que haja alguma razão para este telefonema.

– Lembra-se do nosso caso favorito?

Houve uma pausa estranha.

– Lembro.

– Quanto tempo faz que não temos nada de novo?

– Acho que nunca tivemos nada de novo.

– Pois é, agora talvez tenhamos.

– Sou todo ouvidos.

– Acabamos de receber uma ligação esquisita de um ex-agente do FBI. Um sujeito chamado Deward. Hoje ele é detetive particular em Newark.

– E daí?

– Parece que o nosso amigo Dr. Seidman fez uma visita à empresa dele hoje. E estava com alguém muito especial.

Lydia tingiu o cabelo de preto para se misturar melhor com a escuridão da noite. O plano, aliás, era simples.

– Confirmamos que ele está com o dinheiro – disse ela a Heshy. – Depois o mato.

– Tem certeza?

– Positivo. E a beleza da coisa é que o assassinato será automaticamente ligado ao crime original. – Lydia sorriu para ele. – Mesmo que algo dê errado, nada nos liga a ele.

– Lydia?

– Algum problema?

Heshy levantou os ombros de gigante.

– Não acha que seria melhor eu o matar?

– A minha pontaria é melhor, Ursinho Pooh.

– Mas... – ele hesitou, deu de ombros outra vez – eu não preciso de armas.

– Você está tentando me proteger – disse ela.

Ele não disse nada.

– Você é um amor.

E era mesmo. Mas uma das razões pelas quais ela mesma queria atirar era para proteger Heshy. Ele era o mais vulnerável. Lydia nunca temeu ser pega. Em parte, era o caso clássico de excesso de confiança. Gente burra é capturada, não os que tomam cuidado. Mas, mais do que isso, ela sabia que, se fosse pega, nunca seria condenada. Nada a ver com a aparência de mocinha bonita e comportada, embora sem dúvida isso fosse uma vantagem. Nenhum promotor jamais daria conta da repercussão televisiva do caso. Lydia lhes falaria do seu passado "trágico". Afirmaria ter sido abusada de muitas maneiras. Choraria no programa da Oprah. Falaria do sofrimento dos astros infantis, da calamidade de ter sido forçada a entrar no mundo de Trixie, a Caçulinha. Pareceria adoravelmente vitimizada e inocente. E o público, sem falar no júri, engoliria tudo.

– Acho que é melhor assim. Se ele vir você se aproximar, bom, talvez saia correndo. Mas se avistar euzinha... – Lydia deixou a voz morrer com um pequeno movimento dos ombros.

Heshy concordou. Ela tinha razão. Seria mamão com açúcar. Ela acariciou o rosto dele e lhe entregou as chaves do carro.

– Pavel entendeu a parte dele? – perguntou Lydia.

– Entendeu. Vai nos encontrar lá. E vai usar a camisa de flanela.

– Então é melhor a gente ir andando – disse ela. – Vou ligar para o Dr. Seidman.

Heshy usou o controle remoto para destrancar as portas do carro.

– Ah – disse Lydia –, tenho de verificar uma coisa antes.

Lydia abriu a porta de trás. A criança estava profundamente adormecida na cadeirinha. Ela verificou as correias e se assegurou de que estavam bem presas.

– É melhor eu me sentar atrás, Ursinho Pooh – disse ela. – Para o caso de alguém acordar.

Heshy se enfiou no banco do motorista. Lydia puxou o celular e o misturador de voz e digitou o número.

capítulo 23

Pedimos uma pizza, o que acho que foi um erro. Pizzas tarde da noite são coisa de universitário. Era outra recordação nada sutil do passado. Eu não parava de fitar o celular, desejando que tocasse. Rachel estava calada, mas tudo bem. Sempre ficamos confortáveis em silêncio. Isso também era esquisito. De várias maneiras, estávamos de volta, retomando de onde tínhamos parado. Mas, de muitas outras formas, éramos dois estranhos com uma ligação tênue e embaraçosa.

O mais inusitado era que, de repente, as minhas lembranças ficaram nubladas. Eu tinha achado que, quando a visse de novo, elas viriam à tona. Mas poucos aspectos específicos me vieram. Era mais um sentimento, uma emoção, como o jeito como recordava o frio terrível da Nova Inglaterra. Não sei por que não conseguia me lembrar. E não sabia direito o que isso significava.

A testa de Rachel se franziu enquanto ela brincava com o equipamento eletrônico. Deu uma mordida na pizza e disse:

– Não é tão boa quanto a do Tony.

– Aquele lugar era horrível.

– Meio gorduroso mesmo.

– Meio? A pizza grande vinha com um vale-angioplastia.

– Bom, ela dava aquela sensação de lama nas veias.

Nós nos entreolhamos.

– Rachel?

– Diga.

– E se eles não ligarem?

– Então não estão com ela, Marc.

Esperei a ideia assentar. Pensei em Conner, o filho de Lenny, as coisas que ele conseguia dizer e fazer, e tentei aplicá-las ao bebê em que pusera os olhos pela última vez no berço. Não combinava, mas isso não significava nada. Havia esperança. Agarrei-me a isso. Se a minha filha estivesse morta, se aquele telefone nunca mais tocasse, sei que a esperança me mataria. Mas não importava. Melhor afundar desse jeito do que continuar naquilo até o fim.

Portanto, eu tinha esperança. E eu, o cético, me permiti acreditar no melhor.

Quando o celular finalmente tocou, eram quase dez horas. Nem esperei pelo sinal de Rachel. O meu dedo estava no botão antes mesmo que o primeiro trinado morresse.

– Alô!

– Tudo bem – disse a voz robótica –, você vai vê-la.

Não consegui respirar. Rachel se aproximou e pôs a orelha perto da minha.

– Bom – disse eu.

– Está com o dinheiro?

– Estou.

– Todo ele?

– Todo.

– Então escute com atenção. Afaste-se do combinado e desaparecemos. Entendeu?

– Entendi.

– Verificamos as nossas fontes na polícia. Até agora, tudo bem. Parece que você não chamou as autoridades. Mas precisamos nos certificar. Você deve ir sozinho pela ponte George Washington. Uma vez lá, estaremos ao alcance. Use a função de rádio do celular. Vou lhe dizer aonde ir e o que fazer. Você será revistado. Se encontrarmos armas ou fios, desaparecemos. Entendeu?

Pude sentir a respiração de Rachel se acelerar.

– Quando vou ver a minha filha?

– Quando nos encontrarmos.

– Como vou saber que vocês não vão simplesmente pegar o dinheiro?

– Como vamos saber que não vou bater o telefone na sua cara agora mesmo?

– Estou a caminho – disse. Então acrescentei depressa: – Mas não entrego o dinheiro antes de ver Tara.

– Então estamos de acordo. Você tem uma hora. Aí me avise.

capítulo 24

CONRAD DORFMAN NÃO PARECEU contente de ser arrastado tão tarde de volta ao escritório da MVD. Tickner não ligou. Se Seidman tivesse ido lá sozinho, já seria uma pista importante, sem dúvida alguma. Mas o fato de Rachel Mills também ter ido, de estar envolvida de algum modo, bom, digamos apenas que a curiosidade de Tickner estava mais do que atiçada.

– A Sra. Mills lhe mostrou a identificação? – perguntou.
– Mostrou – respondeu Dorfman. – Mas estava carimbado "Aposentado".
– E ela estava com o Dr. Seidman?
– Estava.
– Chegaram juntos?
– Acho que sim. Quer dizer, sim, estavam juntos quando chegaram aqui.

Tickner fez que sim com a cabeça.
– O que queriam?
– A senha de um CD-ROM.
– Acho que não entendi.
– Eles afirmaram ter um CD-ROM que fornecemos a uma cliente. Os nossos CDs são protegidos com senha. Queriam a senha.
– Você deu?

Dorfman pareceu adequadamente chocado.
– É claro que não. Mandamos ligar para vocês. Eles nos explicaram... Bom, eles nunca nos explicam nada direito. Só insistiram que não deveríamos cooperar de jeito nenhum com a agente Mills.
– *Ex*-agente – disse Tickner.

Como?, se perguntava Tickner. Como Rachel Mills tinha se envolvido com Seidman? Ele tentara dar a ela o benefício da dúvida. Ao contrário dos seus colegas agentes, ele a conhecera, a vira em ação. Ela fora uma boa agente, talvez uma excelente agente. Mas agora ele pensava. Pensava nas datas. Pensava na presença dela ali. Pensava na carteirada e na tentativa de pressionar.

– Eles lhe disseram como encontraram esse CD-ROM?
– Afirmaram que pertencia à esposa do Dr. Seidman.
– E pertencia?
– Acredito que sim.
– Sabe que a esposa dele morreu há mais de um ano e meio, Sr. Dorfman?

– Agora sei.
– Mas não sabia quando eles estavam aqui?
– Isso.
– Por que Seidman esperou dezoito meses para pedir a senha?
– Ele não disse.
– O senhor perguntou?
Dorfman se remexeu na cadeira.
– Não.
Tickner sorriu, de colega para colega.
– Nem havia por quê – disse ele, com falsa gentileza. – Deu alguma informação a eles?
– Nenhuma.
– Não disse por que a Sra. Seidman resolveu contratar a agência?
– Não.
– Certo, muito bom. – Tickner se inclinou à frente, os cotovelos agora nos joelhos. Ia fazer outra pergunta quando o celular tocou. – Com licença – disse, enfiando a mão no bolso.
– Vai demorar muito? – perguntou Dorfman. – Tenho compromissos.
Ele nem se deu ao trabalho de responder. Levantou-se e pôs o celular na orelha.
– Tickner.
– Aqui é o agente O'Malley – disse o rapaz.
– Encontrou alguma coisa?
– Encontrei, sim.
– Sou todo ouvidos.
– Verificamos os registros telefônicos dos três últimos anos. Seidman nunca ligou para ela, pelo menos não de casa nem do consultório, até hoje.
– Vou ouvir um *mas*?
– Vai. Mas Rachel Mills ligou para ele... Uma vez.
– Quando?
– Junho de dois anos atrás.
Tickner fez as contas. Isso seria cerca de três meses antes do homicídio e do sequestro.
– Mais alguma coisa?
– Algo grande, acho. Mandamos um dos nossos agentes verificar o apartamento de Rachel em Falls Church. Ele ainda está lá, mas adivinhe o que achou na gaveta da mesinha de cabeceira.

– Este é um programa de perguntas, O'Ryan?
– O'Malley.
Tickner esfregou o alto do nariz.
– O que o agente achou?
– Uma foto de formatura.
– O quê?
– Quer dizer, não sei se é exatamente da formatura. É algum tipo de cerimônia formal antiga. A foto deve ter quinze ou vinte anos. O cabelo dela está jogado para o lado e ela usa uma daquelas faixas com flores no braço. Como é o nome mesmo?
– *Corsage*.
– Isso.
– Que diabo isso tem a ver com...
– O sujeito na foto.
– O que tem ele?
– O nosso agente tem certeza. O sujeito que está com ela, o namorado, quer dizer, é o nosso Dr. Seidman.
Tickner sentiu uma vibração percorrer seu corpo.
– Continue trabalhando nisso – disse Tickner. – Ligue quando tiver mais informações.
– Pode deixar.
Ele desligou. Rachel e Seidman foram juntos a uma formatura? Que merda estava acontecendo? Ela era de Vermont, se bem lembrava. Seidman morava em Nova Jersey. Não tinham frequentado a mesma escola no ensino médio. E a faculdade? Eles teriam que investigar.
– Algo errado?
Tickner se virou. Era Dorfman.
– Vejamos se entendi direito, Sr. Dorfman. Esse CD-ROM pertencia a Monica Seidman?
– Foi o que disseram, sim.
– Sim ou não, Sr. Dorfman?
Ele pigarreou.
– Acreditamos que a resposta seja sim.
– Então ela era cliente daqui.
– Era. Isso conseguimos confirmar.
– Então, para resumir, uma vítima de homicídio era cliente sua.
Silêncio.

– O nome dela estava em todos os jornais do estado – continuou Tickner, olhando-o de cara feia. – Por que vocês nunca se apresentaram?

– Não sabíamos.

Tickner sustentou o olhar.

– O sujeito que cuidou do caso não é mais funcionário – acrescentou rapidamente. – Veja, ele tinha saído da empresa quando a Sra. Seidman foi morta. Então ninguém aqui juntou os pontos.

Na defensiva. Tickner gostava disso. Acreditava nele, mas não demonstrou. Deixou o sujeito ficar ansioso à vontade.

– O que havia no CD?

– Talvez sejam fotografias.

– Talvez?

– É o mais comum. Nem sempre. Usamos CDs para armazenar fotografias, mas podem ser documentos escaneados também. Na verdade não sei dizer.

– Caramba! Como não?

Ele ergueu as duas mãos.

– Não se preocupe. Temos um backup. Mas todos os arquivos com mais de um ano estão no porão. O escritório estava fechado. Quando soube que estava interessado chamei alguém para verificar o material. Está sendo feito agora mesmo.

– Onde?

– No andar de baixo. – Dorfman conferiu o relógio. – Deve estar quase terminando, se já não terminou. Quer descer para ver?

Tickner se levantou.

– Vamos lá.

capítulo 25

— Ainda há coisas que podemos fazer – disse Rachel. – Esse equipamento é de última geração. Mesmo que o revistem, não vão perceber. Tenho um colete à prova de balas com uma câmera minúscula instalada bem no meio.

— E acha que não vão descobrir com uma revista?

— Certo. Veja bem, sei que você está com medo que eles descubram, mas sejamos realistas. Há uma grande chance de tudo ser uma armação. Não entregue o dinheiro antes de ver Tara. Não se enfie sozinho em lugar nenhum. Não se preocupe com o localizador; se forem sinceros, estaremos com Tara antes que possam revistar os maços de dinheiro. Sei que não é uma decisão fácil, Marc.

— É, você está certa. Tentei ir pelo caminho mais seguro da última vez. Acho que precisamos correr alguns riscos. Mas o colete está fora de questão.

— Tudo bem, eis o que vamos fazer. Vou ficar no porta-malas. Eles podem verificar o banco de trás para ver se tem alguém deitado ali. O porta-malas será melhor. Vou desligar os fios lá atrás para nenhuma luz se acender quando a mala abrir. Tentarei acompanhá-lo, mas tenho de manter uma distância segura. Não podemos cometer erros. Não sou a Mulher-Maravilha. Posso perder você de vista, mas não se esqueça: não me procure. Nem mesmo sem querer. Provavelmente esse pessoal é muito bom. Eles vão perceber.

— Entendo. – Ela estava toda vestida de preto. – Parece que você vai fazer um sarau no Village.

— Rá-rá. Está pronto?

Ambos ouvimos um carro parar. Olhei pela janela e senti o pânico disparar.

— Droga – xinguei.

— O que é?

— É Regan, o policial do caso. Não o vejo há mais de um mês. – Olhei-a. O rosto dela estava branquíssimo contra a roupa preta. – Coincidência?

— Coincidência nada – disse ela.

— Como ele descobriu sobre o pedido de resgate?

Ela se afastou da janela.

— Provavelmente não veio aqui por isso.

— Então por quê?

— O meu palpite é que souberam do meu envolvimento pela MVD.

Franzi a testa.

– E daí?

– Não há tempo para explicar. Olhe, vou me esconder na garagem. Ele vai perguntar por mim. Diga que voltei para Washington. Se ele pressionar, diga que sou uma velha amiga. Ele vai querer interrogar você.

– Por quê?

Mas ela já estava indo.

– Basta ser firme e fazer com que ele vá embora. Espero no carro.

Não gostei, mas aquele não era o momento.

– Tudo bem.

Rachel foi para a garagem pela porta da sala. Esperei até que sumisse. Quando Regan pisou na minha entrada, abri a porta, tentando lhe barrar a passagem.

Regan sorriu.

– Estava me esperando? – perguntou.

– Ouvi o carro.

Ele concordou com a cabeça como se eu tivesse dito algo que exigisse uma análise séria.

– Tem um minutinho, Dr. Seidman?

– Na verdade é uma péssima hora.

– Ah. – Regan não desacelerou. Passou por mim e entrou no hall, os olhos observando tudo. – Estamos de saída, hein?

– O que quer, detetive?

– Temos algumas informações novas.

Esperei que ele dissesse mais.

– Não quer saber o que é?

– É claro.

Regan estava com uma cara estranha, quase serena. Olhou para o teto como se tentasse decidir de que cor o pintaria.

– Aonde foi hoje?

– Saia, por favor.

Os olhos dele ainda estavam no teto.

– A sua hostilidade me surpreende.

Mas ele não parecia de fato surpreso.

– Você disse que tinha informações novas. Se tiver, diga quais são. Caso contrário, vá embora. Não estou com disposição para ser interrogado.

Ele fez uma cara de "ora, ora".

– Soubemos que você visitou uma agência de detetives particulares em Newark hoje.

– E daí?

– E daí que queremos saber o que foi fazer lá.

– Quer saber de uma coisa, detetive? Vou lhe pedir que vá embora porque sei que responder às suas perguntas não me deixará mais perto de encontrar a minha filha.

Ele me olhou.

– Tem certeza disso?

– Por gentileza, caia fora da minha casa. Agora.

– Disponha. – Regan foi na direção da porta. Quando chegamos lá, perguntou: – Onde está Rachel Mills?

– Não sei.

– Ela não está aqui?

– Não.

– Não faz ideia de onde poderia estar?

– Acho que está a caminho de Washington.

– Hum. Como vocês dois se conheceram?

– Boa noite, detetive.

– Tudo bem, tudo bem. Uma última pergunta.

Sufoquei um suspiro.

– Você assistiu a episódios demais de *Columbo*, detetive.

– Assisti mesmo. – Ele sorriu. – Mas vou perguntar mesmo assim.

Abri as mãos para que ele continuasse.

– Sabe como o marido dela morreu?

– Ele levou um tiro – disse depressa demais e, imediatamente, me arrependi. Ele se inclinou um pouco mais na minha direção e ficou de olho em mim.

– E sabe quem o matou?

Fiquei ali sem me mexer.

– Sabe, Marc?

– Boa noite, detetive.

– Ela o matou, Marc. Uma bala na cabeça à queima-roupa.

– Isso – disse eu – é uma baita mentira.

– É? Quer dizer, tem certeza?

– Se ela o matou, por que não está presa?

– Boa pergunta – disse Regan, descendo para a calçada. Quando chegou lá, acrescentou: – Talvez você devesse perguntar a ela.

capítulo 26

Rachel estava na garagem. Ergueu os olhos para mim. De repente, parecia pequena. Vi medo em seu rosto. O porta-malas do carro estava aberto. Fui para o lado do motorista.

– O que ele queria? – perguntou ela.
– O que você disse.
– Sabia do CD?
– Sabia que fomos à MVD. Não disse nada sobre o CD.

Entrei no carro. Ela deixou o assunto morrer. Agora não era hora de novas questões. Nós dois sabíamos disso. Mas novamente questionei a minha avaliação. A minha esposa fora assassinada. A minha irmã também. Alguém tentara me matar. Analisando bem, eu estava confiando numa mulher que na verdade não conhecia. Confiava-lhe não só a minha vida como a da minha filha. Que burrice, quando a gente pensa bem. Lenny tinha razão. Não era tão simples assim. Na verdade, eu não fazia ideia de quem ela era nem de quem se tornara. Iludira-me fazendo dela algo que talvez não fosse e agora me perguntava o que isso me custaria.

A voz dela interrompeu a minha confusão.

– Marc?
– Diga.
– Ainda acho que você devia usar o colete à prova de balas.
– Não.

A minha voz saiu mais firme do que eu queria. Ou talvez não. Rachel entrou na mala e a fechou. Pus a bolsa com o dinheiro no banco ao meu lado. Apertei o controle remoto da porta da garagem debaixo do quebra-sol e dei a partida.

Estávamos a caminho.

Quando Tickner tinha 9 anos, a mãe lhe deu um livro de ilusões de óptica. A gente olhava um desenho, digamos, de uma velha com narigão. Olhava mais um pouco e *puf*, agora aparecia uma moça com o rosto virado. Tickner adorara o livro. Quando ficou um pouco mais velho, passou a coleção *Olho Mágico*, fitando as ilustrações pelo tempo necessário para que o cavalo ou sei lá o que surgisse nas páginas coloridas. Às vezes demorava muito. A gente começava até a duvidar que houvesse algo ali. Então, de repente, a imagem aparecia.

Era o que estava acontecendo agora.

Tickner sabia que havia momentos num caso que alteravam tudo, iguaizinhos àquelas antigas ilusões de óptica. A gente está vendo uma realidade e então, com um leve movimento, a realidade muda. Nada é o que parece.

Na verdade ele nunca aceitara as teorias convencionais sobre o homicídio-sequestro dos Seidmans. Todas eram muito parecidas com a leitura de um livro em que faltam páginas.

No decorrer dos anos, Tickner não ficara responsável por muitos casos de homicídios. A maioria cabia à polícia local. Mas ele conhecia muitos investigadores de homicídios. Os melhores eram sempre meio excêntricos, excessivamente teatrais e tinham uma imaginação absurda. Tickner os ouvira falar de um momento do caso em que a vítima "estende a mão" do túmulo. A vítima "fala" com eles, por assim dizer, e lhes aponta o assassino. Ele escutava essas bobagens e concordava educadamente. Isso sempre parecera exagero, apenas uma daquelas coisas sem sentido que os policiais dizem porque o público em geral engole.

A impressora ainda ronronava. Tickner já tinha visto doze fotos.

– Quantas mais? – perguntou.

Dorfman olhou para a tela do computador.

– Mais seis.

– Iguais a essas?

– Praticamente, sim. Quer dizer, a mesma pessoa.

Tickner observou as fotografias. É, a mesma pessoa aparecia em todas elas. Eram todas em preto e branco, todas tiradas sem que o alvo soubesse, provavelmente a distância, com lente de grande alcance.

Aquela coisa da mão saindo do túmulo não parecia mais tão idiota. Monica Seidman estava morta havia dezoito meses. O seu assassino estava livre. Agora, com todas as esperanças perdidas, ela parecia ter se levantado dos mortos para apontar quem era o assassino. Tickner olhou de novo e tentou entender.

A mulher nas imagens, a pessoa para quem Monica Seidman apontava, era Rachel Mills.

Quando se pega a faixa leste da New Jersey Turnpike, no sentido norte, o horizonte de Manhattan à noite chama a atenção. Como a maioria que o vê quase todo dia, eu antes o considerava intocável. Não mais. Por algum tempo, achei que ainda conseguia ver as Torres Gêmeas. Era como se fossem luzes fortes que eu fitasse por muito tempo e que, mesmo depois de fechar os olhos, continuassem gravadas ali. Mas as imagens finalmente começaram a se esvair. Agora é diferente. Quando passo por esta estrada, ainda me obrigo a procurá-las. Mesmo nesta noite. Mas às vezes esqueço onde exatamente as torres ficavam. E isso me irrita mais do que sou capaz de explicar.

Por hábito, peguei o nível inferior da ponte George Washington. Não havia trânsito a essa hora. Peguei a pista do passe livre. Consegui me manter distraído. Fiquei trocando de estação entre dois programas de entrevistas no rádio. Um era de uma estação esportiva para onde vários sujeitos chamados Vinny, de Bayside, ligaram para se queixar de técnicos incompetentes e dizer que fariam um serviço muito melhor. A outra emissora tinha dois imitadores absurdamente pueris do apresentador Howard Stern que achavam engraçado um universitário calouro ligar para a mãe e lhe contar que estava com câncer de testículo. Ambas me distraíam levemente.

Rachel estava no porta-malas, o que era esquisitíssimo quando se pensava bem. Estendi a mão para o celular e liguei a função rádio. O meu dedo apertou o botão CHAMAR e, quase na mesma hora, ouvi a voz robótica dizer:

– Pegue a Henry Hudson para o norte.

Pus o celular junto à boca como se fosse um walkie-talkie.

– Tudo bem.

– Avise assim que chegar ao rio Hudson.

– Certo.

Virei à esquerda. Conhecia o caminho. Era uma área familiar. Fizera estágio no hospital New York Presbyterian, que ficava uns dez quarteirões ao sul. Zia e eu tínhamos morado com um residente de cardiologia chamado Lester num prédio *art déco* no finalzinho da Fort Washington Avenue, bem no norte de Manhattan. Essa parte da cidade era conhecida como o ponto mais ao norte de Washington Heights. Agora já notara que várias imobiliárias a tinham rebatizado de "Hudson Heights" para diferenciá-la, em custo e substância, das suas raízes mais populares.

– Tudo bem, estou no Hudson – disse.

– Pegue a próxima saída.

– Fort Tryon Park?

– É.

Mais uma vez, eu sabia. Fort Tryon flutua como uma nuvem bem acima do rio Hudson. É um penhasco escarpado, silencioso e tranquilo, Nova Jersey a oeste, Riverdale-Bronx a leste. O parque é uma misturada de tipos de terreno – caminhos de pedra áspera, fauna de uma época antiga, terraços de pedra, refúgios e recantos de cimento e tijolo, mato fechado, encostas rochosas, gramados planos. Passei muitos dias de verão nos gramados verdejantes, de bermuda e camiseta, na companhia de Zia e livros de medicina não lidos. A minha época favorita ali: o verão, pouco antes de anoitecer. O brilho alaranjado que banha o parque é algo quase etéreo.

Liguei a seta e deslizei pela rampa de saída. Não havia carros e as luzes eram poucas. O parque ficava fechado à noite, mas as ruas permaneciam abertas para o tráfego. O meu carro bufou pela rua íngreme e entrou no que parecia uma fortaleza medieval. Os Cloisters, um ex-mosteiro quase francês que agora fazia parte do Metropolitan Museum of Art, ficava no meio do terreno. Eles abrigam uma coleção fabulosa de artefatos medievais. Ou assim me contaram. Já estive nesse parque mil vezes. Nunca entrei nos Cloisters.

Era um lugar bem pensado para uma entrega de resgate: escuro, silencioso, cheio de trilhas sinuosas, penhascos de pedra, quedas súbitas, bosques fechados, caminhos pavimentados ou não. Dava para se perder ali. Dava para se esconder por muito tempo e nunca ser encontrado.

A voz robótica perguntou:

– Já chegou?

– Estou em Fort Tryon, sim.

– Estacione junto ao café. Saia do carro e vá até o círculo.

Andar na mala do carro era barulhento e trepidante. Rachel levara um cobertor acolchoado, mas não havia muito que pudesse fazer para evitar o ruído. A lanterna ficou na bolsa dela. Não tinha interesse em acendê-la. Rachel nunca se incomodara com a escuridão.

A visão podia trazer distrações. O escuro era um bom lugar para pensar.

Ela tentou manter o corpo relaxado, aguentar os solavancos, e pensou no comportamento de Marc logo antes de partirem. Sem dúvida o policial dissera alguma coisa que o abalara. Sobre ela? Provavelmente. Ela gostaria de saber exatamente o que ele dissera e como deveria reagir.

Agora não importava. Estavam a caminho. Ela precisava se concentrar na tarefa.

Rachel voltava a um papel conhecido. Sentiu uma pontada. Tinha saudade de trabalhar no FBI. Adorava o emprego. É, talvez fosse tudo o que tinha.

Era mais do que uma fuga; era a única coisa que ela realmente gostava de fazer. Alguns se forçavam a trabalhar das nove às cinco para que pudessem voltar para casa e viver. Para Rachel, era o contrário.

Depois de tantos anos separados, eis ali uma coisa que ela e Marc tinham em comum: ambos encontraram carreiras que amavam. Ela pensou nisso. Será que havia uma ligação, como se as carreiras tivessem se tornado um tipo de substituto do verdadeiro amor? Ou isso era uma análise profunda demais?

Marc ainda tinha o seu trabalho. Ela, não. Isso a tornava a mais desesperada?

Não. A filha dele desaparecera. Jogo encerrado.

Na escuridão da mala do carro, ela cobriu o rosto com maquiagem preta, o suficiente para tirar o brilho. O carro começou a subir. O equipamento estava pronto e embalado.

Ela pensou em Hugh Reilly, o filho da puta.

O rompimento com Marc e tudo o que veio depois fora culpa dele. Hugh fora o seu amigo mais querido na faculdade. Ele dizia que queria ser apenas amigo dela. Sem pressão. Sabia que ela tinha namorado. Rachel fora ingênua ou se fizera de ingênua? Os homens que só querem "ser amigos" agem assim na esperança de serem o próximo da fila, como se a amizade fosse um banco de reservas, um lugar bom para se aquecerem antes de entrarem em campo. Naquela noite, Hugh ligara para ela na Itália com as melhores intenções. "Como seu amigo", dissera ele, "acho que você deveria saber". Claro. Então lhe contou o que Marc fizera naquela festa ridícula da fraternidade.

É, chega de se culpar. Chega de culpar Marc. Hugh Reilly. Se aquele filho da puta não se metesse no que não lhe dizia respeito, como seria a vida dela agora? Rachel não saberia dizer. Ah, mas em que se transformara a sua vida? Isso era mais fácil de responder. Ela bebia demais. Vivia de mau humor. O estômago doía mais do que devia. Passava tempo demais lendo o guia da TV. E não esqueçamos o principal: ela se enredara num relacionamento autodestrutivo – e saíra dele da pior maneira possível.

O carro virou e subiu, forçando Rachel a rolar de costas. Um ou dois instantes depois, o carro parou. Rachel ergueu a cabeça. Os pensamentos cruéis fugiram.

Hora do jogo.

Na torre de vigia do velho forte, uns 75 metros acima do rio Hudson, Heshy tinha uma das vistas mais estonteantes das Jersey Palisades, indo da ponte Tappan Zee, à direita, até a ponte George Washington, à esquerda. Ele realmente aproveitou para apreciá-la antes de se dedicar ao que tinha a fazer.

Como se obedecesse a uma deixa, Seidman pegou a saída da Henry Hudson Parkway. Ninguém o seguiu. Heshy ficou de olho na estrada. Nenhum carro se retardou. Nenhum carro acelerou. Ninguém tentava fingir que não estava seguindo.

Ele deu meia-volta, perdeu a visão do carro por um breve instante e depois o achou de novo. Dava para ver Seidman no banco do motorista. Não havia mais ninguém à vista. Isso não significava muita coisa – alguém poderia estar escondido no banco de trás – mas era um começo.

Seidman estacionou. Desligou o motor e abriu a porta. Heshy levou o microfone até a boca.

– Pavel, pronto?

– Pronto.

– Ele está sozinho – disse, falando agora para Lydia. – Prossiga.

– Estacione junto ao café. Saia do carro e vá até o círculo.

O círculo, eu sabia, era o Margaret Corbin Circle. Quando cheguei à clareira, a primeira coisa que avistei, mesmo no escuro, foram as cores vivas dos brinquedos infantis perto da Fort Washington Avenue, na 190th Street. As cores ainda sobressaíam. Sempre gostara desse parquinho, mas nessa noite os amarelos e azuis zombavam de mim. Eu me via como cria da cidade. Quando morei perto dali, imaginava que moraria para sempre nesse bairro – eu era sofisticado demais para os subúrbios sem graça – e é claro que isso significava que levaria os meus filhos àquele mesmo parque. Considerei isso um presságio, mas não sabia do quê.

O telefone guinchou.

– Há uma estação do metrô à esquerda.

– Tudo bem.

– Desça a escada na direção do elevador.

Eu devia ter desconfiado. Ele me faria entrar no elevador e depois na linha A do metrô. Seria difícil, para não dizer impossível, Rachel me seguir.

– Está na escada?

– Estou.

– Embaixo você verá um portão à direita.

Eu sabia onde era. Levava a uma pracinha menor que ficava trancada, a não ser nos fins de semana. Fora preparada como uma pequena área de piquenique. Havia mesas de pingue-pongue. Havia bancos e mesas para comer. As crianças as usavam para fazer festas de aniversário.

Eu me lembrava que o portão de ferro fundido estava sempre trancado.

– Estou aqui – disse.

– Confira se ninguém está vendo você. Abra o portão. Passe e o feche depressa.

Espiei lá dentro. O parque estava todo escuro. As luzes da rua distante chegavam até lá e davam à área no máximo um brilho fosco. A sacola estava pesada. Ajustei-a em cima no ombro. Olhei para trás. Ninguém. Olhei para a esquerda. Os elevadores do metrô estavam parados. Pus a mão no portão. O cadeado fora cortado. Dei mais uma olhada rápida na área porque fora o que a voz robótica me mandara fazer.

Nenhum sinal de Rachel.

O portão guinchou quando o abri. O eco vibrou pelo silêncio da noite. Esgueirei-me pela abertura e deixei o escuro me engolir inteiro.

Rachel sentiu o carro balançar quando Marc saiu.

Obrigou-se a esperar um minuto inteiro, que pareceram duas horas. Quando achou que provavelmente seria seguro, ergueu a tampa do porta--malas alguns centímetros e espiou.

Não viu ninguém.

Rachel tinha uma arma, uma Glock 22 semiautomática calibre .40 usada pelos federais, e estava com os óculos de visão noturna Rigel 3501 tipo militar Gen 2+. O Palm Pilot que podia ler o transmissor Q-Logger estava no bolso.

Ela duvidou que alguém conseguisse vê-la, mas mesmo assim só abriu o porta-malas o suficiente para rolar para fora. Acocorou-se. Pôs as mãos nas costas e pegou a semiautomática e os óculos de visão noturna. Então fechou a mala em silêncio.

As operações de campo sempre tinham sido as suas favoritas – ou, pelo menos, o treinamento para elas. Houvera pouquíssimas missões que exigissem reconhecimentos desse tipo. Na maior parte dos casos, a vigilância era de alta tecnologia. Havia vans, aviões-espiões, fibra óptica. Raramente era preciso rastejar pela noite de roupa preta com a cara pintada.

Ela se acocorou de novo, encostada no pneu traseiro. A distância, viu Marc subindo pelo caminho. Pôs a arma no coldre e prendeu no cinto os óculos de visão noturna. Abaixada, subiu pela grama para o terreno mais alto. Ainda havia luz suficiente. Ela não precisava dos óculos.

Uma lasca de lua cortou o céu. Não havia estrelas essa noite. À frente, ela conseguia ver que Marc estava com o celular junto da orelha. A sacola estava no ombro. Rachel olhou em volta, não viu ninguém. A entrega aconteceria ali? Não era um mau lugar caso houvesse uma rota de fuga planejada. Ela começou a pensar nas possibilidades.

Fort Tryon ficava num morro. O segredo seria tentar chegar mais alto. Ela começou a subir e estava prestes a se instalar quando Marc saiu do parque.

Droga. Ela teria que se deslocar de novo.

Rachel rastejou morro abaixo. A grama pinicava e cheirava a feno; ela supôs que era por causa da recente seca. Tentou ficar de olho em Marc, mas o perdeu quando ele saiu do terreno do parque. Ela correu o risco e foi mais depressa. No portão do parque, escondeu-se atrás de um pilar de pedra.

Marc estava lá. Mas não por muito tempo.

Com o telefone de volta à orelha, ele virou à esquerda e sumiu pela escada que levava à linha A.

Mais à frente, Rachel viu um homem e uma mulher passeando com um cachorro. Talvez fizessem parte disso – ou podiam ser um homem e uma mulher passeando com um cachorro. Marc ainda estava fora de vista. Não havia tempo para suposições agora. Ela se abaixou junto de um muro de pedra.

Encostada nele, Rachel avançou rumo à escada.

Tickner achou que Edgar Portman parecia alguém saído de uma produção de época. Usava pijama de seda sob um roupão vermelho que parecia amarrado com todo o cuidado. Usava chinelos de veludo. Por outro lado, o irmão Carson parecia adequadamente nervoso. O pijama estava torto. O cabelo, todo despenteado. Os olhos, injetados.

Nenhum dos Portmans conseguiu tirar os olhos das fotografias no CD.

– Edgar – disse Carson –, não vamos tirar conclusões apressadas.

– Apressadas...? – Edgar virou-se para Tickner. – Eu dei dinheiro a ele.

– Sim, senhor – disse Tickner. – Um ano e meio atrás. Sabemos disso.

– Não. – Edgar tentou soar impaciente, mas não tinha forças. – Quero dizer recentemente. Hoje, na verdade.

Tickner se sentou.

– Quanto?

– Dois milhões. Houve outro pedido de resgate.

– Por que não entrou em contato conosco?

– Ah, claro. – Edgar fez um som que era meio uma risada, meio um muxoxo de desdém. – Vocês fizeram um serviço tão maravilhoso da última vez...

Tickner sentiu o sangue ferver.

– Está dizendo que deu ao seu genro mais 2 milhões?

– É exatamente o que estou dizendo.

Carson Portman ainda observava as fotografias. Edgar deu uma olhada no irmão e depois em Tickner.

– Marc Seidman matou a minha filha?

Carson se levantou.

– Você sabe que não.

– Não estou falando com você, Carson.

Agora, ambos olhavam para Tickner, que não estava disposto a entrar no jogo.

– O senhor disse que se encontrou com o seu genro hoje?

Se ficou irritado ao ver a sua pergunta ser ignorada, Edgar não demonstrou.

– Hoje de manhã cedo – disse ele. – No Memorial Park.

– Aquela mulher das fotos. – Tickner indicou-as com um gesto. – Estava com ele?

– Não.

– Algum dos senhores já a viu?

Tanto Carson quanto Edgar disseram que não. Edgar pegou uma das fotografias.

– A minha filha contratou um detetive particular para tirar essas fotos?

– Foi.

– Não entendo. Quem é ela?

Novamente, Tickner ignorou a pergunta.

– O pedido de resgate chegou ao senhor como da última vez?

– Sim.

– Acho que não entendi. Como o senhor sabia que não era um golpe? Como o senhor sabia que estava lidando com os verdadeiros sequestradores?

Carson respondeu essa.

– Achamos que era golpe. Quer dizer, no começo.

– E o que o fez mudar de ideia?

– Eles mandaram cabelos de novo.

Carson explicou rapidamente os exames e o pedido de novos exames do Dr. Seidman.

– Os senhores lhe deram todos os cabelos, então?

– Demos, sim – respondeu Carson.

Edgar parecia perdido nas fotografias outra vez.

– Essa mulher – disparou. – Seidman estava envolvido com ela?

– Isso eu não sei responder.

– Por que outra razão a minha filha mandaria tirar essas fotos?

Um celular tocou. Tickner pediu licença e atendeu.

– Bingo – disse O'Malley.

– O quê?

– Conseguimos um registro do passe livre de Seidman. Ele atravessou a ponte George Washington há cinco minutos.

A voz robótica me disse:

– Desça o caminho.

Ainda havia luz suficiente para ver os primeiros degraus. Comecei a descê-los. A escuridão se instalou. Comecei a usar o pé para tatear o caminho, como um cego balançando a bengala. Não estava gostando nada disso. Pensei de novo em Rachel. Ela estaria ali perto? Tentei seguir o caminho. Fazia uma curva para a esquerda. Tropecei nos paralelepípedos.

– Ótimo – disse a voz. – Pare.

Parei. Não conseguia ver nada à minha frente. Atrás de mim, a rua era um brilho desbotado. À minha direita havia uma inclinação íngreme. O local tinha aquele cheiro de parque urbano, um *pot-pourri* de ar puro e fedor. Tentei escutar alguma coisa, mas só havia o zumbido distante do tráfego.

– Coloque o dinheiro no chão.

– Não – falei. – Quero ver a minha filha.

– Coloque o dinheiro no chão.

– Fizemos um trato. Você me mostra a minha filha, eu lhe mostro o dinheiro.

Não houve resposta. Dava para escutar o sangue rugindo nos meus ouvidos. O medo era paralisante. Não, eu não estava gostando. Estava exposto demais. Verifiquei o caminho atrás de mim. Ainda poderia sair correndo e gritar feito um maluco. Esse bairro era mais povoado do que a maior parte de Manhattan. Alguém poderia chamar a polícia ou tentar ajudar.

– Dr. Seidman?

– Diga.

Então a luz de uma lanterna atingiu o meu rosto. Pisquei e levantei a mão para proteger os olhos. Franzi-os tentando ver além dela. Alguém baixou o facho da lanterna. Os meus olhos logo se ajustaram, mas não havia necessidade. O facho foi cortado por uma silhueta. Não havia engano. Deu para ver imediatamente o que estava sendo iluminado.

Havia um homem. Posso até ter visto flanela xadrez, não tenho certeza. Como eu disse, era só a silhueta. Não dava para ver direito traços, cores nem desenhos. Então essa parte pode ter sido a minha imaginação. Mas não o resto. Vi as formas e contornos com clareza suficiente para saber.

Em pé junto do homem, segurando sua perna pouco acima do joelho, estava uma criancinha.

capítulo 27

L**YDIA DESEJOU QUE ESTIVESSE MAIS CLARO.** Ela gostaria muito de ver a cara do Dr. Seidman agora. O seu desejo de ver a expressão dele nada tinha a ver com a crueldade que estava prestes a acontecer. Era curiosidade. Só que de um tipo mais profundo do que o aspecto da natureza humana que nos faz desacelerar para ver o acidente de carro. Imagine só. Tinham tirado a filha desse homem. Durante um ano e meio, ele ficou se perguntando sobre o destino dela, virando-se de um lado para outro em noites insones, evocando horrores que é melhor deixar no abismo escuro do inconsciente.

Agora ele a vira.

Seria antinatural *não* querer ver a expressão no seu rosto.

Segundos se passaram. Ela queria aquilo. Queria aumentar a tensão, empurrá-lo para além do que um homem aguentaria, amaciá-lo para o golpe final.

Lydia pegou a SIG-Sauer. Manteve-a ao lado do corpo. Espiando por trás do arbusto, avaliou a distância entre ela e Seidman em uns 10 metros. Pôs o celular com o misturador de voz de volta na boca. Sussurrou. Sussurrar ou gritar não fazia diferença. O misturador deixava tudo igual.

– Abra a sacola de dinheiro.

De onde estava, observou-o se mexer como um homem em transe. Ele fez o que ela mandava, agora sem questionar. Dessa vez, era ela quem usava a lanterna. Iluminou o rosto dele e depois baixou o facho para a sacola.

Dinheiro. Dava para ver os maços. Ela assentiu para si mesma. Estava tudo certo.

– Tudo bem – disse ela. – Deixe o dinheiro no chão. Desça devagar pelo caminho. Tara estará à sua espera.

Ela observou o Dr. Seidman largar a sacola. Ele franzia os olhos para o ponto onde acreditava que a filha estaria esperando. Os movimentos eram rígidos, mas talvez a sua visão tivesse sido afetada pela luz nos olhos. Mais uma vez, isso facilitaria as coisas.

Lydia queria atirar de perto. Duas balas na cabeça para o caso de ele estar usando um colete à prova de balas. Ela atirava bem. Provavelmente conseguiria acertá-lo na cabeça dali mesmo. Mas queria ter certeza. Nada de erros. Sem chance de fugir.

Seidman se moveu na direção dela. Estava a seis metros. Depois, quatro. Quando chegou a apenas três metros, Lydia ergueu a pistola e mirou.

Se Marc pegasse o metrô, Rachel sabia que seria quase impossível segui-lo sem ser vista.

Ela correu para a escada. Quando a alcançou, olhou para a escuridão lá embaixo. Marc sumira. Droga. Ela examinou os arredores. Havia uma placa indicando os elevadores que levavam até a linha A. À direita, um portão fechado de ferro forjado. Nada mais.

Ele tinha que estar no elevador descendo para o metrô.

E agora?

Ela ouviu passos atrás de si. Com a mão direita, Rachel limpou rapidamente a maquiagem do rosto na esperança de parecer pelo menos semiapresentável. Com a mão esquerda, pôs os óculos para trás, onde não seriam vistos.

Dois homens trotaram escada abaixo. Um a olhou nos olhos e sorriu. Ela limpou o rosto de novo e sorriu de volta. Os homens desceram correndo o restante dos degraus e viraram-se na direção dos elevadores.

Rachel avaliou rapidamente suas opções. Aqueles dois homens poderiam ser a sua cobertura. Ela os seguiria, entraria no mesmo elevador, sairia com eles, talvez até puxasse conversa. Ninguém suspeitaria dela. Com sorte, o vagão do metrô de Marc ainda não teria partido. Se tivesse... bom, não adiantava pensar negativamente.

Rachel começou a andar na direção dos homens quando algo a fez parar. O portão de ferro forjado. Aquele que vira à direita. Estava fechado. A placa nele dizia: ABERTO APENAS EM FERIADOS E FINAIS DE SEMANA.

Mas, no matagal, Rachel viu o facho de uma lanterna.

Ela parou. Tentou espiar pela grade, mas só conseguiu ver o facho de luz. O mato era muito fechado. À esquerda, ouviu o tilintar do elevador. As portas se abriram. Os homens entraram. Não havia tempo para puxar o Palm Pilot e verificar o GPS. Além disso, o elevador e o facho da lanterna estavam perto demais. Seria difícil identificar a diferença.

O homem que sorrira para ela segurou a porta do elevador. Ela se perguntou o que fazer.

O facho da lanterna se apagou.

– Você vem? – perguntou o homem.

Ela esperou que o facho da lanterna voltasse. Não voltou. Ela balançou a cabeça.

– Não, obrigada.

Rachel subiu a escada de volta rapidamente, tentando encontrar um lugar escuro. Tinha que estar escuro para os óculos funcionarem. Os Rigel tinham um sistema de sensores que protegia do excesso de luz, mas ela ainda achava que, quanto menos luz artificial, melhor. O nível da rua dava para o parque. Tudo bem, o posicionamento era muito bom, mas ainda havia luz demais vindo da rua.

Ela foi para o lado do abrigo de pedra em que ficavam os elevadores. À esquerda, havia um ponto em que, se ela ficasse bem encostada contra a parede, a escuridão seria total. Perfeito. As árvores e os arbustos ainda eram densos demais para permitir uma visão clara. Mas teria que servir.

Os óculos eram supostamente leves, mas ainda pareciam volumosos. Ela devia ter comprado um modelo que pudesse simplesmente encostar no rosto, como um binóculo. A maioria é assim. Esse modelo, não. Não se podia apenas segurá-lo na frente dos olhos. Era preciso prendê-lo como uma máscara. No entanto, a vantagem era óbvia. Preso como uma máscara, as mãos ficavam livres.

Quando ela os puxou por sobre a cabeça, o facho da lanterna apareceu de novo. Rachel tentou segui-lo, ver de onde vinha. Parecia vir de um ponto diferente dessa vez. Agora à direita. Mais perto.

Então, antes que ela conseguisse identificá-lo, o facho sumiu.

Os seus olhos se fixaram no ponto que parecia ser a origem. Escuro. Muito escuro agora. Ainda mantendo os olhos fixos ali, ela ajeitou os óculos de visão noturna no lugar. Esses óculos não são mágicos. Não fazem enxergar no escuro. A óptica noturna funciona intensificando a luz existente, mesmo que seja pouquíssima. Mas ali praticamente não havia nada. Antes isso era um problema, mas agora a maioria das marcas vinha com um iluminador infravermelho, que lançava um facho de luz infravermelha que não era visível para olhos humanos.

Mas era visível para os óculos de visão noturna.

Rachel ligou o iluminador. A noite se iluminou toda em verde. Agora ela não olhava por uma lente, mas para uma tela de fósforo, não muito diferente de um televisor. O visor ampliava a imagem; ela olhava uma imagem, não o lugar real, e era verde porque o olho humano consegue diferenciar mais tons de verde do que de todas as outras cores fosforescentes. Rachel ficou olhando.

Viu alguma coisa.

A imagem estava desfocada, mas parecia uma mulher miúda. Aparentava estar escondida atrás de um arbusto. Segurava algo perto da boca. Um celular, talvez. A visão periférica é quase inexistente com esses óculos, embora eles afirmem permitir um ângulo de visão de 37 graus. Ela teve que virar a cabeça para a direita, e lá, baixando a sacola com os 2 milhões de dólares, estava Marc.

Ele começou a ir na direção da mulher. Os passos eram curtos, provavelmente por estar pisando em paralelepípedos no escuro.

Rachel virou a cabeça para a mulher, para Marc, de volta para a mulher. Marc se aproximava. A mulher ainda estava agachada, escondida. Não havia como Marc vê-la. Rachel franziu a testa e se perguntou que diabo estava acontecendo.

Então a mulher ergueu o braço.

Era difícil ver com clareza: havia árvores e galhos no caminho, mas a mulher parecia estar apontando o dedo para Marc. Eles agora estavam bem próximos. Rachel franziu os olhos. E foi então que percebeu que a mulher não apontava o dedo. A imagem era grande demais para ser a mão de alguém.

Era uma arma. A mulher apontava a arma para a cabeça de Marc.

Uma sombra atravessou a visão de Rachel. Ela se assustou, abrindo a boca para gritar, quando uma mão como uma luva de beisebol cobriu sua boca e sufocou todos os sons.

Tickner e Regan pegaram a New Jersey Turnpike. Tickner dirigia. Regan estava ao seu lado passando a mão no rosto.

Tickner balançou a cabeça.

– Não acredito que você ainda usa essa mosca.

– Não gosta?

– Quem você pensa que é, Enrique Iglesias?

– Quem?

– Exatamente.

– Qual é o problema da mosca?

– É como usar uma camiseta que diz "Tive uma crise de meia-idade em 1998".

Regan pensou no assunto.

– Tá, tudo bem, faz sentido. Aliás, aqueles óculos escuros que você sempre usa. São obrigatórios no FBI?

Tickner sorriu.

– Ajuda na hora da conquista.

– É, isso e uma arma de eletrochoque. – Regan se remexeu no assento. – Lloyd?

– Diga.

– Não sei se entendi.

Eles não falavam mais de óculos escuros e pelos faciais.

– Não temos todas as peças – disse Tickner.

– Mas estamos chegando perto?

– Ah, sim.

– Então vamos repassar tudo, tá?

Tickner concordou.

– Em primeiro lugar, se o laboratório de DNA que Edgar Portman usou estiver correto, a criança ainda está viva.

– O que é esquisito.

– Muito. Mas explica bastante coisa. Quem seria o suspeito com maior probabilidade de manter viva uma criança sequestrada?

– O pai – disse Regan.

– E de quem era a arma que desapareceu misteriosamente da cena do crime?

– Do pai.

Tickner fez uma arma com o indicador e o polegar, apontou para Regan, apertou o gatilho.

– Correto.

– Então onde a menina esteve todo esse tempo? – perguntou Regan.

– Escondida.

– Uau, nossa. Isso ajuda muito.

– Não. Pense bem. Estivemos de olho em Seidman. De olho atento. Ele sabe disso. Então quem seria a melhor pessoa para esconder a filha?

Regan viu aonde ele queria chegar.

– A namorada que não conhecíamos.

– Mais do que isso, uma namorada que trabalhava para os federais. Uma namorada que sabe como trabalhamos, como fazer a entrega de um resgate, como esconder uma criança. Alguém que conhecia Stacy, a irmã de Seidman, e teria sido capaz de fazê-la ajudar.

Regan pensou no caso.

– Tudo bem, suponhamos que acredito nisso tudo. Eles cometem o crime. Conseguem 2 milhões de dólares e ficam com a criança. Mas e depois? Esperam dezoito meses pacientemente? Decidem que precisam de mais dinheiro? Não faz sentido.

– Precisam esperar para não levantar suspeitas. Talvez quisessem que o inventário da esposa fosse encerrado. Talvez precisassem de mais 2 milhões de dólares para fugir... não sei.

Regan franziu a testa.

– Ainda estamos tentando solucionar o mesmo problema.

– Qual?

– Se Seidman estava por trás disso, por que quase foi morto? Aquilo não foi do tipo "atire em mim para disfarçar". O coração dele parou. Os paramédicos tinham certeza de que ele já tinha batido as botas quando chegaram. Ficamos durante quase dez dias chamando o caso de duplo homicídio, caramba.

Tickner concordou.

– É um problema.

– E mais do que isso, onde ele está indo agora? Quer dizer, passando pela ponte George Washington. Acha que decidiu que chegou a hora de fugir com os 2 milhões de dólares?

– Pode ser.

– Se você estivesse fugindo, usaria o seu passe livre para pagar o pedágio?

– Não, mas talvez ele não saiba como é fácil rastrear.

– Ora, todo mundo sabe que é fácil de rastrear. A gente recebe a conta pelo correio. Ela diz a que horas passamos por qual cabine do pedágio. E mesmo que ele fosse burro a ponto de esquecer isso, a sua agente federal Rachel Nãoseiquê não é.

– Rachel Mills. – Tickner assentiu devagar. – Mas é uma boa questão.

– Obrigado.

– Então que conclusões podemos tirar?

– Que ainda não temos a menor ideia do que está acontecendo – disse Regan.

Tickner sorriu.

– É bom estar em território conhecido.

O celular tocou. Tickner atendeu. Era O'Malley.

– Onde você está? – perguntou O'Malley.

– A um quilômetro e meio da ponte George Washington – respondeu Tickner.

– Pise fundo.

– Por quê? O que houve?

– O Departamento de Polícia de Nova York acabou de avistar o carro de

Seidman – explicou O'Malley. – Está estacionado no Fort Tryon Park, a mais ou menos um quilômetro e meio da ponte.

– Sei onde é – disse Tickner. – Chegaremos em menos de cinco minutos.

Heshy tinha achado tudo um pouco fácil demais.

Observara o Dr. Seidman sair do carro. Aguardara. Ninguém mais saíra. Ele começara a descer da torre do velho forte.

Foi então que avistou a mulher.

Parou, observando-a descer rumo aos elevadores do metrô. Havia dois sujeitos com ela. Nada suspeito nisso. Mas então, quando a mulher voltou correndo sozinha, bom, foi aí que o cenário mudou.

Ele ficou de olho a partir daí. Quando ela seguiu para o ponto em meio à escuridão, ele começou a se esgueirar na direção dela.

Heshy sabia que a sua aparência intimidava. Também sabia que boa parte dos circuitos dentro do seu cérebro não funcionava normalmente. Não se importava muito com nada – o que, supunha, fazia parte do problema de fiação. Havia os que diriam que Heshy era pura maldade. Matara dezesseis pessoas na vida, catorze delas lentamente. Deixara vivos seis homens que até hoje desejavam ter morrido.

Supostamente, pessoas como Heshy não entendiam o que estavam fazendo. A dor dos outros não os atingia. Mas isso não era verdade. A dor das vítimas não era algo distante dele, que sabia o que era a dor. E entendia o amor. Amava Lydia. Amava-a de um jeito que a maioria nunca conseguiria imaginar. Mataria por ela. Morreria por ela. É claro que muitos dizem isso a respeito daqueles que amam – mas quantos estariam dispostos a se colocar à prova?

A mulher no escuro estava com binóculos presos na cabeça. Óculos de visão noturna. Heshy os vira nos noticiários. Os soldados os usavam em combate. Estar com eles não significava necessariamente que ela fosse policial. A maioria das armas e engenhocas militares estavam disponíveis na internet para quem tivesse dinheiro suficiente. Heshy a observou. Fosse como fosse, policial ou não, se os óculos funcionassem essa mulher seria testemunha do homicídio cometido por Lydia.

Portanto, tinha que ser silenciada.

Ele se aproximou devagar. Queria escutar se ela falava com alguém, se tinha algum tipo de rádio ligado a outras unidades. Mas a mulher estava calada. Bom. Talvez estivesse mesmo sozinha.

Ele estava a uns 2 metros quando o corpo dela se enrijeceu. A mulher arfou um pouquinho. E Heshy soube que era hora de detê-la.

Ele se apressou, movendo-se com uma graça que não combinava com seu tamanho. Passou uma das mãos em torno do rosto dela e a fechou sobre a boca. A mão era grande o suficiente para cobrir o nariz também. Cortar o suprimento de ar. Com a mão livre, ele segurou a parte de trás da cabeça dela. E forçou as mãos uma contra a outra.

Então, com ambas as mãos firmemente posicionadas na cabeça da mulher, Heshy a levantou do chão.

capítulo 28

Um som me fez parar. Eu me virei para a direita. Achei que tivesse ouvido algo lá, perto do nível da rua. Tentei enxergar, mas meus olhos ainda sofriam com o ataque da lanterna. As árvores também ajudavam a bloquear a minha visão. Aguardei para ver se ouvia algo mais. Nada. O som agora se fora. Mas não importava. Tara deveria estar à minha espera no final do caminho. Não importava o que acontecesse, isso é que contava.

Concentração, pensei de novo. Tara, fim do caminho. Tudo o mais era irrelevante.

Voltei a andar sem sequer olhar para trás para conferir o destino da sacola com os 2 milhões de dólares. Isso também, como todo o resto, era irrelevante. Tentei evocar a imagem das sombras outra vez, a silhueta formada pela lanterna. Fui em frente me arrastando. Minha filha. Poderia estar bem ali, a poucos passos de onde eu me encontrava agora. Tinham me dado uma segunda chance de resgatá-la. Concentre-se nisso. Não deixe nada o impedir.

Continuei.

Enquanto trabalhava no FBI, Rachel fora bem treinada em armas e combate corpo a corpo. Aprendera muito durante os quatro meses que passara em Quantico. Sabia que a verdadeira luta não tinha nada a ver com o que se vê na televisão. Por exemplo, ninguém se mete a dar pontapés na cara de ninguém. Ninguém tenta nada que envolva virar de costas para o adversário, girar, saltar... Nada disso.

O combate corpo a corpo bem-sucedido pode ser resumido de maneira muito simples. Você deve visar os pontos vulneráveis do outro. O nariz é bom – costuma fazer os olhos do adversário se encherem de lágrimas. Os olhos, é claro. A garganta também – quem já foi atingido no pescoço sabe como acaba com a vontade de lutar. A virilha, obviamente. A gente sempre ouve falar disso. No entanto, esse é um alvo difícil, provavelmente porque os homens tendem a defendê-la. Em geral, é melhor como armadilha. Finja que vai atacar lá e depois acerte um dos outros pontos vulneráveis mais expostos.

Há outras áreas – o plexo solar, o peito do pé, o joelho. Mas há também um problema em todas essas técnicas. No cinema, o adversário menor consegue vencer o maior. Na vida real isso pode até acontecer, mas, quando a mulher é pequena como Rachel e o homem é grande como seu atual agressor, a probabilidade de ela sair do lado vencedor é minúscula. Quando o agressor sabe o que faz, a chance de vencê-lo é praticamente inexistente.

O outro problema para a mulher é que a luta nunca acontece como no cinema. Pense em qualquer briga que você já tenha visto num bar, num evento esportivo ou mesmo numa pracinha. A batalha quase sempre termina com um combate no chão. Na TV ou no ringue de boxe, claro, as pessoas ficam em pé e batem uma na outra. Na vida real, uma delas se abaixa, agarra o adversário e os dois caem no chão. Não importava quanto treinamento tivesse, se a luta chegasse a esse estágio, Rachel nunca derrotaria um adversário tão grande assim.

Finalmente, embora tivesse praticado e treinado e passado por situações perigosas simuladas – Quantico chegava a ponto de ter uma "cidade cenográfica" com esse fim –, Rachel nunca se envolvera numa briga de verdade. Não estava preparada para o pânico, a dormência, o formigamento desagradável nas pernas, o jeito como a adrenalina misturada ao medo drena as nossas forças.

Rachel não conseguia respirar. Sentia a mão na boca e acabou reagindo do jeito errado. Em vez de imediatamente dar um coice, tentando atingir o joelho dele, ou pisar no peito do pé, agiu por instinto e usou ambas as mãos para tentar soltar a boca. Não deu certo.

Em segundos, o homem pôs a outra mão na sua nuca e segurou seu crânio com a força de um torno. Ela sentia os dedos dele se afundarem em sua gengiva, empurrando os dentes para dentro. As mãos dele pareciam tão fortes que Rachel teve certeza de que ele conseguiria esmagar sua cabeça como se fosse uma casca de ovo. Não esmagou. Em vez disso, puxou para cima. O pescoço é que sofreu. Foi como se a cabeça estivesse sendo arrancada. A mão que cobria a boca e as narinas realmente cortava o suprimento de ar. Ele levantou mais. Os pés dela saíram totalmente do chão. Ela se segurou nos pulsos dele e tentou erguer o corpo, tentou reduzir a tensão no pescoço.

Mas ainda não conseguia respirar.

Havia um rugido nos ouvidos. Os pulmões ardiam. Os pés chutavam. Batiam nele – golpes tão minúsculos e impotentes que ele nem se dava ao trabalho de bloqueá-los. O rosto dele agora estava perto do dela. Dava para sentir a umidade na respiração dele. Os óculos de visão noturna tinham sido deslocados, mas não totalmente. Eles impediam a visão de Rachel.

A pressão na cabeça era esmagadora. Rachel tentou recordar o treinamento e enfiou as unhas no ponto de pressão da mão dele, abaixo do polegar. Não adiantou. Chutou com mais força. Nada. Precisava respirar. Sentia-se como um peixe no anzol, se debatendo, morrendo. O pânico tomou conta.

A arma.

Ela podia alcançá-la. Se conseguisse se controlar o suficiente, ter coragem de soltar a mão, alcançaria o coldre, puxaria a arma e atiraria. Era sua única chance. Estava ficando tonta. A consciência começava a se esvair.

Com o crânio a segundos de explodir, Rachel soltou a mão esquerda. O pescoço se esticou tanto que ela teve certeza de que se romperia como um elástico velho. A mão encontrou o coldre. Os dedos tocaram a arma.

Mas o homem viu o que ela estava fazendo. Com Rachel ainda pendurada no ar como uma boneca de pano, ele lhe deu uma joelhada forte nos rins. A dor explodiu num relâmpago vermelho. Os olhos dela reviraram. Mas Rachel não desistiu. Continuou tentando alcançar a arma. O homem não tinha escolha. Colocou-a no chão.

Ar.

Podia enfim respirar. Ela tentou não inspirar com demasiada força, mas o pulmão agiu por conta própria. Ela não conseguiu impedir.

No entanto, o alívio foi breve. Com uma das mãos, o homem não a deixou puxar a arma. Com a outra, lhe deu um golpe como um dardo no pescoço. Rachel engasgou e desabou. O homem pegou a sua arma e a jogou longe. Deixou-se cair com força em cima dela. O pouco de ar que ela conseguira inspirar agora se fora. Ele montou nela e levou as mãos na direção do pescoço.

Foi então que o carro da polícia passou.

De repente, o homem se sentou ereto. Ela tentou aproveitar a deixa, mas ele era grande demais. Ele tirou um celular do bolso e o pôs junto à boca. Num sussurro áspero, disse:

– Abortar! Polícia!

Rachel tentou se mexer, tentou fazer alguma coisa. Mas não lhe restava nada. Ela ergueu os olhos a tempo de ver o homem fechar o punho, que depois partiu na direção de seu rosto. Ela tentou desviar. Mas não tinha para onde ir.

O golpe lançou sua cabeça contra os paralelepípedos. E aí a escuridão inundou tudo.

Quando Marc passou por ela, Lydia saiu do mato atrás dele com a arma erguida. Mirava a nuca e estava com o dedo no gatilho. O chamado "Abortar! Polícia" no fone a assustou e quase a fez puxá-lo. Mas a mente trabalhou depressa. Seidman ainda seguia pelo caminho. Lydia viu tudo. Viu com clareza. Jogou a arma longe. Sem arma, sem prova do crime. A arma nunca poderia ser ligada a ela se não estivesse em seu poder. Como a maioria das armas, não era rastreável. Ela estava de luvas, naturalmente, e não haveria impressões digitais.

Mas – a sua mente ainda trabalhava depressa – o que a impediria de pegar o dinheiro?

Ela era apenas a Srta. Cidadã dando um passeio pelo parque. Podia ter avistado a sacola, certo? Se a flagrassem com ela, ora, ela era apenas a Boa Samaritana. Assim que houvesse oportunidade, entregaria a sacola à polícia. Nenhum crime. Nenhum risco.

Não quando a gente pensa naqueles 2 milhões lá dentro.

A mente dela pesou prós e contras rapidamente. É simples quando a gente pensa bem. Pegar o dinheiro. Se a flagrassem, e daí? Não havia absolutamente nada que a ligasse a esse crime. Ela largara a arma. Largara o celular. Claro, alguém poderia achá-los. Mas não teriam ligação alguma com ela nem Heshy.

Lydia ouviu um ruído. Marc Seidman, que estivera a uns 5 metros dela, começou a correr. Tudo bem, sem problemas. Lydia partiu na direção do dinheiro. Heshy apareceu na esquina. Ela foi na direção dele, sem hesitar, colheu a sacola pelo caminho.

Depois Lydia e Heshy desceram a trilha e sumiram na noite.

Continuei avançando aos tropeções. Os meus olhos começavam a se ajustar, mas ainda ia demorar alguns minutos para voltarem ao normal. O caminho descia. Era pavimentado com pedras pequenas. Tentei não tropeçar. Agora ficava mais íngreme e deixei o embalo me levar para que eu pudesse me deslocar mais depressa sem parecer estar correndo.

À direita, podia ver a descida acentuada que dava para o Bronx. Luzes cintilavam lá embaixo.

Ouvi um gritinho de criança.

Parei. Não foi alto, mas sem dúvida era de uma criança pequena. Ouvi um farfalhar. A criança deu outro gritinho. Estava mais longe agora. O farfalhar sumira, mas consegui escutar o ruído constante de passos no caminho pavimentado. Alguém corria. Corria com uma criança. Para longe de mim.

Não.

Saí disparado. As luzes distantes forneciam iluminação suficiente para que eu me mantivesse na trilha. À frente, vi o alambrado. Sempre estivera trancado. Quando o alcancei, vi que alguém usara um alicate para cortá-lo. Passei por ele e agora estava de volta à trilha. Olhei para a esquerda, para o caminho que levava de volta ao parque.

Ninguém.

Droga, o que dera errado? Tentei pensar racionalmente. Concentração. Tudo bem, se eu é que estivesse fugindo, para onde iria? Simples. Dobraria à direita. As trilhas eram confusas, escuras, sinuosas. Seria fácil se esconder nos arbustos. Seria o melhor a fazer se eu fosse um sequestrador. Parei um instante na esperança de captar os sons de criança. Nada. Mas ouvi alguém dizer "Ei!" com uma surpresa que parecia genuína.

Inclinei a cabeça. O som realmente viera da direita. Ótimo. Saí correndo de novo, vasculhando o horizonte atrás de uma camisa de flanela. Nada. Continuei morro abaixo. Pisei em falso e quase rolei pela encosta. Por ter morado nessa área, sabia que os sem-teto buscavam proteção nas encostas além das trilhas, íngremes demais para um transeunte ocasional. Abrigavam-se nas cavernas e entre os galhos. De vez em quando, a gente ouvia um farfalhar alto demais para ser um esquilo. Às vezes, um morador de rua surgia do nada – cabelo comprido, barba emplastrada, o fedor emanando dele em ondas. Havia um ponto não longe dali onde garotos de programa ofereciam seus serviços aos empresários que saíam da linha A do metrô. Eu costumava correr nessa área no silêncio da manhã. Sempre havia embalagens de camisinha pela calçada.

Continuei a correr, tentando manter os ouvidos atentos. Cheguei a uma bifurcação. Droga. Perguntei-me outra vez: qual caminho era o mais sinuoso? Não sabia. Estava prestes a entrar à direita de novo quando ouvi um som.

Farfalhar no mato.

Sem pensar, entrei. Havia dois homens. Um de terno. O outro, muito mais novo e de calça jeans, estava ajoelhado. O de terno gritou um palavrão. Não recuei. Porque já ouvira a voz do homem. Segundos atrás.

Fora ele quem gritara "Ei".

– Viu um homem e uma menininha passarem por aqui?

– Vá para o inferno, seu...

Fui até ele e lhe dei um tapa na cara.

– Você viu os dois?

Ele pareceu muito mais chocado do que machucado. Apontou para a esquerda.

– Subiram por lá. Ele estava com a criança no colo.

Pulei de volta na trilha. Então tudo bem. Estavam subindo de volta ao campo. Se continuassem nessa rota, sairiam perto de onde eu estacionara. Comecei a correr de novo, movendo os braços com força. Passei pelos garotos de programa sentados no muro. Um deles me olhou nos olhos – usava um lenço azul na cabeça –, fez um gesto indicando o caminho. Agradeci com a cabeça. Continuei correndo. A distância, via as luzes do parque. E lá, atravessando diante do poste de luz, avistei rapidamente o homem de camisa de flanela levando Tara.

– Pare! – berrei. – Alguém faça ele parar!

Mas eles sumiram.

Engoli em seco e voltei a subir o caminho, ainda gritando por ajuda. Ninguém reagiu nem gritou. Quando cheguei ao ponto onde os amantes costumam fitar a paisagem a leste, avistei de novo a camisa de flanela. Ele pulava o muro para entrar no bosque. Comecei a segui-lo mas, quando dobrei a esquina, ouvi alguém berrar:

– Parado!

Olhei para trás. Era um policial. Tinha puxado a arma.

– Parado!

– Ele está com a minha filha! Por ali!

– Dr. Seidman?

A voz conhecida veio da direita. Era Regan. O quê...?

– Basta me seguir.

– Onde está o dinheiro, Dr. Seidman?

– Você não está entendendo. Eles acabaram de pular o muro.

– Quem pulou?

Vi aonde isso ia dar. Dois policiais apontavam a arma para mim. Regan me encarava de braços cruzados. Tickner apareceu atrás dele.

– Vamos conversar sobre isso, tudo bem?

Nada bem. Eles não atirariam. Ou, se atirassem, eu não dava a mínima. Então voltei a correr. Eles vieram atrás. Os policiais eram mais jovens e, sem dúvida, estavam em melhor forma. Mas eu tinha algo a meu favor. Estava enlouquecido. Pulei a cerca e caí pela encosta. Os policiais vieram atrás, mas se moviam com mais cautela, com mais amor à própria vida que eu.

– Parado! – gritou o policial de novo.

Eu estava muito ofegante para tentar gritar explicações. Queria que viessem comigo, só não queria que me pegassem.

Encolhi o corpo e rolei morro abaixo. Cacos de vidro seco se agarraram a mim e se prenderam no meu cabelo. O pó se levantou. Sufoquei a tosse.

Quando estava pegando velocidade, bati com o peito no tronco de uma árvore. Deu para ouvir a batida oca. Ofeguei, quase sem ar, mas continuei. Deslizei de lado e cheguei à trilha. A lanterna dos policiais vinha atrás. Estavam à vista, mas bem afastados. Ótimo.

No caminho, os meus olhos iam para a direita, depois para a esquerda. Nem sinal da camisa de flanela nem de Tara. Tentei de novo imaginar para que lado correria. Nada me veio. Parei. A polícia se aproximava.

– Parado! – gritou o policial mais uma vez.

Cinquenta por cento de chance.

Estava prestes a virar à esquerda e voltar para a escuridão quando vi o rapaz de lenço azul, o que me indicara o caminho antes. Dessa vez ele balançou a cabeça e apontou a direção atrás de mim.

– Obrigado – agradeci.

Ele pode ter dito algo, mas eu já estava correndo de novo. Voltei e segui pelo mesmo alambrado que atravessara antes. Ouvi passos, mas estavam muito longe. Olhei para cima e mais uma vez avistei a camisa de flanela. Ele estava em pé perto das luzes da escada do metrô. Parecia estar recuperando o fôlego.

Corri mais depressa.

Ele também.

Provavelmente uns 50 metros nos separavam. Mas ele levava uma criança. Talvez eu conseguisse alcançá-lo. Fui mais rápido. O mesmo policial berrou "Pare!", acho que para variar. Torci loucamente para eles não decidirem atirar.

– Ele voltou para a rua! – berrei. – Está com a minha filha.

Não sei se escutaram ou não. Cheguei à escada e desci de três em três. Estava fora do parque, de volta à Fort Washington Avenue, no Círculo Margaret Corbin Cicle. Olhei o parquinho à frente. Nenhum movimento. Espiei a Fort Washington Avenue e avistei alguém correndo perto da Madre Cabrini High School, perto da capela.

A mente dá voltas esquisitas. A Capela Cabrini era uma das atrações mais surreais de toda Manhattan. Zia me arrastara à missa lá certa vez sem me contar por que a capela era um ponto turístico. Entendi imediatamente. Madre Cabrini morreu em 1917, mas o seu corpo embalsamado está guardado numa caixa que parece de acrílico. É o altar. Os padres rezam a missa sobre o seu corpo/mesa. Não, não estou inventando. O mesmo sujeito que preservou Lênin na Rússia trabalhou no corpo de Madre Cabrini. A capela é aberta ao público. Tem até loja de suvenires.

As minhas pernas pesavam, mas continuei avançando. Não ouvia mais a polícia. Dei uma olhada rápida para trás. As lanternas estavam distantes.

– Lá! – berrei. – Perto da Cabrini High!

Disparei de novo. Cheguei à entrada da capela. Estava trancada. Não havia sinal de camisa de flanela em lugar nenhum. Olhei em volta, olhos arregalados, em pânico. Eu os perdera. Tinham sumido.

– Por ali! – berrei, na esperança de que a polícia ou Rachel (ou ambos) me ouvissem.

Mas o meu coração se apertou. A minha chance. A minha filha desaparecera outra vez. Senti o peso no peito. E foi então que escutei o carro dando partida.

A cabeça deu um solavanco para a direita. Examinei a rua e comecei a correr. Um carro começava a se mover. Estava a uns 10 metros. Um Honda Accord. Decorei a placa, embora soubesse que seria inútil. O motorista ainda tentava manobrar para sair da vaga. Não consegui ver quem era. Mas não ia correr riscos.

O Honda estava prestes a acelerar quando agarrei a maçaneta da porta do motorista. Um golpe de sorte, finalmente – ele não trancara a porta. Sem tempo, supus, porque estava com pressa.

Várias coisas aconteceram num período curtíssimo. Quando comecei a abrir a porta, fui capaz de enxergar pela janela. Era mesmo o homem da camisa de flanela. Ele reagiu depressa. Agarrou a porta por dentro e tentou mantê-la fechada. Puxei com mais força. A porta se abriu um tiquinho. Ele pisou no acelerador.

Tentei correr com o carro, como a gente vê no cinema. O problema é que carros andam mais rápido do que pessoas. Mas eu não desistiria. A gente ouve aquelas histórias sobre gente que ganha força extraordinária em determinadas circunstâncias, sobre homens comuns capazes de levantar carros para resgatar entes queridos. Costumo zombar dessas histórias. Você também, provavelmente.

Não estou dizendo que levantei um carro. Mas me segurei em um. Enfiei os dedos entre a porta da frente e a parte de trás. Usei ambas as mãos e forcei os dedos como um torno. Eu não desistiria. Custasse o que custasse.

Se eu aguentar, a minha filha vive. Se eu desistir, a minha filha morre.

Esqueça a concentração. Esqueça a compartimentação. Essa ideia, essa equação, era simples como respirar.

O homem da camisa de flanela pisou no acelerador. Agora o carro pegava velocidade. Tirei as pernas do chão, mas não havia onde apoiá-las. Elas deslizaram pela porta de trás e caíram fazendo barulho. Senti a pele dos tornozelos ser arrastada pelo asfalto. Tentei recuperar o apoio. Não deu. A dor era lancinante, mas não importava. Continuei segurando.

Eu sabia que a situação estava contra mim. Não aguentaria muito tempo, por mais força de vontade que tivesse. Precisava agir. Tentei me enfiar no carro, mas não tinha força suficiente. Aguentei e deixei os braços se esticarem. Tentei me erguer de novo. Agora meu corpo estava na horizontal, paralelo ao chão. Estendi o corpo. A perna direita subiu e se enroscou em alguma coisa. A antena do alto do carro. Ela me aguentaria? Achei que não. O meu rosto estava apertado contra a janela de trás. Vi a cadeirinha.

Vazia.

O pânico me tomou de novo. Senti as mãos escorregarem. Só tínhamos percorrido 20, talvez 30 metros. Com o rosto contra o vidro, o nariz batendo na janela, o corpo e a cara arranhados e surrados, olhei a criança no banco da frente e uma verdade esmagadora fez as minhas mãos se soltarem da janela do carro.

Mais uma vez, a mente funciona de um jeito estranho. O meu primeiro pensamento foi clássico de um médico. A criança deveria estar sentada no banco de trás. O Honda Accord tinha airbag no lado do passageiro. Nenhuma criança com menos de 12 anos deveria se sentar na frente. Além disso, crianças pequenas deveriam estar sempre na cadeirinha. Na verdade, era a lei. Andar de carro fora da cadeirinha e no banco da frente... era duplamente perigoso.

Uma ideia ridícula. Ou talvez natural. Seja como for, não foi essa a ideia que me arrancou a vontade de lutar.

O homem da camisa de flanela girou o volante para a direita. Ouvi os pneus guincharem. O carro deu um solavanco e os meus dedos escorregaram. A minha capacidade de me segurar desapareceu. Fiquei no ar. O corpo caiu com força, quicando no asfalto. Ouvi as sirenes da polícia atrás de mim. Pensei que seguiriam o Honda Accord. Mas não importava. Fora um breve vislumbre. Mas o suficiente para saber a verdade.

A criança no carro não era a minha filha.

capítulo 29

Eu ESTAVA NOVAMENTE NO HOSPITAL, dessa vez o New York Presbyterian – meu antigo território. Ainda não haviam feito radiografias, mas eu tinha quase certeza de que encontrariam costelas fraturadas. Não há nada que se possa fazer a respeito disso, além de se encher de analgésicos. Seria doloroso. Tudo bem. Eu estava bem machucado. Havia um talho na perna direita que parecia resultado de um ataque de tubarões. A pele fora arrancada de ambos os cotovelos. Nada disso importava.

Lenny chegou em tempo recorde. Queria que ele estivesse ali porque não sabia direito como lidar com a situação. A princípio, quase me convenci de que cometera um erro. As crianças mudam, não é? Eu não via Tara desde que tinha seis meses. Elas crescem muito nesse período. Ela teria deixado de ser um bebezinho e se tornado uma criança maiorzinha. Eu estava agarrado a um carro em movimento, ora bolas. Só tivera um vislumbre rapidíssimo.

Mas eu sabia.

A criança no banco da frente do carro parecia um menino. Provavelmente estava mais perto dos 3 anos do que dos 2. A pele, a tonalidade, era clara demais.

Não era Tara.

Eu sabia que Tickner e Regan fariam perguntas. Queria cooperar. Também queria saber como tinham descoberto a entrega do resgate. Também não vira mais Rachel. Queria saber se estava no hospital. Também queria saber o destino do dinheiro do resgate, do Honda Accord, do homem de camisa de flanela. Teria sido capturado? Teria sequestrado a minha filha originalmente ou o primeiro pedido de resgate também fora um golpe? Nesse caso, como a minha irmã Stacy se encaixava?

Em resumo, eu estava confuso. Entra Lenny, vulgo Cujo.

Ele irrompeu porta adentro vestindo calças cáqui largas e uma camisa Lacoste cor-de-rosa. Os olhos tinham aquele ar selvagem e apavorado que mais uma vez trouxe lembranças da infância. Ele forçou a passagem pela enfermeira e se aproximou do meu leito.

– Que merda aconteceu?

Eu estava prestes a resumir a história a Lenny quando ele me interrompeu com o dedo em riste. Virou-se para a enfermeira e pediu que ela se retirasse. Quando ficamos sozinhos, ele me fez um sinal para que eu continuasse. Comecei com o encontro com Edgar na praça e passei pelo telefonema a Rachel, a chegada dela, os preparativos com todas as engenhocas eletrônicas, os telefonemas do resgate, a entrega, o meu mergulho sobre o carro. Voltei atrás e lhe falei do CD. Lenny interrompia – ele sempre interrompia –, porém não com a frequência costumeira. Vi algo atravessar seu rosto, e talvez – não quero ver coisa demais nisso – fosse mágoa por eu não ter confiado nele. Esse ar não durou muito. Lenny se recompôs aos poucos.

– Alguma probabilidade de Edgar estar armando para cima de você? – perguntou.

– Com que finalidade? Foi ele quem perdeu 4 milhões de dólares.

– Não se foi ele quem armou.

Fiz uma careta.

– Isso não faz o menor sentido.

Lenny não gostou, mas também não tinha respostas.

– Então onde está Rachel agora?

– Ela não está aqui?

– Acho que não.

– Então não sei.

Ambos ficamos calados por um momento.

– Talvez tenha voltado à minha casa – disse.

– É – concordou Lenny. – Talvez.

Não havia sequer um vestígio de convicção na sua voz.

Tickner empurrou a porta. Os óculos escuros repousavam no alto da cabeça raspada, coisa que achei desconcertante; se dobrasse o pescoço e desenhasse uma boca no cocuruto, pareceria um segundo rosto. Regan veio atrás numa ginga de hip-hop, ou talvez a mosca afetasse o modo como eu o via. Tickner tomou a dianteira.

– Sabemos do pedido de resgate – disse. – Sabemos que o seu sogro lhe deu mais 2 milhões de dólares. Sabemos que hoje você visitou uma agência de detetives particulares chamada MVD Detetives e pediu a senha de um CD-ROM que pertencia à sua falecida esposa. Sabemos que Rachel Mills estava com você e que ela não voltou para Washington, como você disse ao detetive Regan mais cedo. Portanto, podemos pular tudo isso.

Tickner se aproximou. Lenny ficou de olho, pronto para atacar. Regan cruzou os braços e se encostou na parede.

– Então comecemos com o dinheiro do resgate – disse Tickner. – Onde ele está?

– Não sei.

– Alguém o pegou?

– Não sei.

– Como assim, não sabe?

– Ele me mandou deixá-lo lá.

– Quem é "ele"?

– O sequestrador. A pessoa que estava no celular.

– Onde você pôs o dinheiro?

– No parque. No meio da trilha.

– E depois?

– Ele disse para eu andar para a frente.

– Você andou?

– Andei.

– E aí?

– Aí ouvi um choro de criança e alguém começar a correr. Depois disso tudo virou uma loucura.

– E o dinheiro?

– Já lhe disse, não sei o que aconteceu com o dinheiro.

– E Rachel Mills? – perguntou Tickner. – Onde ela está?

– Não sei.

Olhei para Lenny, mas ele agora estudava o rosto de Tickner. Esperei.

– Você mentiu sobre ela ter voltado a Washington, não foi? – perguntou Tickner.

Lenny pôs a mão no meu ombro.

– Não vamos distorcer as declarações do meu cliente.

Tickner fez uma careta como se Lenny fosse um cocô que tivesse caído do teto. Lenny devolveu o olhar sem se alterar.

– Você disse ao detetive Regan que a Sra. Mills estava a caminho de Washington, não foi?

– Eu disse que não sabia onde ela estava – corrigi. – Disse que ela *poderia* ter voltado.

– E onde ela estava naquela hora?

Lenny disse:

– Não responda.

Fiz um sinal de que estava tudo bem.

– Ela estava na garagem.
– Por que não disse isso ao detetive Regan?
– Porque estávamos nos preparando para a entrega do resgate. Não queríamos que nada nos atrasasse.

Tickner cruzou os braços.

– Não estou entendendo.
– Então faça outra pergunta – retorquiu Lenny.
– Por que Rachel Mills estaria envolvida na entrega do resgate?
– Ela é uma velha amiga – expliquei. – E eu sabia que ela tinha sido agente especial do FBI.
– Ah – disse Tickner. – Então achou que talvez a experiência dela pudesse ajudar.
– É.
– Não ligou para o detetive Regan nem para mim.
– Isso mesmo.
– Por quê?

Lenny respondeu essa:

– Você sabe muito bem por quê.
– Eles me disseram: nada de polícia – respondi. – Como da última vez. Não quis correr o risco de novo. Então liguei para Rachel.
– Entendo. – Tickner olhou de volta para Regan. Parecia que Regan tentava seguir um pensamento fugidio. – Você a escolheu porque era agente federal?
– Isso.
– E porque vocês dois eram... – Tickner fez gestos vagos – íntimos.
– Há muito tempo – respondi.
– Não mais?
– Não. Não mais.
– Hum, não mais – repetiu Tickner. – Mas mesmo assim você quis ligar para pedir ajuda com uma questão que envolvia a vida da sua filha. Interessante.
– Que bom que pensa assim – disse Lenny. – Aliás, há alguma razão para tudo isso?

Tickner o ignorou.

– Antes de hoje, quando foi a última vez que viu Rachel Mills?
– Que diferença isso faz? – perguntou Lenny.
– Por favor, só responda à minha pergunta.
– Não até sabermos...

Mas agora a minha mão estava no braço de Lenny. Sabia o que ele estava fazendo. Adotara automaticamente a postura de adversário. Fiquei grato, mas queria acabar com aquilo o mais depressa possível.

– Há cerca de um mês – respondi.

– Em que circunstâncias?

– Esbarrei nela no mercado da Northwood Avenue.

– Esbarrou nela?

– É.

– Quer dizer, por coincidência? Como se não soubesse que ela estaria ali, assim, do nada?

– É.

Tickner se virou e olhou Regan de novo. Ele se mantinha perfeitamente imóvel. Não estava nem brincando com a mosca.

– E antes disso?

– O que antes disso?

– Antes de "esbarrar" – disse Tickner, a voz marcada pelo sarcasmo – na Sra. Mills no mercado, quando foi a última vez que a viu?

– Na época da faculdade – respondi.

Novamente Tickner olhou para Regan, o rosto iluminado de incredulidade. Quando se virou de volta, os óculos caíram em seus olhos. Ele os empurrou de volta para a testa.

– Está nos dizendo, Dr. Seidman, que a única vez que viu Rachel Mills entre o tempo de faculdade e hoje foi no supermercado?

– É exatamente o que estou lhe dizendo.

Por um instante, Tickner pareceu perdido. Parecia que Lenny teria algo a acrescentar, mas ele se conteve.

– Vocês dois falaram pelo telefone? – perguntou Tickner.

– Antes de hoje?

– É.

– Não.

– Nunca mesmo? Nunca falou com ela pelo telefone antes de hoje? Nem mesmo quando estavam namorando?

Lenny disse:

– Jesus Cristo, que espécie de pergunta é essa?

Tickner virou a cabeça para Lenny.

– Algum problema?

– Claro, essas perguntas são imbecis.

Eles trocaram olhares mortais de novo. Interrompi o silêncio.

– Não falava com Rachel pelo telefone desde a faculdade.

Tickner se virou para mim. Agora a sua expressão era de visível descrença. Dei uma olhada em Regan atrás dele. Regan fazia que sim com a cabeça. Enquanto ambos pareciam hesitantes, tentei me aproveitar.

– Acharam o homem e a criança no Honda Accord? – perguntei.

Tickner pensou na pergunta um instante. Olhou para Regan, que deu de ombros, como quem perguntasse "por que não?".

– Achamos o carro abandonado na Broadway, perto da 145th Street. Tinha sido roubado algumas horas antes. – Tickner puxou o bloco de notas mas não o olhou. – Quando o avistamos no parque, você começou a berrar sobre a sua filha. Acredita que era ela a criança no carro?

– Foi o que pensei na hora.

– Não pensa mais?

– Não. Não era Tara.

– O que o fez mudar de ideia?

– Eu o vi. O menino, quero dizer.

– Era um menino?

– Acho que sim.

– Quando o viu?

– Quando pulei no carro.

Tickner espalmou as mãos.

– Por que não começa do princípio e nos conta exatamente o que aconteceu?

Contei-lhes a mesma história que contara a Lenny. Regan não chegou a se afastar da parede. E não disse nada. Achei esquisito. Enquanto eu falava, Tickner parecia ficar cada vez mais agitado. A pele da cabeça bem raspada se contraiu, fazendo os óculos escuros, ainda empoleirados no alto do crânio, escorregarem para a frente. Ele não parava de ajeitá-los. Vi a pulsação perto das têmporas tremular. Os maxilares estavam contraídos.

Quando terminei, Tickner disse:

– Você está mentindo.

Lenny se enfiou entre Tickner e o meu leito. Por um instante, achei que iriam às vias de fato, o que, sejamos francos, não seria bom para Lenny. Mas ele não cedeu um centímetro. Lembrei-me da vez, no terceiro ano, quando Tony Merruno resolveu brigar comigo. Lenny se enfiara entre nós daquela vez, enfrentara Tony com bravura e levara uma surra.

Lenny ficou frente a frente com o homem maior.
– Qual é o seu problema, agente Tickner?
– O seu cliente é um mentiroso.
– Cavalheiros, esse interrogatório terminou. Saiam.
Tickner curvou o pescoço de modo que sua testa encostou na de Lenny.
– Temos prova de que ele está mentindo.
– Então, vejamos – disse Lenny. Em seguida atalhou: – Não, espere, esqueça. Não quero ver nada. Está prendendo o meu cliente?
– Não.
– Então saia imediatamente deste quarto.
– Lenny... – pedi.
Depois de mais um olhar raivoso para Tickner para mostrar que não estava intimidado, Lenny me olhou.
– Vamos acabar com isso agora – falei.
– Ele quer incriminar você.
Dei de ombros porque na verdade não ligava. Acho que Lenny percebeu. Ele se afastou. Com a cabeça, disse a Tickner que fizesse o que quisesse.
– Você viu Rachel antes de hoje.
– Já lhe disse...
– Se não tivesse visto Rachel Mills nem falado com ela, como sabia que ela foi agente federal?
Lenny começou a rir. Tickner virou-se rapidamente para ele.
– Do que está rindo?
– Porque a minha mulher é amiga de Rachel Mills, seu bobalhão.
Isso o confundiu.
– O quê?
– Eu e a minha mulher sempre falamos com Rachel. Fomos nós que os apresentamos. – Lenny riu de novo. – Essa é a sua prova?
– Não, essa não é a minha prova – retorquiu Tickner com irritação, agora na defensiva. – A sua história sobre receber um pedido de resgate, sobre fazer contato com uma antiga namorada desse jeito. Acha que vai colar?
– Então, o que você acha que aconteceu?
Tickner não disse nada.
– Acha que fui eu, não é? Que esse foi mais um plano complicado para, sei lá, arrancar mais 2 milhões do meu ex-sogro?
Lenny tentou me acalmar.
– Marc...

— Não, deixe-me dizer uma coisa aqui. — Tentei atrair Regan para a conversa, mas ele ainda parecia distante, então fixei os olhos em Tickner. — Acha mesmo que encenei tudo isso? Por que passar por toda a tramoia desse encontro no parque? Como é que eu sabia que vocês me seguiriam até aqui... Droga, ainda nem sei como conseguiram isso. Por que me daria ao trabalho de pular num carro daquele jeito? Por que simplesmente não peguei o dinheiro e o escondi e inventei uma história para Edgar? Se eu estivesse apenas dando um golpe, teria contratado o sujeito da camisa de flanela? Por quê? Por que envolver outra pessoa ou um carro roubado? Vamos lá. Não faz sentido nenhum.

Olhei Regan, que ainda não tinha mordido a isca.

— Detetive Regan?

Mas tudo o que ele disse foi:

— Você não está sendo honesto conosco, Marc.

— Como? — perguntei. — Como é que não estou sendo honesto com vocês?

— Você afirma que, antes de hoje, a última vez que falou pelo telefone com a Sra. Mills foi na época da faculdade.

— É.

— Temos registros telefônicos, Marc. Três meses antes do assassinato da sua esposa, houve uma ligação da casa de Rachel para a sua. Como explica isso?

Virei-me para pedir ajuda a Lenny, mas ele me fitava fixamente. Isso não fazia sentido.

— Olhe só — pedi —, estou com o número do celular de Rachel. Vamos ligar para ela e descobrir onde está.

— Faça isso — disse Tickner.

Lenny pegou o telefone do hospital junto ao leito. Dei o número a ele. Observei-o digitar enquanto tentava entender. O telefone tocou seis vezes e ouvi a voz de Rachel dizer que não podia atender e que eu podia deixar um recado. Deixei.

Regan finalmente se descolou da parede. Puxou uma cadeira para o lado do meu leito e se sentou.

— Marc, o que sabe sobre Rachel Mills?

— O suficiente.

— Vocês namoraram na faculdade?

— Foi.

— Quanto tempo?

– Dois anos.

Regan abriu os braços bem abertos, olhos arregalados.

– Veja, eu e o agente Tickner ainda não sabemos direito por que você a chamou. Quer dizer, tudo bem, vocês namoraram muito tempo atrás. Mas se não tiveram nenhum contato desde então – ele deu de ombros –, então por que ela?

Pensei em como explicar e escolhi o caminho direto.

– Ainda há uma ligação.

Regan assentiu, como se isso explicasse muita coisa.

– Sabia que ela se casou?

– Cheryl, a mulher de Lenny, me contou.

– E sabia que o marido dela levou um tiro?

– Soube hoje. – Então, ao perceber que já devia passar da meia-noite, corrigi. – Quer dizer, ontem.

– Rachel contou?

– Cheryl me contou. – Lembrei das palavras de Regan na sua visita noturna à minha casa. – Então você me disse que Rachel atirou nele.

Regan olhou para Tickner, que disse:

– A Sra. Mills lhe disse isso?

– O quê, que ela atirou no marido?

– É.

– Está brincando, né?

– Você não acredita nisso, acredita?

– Que diferença faz no que ele acredita? – perguntou Lenny.

– Ela confessou – disse Tickner.

Olhei para Lenny, que desviou o olhar. Tentei me sentar um pouco mais ereto.

– Então por que ela não está na cadeia?

Algo sombrio passou pelo rosto de Tickner. Ele cerrou os punhos.

– Ela afirmou que o tiro foi acidental.

– E você não acredita nisso?

– O marido dela levou um tiro na cabeça à queima-roupa.

– Então mais uma vez pergunto: por que ela não está na cadeia?

– Não estou a par dos detalhes – respondeu Tickner.

– O que isso quer dizer?

– Os policiais locais cuidaram do caso – explicou Tickner. – Eles decidiram interromper a investigação.

Não sou policial nem um grande conhecedor de psicologia, mas até eu conseguia ver que Tickner estava escondendo alguma coisa. Olhei para Lenny. O rosto dele não revelava emoções, o que, é claro, não tem nada a ver com Lenny. Tickner se afastou um passo do leito. Regan preencheu o silêncio.

– Disse que ainda tem uma ligação com Rachel? – começou Regan.

– Perguntado e respondido – disse Lenny.

– Ainda a ama?

Lenny não podia deixar isso passar sem comentários.

– Consultório sentimental agora, detetive Regan? Que diabo isso tem a ver com a filha do meu cliente?

– Tenha paciência.

– Não, detetive, não terei paciência. As suas perguntas não fazem sentido. – Mais uma vez pus a mão no ombro de Lenny. Ele se virou para mim. – Querem que você diga que sim, Marc.

– Eu sei.

– Esperam usar Rachel como motivo para você ter matado a sua mulher.

– Eu sei.

Olhei para Regan. Lembrei-me da sensação de quando vi Rachel no mercado.

– Ainda pensa nela? – perguntou Regan.

– Penso.

– Ela ainda pensa em você?

Lenny não estava disposto a se entregar.

– Como é que ele vai saber uma coisa dessas?

– Bob? – Era a primeira vez que eu usava o primeiro nome de Regan.

– Diga.

– Aonde está tentando chegar?

A voz de Regan era baixa, quase conspiratória.

– Vou lhe perguntar mais uma vez: antes do incidente no mercado, você viu Rachel Mills depois que vocês terminaram na época da faculdade?

– Jesus Cristo! – exclamou Lenny.

– Não.

– Tem certeza?

– Tenho.

– Nenhuma comunicação?

– Nem trocaram bilhetinhos na biblioteca – disse Lenny. – Ele já respondeu.

Regan se inclinou para trás.

– Você foi a uma agência de detetives particulares em Newark para perguntar sobre um CD-ROM.

– Fui.

– Por que hoje?

– Não entendi.

– A sua mulher está morta há um ano e meio. Por que o interesse súbito no CD?

– Eu tinha acabado de encontrá-lo.

– Quando?

– Anteontem. Estava escondido no porão.

– Então você não fazia ideia de que Monica havia contratado um detetive particular?

Demorei um pouco para responder. Pensei no que descobrira desde a morte da minha linda esposa. Ela estava se consultando com um psiquiatra. Contratara um detetive particular. Escondera as suas descobertas no nosso porão. Eu não soubera de nada disso. Pensei na minha vida, no meu amor ao trabalho, na vontade de continuar viajando. Claro que amava a minha filha. Ia sempre que ela chamava e era louco por ela. Morreria – e mataria – para protegê-la, mas, sendo muito franco, sabia que não aceitara todas as mudanças e sacrifícios que ela significava para a minha vida.

Que tipo de marido eu fora? Que tipo de pai?

– Marc?

– Não – respondi baixinho. – Não fazia ideia de que ela havia contratado um detetive particular.

– Tem alguma ideia de por que ela fez isso?

Fiz que não. Regan se recostou. Tickner puxou um envelope pardo.

– O que é isso? – perguntou Lenny.

– O conteúdo do CD. – Tickner me olhou mais uma vez. – Você nunca viu Rachel, certo? Só naquela vez no supermercado.

Não me dei ao trabalho de responder.

Inexpressivamente, Tickner puxou uma fotografia e me entregou. Lenny pôs os óculos de leitura e ficou acima do meu ombro. Fez aquela coisa em que a gente ergue a cabeça para olhar para baixo. A fotografia era em preto e branco. A imagem era do Valley Hospital, em Ridgewood. Havia uma data carimbada embaixo. A fotografia fora tirada dois meses antes do assassinato.

Lenny franziu a testa.

— A luz é bastante boa, mas quanto à composição geral já não sei.
Tickner ignorou o sarcasmo.
— É aí que você trabalha, não é, Dr. Seidman?
— Temos consultório aí, sim.
— Nós?
— Eu e a minha sócia, Zia Leroux.
Tickner fez que sim.
— Há uma data carimbada embaixo.
— Já vi.
— Estava no consultório nesse dia?
— Não sei. Teria que verificar a minha agenda.
Regan apontou para perto da entrada do hospital.
— Está vendo essa pessoa aqui?
Olhei com atenção, mas não pude identificar muita coisa.
— Não, não mesmo.
— Guarde apenas o comprimento do casaco, tudo bem?
— Tudo bem.
Então Tickner me entregou uma segunda fotografia. Nessa o fotógrafo usara a lente teleobjetiva, de grande alcance. Mesmo ângulo. Agora dava para ver com clareza a pessoa de casaco. Estava de óculos escuros, mas não havia como confundir.
Era Rachel.
Ergui os olhos para Lenny. Vi a surpresa no rosto dele também. Tickner puxou outra foto. E outra. Foram todas tiradas na frente do Valley Hospital. Na oitava foto, Rachel entrou no prédio. Na nona, tirada uma hora depois, saí sozinho. Na décima, tirada seis minutos depois da nona, Rachel saiu pela mesma porta.
A princípio, simplesmente não consegui entender o que aquilo significava. Eu era um "Hã?" enorme e giratório de perplexidade. Não havia tempo para assimilar. Lenny também parecia atônito, mas se recuperou primeiro.
— Saiam — disse Lenny.
— Não quer explicar essas fotografias primeiro?
Eu quis discutir, mas estava confuso demais.
— Saiam — disse Lenny outra vez, agora mais alto. — Saiam daqui agora.

capítulo 30

Sentei-me ereto na cama.

– Lenny?

Ele verificou se a porta estava fechada.

– É. Acham que foi você. Veja só. Acham que você e Rachel agiram juntos. Estavam tendo um caso. Ela matou o marido. Não sei se acham que você estava envolvido nisso ou não. E depois os dois mataram Monica, fizeram sei lá o quê com Tara e inventaram esse golpe para arrancar dinheiro do seu sogro.

– Não faz sentido.

Lenny ficou calado.

– Atiraram em mim, lembra?

– Eu sei.

– Eles acham que atirei em mim mesmo?

– Não sei. Mas você não pode mais falar com eles. Agora têm provas. Você pode negar o relacionamento com Rachel a vida toda, mas Monica desconfiou o suficiente para contratar um detetive particular. Pense bem. O detetive particular faz o serviço. Tira essas fotos e as entrega a Monica. Logo depois, a sua mulher está morta, a sua filha some e o seu sogro perde 2 milhões de dólares. Pule um ano e meio. O seu sogro perde mais 2 milhões e você e Rachel estão mentindo sobre estarem juntos.

– Não estamos mentindo.

Lenny não me olhou.

– E quanto a tudo o que falei – completei –, sobre como alguém passaria por tudo isso? Eu poderia simplesmente ter levado embora o dinheiro do resgate, certo? Não precisava contratar aquele sujeito com o carro e o garoto. E a minha irmã? Acham que a matei também?

– Aquelas fotos – disse Lenny baixinho.

– Nunca soube delas.

Ele mal conseguia me olhar, mas isso não impediu que voltasse à nossa juventude.

– Ora, óbvio...

– Não, quero dizer que não sei nada sobre elas.

– Você realmente não a viu antes daquela vez no supermercado?

– É claro que não. Você sabe disso tudo. Eu não esconderia uma coisa dessas de você.

Ele avaliou essa afirmação tempo demais.

– Você poderia escondê-la de Lenny, o Amigo.

– Não, não esconderia. Mas, mesmo que escondesse, não havia como esconder de Lenny, o Advogado.

A voz dele era suave.

– Você também não falou a nenhum de nós sobre essa entrega de resgate.

Então... Aí estava.

– Queríamos manter isso em segredo, Lenny.

– Entendo.

Não entendia, mas eu não podia condená-lo.

– Outra coisa. Como achou aquele CD no porão?

– Dina Levinsky foi à minha casa.

– Dina a Doida?

– Ela sofreu muito. Você não faz ideia.

Lenny dispensou a minha solidariedade.

– Não estou entendendo. O que ela foi fazer na sua casa?

Contei-lhe a história. Lenny começou a fazer uma careta. Quando terminei, fui eu quem perguntou:

– O quê?

– Ela lhe disse que estava melhor? Que se casou?

– Foi.

– É mentira.

Parei.

– Como você sabe?

– Sou advogado da tia dela. Dina Levinsky entrou e saiu de vários hospícios desde os 18 anos. Chegou a ser presa por agressão com lesão corporal alguns anos atrás. Nunca se casou. E duvido que já tenha feito uma exposição de arte.

Não soube o que pensar. Lembrei o rosto inesquecível de Dina, o jeito como a cor sumiu quando ela disse: *"Você sabe quem atirou em você, não sabe, Marc?"*

Que diabo ela quisera dizer com isso?

– Temos que pensar bem nisso – disse Lenny, esfregando o queixo. – Vou verificar algumas fontes, ver o que consigo descobrir. Ligue se alguma coisa acontecer, tudo bem?

– Tá, tudo bem.

– E prometa que não vai dizer mais nenhuma palavra a eles. Há uma chance enorme de que o prendam. – Ele ergueu a mão antes que eu protestasse. – Têm provas suficientes para pedir um mandado e talvez até fazer a denúncia. É verdade que não estão com todos os pingos nos is. Mas pense naquele caso Skakel. Eles tinham ainda menos indícios e o condenaram. Portanto, se voltarem aqui, prometa que não dirá nada.

Prometi porque, mais uma vez, as autoridades estavam seguindo a pista errada. Cooperar não ajudaria a encontrar a minha filha. Essa era a conclusão.

Lenny foi embora. Pedi a ele que apagasse a luz. Ele apagou. Mas o quarto não ficou escuro. Quartos de hospital nunca ficam totalmente escuros.

Tentei entender o que estava acontecendo. Tickner levara com ele aquelas estranhas fotografias. Preferia que as tivesse deixado comigo. Queria dar outra olhada porque aquelas fotos de Rachel no hospital não faziam o menor sentido. Seriam reais? Poderiam ser montagens. Seria essa a explicação? Seriam falsas, um simples serviço de cortar e colar? Os meus pensamentos voltaram para Dina Levinsky. Qual fora a verdadeira razão daquela visita tão esquisita? Por que ela havia me perguntado se eu amava Monica? Por que achava que eu sabia quem tinha atirado em mim? Eu pensava nisso tudo quando a porta se abriu.

– É aqui o quarto daquele bonitão de jaleco?

Era Zia.

– E aí? – Ela entrou e indicou a minha posição na cama com um gesto amplo. – É essa a sua desculpa para faltar ao trabalho?

– Eu estava de plantão ontem à noite, não estava?

– Estava.

– Desculpe.

– Em vez disso, me acordaram e interromperam um sonho bastante erótico, devo acrescentar. – Zia apontou a porta com o polegar. – Aquele negro grandão no corredor.

– O que usa óculos escuros no alto da careca?

– Ele mesmo. É da polícia?

– Agente do FBI.

– Alguma possibilidade de você nos apresentar? Talvez compense o meu sonho interrompido.

– Vou tentar, antes de ele me prender.

– Pode ser depois também.

Sorri. Zia se sentou na beirada da cama. Contei o que aconteceu. Ela não apresentou teorias. Não fez perguntas. Só escutou. Amei-a por isso.

Estava chegando à parte sobre ser suspeito quando o meu celular começou a tocar. Por causa da nossa formação, ambos nos surpreendemos. Celulares no hospital eram proibidíssimos. Estendi a mão depressa e o levei à orelha.

– Marc?

Era Rachel.

– Onde você está?

– Seguindo o dinheiro.

– O quê?

– Fizeram exatamente o que pensei. Deixaram a sacola, mas não perceberam o Q-Logger no maço de notas. Agora estou subindo a Harlem River Drive. Eles talvez estejam a um quilômetro e meio de mim.

– Precisamos conversar.

– Encontrou Tara?

– Era armação. Vi a criança que estava com eles. Não era a minha filha.

Houve uma pausa.

– Rachel?

– Não estou me sentindo muito bem, Marc.

– Como assim?

– Levei uma surra. No parque. Estou bem, mas preciso da sua ajuda.

– Espere um instante. O meu carro ainda está lá no local. Como está seguindo os caras?

– Você notou uma van do Departamento de Parques no Circle?

– Notei.

– Furtei. É uma van velha, fácil de fazer ligação direta. Achei que só iam perceber pela manhã.

– Estão achando que fomos nós, Rachel. Que tínhamos um caso ou coisa assim. Acharam fotos naquele CD. De você no hospital em que eu trabalho.

Silêncio com estática de celular.

– Rachel?

– Onde você está? – perguntou ela.

– No New York Presbyterian Hospital.

– Está bem?

– Meio baqueado. Mas estou bem, sim.

– A polícia está aí?

– Sim. Os federais também. Um sujeito chamado Tickner. Você o conhece?

A voz dela ficou suave.

– Conheço. – Em seguida: – Como quer fazer isso?

– Como assim?

– Quer que eu continue seguindo os caras? Ou quer entregar o caso a Tickner e Regan?

Queria que ela estivesse comigo. Queria perguntar sobre as fotos e o telefonema para a minha casa.

– Não sei se isso importa – falei. – Você tinha razão desde o princípio. Foi um golpe. Devem ter usado o cabelo de outra pessoa.

Mais estática.

– O quê? – perguntei.

– Você sabe alguma coisa sobre exames de DNA? – perguntou ela.

– Pouca coisa – respondi.

– Não tenho tempo de explicar, mas o exame vai camada a camada. Começam vendo se o DNA combina. Leva pelo menos 24 horas para saber com algum grau de certeza se bate.

– E daí?

– E daí que acabei de falar com o sujeito do meu laboratório. Só tivemos umas oito horas. Mas, até agora, sabe aquela segunda amostra de cabelo que Edgar recebeu?

– O que tem?

– Bate com a sua.

Não sabia direito se tinha escutado corretamente. Rachel soltou algo que poderia ser um suspiro.

– Em outras palavras, ele não eliminou a possibilidade de você ser o pai. Muito pelo contrário, na verdade.

Quase larguei o celular. Zia viu e se aproximou. Novamente me concentrei e compartimentei. Processar. Recompor. Avaliei as minhas opções. Tickner e Regan nunca acreditariam em mim. Não me deixariam sair. Provavelmente nos prenderiam. Ao mesmo tempo, se contasse alguma coisa a eles, eu poderia ser capaz de provar a nossa inocência. Por outro lado, provar a minha inocência era irrelevante.

Havia alguma chance de a minha filha ainda estar viva?

Essa era a única pergunta. Se estivesse, então eu teria que recorrer ao nosso plano original. Confiar nas autoridades, principalmente com as novas suspeitas, não daria certo. Suponhamos que houvesse, como dizia o bilhete de resgate, um agente infiltrado? Naquele momento, quem pegara a sacola de dinheiro não fazia ideia de que Rachel estava atrás deles. Mas o que aconteceria se a polícia e os federais se envolvessem? Os sequestradores fugiriam, entrariam em pânico, se precipitariam?

Havia outra coisa ali que eu tinha que avaliar. Será que ainda confiava em Rachel? Aquelas fotografias tinham abalado a minha confiança nela. Não sabia mais em que acreditar. Mas, no fim das contas, não tinha opção além de tratar essas dúvidas como uma distração. Precisava me concentrar num único objetivo: Tara. O que me daria mais chance de descobrir o que realmente lhe acontecera?

– Você está muito machucada? – perguntei.

– Podemos fazer isso, Marc.

– Então estou a caminho.

Desliguei e olhei para Zia.

– Você vai ter que me ajudar a sair daqui.

Tickner e Regan estavam sentados na sala de estar dos médicos, no fim do corredor. Sala de estar parecia um nome estranho para esse aposento sem mobília, claro demais e um televisor com antenas velhas. Havia uma geladeirinha no canto. Tickner a abrira. Lá dentro havia dois lanches em sacos pardos, ambos com um nome escrito em cima. Isso o fez lembrar-se da época de escola.

Tickner desmoronou num sofá absolutamente sem molas.

– Acho que devíamos prendê-lo agora.

Regan nada disse.

– Você ficou calado lá, Bob. O que está passando pela sua cabeça?

Regan começou a coçar a mosca.

– O que Seidman disse.

– O que foi?

– Não acha que ele tinha certa razão?

– Você quer dizer, aquela coisa sobre ele ser inocente?

– É.

– Não, não mesmo. Você acreditou?

– Não sei – disse Regan. – Quer dizer, por que ele passaria por tudo isso com o dinheiro? Ele não tinha como saber que tínhamos descoberto aquele CD e que decidimos rastreá-lo com o passe livre, que o encontraríamos no Fort Tryon Park. E, mesmo que soubesse, por que passar por tudo aquilo? Por que pular num carro em movimento? Caramba, ele teve sorte de não morrer. De novo. O que nos leva de volta ao crime original e ao nosso problema original. Se ele e Rachel Mills fizeram isso juntos, por que ele quase morreu? – Regan balançou a cabeça. – Há muitos furos.

– Que estamos fechando um a um – disse Tickner.

Regan fez um gesto de mais ou menos com a cabeça.

– Veja quanto descobrimos hoje ao saber do envolvimento de Rachel Mills – disse Tickner. – Só precisamos trazê-la aqui e acarear os dois.

Regan olhou para longe de novo. Tickner balançou a cabeça.

– O que foi agora?

– A janela quebrada.

– Aquela na cena do crime?

– É.

– O que tem?

Regan se sentou mais ereto.

– Acompanhe meu raciocínio. Vamos voltar ao sequestro e homicídio originais.

– Na casa dos Seidmans?

– Isso.

– Tudo bem, vamos.

– A janela foi quebrada por fora – disse Regan. – O criminoso pode ter entrado na casa assim.

– Ou então – acrescentou Tickner – o Dr. Seidman quebrou a própria janela para nos desconcertar.

– Ou mandou um cúmplice quebrar.

– Certo.

– Mas, seja como for, o Dr. Seidman saberia da janela quebrada, não é? Quer dizer, caso estivesse envolvido.

– Aonde você está querendo chegar?

– Continue comigo, Lloyd. Achamos que Seidman estava envolvido. Logo, Seidman sabia que a janela fora quebrada para que parecesse, sei lá, uma invasão a residência qualquer. Concorda?

– Acho que sim.

Regan sorriu.

– Então como é que ele nunca mencionou a janela quebrada?

– O quê?

– Leia o depoimento dele. Ele se lembra de comer uma barra de granola e então... *bam!* E mais nada. Nenhum som. Ninguém a atacá-lo. Nada. – Regan abriu as mãos. – Por que ele não se lembra de ouvir a janela quebrar?

– Porque ele mesmo a quebrou para que parecesse haver um intruso.

– Mas, veja, se fosse assim, ele citaria a janela quebrada na história. Pense bem. Ele quebra a janela para nos convencer de que o criminoso a quebrou para entrar e atirar nele. O que você faria se fosse ele?

Agora Tickner via aonde ele queria chegar.

– Eu diria: "Ouvi a janela quebrar, me virei e *bam*, os tiros me atingiram."

– Exatamente. Mas Seidman não disse nada disso. Por quê?

Tickner deu de ombros.

– Talvez tenha esquecido. Ele foi gravemente ferido.

– Ou talvez... Talvez ele esteja dizendo a verdade.

A porta se abriu. Um rapaz exausto de roupa cirúrgica olhou lá dentro. Viu os dois policiais, revirou os olhos e os deixou em paz. Tickner voltou-se para Regan.

– Mas, espere um instante, você está preso num círculo vicioso.

– Como assim?

– Se não foi Seidman, se foi mesmo um criminoso que quebrou a janela, por que Seidman não escutou nada?

– Talvez não se lembre. Já vimos isso acontecer um milhão de vezes. Um sujeito leva um tiro e ferimentos graves assim o fazem esquecer certas coisas. – Regan sorriu, apreciando a sua teoria. – Ainda mais se viu algo que o deixou totalmente chocado, algo que não gostaria de recordar.

– Como a esposa sendo despida e morta?

– Algo assim – disse Regan. – Ou talvez algo pior.

– O que é pior?

Um bipe veio pelo corredor. Eles podiam ouvir a sala adjacente, da equipe de enfermagem. Alguém reclamava da hora do turno ou de uma mudança de plantão.

– Estamos sempre dizendo que ainda falta alguma coisa – disse Regan devagar. – Afirmamos isso desde o princípio. Mas talvez seja o contrário. Talvez estejamos *acrescentando* alguma coisa.

Tickner franziu a testa.

– Não paramos de enfiar o Dr. Seidman na história. Veja, nós dois conhecemos o roteiro. Em casos assim, o marido sempre está envolvido. Não nove casos em dez: 99 em cem. Todos os roteiros que imaginamos incluem Seidman.

– E acha que está errado? – perguntou Tickner.

– Escute só um segundo. Estamos de olho em Seidman desde o começo. O casamento não era idílico. Ele se casou porque a mulher estava grávida.

Entendemos tudo isso. Mas, mesmo que o casamento deles fosse um mar de rosas, ainda diríamos "Não, ninguém é tão feliz assim" e passaríamos por cima disso. Tentamos encaixar nessa realidade tudo o que descobrimos. Seidman tinha que estar envolvido. Então, só por um segundo, vamos tirá-lo da equação. Vamos fingir que ele é inocente.

Tickner deu de ombros.

– Tudo bem. E daí?

– Seidman falou sobre essa ligação que tinha com Rachel Mills, que durou todos esses anos.

– Certo.

– Ele pareceu um pouco obcecado por ela.

– Um pouco?

Regan sorriu.

– Suponhamos que o sentimento fosse mútuo. Não. Suponhamos que fosse mais do que mútuo.

– Tudo bem.

– Agora se lembre. Estamos supondo que não foi Seidman. Isso significa que ele está dizendo a verdade. Sobre tudo. Sobre a última vez que viu Rachel Mills. Sobre aquelas fotografias. Você viu a cara dele, Lloyd. Seidman não é um ator tão bom assim. Aquelas fotos o chocaram. Ele não sabia da existência delas.

Tickner franziu a testa.

– É difícil dizer.

– Bom, há mais uma coisa que notei naquelas fotos.

– O quê?

– Por que o detetive particular não tirou nenhuma foto dos dois juntos? Temos a foto dela fora do hospital. Temos a dele saindo. Temos a dela saindo. Mas nenhuma dos dois juntos.

– Eles foram cuidadosos.

– Cuidadosos como? Ela estava parada ali, na frente do hospital onde ele trabalha. Quem é cuidadoso não faz uma coisa dessas.

– Então qual é a sua teoria?

Regan sorriu.

– Pense só. Rachel devia saber que Seidman estava dentro do prédio. Mas ele não necessariamente sabia que ela estava do lado de fora.

– Espere um instante – disse Tickner. Um sorriso começou a surgir no rosto dele. – Acha que ela o estava stalkeando?

– Talvez.

Tickner concordou.

– E não estamos falando de uma mulher qualquer. Estamos falando de uma ex-agente federal bem treinada.

– Portanto: um, ela saberia organizar uma operação profissional de sequestro – acrescentou Regan, levantando um dos dedos. Levantou outro. – Dois, ela saberia matar alguém e se livrar do processo. Três, saberia cobrir os próprios rastros. Quatro, conheceria Stacy, a irmã de Marc. Cinco – agora o polegar –, ela seria capaz de usar os antigos contatos para encontrar a irmã e dar cabo dela.

– Cristo Jesus. – Tickner ergueu os olhos. – E o que você disse antes... sobre ver algo tão horrível que Seidman não se lembra.

– Tipo ver o amor da sua vida atirar em você? Ou na sua mulher? Ou... Ambos pararam.

– Em Tara – disse Tickner. – Como a menininha se encaixa?

– Um meio de extorquir dinheiro?

Nenhum deles gostou daquilo. Mas eles gostaram menos ainda de todas as outras respostas em que haviam pensado.

– Podemos acrescentar mais uma coisa – disse Tickner.

– O quê?

– A arma desaparecida de Seidman.

– O que tem?

– A arma dele estava numa caixa trancada no armário – disse Tickner. – Só alguém íntimo saberia onde estava guardada.

– Ou então – acrescentou Regan, percebendo outra coisa –, talvez Rachel Mills tenha levado a própria arma. Lembre-se de que foram usadas duas armas calibre 38.

– Mas isso levanta outra questão: por que ela precisaria de duas armas?

Ambos franziram a testa, repassaram algumas teorias na cabeça e chegaram a uma conclusão concreta.

– Ainda nos falta alguma coisa – disse Regan.

– É.

– Precisamos voltar e conseguir algumas respostas.

– Como?

– Como Rachel se livrou do assassinato do primeiro marido?

– Posso sondar – disse Tickner.

– Faça isso. E vamos pôr alguém atrás de Seidman. Agora Rachel tem 4 milhões de dólares e talvez queira eliminar o único sujeito que ainda pode ligá-la a isso.

capítulo 31

Zia encontrou as minhas roupas no armário. Havia manchas de sangue escuras na minha calça jeans, então decidimos usar roupas cirúrgicas. Ela desceu o corredor e arranjou um conjunto para mim. Com uma careta por causa das costelas quebradas, vesti as calças e amarrei o cordão na cintura. Seria uma fuga lenta. Zia verificou se o caminho estava livre. Tinha um plano B caso os federais ainda estivessem de vigia. O Dr. David Beck, amigo dela, se envolvera num grande caso federal alguns anos atrás. Conhecia Tickner dessa época. Beck estava avisado. Se fosse preciso, estaria à espera no fim do corredor e tentaria retardá-los com alguma reminiscência.

No final, não precisamos de Beck. Simplesmente saímos andando. Ninguém nos questionou. Seguimos pelo pavilhão Harkness e saímos no pátio, ao norte da Fort Washington Avenue. O carro de Zia estava no estacionamento da esquina da avenida com a 165th Street. Eu avançava com cautela. Doía pra caramba, mas de resto estava tudo bem. Correr uma maratona ou levantar pesos estava fora de questão, mas a dor era controlável e eu tinha toda a extensão de movimentos. Zia me passara um vidro de Vioxx, o grandão de cinco miligramas. Seria bom, porque ele funciona sem deixar a gente tonto.

– Se alguém perguntar – disse ela –, explicarei que vim de metrô e que deixei o carro em casa. Você ficará bem por algum tempo.

– Obrigado – falei. – Na verdade, podemos também trocar de celular?

– Claro, por quê?

– Eles podem tentar, não sei, me rastrear usando o meu.

– Eles conseguem fazer isso?

– Não faço a mínima ideia.

Ela deu de ombros e puxou o celular. Era uma coisa minúscula, do tamanho de um espelho compacto.

– Acha mesmo que Tara está viva?

– Não sei.

Tentamos subir depressa os degraus da garagem. Como sempre, a escada fedia a urina.

– Isso é loucura – disse ela. – Você sabe, não é?

– Sei.

– Estou com o pager. Se precisar de mim, mande uma mensagem.

– Pode deixar.

Paramos junto ao carro. Zia me entregou as chaves.

– O quê?

– Você tem um ego enorme, Marc.

– Essa é a sua ideia de discurso motivador?

– Não se machuque – disse Zia. – Preciso de você.

Abracei-a e me enfiei no banco do motorista. Segui para o norte pela Henry Hudson, ligando para o número de Rachel. A noite estava limpa e tranquila. As luzes da ponte faziam a água escura parecer um céu cheio de estrelas. Ouvi dois toques e então Rachel atendeu. Não disse nada, e só aí percebi por quê. Provavelmente não reconhecera o número.

– Sou eu, Marc. Estou o usando o celular de Zia.

– Onde você está? – perguntou Rachel.

– Quase na Hudson.

– Continue para o norte até a ponte de Tappan Zee. Atravesse e siga para oeste.

– Onde você está agora?

– Junto daquele shopping imenso. Palisades Mall.

– Em Nyack – disse eu.

– Isso. Mantenha contato. A gente acha um lugar para se encontrar.

– Estou a caminho.

Tickner estava falando no celular, passando informações a O'Malley. Regan entrou correndo na sala de estar.

– Seidman não está no quarto.

Tickner pareceu irritado.

– Como assim, não está no quarto?

– De quantos jeitos diferentes dá para interpretar isso, Lloyd?

– Foi fazer radiografias ou coisa assim?

– Não, pelo menos de acordo com a enfermeira – disse Regan.

– Droga. O hospital tem câmeras de segurança, não tem?

– Não em todos os quartos.

– Mas certamente cobrem as saídas.

– Deve haver umas dez saídas aqui. Até conseguirmos as fitas e as examinarmos...

– Tá, tá, tá. – Tickner pensou um pouco. Pôs o celular de volta na orelha. – O'Malley?

– Estou aqui.
– Escutou?
– Escutei.
– Quanto tempo você leva para obter o registro telefônico do quarto de hospital e do celular de Seidman? – perguntou Tickner.
– Chamadas recentes?
– As dos últimos quinze minutos, sim.
– Me dê cinco minutinhos.
Tickner desligou.
– Onde está o advogado de Seidman?
– Não sei. Acho que ele disse que ia embora.
– A gente precisa ligar para ele.
– Ele não me pareceu do tipo solícito – disse Regan.
– Isso foi antes, quando pensávamos que o cliente dele era um assassino de esposas e bebês. Agora achamos que a vida de um inocente corre perigo.
Tickner entregou a Regan o cartão de visita que Lenny lhe dera.
– Vale a tentativa – disse Regan e começou a ligar.

Alcancei Rachel logo depois da cidade de Ramsey, na fronteira norte do estado de Nova Jersey e sul do estado de Nova York. Usamos os celulares e conseguimos nos encontrar no estacionamento do Fair Motel, na Route 17. Era um típico motel de beira de estrada. Tinha até uma placa que dizia, orgulhosa, TV A CORES! (como se a maioria dos motéis ainda usasse televisões em preto e branco), com todas as letras (e o ponto de exclamação) de cores diferentes, para o caso de você não saber o que significa *cores*. Gostei do nome. Fair Motel: o motel justo. Não somos grandes, não somos fantásticos. Somos honestos. Franqueza na publicidade.

Cheguei ao estacionamento. Estava apavorado. Tinha um milhão de perguntas para fazer a Rachel, mas, afinal, tudo se reduzia a variações diferentes do mesmo tema. Queria saber da morte do marido dela, é claro, mas, mais do que isso, queria saber daquelas malditas fotos do detetive particular.

O estacionamento estava escuro, quase toda a luz vinha da estrada. A van roubada do Departamento de Parques estava ao lado de uma máquina de Pepsi na extrema direita. Parei ao lado. Nem vi Rachel sair da van, mas logo ela estava se esgueirando para o banco do carona ao meu lado.

– Vamos – disse ela.

Virei-me para confrontá-la, mas o rosto dela me fez parar de repente.

– Céus, você está bem?

– Estou.

O olho direito estava inchado como o de um boxeador ao fim de uma luta. Havia hematomas roxos e amarelos no pescoço. O rosto tinha uma marca vermelha gigantesca em ambas as bochechas. Dava para ver as reentrâncias escarlates onde o atacante enfiara os dedos. As unhas chegaram a romper a pele. Fiquei imaginando se haveria traumas mais profundos no rosto, se o golpe que levara no olho tivera força suficiente para quebrar um osso. Duvidei. Uma fratura daquelas normalmente deixaria a pessoa inconsciente. Mais uma vez, na melhor das hipóteses, seriam apenas lesões superficiais. Era espantoso que ela ainda estivesse em pé.

– Que diabo aconteceu? – perguntei.

Ela puxou o Palm Pilot. A tela brilhava ofuscante na escuridão do carro. Ela o olhou e disse:

– Pegue a 17 para o sul. Depressa, não quero ficar muito para trás.

Dei a ré, recuei, parti pela estrada. Enfiei a mão no bolso e puxei o vidro de Vioxx.

– Isso deve ajudar a aliviar a dor.

Ela tirou a tampa.

– Quantos devo tomar?

– Um.

O dedo indicador dela pescou o comprimido. Os olhos nunca saíram da tela do Palm Pilot. Ela o engoliu e agradeceu.

– Conte o que aconteceu – disse eu.

– Você primeiro.

Informei-a o melhor que pude. Ficamos na Route 17. Passamos pelas saídas de Allendale e Ridgewood. As ruas estavam vazias. As lojas – e, rapaz, havia montes delas, a estrada inteira era praticamente um shopping só – estavam todas fechadas. Rachel escutava sem interromper. Dei uma olhada nela enquanto dirigia. Parecia sentir dor.

Quando terminei, ela perguntou:

– Tem certeza de que não era Tara no carro?

– Tenho.

– Liguei de novo para o sujeito do DNA. As camadas ainda batem. Não entendo.

Nem eu.

– O que aconteceu com você?

– Alguém me atacou. Eu estava observando você com os óculos de visão noturna. Vi você deixar no chão a sacola com o dinheiro e começar a andar. Havia uma mulher no mato. Você a viu?

– Não.

– Ela estava armada. Acho que planejava matar você.

– Uma mulher?

– É.

Não soube como reagir a isso.

– Conseguiu ver a cara dela?

– Não. Estava prestes a gritar quando aquele monstro me agarrou por trás. Forte pra caramba. Ele me levantou do chão. Achei que fosse arrancar minha cabeça.

– Jesus.

– Enfim. Um carro da polícia passou. O grandalhão entrou em pânico. Me deu um soco – ela apontou o olho inchado – e apaguei. Não sei quanto tempo fiquei caída na calçada. Quando acordei, havia policiais por toda parte. Eu estava encolhida num canto no escuro. Acho que não me viram ou acharam que eu era um sem-teto. Seja como for, conferi o Palm Pilot. Vi que o dinheiro estava em movimento.

– Em que direção?

– Para o sul, andando perto da 168th Street. Então de repente eles pararam. Veja, essa coisa – ela apontou a tela – funciona de dois jeitos. Posso dar zoom e chegar até uns 400 metros. Afasto mais um pouco, como agora, e tenho uma ideia geral em vez de um endereço exato. Bem agora, com base na velocidade, imagino que estejam uns 10 quilômetros à nossa frente, ainda na Route 17.

– Quando você os avistou pela primeira vez, eles estavam na 168th Street?

– Isso. Então começaram a seguir depressa para o centro da cidade.

Pensei.

– O metrô – falei. – Pegaram a linha A na estação da 168th Street.

– Foi o que imaginei. Seja como for, furtei a van. Segui para o centro. Estava perto da 70th Street quando, de repente, eles começaram a ir para leste. Dessa vez ficaram num para e anda.

– Parando nos semáforos. Estão de carro agora.

Rachel concordou.

– Eles aceleraram na Franklin Delano Roosevelt e na Harlem River Drive. Tentei cortar caminho pela cidade, mas demorei demais. Fiquei uns 8 ou 10 quilômetros para trás. Seja como for, o resto você já sabe.

Desaceleramos em obras noturnas perto do cruzamento da Route 4. As três pistas viraram uma. Olhei-a, vi os hematomas e o inchaço, a marca de mão gigantesca na pele. Ela me olhou e não disse nada. Os meus dedos se estenderam e acariciaram o rosto dela com a maior suavidade possível. Ela fechou os olhos com ternura demais, e mesmo no meio disso tudo ambos sabíamos que era bom. Uma agitação bem antiga, adormecida, começou bem fundo dentro de mim. Mantive os olhos naquele rosto perfeito e adorável. Afastei o cabelo dela para trás. Uma lágrima lhe escapou do olho e correu pelo rosto. Ela pôs a mão sobre o meu pulso. Senti o calor começar ali e se espalhar.

Uma parte minha – e, sim, sei como isso vai soar – queria esquecer a busca. O sequestro tinha sido um golpe. A minha filha estava perdida para sempre. A minha esposa estava morta. Alguém estava tentando me matar. Era hora de recomeçar, uma nova chance, um jeito de acertar desta vez. Queria dar meia-volta no carro e seguir na direção contrária. Queria dirigir – continuar dirigindo – e nunca perguntar sobre o marido morto nem sobre aquelas fotos no CD. Poderia esquecer tudo aquilo. Sabia que poderia. A minha vida era cheia de procedimentos cirúrgicos que alteravam a superfície, que ajudavam os outros a recomeçar, que melhoravam o que era visível e, logo, o que não era. Poderia acontecer isso. Uma simples plástica. Eu faria a minha primeira incisão no dia seguinte àquela maldita festa da fraternidade, puxaria as dobras de catorze anos, fecharia a sutura no agora. Costuraria juntos os dois momentos. Cortar e ajustar. Fazer aqueles catorze anos desaparecerem como se nunca tivessem acontecido.

Rachel abriu os olhos e pude ver que pensava praticamente a mesma coisa, torcendo para que eu desistisse e desse meia-volta. Mas é claro que não poderia ser assim. Piscamos. As obras terminaram. A mão dela saiu do meu antebraço. Arrisquei outra olhada em Rachel. Não, não tínhamos mais 21 anos, mas não importava. Via isso agora. Eu ainda a amava. Irracional, errado, burro, ingênuo, o que fosse. Ainda a amava. Com o passar dos anos, talvez eu tivesse me convencido de outra coisa, mas nunca deixara de amá-la. Ela ainda era tão absurdamente bonita, tão absurdamente perfeita, e quando pensava em como estivera perto da morte, aquelas mãos gigantescas sufocando-a, aquelas dúvidas insistentes começaram a esmaecer. Não iriam embora. Não enquanto eu não soubesse a verdade. Mas, quaisquer que fossem as respostas, elas não me consumiriam.

– Rachel?

De repente ela se sentou bem ereta, os olhos de volta no Palm Pilot.
– O que foi? – perguntei.
– Eles pararam. Conseguiremos alcançá-los daqui a 3 quilômetros.

capítulo 32

Steven Bacard colocou o telefone no gancho.

A gente escorrega para o mal, pensou. Atravessa a linha um minutinho só. Atravessa de volta: sente-se a salvo. Muda as coisas, acredita que para melhor. A linha ainda está lá. Ainda está intacta. Tudo bem, talvez haja um borradinho ali agora, mas ainda dá para ver com clareza. E da próxima vez que a gente atravessa, talvez a linha fique um pouquinho mais borrada. Mas a gente não se perde. Não importa o que aconteça com aquela linha, a gente se lembra de onde ela está.

Não é?

Havia um espelho acima do bar bem abastecido do escritório de Steven Bacard. O decorador de interiores insistira que todas as pessoas de prestígio precisam ter um lugar para brindar ao sucesso. Então ele tinha. Nem sequer bebia. Steven Bacard fitou o seu reflexo e pensou, não pela primeira vez na vida: mediano. Sempre ficara na média. As notas na escola, a pontuação nos testes de aptidão universitária, a classificação na faculdade de Direito, a nota na prova da ordem dos advogados (ele passou na terceira tentativa). Se a vida fosse um jogo em que as crianças escolhem quem vai para que time, ele seria escolhido no meio do grupo, depois dos bons atletas e antes dos muito ruins – naquele pico dos que não deixam marcas.

Bacard se tornou advogado porque achava que ser doutor em Direito lhe daria certo nível de prestígio. Não deu. Ninguém o contratou. Ele abriu um escritório patético perto do tribunal de Paterson, dividindo o espaço com um agente de fianças criminais. Perseguia ambulâncias atrás de processos de indenização, mas nem como membro dessa matilha da madrugada ele conseguia se distinguir. Acabou se casando com uma mulher levemente acima da sua posição social, embora ela o lembrasse disso sempre que possível.

O que Bacard realmente tinha abaixo da média – muito abaixo da média – era a contagem de espermatozoides. Por mais que tentasse – e Dawn, a esposa, não gostava muito que tentasse –, não conseguiam engravidar. Depois de quatro anos, tentaram adotar. Mais uma vez, Steven Bacard se encaixou no abismo dos nada espetaculares, o que tornou quase impossível encontrar um bebê branco, coisa pela qual Dawn realmente ansiava muitíssimo. Ele e Dawn foram à Romênia, mas as únicas crianças disponíveis eram velhas demais ou nascidas prejudicadas pelas drogas.

Mas foi lá, no exterior, naquele lugar abandonado por Deus, que Steven Bacard finalmente teve uma ideia que, depois de 38 anos, o elevou acima da multidão.

– Algum problema, Steven?

A voz o assustou. Ele se virou para longe do seu reflexo. Lydia estava nas sombras.

– Encarar o espelho desse jeito – disse Lydia, acrescentando um *tsc tsc* no final. – Não foi essa a ruína de Narciso?

Bacard não conseguiu se segurar. Começou a tremer. Não era só Lydia, embora, na verdade, ela costumasse lhe causar esse efeito. O telefonema o deixara nervosíssimo. Lydia aparecer daquele jeito foi a gota d'água. Ele não fazia ideia de como ela entrara nem do tempo que estivera ali. Queria lhe perguntar o que acontecera naquela noite. Queria detalhes. Mas não havia tempo.

– Temos mesmo um problema – disse Bacard.

– Conte.

Os olhos dela o congelaram. Eram grandes, luminosos, bonitos, mas mesmo assim não havia nada por trás deles, só um abismo frio, janelas de uma casa há muito abandonada.

O que Bacard descobrira na Romênia – o que finalmente o ajudara a se elevar acima da matilha – fora um jeito de vencer o sistema. De repente, pela primeira vez na vida, teve sucesso. Parou de perseguir ambulâncias. Todos começaram a respeitá-lo. Era convidado para festas beneficentes. Tornou-se um palestrante muito procurado. Dawn começou a sorrir para ele e lhe perguntar como fora o seu dia. Ele chegou a aparecer na televisão, no noticiário local de Nova Jersey, quando o canal de TV a cabo precisou de um tipo específico de especialista jurídico. Entretanto, ele parou quando um colega estrangeiro chamou a sua atenção para o perigo do excesso de publicidade. Além disso, ele não precisava mais atrair clientes, que simplesmente o encontravam, aqueles pais em busca de um milagre. Os desesperados sempre fizeram isso, como plantas que se estendem pela escuridão atrás de qualquer fiapo de luz do sol. E ele, Steven Bacard, era essa luz.

Ele apontou o telefone.

– Acabei de receber um telefonema.

– E? – perguntou Lydia.

– O dinheiro do resgate está grampeado – disse Bacard.

– Trocamos as bolsas.

– Não é só a bolsa. Há algum tipo de rastreador no dinheiro. Entre as notas ou coisa assim.

O rosto de Lydia se nublou.

– A sua fonte não sabia disso? – perguntou ela.

– A minha fonte não sabia de nada disso até agora.

– Então o que está me dizendo – Lydia falava devagar – é que, enquanto ficamos aqui, a polícia sabe exatamente onde estamos?

– A polícia, não – disse ele. – O rastreador não foi colocado pela polícia nem pelos federais.

Isso pareceu surpreendê-la. Depois Lydia fez que sim.

– Dr. Seidman.

– Não exatamente. Há uma mulher chamada Rachel Mills ajudando. Ela era agente federal.

Lydia sorriu como se isso explicasse alguma coisa.

– E essa Rachel Mills, essa ex-agente do FBI, foi ela que grampeou o dinheiro?

– Foi.

– Ela está nos seguindo agora?

– Ninguém sabe onde ela está – disse Bacard. – E ninguém sabe onde Seidman está.

– Hum – disse ela.

– A polícia acha que essa tal de Rachel está envolvida.

Lydia ergueu o queixo.

– Envolvida no sequestro original?

– E no assassinato de Monica Seidman.

Lydia gostou disso. Sorriu. Bacard sentiu um novo arrepio descer pela espinha.

– Estava, Steven?

Ele titubeou.

– Não tenho como saber.

– A ignorância é uma bênção, não é?

Bacard preferiu não dizer nada.

– Está com a arma? – perguntou Lydia.

Ele se enrijeceu.

– O quê?

– A arma de Seidman. Está com você?

Bacard não gostou daquilo. Sentiu que estava afundando. Pensou em mentir, mas então viu aqueles olhos.

– Estou.

– Pegue – disse ela. – E Pavel? Soube dele?

– Ele não está gostando nada dessa situação. Quer saber o que está acontecendo.

– Ligamos para ele no carro.

– Nós?

– É. Agora, depressa, Steven.

– Vou com você?

– Sim.

– O que vai fazer?

Lydia pôs o dedo sobre os lábios.

– Shhh – disse ela. – Tenho um plano.

– Estão em movimento de novo – disse Rachel.

– Quanto tempo ficaram parados? – perguntei.

– Cinco minutos, talvez. Podem ter se encontrado com alguém para transferir o dinheiro. Ou talvez só estejam reabastecendo. Vire à direita aqui.

Saímos da Route 3 e entramos na Centuro Road. O estádio dos Giants assomava a distância. A cerca de um quilômetro e meio, Rachel apontou pela janela:

– Estão em algum lugar por ali.

A placa dizia METROVISTA e o estacionamento parecia uma extensão infinita que sumia no pântano distante. MetroVista era um complexo de escritórios de Nova Jersey, construído durante a grande expansão dos anos 1980. Centenas de salas comerciais, todas frias e impessoais, polidas e robóticas, com excesso de janelas de vidro fumê que não deixavam entrar luz suficiente. As lâmpadas a vapor de sódio zumbiam e podia-se imaginar, para não dizer escutar, a cantilena das abelhas operárias.

– Não pararam para reabastecer – murmurou Rachel.

– Então o que fazemos?

– A única coisa possível – respondeu ela. – Continuar seguindo o dinheiro.

Heshy e Lydia seguiram para oeste pela Garden State Parkway. Steven Bacard seguia no carro atrás. Lydia abriu os maços de notas. Levou dez minutos para encontrar o rastreador. Arrancou-o do orifício do dinheiro.

Ergueu-o para que Heshy pudesse ver.

– Espertinho – disse ela.

– Ou nós que estamos marcando bobeira.

– Nunca fomos perfeitos, Ursinho Pooh.

Heshy não respondeu. Lydia abriu a janela do carro. Pôs a mão para fora e sinalizou para que Bacard os seguisse. Ele acenou para avisar que entendera. Quando desaceleraram para o pedágio, Lydia deu uma beliscadinha rápida na bochecha de Heshy e saiu do carro. Levou o dinheiro. Agora Heshy estava sozinho com o rastreador. Se aquela tal de Rachel ainda tivesse gás ou se a polícia soubesse o que estava acontecendo, iriam atrás de Heshy. Ele jogaria o rastreador na rua. Encontrariam o aparelho, é claro, mas não teriam como provar que saíra do seu carro. E mesmo que tivessem, e daí? Revistariam Heshy e o carro e não achariam nada. Nem criança, nem bilhete de resgate, nem dinheiro. Ele estava limpo.

Lydia correu para o carro de Steven Bacard e se enfiou no banco do carona.

– Ligou para Pavel? – perguntou.

– Liguei.

Ela pegou o telefone. Pavel começou a gritar no seu idioma nativo, fosse ele qual fosse. Ela esperou e depois lhe disse o ponto de encontro. Quando Bacard ouviu o endereço, a cabeça dele se virou de repente na direção dela, que sorriu. É claro que Pavel não entendeu a importância do local, mas, novamente, por que deveria? Reclamou mais um pouco, mas acabou se acalmando o suficiente para dizer que estaria lá. Lydia desligou.

– Você não pode estar falando sério – disse Bacard.

– Shhh.

O plano dela era bem simples. Lydia e Bacard iriam na frente para o ponto de encontro enquanto Heshy, que estava com o rastreador, se retardaria. Quando Lydia estivesse pronta e preparada, ligaria para Heshy. Então, e só então, ele também iria para o ponto de encontro. Ele estaria com o rastreador. Esperavam que aquela mulher, a tal Rachel Mills, fosse atrás.

Ela e Bacard chegaram em vinte minutos. Lydia avistou um carro estacionado no quarteirão. Pavel, imaginou. Um Toyota Celica roubado. Não gostou disso. Carros estranhos estacionados em ruas como aquela eram notados. Ela deu uma olhada em Steven Bacard. O rosto dele estava pálido como a lua. Quase parecia solto, flutuando. O cheiro do medo saía dele em ondas. Os dedos tensos agarravam o volante. Bacard não tinha estômago para aquilo. Isso seria um ponto fraco.

– Pode me deixar aqui – disse ela.
– Quero saber – começou ele – o que você planeja fazer aqui.
Ela só o olhou.
– Meu Deus.
– Me poupe dessa cena de indignação.
– Ninguém deveria se machucar.
– Como Monica Seidman, você quer dizer?
– Não tivemos nada a ver com isso.
Lydia balançou a cabeça.
– E a irmã, qual era o nome dela, Stacy Seidman?
Bacard abriu a boca como se fosse retorquir. Depois baixou a cabeça. Ela sabia o que ele ia dizer. Stacy Seidman era viciada em drogas. Era descartável, um lixo, um risco, no caminho da morte, qualquer justificativa que o mantivesse à tona. Homens como Bacard precisavam de justificativas. Na cabeça dele, ele não vendia bebês. Realmente acreditava que estava ajudando. E se ganhava dinheiro – muito dinheiro – com isso e desobedecia à lei, ora, ele corria riscos enormes para melhorar a vida das pessoas. Não deveria ser bem pago por isso?

Mas Lydia não tinha interesse em mergulhar na psique dele nem em consolá-lo. Contara o dinheiro no carro. Ele a contratara. A parte dela era um milhão de dólares. Bacard ficava com o outro milhão. Ela pôs no ombro a bolsa com o dinheiro – o dela e de Heshy. Saiu do carro. Steven Bacard olhava bem à frente. Não recusou o dinheiro. Não chamou-a de volta para dizer que não queria ter nada a ver com aquilo. Havia 1 milhão de dólares no banco ao lado dele. Bacard o queria. A família agora tinha uma casa grande em Alpine. Os filhos frequentavam escolas particulares. Portanto, não, Bacard não deu para trás. Simplesmente manteve os olhos fixos à frente e arrancou.

Quando ele sumiu, Lydia chamou Pavel pelo rádio do celular. Ele estava escondido atrás de alguns arbustos no alto do quarteirão. Ainda usava a camisa de flanela. O andar dele era pesado e difícil. Os dentes tinham sofrido uma vida inteira de cigarros e maus-tratos. Tinha um nariz amassado por brigas demais. Barra-pesada dos Bálcãs. Vira muita coisa na vida. Mas não importava. Quem não sabe o que está acontecendo pula de cabeça.

– Você – disse ele, cuspindo a palavra. – *Você não fala mim.*

Pavel tinha razão. Ela não falava com ele. Em outras palavras, ele não sabia de nada. O inglês dele era pior do que péssimo, e isso o tornara a fachada perfeita para esse crime. Viera do Kosovo dois anos antes com uma mulher grávida. No primeiro pagamento de resgate, Pavel recebera instruções específicas. Disseram-lhe que esperasse um determinado carro parar no estacionamento, que se aproximasse do carro sem falar com o homem, pegasse uma bolsa com ele, entrasse na van. Ah, e para complicar um pouco as coisas, o mandaram ficar com o celular na frente da boca, fingindo falar.

E foi só.

Pavel não fazia ideia de quem era Marc Seidman. Não fazia ideia do que havia na bolsa, do sequestro, dos resgates, nada. Não usava luvas – as suas impressões digitais não tinham registro nos Estados Unidos – nem identidade.

Pagaram-lhe 2 mil dólares e o mandaram de volta ao Kosovo. Com base na descrição bastante específica de Seidman, a polícia distribuíra o retrato falado de um homem que, para todos os fins, era impossível de achar. Quando decidiram refazer o pedido de resgate, Pavel era o candidato natural. Vestiria a mesma roupa, teria a mesma aparência, mexeria com a cabeça de Seidman caso ele decidisse contra-atacar.

Mas Pavel era realista. Sabia se adaptar. Passara um bom tempo vendendo mulheres no Kosovo. A escravidão disfarçada em boates de striptease era um grande mercado por lá, embora Bacard tivesse arranjado outra maneira de usar aquelas mulheres. Pavel, acostumado a mudanças súbitas, faria o que tivesse que fazer. Foi um pouco malcriado com Lydia, mas, assim que ela lhe entregou o maço de notas que somavam 5 mil dólares, ele se calou. A capacidade de lutar se esvaiu. A questão era apenas como.

Ela entregou uma arma a Pavel. Ele sabia usá-la.

Pavel se instalou perto da entrada da garagem, mantendo aberto o canal de rádio. Lydia ligou para Heshy e avisou que estavam prontos. Quinze minutos depois, Heshy passou por eles e jogou o rastreador pela janela. Lydia o pegou e mandou um beijo de volta. Heshy continuou em frente. Lydia levou o rastreador para o quintal dos fundos. Puxou a arma e aguardou.

O ar noturno começava a dar lugar ao orvalho da manhã. Aquela euforia estava lá, correndo por suas veias. Ela sabia que Heshy não estava longe. Ele queria participar, mas esse jogo era dela. A rua estava silenciosa. Eram quatro da madrugada.

Cinco minutos depois, ela ouviu o carro parar.

capítulo 33

Havia algo muito errado ali.

As ruas estavam ficando tão conhecidas que eu mal as notava. Eu estava ligado, atento, a dor nas costas quase imperceptível. Rachel estava absorta no Palm Pilot. Clicava na tela, inclinava a cabeça, mudava o ângulo de visão. Enfiou a mão no banco de trás e achou o mapa rodoviário de Zia. Com uma caneta, começou a marcar a rota, acho que na tentativa de encontrar algum padrão. Ou talvez só estivesse ganhando tempo para eu não perguntar o inevitável.

Chamei o nome dela baixinho. Ela me deu uma olhada rápida e voltou os olhos à tela.

– Você sabia do CD-ROM antes de chegar aqui? – perguntei.

– Não.

– Havia fotos suas na frente do hospital onde trabalho.

– Foi o que você me disse.

Ela clicou novamente na tela.

– As fotos são reais? – perguntei.

– Reais?

– Quer dizer, são uma montagem ou você esteve mesmo na frente do meu consultório dois anos atrás?

Rachel ficou de cabeça baixa, mas com o canto do olho vi os seus ombros se curvarem.

– Vire à direita – disse ela. – Ali.

Agora estávamos na Glen Avenue. Isso estava ficando horripilante. A minha antiga escola secundária estava à esquerda. Fora reformada quatro anos antes e ganhara sala de musculação, piscina e uma segunda quadra coberta. A fachada fora ornamentada com hera, dando ao lugar um ar ginasial adequado para lembrar aos jovens de Kasselton o que se esperava deles.

– Rachel?

– As fotos são reais, Marc.

Assenti para mim mesmo. Não sei por quê. Talvez tentasse ganhar tempo também. Aqui eu avançava para algo pior. Sabia que as respostas mudariam tudo de novo, deixariam tudo de cabeça para baixo bem na hora em que eu estava com esperanças de endireitar as coisas.

– Acho que mereço uma explicação – disse eu.
– Merece. – Ela manteve a cabeça baixa, virada para a tela. – Mas não agora.
– Ah, agora sim.
– Precisamos nos concentrar no que estamos fazendo.
– Não me venha com essa conversa fiada. Estamos apenas dirigindo. Posso fazer duas coisas ao mesmo tempo.
– Talvez – disse ela baixinho – eu não possa.
– Rachel, o que estava fazendo na frente daquele hospital?
– Opa.
– Opa o quê?

Estávamos nos aproximando do semáforo da Kasselton Avenue. Por causa da hora, eles piscavam em amarelo e vermelho. Franzi a testa e me virei para ela.

– Para onde?
– À direita.

O meu coração gelou.

– Não entendo.
– O carro parou de novo.
– Onde?
– A não ser que eu esteja lendo tudo errado – disse Rachel, e finalmente ergueu os olhos para mim –, eles estão na sua casa.

Virei à direita. Rachel não precisava mais dar instruções. Ela mantinha os olhos na tela. Agora estávamos a um quilômetro. Os meus pais tinham feito esse caminho para o hospital no dia em que nasci. Quantas vezes já vi essa rua desde então? Pensamento estranho, mas a mente vai aonde é preciso.

Entrei à direita na Monroe. A casa dos meus pais estava à esquerda. As luzes estavam apagadas, a não ser, é claro, a lâmpada do andar de baixo. Era controlada por um temporizador. Ficava ligada das sete da noite às cinco da manhã todos os dias. Eu pusera uma daquelas lâmpadas que poupam energia. Mamãe se gabava de quanto durava. Lera em algum lugar que manter o rádio ligado também era um bom modo de espantar ladrões, então um velho rádio AM ficava ligado constantemente numa emissora de entrevistas. O problema era que o som do rádio não a deixava dormir à noite, e agora mamãe punha o volume tão baixo que o ladrão teria que encostar a orelha no rádio para ser espantado.

Entrei na minha rua, na Darby Terrace, quando Rachel disse:

– Mais devagar.
– Estão se movendo?
– Não. O sinal ainda vem da sua casa.
Olhei o quarteirão. Comecei a pensar.
– Eles não vieram direto para cá.
Ela assentiu.
– Eu sei.
– Talvez tenham achado o rastreador – disse eu.
– Exatamente o que eu estava pensando.

O carro avançava lentamente. Agora estávamos diante da casa dos Citrons, a duas da minha. Não havia nenhuma luz acesa, nem mesmo uma lâmpada com temporizador. Rachel mordeu o lábio inferior. Já estávamos na casa dos Kadisons e nos aproximávamos da entrada da minha garagem. Era uma daquelas situações que o pessoal descreve como "calma demais", como se o mundo tivesse parado, como se tudo o que a gente olhasse, até objetos inanimados, tentasse ficar imóvel.

– Tem que ser alguma armação – disse ela.

Eu estava prestes a lhe perguntar o que faríamos – voltar, estacionar e andar, chamar a polícia para ajudar? –, quando a primeira bala estilhaçou o para-brisa. Cacos de vidro atingiram o meu rosto. Ouvi um grito curto. Sem pensar conscientemente, baixei a cabeça e ergui o antebraço. Olhei para baixo e vi sangue.

– Rachel!

O segundo tiro zuniu tão perto da minha cabeça que o senti no cabelo. O impacto atingiu o meu banco com um som parecido com uma pancada num travesseiro. O instinto tomou conta de novo. Mas dessa vez ele tinha uma missão. Pisei no acelerador. O carro saltou à frente.

O cérebro humano é extraordinário. Nenhum computador consegue reproduzi-lo. Ele é capaz de processar milhões de estímulos em centésimos de segundo. Acho que era isso que estava acontecendo agora. Eu estava agachado no banco do motorista. Alguém atirava em mim. A parte vil do meu cérebro queria fugir, mas algo mais avançado na via evolutiva percebeu que podia haver um jeito melhor.

O processo de pensamento levou – e isso é apenas uma estimativa grosseira – menos de um décimo de segundo. O pé estava no acelerador. Os pneus guincharam. Pensei na minha casa, na disposição conhecida de cada elemento, na direção de onde vinham as balas. É, sei que parece esquisito.

Talvez o pânico acelere essas funções cerebrais. Não sei, mas percebi que, se fosse eu a atirar, se estivesse deitado à espera de um carro, me esconderia atrás dos três arbustos que separam a minha propriedade da casa dos Christies, ao lado. Os arbustos eram grandes, cheios, bem na entrada de garagem. Se eu tivesse entrado por ali, *bam*, teria sido possível nos explodir pelo lado do passageiro. Quando hesitei, quando ele viu que podíamos recuar, o atirador ainda estava em posição, embora não tão boa, de nos pegar pela frente.

Então olhei para cima, girei o volante e mirei o carro naqueles arbustos.

Uma terceira bala retiniu. Atingiu algo de metal, provavelmente a grade da frente. Olhei de lado para Rachel, o suficiente para tentar entender o que estava acontecendo: cabeça baixa, mão apertada no lado da cabeça, sangue escorrendo pelos dedos. O meu coração se apertou, mas o pé permaneceu no pedal. Movi a cabeça para a frente e para trás, como se isso fosse atrapalhar a mira do atirador.

Os faróis iluminaram os arbustos.

Vi a flanela xadrez.

Algo aconteceu comigo. Já disse que a sanidade é uma linha tênue e que a minha arrebentara. Daquela vez, eu ficara em silêncio. Uma mistura de fúria e pavor rugiu pelo meu corpo. Pisei no pedal com mais força, quase até o fundo. Ouvi um grito de surpresa. O homem de camisa de flanela tentou pular para a direita.

Mas eu estava preparado.

Girei o volante na direção dele como se estivéssemos brincando em carrinhos de bate-bate. Houve um barulhão, um baque surdo. Ouvi um grito. Os arbustos se prenderam no para-choque. Procurei o homem de camisa de flanela. Nada. Pus a mão na maçaneta, pronto para abrir a porta e ir atrás dele, quando Rachel disse:

– Não! – Parei. Ela estava viva! A mão dela se estendeu e engatou a ré. – Volte!

Obedeci. Não sei em que estava pensando. O homem estava armado. Eu não. Apesar do impacto, não sabia se estava morto, ferido ou o quê.

Dei ré. Notei que a minha rua escura agora se acendera. Tiros e guinchos de pneu não são ruídos comuns ali na Darby Terrace. O pessoal acordou e acendeu a luz. Estariam ligando para a polícia.

Rachel se sentou ereta. O alívio me inundou. Ela estava com a arma na mão. A outra ainda cobria o ferimento.

– É a orelha – disse ela, e, mais uma vez, com a cabeça funcionando de um jeito esquisito, comecei a pensar no procedimento que usaria para consertar a lesão. – Lá! – gritou ela.

Eu me virei. O homem de camisa de flanela mancava pela entrada de garagem abaixo. Girei o volante e mirei os faróis na sua direção. Ele sumiu de novo. Olhei para Rachel.

– Para trás – disse ela. – Não sei se ele está sozinho.

Obedeci.

– E agora?

Rachel estava com a arma numa das mãos, a outra na maçaneta da porta.

– Fique aí.

– Enlouqueceu?

– Continue andando com o carro. Faça que pensem que ainda estamos no carro. Vou pegá-los por trás.

Antes que eu pudesse protestar de novo, ela rolou para fora. Com sangue ainda escorrendo pelo lado do corpo, disparou. Segui suas instruções, acelerei e, me sentindo um rematado imbecil, engatei a marcha, avancei, engatei a ré, voltei.

Alguns segundos depois, perdi Rachel de vista.

Alguns segundos depois disso, ouvi mais dois tiros.

Lydia observara tudo do seu esconderijo no quintal.

Pavel atirara cedo demais. Fora um erro dele. Do seu ponto de observação atrás de uma pilha de lenha, Lydia não conseguia ver quem estava no carro. Mas ficara impressionada. O motorista não só descobrira Pavel como também o ferira.

Pavel mancou, entrando em seu campo de visão. Os olhos de Lydia se ajustaram o suficiente para ver que havia sangue no rosto do homem. Ela ergueu o braço e acenou para ele. Pavel caiu e depois começou a rastejar. Lydia ficou de olho no quintal. Teriam que vir pela frente. Havia uma cerca atrás dela, que estava perto do portão dos fundos do vizinho, caso precisasse escapar.

Pavel continuava rastejando. Lydia o incentivava a avançar enquanto continuava vigiando. Tentou imaginar como essa ex-agente federal agiria. Os vizinhos agora estavam acordados. Luzes se acendiam. Os policiais estariam a caminho.

Lydia teria que se apressar.

Pavel chegou à pilha de lenha e rolou para perto dela. Por um instante, ficou deitado de costas. A respiração chiava, molhada. Então ele forçou o

corpo a se erguer. Ajoelhou-se junto dela e olhou para o quintal. Fez uma careta e disse:
– Perna quebrada.
– Cuidaremos disso – disse ela. – Onde está a sua arma?
– Caiu.
Não era rastreável, pensou ela. Nenhum problema.
– Tenho outra arma que você pode usar – disse ela. – Fique de olho.
Pavel fez que sim. Franziu os olhos para a escuridão.
– O que foi? – perguntou Lydia e se aproximou um pouco mais dele.
– Não sei direito.
Enquanto Pavel olhava o quintal, Lydia encostou o cano da arma na concavidade atrás da orelha esquerda dele. Apertou o gatilho e lhe deu dois tiros na cabeça. Pavel caiu no chão como uma marionete com as cordinhas cortadas.

Lydia olhou para ele. No final, talvez seja melhor assim. Provavelmente o plano B era mesmo melhor que o plano A. Se Pavel matasse a mulher, uma ex-agente do FBI, seria o fim. Procurariam ainda com mais afinco o misterioso homem de camisa de flanela. A investigação continuaria. Não seria encerrada. Dessa maneira, com Pavel morto – morto pela arma usada na cena do crime original contra Seidman –, a polícia concluiria que Seidman ou Rachel (ou ambos) estariam por trás daquilo. Seriam presos. Talvez a acusação não se sustentasse, mas não importava. A polícia pararia de procurar outros suspeitos. Agora eles podiam sumir com o dinheiro.

Caso encerrado.

De repente, Lydia ouviu o guincho de pneus. Jogou a arma no quintal do vizinho. Não a queria à vista. Seria óbvio demais. Verificou rapidamente os bolsos de Pavel. Havia dinheiro, é claro, o maço de notas que acabara de lhe dar. Deixou que ficasse com elas. Mais uma coisa para que tudo ficasse bem amarradinho.

Não havia mais nada nos bolsos dele – nem carteira, nem papéis, nem identidade, nada que pudesse levar a algum lugar. Pavel era bom nisso. Mais luzes nas janelas agora. Pouco tempo. Lydia se levantou.
– Agente federal! Largue a arma!
Droga! Uma voz de mulher. Lydia atirou na direção de onde achou que vinha a voz e mergulhou de novo atrás da lenha. Vieram tiros na sua direção. Ela estava presa. E agora? Ainda atrás da lenha, Lydia esticou o braço para trás e soltou o ferrolho do portão.

– Tudo bem! – gritou Lydia. – Estou me rendendo!

Então ela pulou com a semiautomática já atirando. Puxou o gatilho o mais depressa que pôde. Voaram balas, o som tilintando nos ouvidos. Não sabia se os tiros receberiam resposta ou não. Achava que não. Mas não hesitou. O portão estava aberto. Disparou por ele.

Lydia correu muito. A 100 metros, Heshy esperava no quintal de um vizinho. Encontraram-se. Abaixados, seguiram uma trilha de arbustos recém-podados. Heshy era bom. Sempre tentava se preparar para o pior. O carro estava escondido num beco dois quarteirões abaixo.

Quando estavam a salvo e a caminho, Heshy perguntou:

– Você está bem?

– Tudo bem, Ursinho Pooh. – Ela respirou fundo, fechou os olhos e se recostou. – Tudo bem.

Só quando estavam perto da rodovia Lydia se perguntou o que acontecera com o celular de Pavel.

Naturalmente, a minha primeira reação foi de pânico.

Abri a porta do carro para ir atrás, mas o meu cérebro finalmente funcionou e me fez parar. Uma coisa era ser corajoso e até temerário. Outra era ser suicida. Eu não estava armado. Rachel e o seu atacante estavam. Na melhor das hipóteses, correr para ajudá-la sem armas seria infrutífero.

Mas não podia simplesmente ficar ali.

Fechei a porta do carro. Mais uma vez, o meu pé pisou com força no acelerador. O carro deu um solavanco. Girei o volante e entrei pelo meu gramado da frente. Os tiros tinham vindo dos fundos da casa. Mirei o carro ali. Rasguei os canteiros de flores e arbustos. Estavam ali havia tanto tempo que quase me importei.

Os faróis dançaram pelo escuro. Parti para a direita, na esperança de contornar o grande olmo. Não deu. A árvore ficava perto demais da casa. O carro não caberia. Dei ré. Os pneus patinaram no gramado orvalhado e levaram um segundo ou dois para ganhar tração. Segui para a divisa da propriedade dos Christies. Destruí o coretinho novo. Bill Christie ficaria uma fera.

Agora eu estava no quintal. Os faróis deslizaram pela cerca de madeira dos Grossmans. Girei o volante para a direita. Então a vi. Pisei no freio. Rachel estava em pé junto à pilha de lenha. A madeira estava lá quando compramos a casa. Não a usamos. Provavelmente estava podre e cheia de bichos. Os Grossmans se queixavam de que ficava tão perto da cerca que os insetos começariam a comê-la também. Eu tinha prometido me livrar dela mas ainda não havia tomado providências.

Rachel estava com a arma apontada para baixo. O homem de camisa de flanela, caído aos seus pés como lixo de ontem. Não precisei abrir a janela. O para-brisa se fora com os tiros. Não escutei nada. Rachel ergueu a mão. Acenou para mim, indicando que estava tudo bem. Saí correndo do carro.

– Você atirou nele? – perguntei de forma quase retórica.

– Não – disse ela.

O homem estava morto. Não era preciso ser médico para saber. A parte de trás do crânio explodira. Havia tecido cerebral, coagulado e branco-rosado, agarrado à lenha. Não sou especialista em balística mas foi um estrago e tanto. Era uma bala muito grande ou atirada de muito perto.

– Havia alguém com ele – disse Rachel. – Atiraram nele e fugiram por aquele portão.

Fitei-o. A fúria surgindo de novo.

– Quem é ele?

– Olhei os bolsos. Tem um maço de dinheiro mas nenhuma identificação.

Quis chutá-lo. Quis sacudir o homem e lhe perguntar o que fizera com a minha filha. Olhei o rosto dele, danificado mas bonito, e me perguntei o que o levara até ali, por que os caminhos de nossas vidas tinham se cruzado. E foi então que notei algo esquisito.

Inclinei a cabeça de lado.

– Marc?

Caí de joelhos. Tecido cerebral não me incomodava. Lascas de osso e sangue não me incomodavam nem um pouquinho. Já vira traumas piores. Examinei o nariz. Era praticamente uma massa. Disso eu me lembrava da última vez. Boxeador, pensara. Ou isso ou levara uma vida dura. A cabeça caíra para trás num ângulo estranho. A boca estava aberta. Foi o que atraiu os meus olhos.

Pus os dedos na mandíbula e no palato e abri ainda mais sua boca.

– O que pensa que está fazendo? – perguntou Rachel.

– Tem uma lanterna?

– Não.

Não importava. Ergui a cabeça dele e inclinei a boca na direção do carro. Os faróis foram suficientes. Agora eu podia ver com clareza.

– Marc?

– Sempre me incomodou o fato de ele deixar que eu visse o seu rosto. – Baixei a cabeça na direção da boca, tentando não fazer muita sombra. – Eles tomaram muito cuidado com todo o resto. A voz alterada, o letreiro roubado na van, as placas soldadas. Mas ele deixou que eu visse o seu rosto.

– Do que você está falando?

– Achei que talvez estivesse usando um disfarce elaborado na primeira vez que o vi. Faria sentido. Mas agora sabemos que não. Então por que ele deixou que eu o visse?

Ela pareceu surpresa ao me ver agir com tanta segurança, mas a surpresa não durou.

– Porque ele não era fichado.

– Talvez. Ou...

– Ou o quê? Marc, não temos tempo para isso.

– O trabalho dentário.

– O que tem?

– Veja as coroas. São de lata.

– São o quê?

Levantei a cabeça.

– No molar superior direito e na cúspide superior esquerda. Sabe, antigamente as nossas coroas eram feitas de ouro, mas hoje a maioria é de porcelana. O dentista faz um molde para que ela se encaixe com perfeição. Mas essa é apenas uma coroa de alumínio comprada pronta. É colocada por cima do dente e apertada com alicate. Fiz dois estágios de bucomaxilo no exterior, principalmente com cirurgia reparadora, vi muitas bocas com essas coisas dentro. Não são usadas aqui nos Estados Unidos, a não ser como curativo temporário.

Ela apoiou um dos joelhos ao meu lado.

– Ele é estrangeiro?

Fiz que sim.

– Aposto que veio do antigo bloco soviético ou coisa assim. Dos Bálcãs, talvez.

– Faz sentido. As impressões digitais serão enviadas para o NCIC, o centro nacional de informações sobre crimes. O mesmo acontecerá com qualquer tipo de identificação facial. Os nossos arquivos e computadores não vão encontrar os dados dele. Droga, a polícia não vai ser capaz de identificá-lo, a não ser que apareça alguma testemunha.

– O que provavelmente não acontecerá.

— Meu Deus, foi por isso que o mataram. Sabem que não conseguiremos rastreá-lo.

Soaram sirenes. Nossos olhos se encontraram.

— Temos que fazer uma escolha, Marc. Se ficarmos, vamos presos. Vão pensar que ele fazia parte da nossa quadrilha e que o matamos. Aposto que os sequestradores sabiam disso. Os vizinhos vão dizer que estava tudo tranquilo até chegarmos. De repente houve pneus guinchando e tiros. Não estou dizendo que não sejamos capazes de explicar tudo depois.

— Mas vai demorar — disse eu.

— Isso.

— E a abertura que tivermos agora se fechará. A polícia investigará do jeito dela. Mesmo que possa ajudar, mesmo que acredite em nós, fará muito barulho.

— Mais uma coisa — disse ela.

— O quê?

— Os sequestradores armaram isso. Sabiam do rastreador.

— Isso já tínhamos imaginado.

— Mas agora estou pensando, Marc. Como o acharam?

Ergui os olhos, recordando o aviso no bilhete de resgate.

— Um vazamento?

— Eu não excluiria mais essa possibilidade.

Ambos saímos correndo na direção do carro. Pus a mão no seu braço. Ela ainda sangrava. O olho agora estava quase fechado com o inchaço. Olhei-a e, novamente, algo primitivo tomou conta: quis protegê-la.

— Se fugirmos, vamos parecer culpados — falei. — Não me importo, não tenho nada a perder; mas e você?

A voz dela ficou suave.

— Também não tenho nada a perder.

— Você precisa de um médico — disse eu.

Rachel quase sorriu.

— E você, o que é?

— É verdade.

Não havia tempo para discutir os prós e os contras. Tínhamos que agir. Entramos no carro de Zia. Manobrei e segui para a saída da Woodland Road. Os pensamentos — racionais, límpidos — começavam a ser filtrados agora. Quando realmente pensei sobre onde estávamos e o que fazíamos, a verdade quase me esmagou. Quase parei. Rachel viu.

— O que foi? — perguntou.

– Por que estamos com pressa?

– Não entendi.

– Queríamos achar a minha filha ou, pelo menos, quem fez isso com ela. Dissemos que havia uma pequena abertura.

– Isso.

– Mas não está vendo? A abertura, se é que realmente existiu, se fechou. Aquele sujeito lá atrás está morto. Sabemos que é estrangeiro, mas e daí? Não sabemos quem é. Chegamos a um beco sem saída. Não temos mais nenhuma pista.

De repente, Rachel fez uma expressão marota. Ela enfiou a mão no bolso e mostrou um objeto. Um celular. Não era meu. Não era dela.

– Talvez tenhamos.

capítulo 34

— Em primeiro lugar – disse Rachel –, temos que nos livrar deste carro.
— O carro – falei, balançando a cabeça ao pensar no estrago. – Se essa busca não me matar, Zia vai dar conta do serviço.

Rachel conseguiu dar outro sorriso. Agora estávamos tão profundamente concentrados, tão além do medo, que encontramos um pouco de tranquilidade. Pensei sobre onde poderíamos ir, não queria aceitar mas na verdade só havia uma alternativa.

— Lenny e Cheryl.
— O que tem eles? – perguntou Rachel.
— Eles moram a quatro quarteirões daqui.

Eram cinco da manhã. A escuridão começara a se render ao inevitável. Liguei para a casa de Lenny e torci para que ele não tivesse voltado ao hospital. Ele atendeu no primeiro toque e gritou um alô.

— Estou com um problema.
— Estou ouvindo sirenes.
— Isso é parte do problema.
— A polícia me ligou – disse ele. – Depois que você fugiu.
— Preciso da sua ajuda.
— Rachel está com você? – perguntou ele.
— Está.

Houve um silêncio estranho. Rachel remexia no celular do morto. Não fazia ideia do que ela procurava. Então Lenny disse:

— O que está tentando fazer, Marc?
— Encontrar Tara. Vai me ajudar ou não?

Agora não houve hesitação.

— Do que você precisa?
— Esconder o carro que estamos usando e pegar outro emprestado.
— E depois, o que vai fazer?

Virei o carro à direita.

— Chegaremos num minuto. Explico quando estiver aí.

Lenny usava uma calça de moletom cinza e velha, do tipo com cordinha na cintura, chinelos e uma camiseta. Apertou um botão e a porta da garagem se fechou suavemente assim que entramos. Ele parecia exausto, mas acho que eu e Rachel também não estávamos muito bem.

Quando Lenny viu o sangue em Rachel, deu um passo atrás.

– Que diabo aconteceu?

– Tem ataduras? – perguntei.

– No armário em cima da pia da cozinha.

Rachel ainda estava com o celular na mão.

– Preciso acessar a internet – disse ela.

– Olhe só – disse Lenny –, temos de discutir isso.

– Discuta com ele – respondeu Rachel. – Preciso de um computador.

– No meu escritório. Você sabe onde é.

Rachel entrou correndo. Fui atrás e fiquei na cozinha. Ela continuou em direção à sala de estar. Ambos conhecíamos bem a casa. Lenny ficou comigo. Tinham reformado a cozinha recentemente num estilo fazendesco francesoide e acrescentado uma segunda geladeira porque quatro filhos comem como quatro filhos. A frente de ambas estava repleta de trabalhos artísticos, fotos de família e um alfabeto colorido. A nova tinha um daqueles kits de poesia magnética. As palavras ESTOU SOZINHO EM VOLTA DO MAR corriam pelo puxador. Comecei a ir na direção do armário em cima da pia.

– Não vai me contar o que está acontecendo?

Achei o estojo de primeiros socorros de Cheryl e o peguei.

– Houve um tiroteio na minha casa.

Fiz um resumo enquanto abria o estojo e verificava o conteúdo. Ali havia o suficiente por enquanto. Finalmente olhei para ele. Lenny estava apenas boquiaberto.

– Você fugiu do local de um homicídio?

– Se eu ficasse, o que teria acontecido?

– A polícia o levaria.

– Exatamente.

Ele balançou a cabeça e manteve a voz baixa.

– Eles não acham mais que foi você.

– Como assim?

– Acham que foi Rachel.

Pisquei, sem saber direito como reagir.

– Ela explicou sobre aquelas fotos?

– Ainda não – respondi. – Não entendo. Como é que acham que foi Rachel?

Lenny explicou rapidamente uma teoria que envolvia raiva e ciúme e o meu esquecimento dos momentos finais antes de levar os tiros. Fiquei ali parado, chocado demais para responder. Quando consegui, disse:

– Que maluquice.

Lenny não respondeu.

– Aquele sujeito de camisa de flanela acabou de tentar nos matar.

– E o que acabou acontecendo com ele?

– Já disse, havia outra pessoa com ele que atirou nele e o matou.

– Você viu outra pessoa?

– Não. Rachel... – Vi aonde ele queria chegar. – Fala sério, Lenny. Você sabe que não é isso.

– Quero saber daquelas fotos no CD, Marc.

– Tudo bem, vamos perguntar a ela.

Quando saímos da cozinha, avistei Cheryl no alto da escada. Ela me olhou de cima, os braços cruzados. Acho que nunca a vi com aquela cara. Ela me fez parar. Havia um pouco de sangue no tapete, provavelmente de Rachel. Na parede havia uma daquelas fotos de estúdio com todos os quatro filhos tentando parecer à vontade em suéteres brancos de gola rulê contra fundo branco. Crianças e todo aquele branco.

– Eu cuido disso – disse Lenny a ela. – Você fica aí em cima.

Corremos para a sala de estar. Um estojo do mais recente DVD da Disney estava aberto em cima da televisão. Quase tropecei numa bola e num bastão de beisebol, ambos de plástico. Um tabuleiro de Banco Imobiliário com bonecos de Pokémon estava aberto no chão, numa bagunça de meio de jogo. Alguém, uma das crianças, suponho, rabiscara NÃO TOQUE EM NADA! num pedaço de papel e pusera em cima do tabuleiro. Quando passamos pelo console da lareira, notei que tinham atualizado as fotografias recentemente. Agora as crianças estavam mais velhas, tanto nas imagens quanto na vida real. Mas a fotografia mais antiga, a imagem do "baile formal" com nós quatro, tinha desaparecido. Não sei o que isso queria dizer. Provavelmente, nada. Ou talvez Lenny e Cheryl tivessem aceitado o próprio conselho: já era hora de seguir em frente.

Rachel estava sentada na escrivaninha de Lenny, curvada sobre o teclado. O sangue secara no lado esquerdo do pescoço. A orelha estava um horror. Ela ergueu os olhos quando nos viu e depois voltou a digitar. Examinei a orelha. Era grave. A bala raspara a região superior. Esfolara a lateral da cabeça também. Mais dois centímetros – bastava meio centímetro, na verdade –, e ela provavelmente estaria morta. Rachel me ignorou até eu terminar de fazer o curativo e colocar a atadura. Por enquanto bastaria. Eu cuidaria daquilo direito quando tivéssemos oportunidade.

– Peguei vocês – disse Rachel de repente.

Ela sorriu e apertou uma tecla. A impressora começou a chiar. Lenny fez um sinal para mim com a cabeça. Finalizei a atadura e disse:

– Rachel?

Ela ergueu os olhos para mim.

– Precisamos conversar.

– Não – contrapôs ela –, precisamos sair daqui. Acabei de achar uma pista importante.

Lenny ficou onde estava. Nisso Cheryl também veio para a sala, os braços ainda cruzados.

– Que pista? – perguntei.

– Verifiquei os registros do celular – disse Rachel.

– Como assim?

– O registro de ligações feitas e recebidas. É padrão em todos os celulares.

– Ah, claro.

– O registro de chamadas feitas não ajudou. Não havia número nenhum, ou seja, se o sujeito ligou para alguém o número estava bloqueado.

Eu tentava acompanhar.

– Tudo bem.

– Mas o registro de chamadas recebidas é outra história. Havia uma única ligação. Feita à meia-noite. Acabei de verificar o número na lista telefônica. É uma residência. Verne Dayton, em Huntersville, Nova Jersey.

O nome da cidade não me disse nada.

– Onde fica Huntersville?

– Procurei no mapa. Fica perto da fronteira com a Pensilvânia. Aproximei a imagem ao máximo. A casa está isolada lá. Hectares de terra lá onde Judas perdeu as botas.

O frio começou no centro do meu corpo e se espalhou. Virei-me para Lenny.

– Preciso do seu carro emprestado.

– Espere aí um segundo – disse Lenny. – O que precisamos aqui é de algumas respostas.

Rachel se levantou.

– Você quer saber sobre as fotos no CD.
– Para começar, sim, quero.
– Sou eu nas fotos. É, eu estive lá. O resto não é da sua conta. Devo explicações a Marc, não a você. O que mais?
Dessa vez, Lenny não soube o que dizer.
– Também quer saber se matei o meu marido, não é? – Ela olhou Cheryl. – Acha que matei Jerry?
– Não sei mais o que pensar – disse Cheryl. – Mas quero vocês dois fora da minha casa.
– Cheryl – respondeu Lenny.
Ela lhe lançou um olhar que derrubaria um rinoceronte no ataque.
– Eles não deviam ter trazido essa confusão à nossa porta.
– Ele é o nosso melhor amigo. Padrinho do nosso filho.
– Mais um motivo para não fazerem isso. Ele traz um perigo desses para a nossa casa? Para a vida dos nossos filhos?
– Ora, Cheryl. Você está exagerando.
– Não – falei. – Ela tem razão. Temos que sair daqui agora. Me empreste as chaves.
Rachel pegou a folha de papel na impressora.
– Endereço – explicou.
Assenti e olhei para Lenny. Ele estava de cabeça baixa. Os pés balançavam para a frente e para trás. Mais uma vez, pensei na nossa infância.
– Não deveríamos chamar Tickner e Regan? – perguntou.
– E dizer o quê?
– Posso explicar a eles – disse Lenny. – Se Tara estiver nesse lugar – ele parou e balançou a cabeça como se visse de repente como a ideia era ridícula –, eles estão mais bem equipados para entrar.
Fui até bem perto dele.
– Eles descobriram o rastreador de Rachel.
– Quem?
– Os sequestradores. Não sabemos como. Mas descobriram. Some dois mais dois, Lenny. O bilhete do resgate nos avisava que eles tinham um infiltrado na polícia. Na primeira vez, sabiam que eu contara aos policiais. Na segunda, ficam sabendo do rastreador.
– Isso não prova nada.
– Acha que tenho tempo de procurar provas?
O rosto de Lenny mudou.

– Você sabe que não posso correr esse risco.
– É – disse ele. – Eu sei.
Lenny enfiou a mão no bolso e me entregou as chaves. Lá fomos nós.

capítulo 35

Q<small>UANDO</small> R<small>EGAN E</small> T<small>ICKNER</small> receberam a notícia dos tiros na residência do Dr. Seidman, ambos pularam de pé. Aproximavam-se do elevador quando o celular de Tickner tocou.

Uma voz feminina firme e excessivamente formal disse:
– Agente especial Tickner?
– O próprio.
– Aqui é a agente especial Claudia Fisher.
Tickner conhecia o nome. Podia até tê-la encontrado uma ou duas vezes.
– O que houve? – perguntou.
– Onde está agora? – perguntou ela.
– No New York Presbyterian Hospital, mas estou indo para Nova Jersey.
– Não – disse ela. – Venha imediatamente para o One Federal Plaza.
Tickner conferiu a hora. Eram apenas cinco da manhã.
– Agora?
– Sim, é isso que *imediatamente* quer dizer.
– Posso perguntar o motivo?
– O diretor-assistente Joseph Pistillo quer falar com você.
Pistillo? Isso o fez parar. Pistillo era o agente mais importante da Costa Leste. Era o chefe do chefe do chefe de Tickner.
– Mas estou a caminho de uma cena de crime.
– Isso não é um pedido – disse Fisher. – O diretor-assistente Pistillo está esperando. Quer você aqui em no máximo meia hora.
A ligação caiu. Tickner baixou a mão.
– Que diabo foi isso? – perguntou Regan.
– Tenho que ir – disse Tickner, virando-se para o corredor.
– Aonde?
– O meu chefe quer falar comigo.
– Agora?
– Agora mesmo. – Tickner já estava no meio do corredor. – Telefone quando souber de alguma coisa.

– Não é fácil falar desse assunto – disse Rachel.
Eu dirigia. As perguntas sem resposta tinham começado a se juntar,

pesando sobre nós dois, drenando a nossa energia. Mantive os olhos na estrada e aguardei.

– Lenny estava presente quando você viu as fotos? – perguntou ela.

– Estava.

– Ele ficou surpreso?

– Foi o que me pareceu.

Ela se recostou.

– Cheryl provavelmente não ficaria.

– Por que não?

– Quando você pediu o meu telefone, ela me ligou para me alertar.

– Do quê? – perguntei.

– De nós.

Não era preciso mais explicações.

– Ela também me alertou – disse eu.

– Quando Jerry morreu... Era esse o nome do meu marido, Jerry Camp. Quando ele morreu, digamos que foi uma época bem difícil para mim.

– Imagino.

– Não – disse ela. – Não por isso. Jerry e eu já não estávamos bem fazia muito tempo. Nem sei se algum dia estivemos. Quando fui fazer o treinamento em Quantico, Jerry foi um dos meus instrutores. Mais do que isso, ele era uma lenda. Um dos melhores agentes de que já se teve notícia. Lembra-se daquele caso KillRoy de alguns anos atrás?

– Assassino em série, não é?

Rachel fez que sim.

– A captura se deveu principalmente a Jerry. Ele tinha um dos melhores históricos do FBI. Comigo... não sei o que aconteceu direito. Ou talvez saiba. Ele era mais velho. Uma figura paterna, talvez. Eu adorava o FBI. Era a minha vida. Jerry gostou de mim. Fiquei lisonjeada. Mas não sei se cheguei a amá-lo de verdade.

Ela parou. Pude sentir os olhos dela em mim. Mantive os meus na estrada.

– Você amava Monica? – perguntou ela. – Quer dizer, amava de verdade?

Os músculos dos meus ombros se contraíram.

– Que pergunta é essa?

Ela ficou imóvel. Depois, disse:

– Desculpe. Não tenho nada com isso.

O silêncio cresceu. Tentei desacelerar a respiração.

– Você estava me falando das fotos.

– É.

Rachel começou a ficar inquieta. Só usava um anel e começou a girá-lo e puxá-lo.

– Quando Jerry morreu...

– Levou um tiro – interrompi.

Senti novamente os olhos dela em mim.

– Levou um tiro, sim.

– Você atirou nele?

– Assim não dá, Marc.

– Como não dá?

– Você já está zangado.

– Só quero saber se você atirou no seu marido.

– Deixe-me contar do meu jeito, tudo bem?

Agora havia um toque de frieza na voz dela. Recuei e dei de ombros, como quem dissesse: "Você que sabe..."

– Quando ele morreu, eu praticamente perdi tudo. Fui forçada a pedir demissão. Tudo o que eu tinha, amigos, trabalho, a minha vida até, estava ligado ao FBI. Aí acabou. Comecei a beber. Entrei em depressão. Cheguei ao fundo do poço. E, quando se chega ao fundo do poço, a gente procura um jeito de subir de novo. Procura qualquer coisa. A gente se desespera.

Desacelerei num cruzamento.

– Não estou contando direito – disse ela.

Então me surpreendi. Estendi a mão e a pousei sobre a dela.

– É só me contar, tudo bem?

Ela fez que sim, mantendo os olhos baixos, fitando a minha mão sobre a dela. Mantive-a ali.

– Certa noite, depois de beber demais, liguei para a sua casa.

Lembrei-me de que Regan me falara do registro de ligações.

– Quando foi isso?

– Alguns meses antes do ataque.

– Monica atendeu? – perguntei.

– Não, a secretária eletrônica. Eu... sei que é burrice, mas... deixei um recado para você.

Lentamente, puxei a mão de volta.

– O que você disse exatamente?

– Não me lembro. Estava bêbada. Chorando. Acho que disse que estava com saudade e esperava que você me ligasse de volta. Acho que não fui além disso.

– Nunca recebi o recado – disse eu.
– Agora percebo isso.
Algo fez sentido.
– Isso significa – falei – que Monica escutou o recado.
Alguns meses antes do ataque, pensei. Quando Monica estava mais insegura. Quando começamos a ter problemas graves. Lembrei-me de outras coisas também. Lembrei-me da frequência com que Monica chorava à noite. Lembrei-me de Edgar me contando que ela fora a um psiquiatra. E lá estava eu, no meu mundinho, levando-a à casa de Lenny e Cheryl, submetendo-a àquela foto minha com a minha antiga amante... A minha antiga amante que ligara para a nossa casa tarde da noite e dissera estar com saudade de mim.
– Meu Deus. Não admira que ela tenha contratado um detetive particular. Queria saber se eu a estava traindo. Provavelmente contou a ele sobre o seu telefonema, sobre o nosso passado.
Ela não disse nada.
– Você ainda não respondeu à pergunta, Rachel. O que estava fazendo na frente do hospital?
– Vim a Nova Jersey visitar a minha mãe – começou ela. Agora sua voz estava embargada. – Eu lhe disse que agora ela tem um apartamento em West Orange.
– E daí? Está tentando me dizer que ela estava internada lá?
– Não. – Ela se calou de novo. Continuei dirigindo. Quase liguei o rádio, só por hábito, só para fazer alguma coisa. – Tenho mesmo que dizer?
– Acho que tem, sim – falei.
Mas eu sabia. Entendia exatamente. A voz dela estava totalmente despida de emoção.
– O meu marido morreu. Perdi o meu emprego acabou. Perdi tudo. Andei conversando muito com Cheryl. Eu sabia que você e a sua mulher tinham problemas pelo que me contava. – Ela se virou completamente para mim. – Ora, Marc. Você sabe que nunca deixamos de gostar um do outro. Então naquele dia fui ao hospital para vê-lo. Não sei o que esperava. Seria ingênua a ponto de achar que você me pegaria nos braços? Talvez, não sei. Então fiquei por ali e tentei reunir coragem. Cheguei a subir até o seu andar. Mas, no final, não consegui. E não por causa de Monica ou Tara. Gostaria de dizer que fui nobre assim. Mas não fui.
– Então por quê?

— Fui embora porque achei que você me rejeitaria e eu não saberia lidar com isso.

Então ficamos em silêncio. Eu não sabia o que dizer. Não sabia nem como me sentia.

— Você está zangado – disse ela.

— Não sei.

Avançamos mais um pouco. Eu queria muito fazer a coisa certa. Pensei no caso. Ambos fitávamos diretamente à frente. A tensão pressionava as janelas. Finalmente, eu disse:

— Não importa mais. Só o que importa é encontrar Tara.

Olhei para Rachel de soslaio. Vi uma lágrima descer pelo rosto dela. Agora a placa estava bem à frente: pequena, discreta, quase imperceptível. Dizia simplesmente: HUNTERSVILLE. Rachel limpou a lágrima e se sentou mais ereta.

— Então vamos nos concentrar nisso.

O diretor-assistente Joseph Pistillo estava à sua mesa, escrevendo. Era grande, peito de barril, ombros largos e careca, o tipo de agente dos velhos tempos que faz a gente pensar em estivadores e brigas de bar – força sem músculos à mostra. Provavelmente Pistillo estava na casa dos 60. Havia boatos de que logo se aposentaria.

A agente especial Claudia Fisher levou Tickner até a sala e fechou a porta ao sair. Tickner tirou os óculos escuros. Ficou de pé, com as mãos às costas. Não foi convidado a se sentar. Não houve cumprimento, aperto de mão, saudações, nada do tipo.

Sem erguer os olhos, Pistillo disse:

— Soube que você andou perguntando sobre a morte trágica do agente especial Jerry Camp.

Sirenes de alarme tocaram na cabeça de Tickner. Uau, essa foi rápida. Ele só havia começado a indagar algumas horas antes.

— Sim, senhor.

Mais escrita.

— Ele o treinou em Quantico, não foi?

— Foi, sim, senhor.

— Ele era um grande professor.

— Um dos melhores, senhor.

— *O* melhor, agente.

– Sim, senhor.

– As suas indagações sobre a morte dele – continuou Pistillo – têm algo a ver com o seu relacionamento passado com o agente especial Camp?

– Não, senhor.

Pistillo parou de escrever. Pousou a caneta e cruzou sobre a mesa as mãos capazes de quebrar pedras.

– Então por que está fazendo perguntas?

Tickner procurou os furos e armadilhas que sabia que se esconderiam na resposta.

– O nome da mulher dele apareceu em outro caso em que estou trabalhando.

– Seria o caso Seidman de homicídio e sequestro?

– Sim, senhor.

Pistillo franziu a testa.

– Acha que há alguma ligação entre a morte de Jerry Camp num acidente com arma de fogo e o sequestro de Tara Seidman?

Cuidado, pensou Tickner. Cuidado.

– É uma linha que preciso investigar.

– Não, agente Tickner, não é.

Tickner permaneceu imóvel.

– Se conseguir ligar Rachel Mills ao caso Seidman, faça-o. Encontre provas que a liguem ao caso. Mas para isso você não precisa da morte de Camp.

– Poderiam estar relacionadas – disse Tickner.

– Não – disse Pistillo numa voz que deixava pouco espaço para dúvidas –, não estão.

– Mas preciso examinar...

– Agente Tickner?

– Sim, senhor.

– Já examinei o caso – disse Pistillo. – Mais do que isso, ajudei pessoalmente a investigar a morte de Jerry Camp. Ele era meu amigo. Entendeu?

Tickner não respondeu.

– Estou absolutamente convencido de que a morte dele foi um trágico acidente. Isso significa que você, agente Tickner – Pistillo apontou o dedo carnudo para o peito de Tickner – também está absolutamente convencido disso. Fui claro?

Os dois homens se encararam. Tickner não era bobo. Gostava de trabalhar no FBI. Queria subir na carreira. Não valia a pena irritar alguém tão poderoso quanto Pistillo. Assim, no fim das contas foi Tickner o primeiro a desviar os olhos.

– Sim, senhor.

Pistillo relaxou e pegou a caneta.

– Tara Seidman está desaparecida há mais de um ano. Existe alguma prova de que ainda esteja viva?

– Não, senhor.

– Então o caso não nos pertence mais. – Nisso ele voltou a escrever, não disfarçando o fato de que a conversa havia se encerrado. – Deixe que a polícia local cuide disso.

Nova Jersey é o estado americano mais densamente povoado. Isso não surpreende ninguém. Nova Jersey tem cidades, subúrbios e muitas indústrias. Isso também não surpreende ninguém. Nova Jersey é chamado de Estado Jardim e tem muitas áreas rurais. Isso surpreende todo mundo.

Antes mesmo de chegarmos à fronteira de Huntersville, os sinais de vida – isto é, de vida humana – já tinham começado a sumir. Havia poucas casas. Passamos por um armazém digno de algum seriado rural da TV, mas as portas e janelas estavam pregadas com tábuas. Nos cinco quilômetros seguintes, passamos por seis estradas. Não vi nenhuma casa. Não cruzei com nenhum carro.

Estávamos no meio do mato. Fiz a última curva e o carro subiu por uma encosta. Um cervo – o quarto, na minha contagem – disparou para fora da estrada, a uma distância suficiente para não correr o menor risco de ser atropelado. Começava a suspeitar que o nome Huntersville, "cidade dos caçadores", era literal.

– Fica à esquerda – disse Rachel.

Alguns segundos depois, vi a caixa do correio. Comecei a desacelerar à procura de uma casa ou algum tipo de edifício. Só vi árvores.

– Continue – disse Rachel.

Entendi. Não podíamos simplesmente parar na entrada de garagem e nos anunciar. Achei um pequeno recuo à beira da estrada cerca de meio quilômetro mais acima. Estacionei e desliguei o motor. O meu coração começou a martelar. Eram seis da manhã. O sol havia nascido.

– Sabe usar uma arma? – perguntou Rachel.

– Costumava usar a do meu pai no estande de tiro.

Ela enfiou uma arma na minha mão. Fitei-a como se acabasse de descobrir um dedo a mais. Rachel também estava com a arma dela.

– Onde arranjou isso? – perguntei.
– Na sua casa. Com o morto.
– Jesus.

Ela deu de ombros como se dissesse *Ora, a gente nunca sabe*. Olhei a arma de novo e, de repente, uma ideia me ocorreu: teria sido essa a arma usada para atirar em mim? Para matar Monica? Parei por aí. Não havia tempo para bobagens cheias de escrúpulos. Rachel já saíra pela porta. Fui atrás. Corremos para o bosque. Não havia trilha. Criamos a nossa. Rachel foi na frente. Enfiou a arma no cós traseiro da calça. Por alguma razão, não fiz o mesmo. Queria segurar a minha. Placas alaranjadas desbotadas presas às árvores ordenavam aos invasores que ficassem longe. Tinham a palavra NÃO em letras gigantescas e uma quantidade surpreendente de letrinhas miúdas explicando em excesso o que me parecia bastante óbvio.

Fizemos uma curva para chegar mais perto de onde achávamos que ficava a entrada. Quando a avistamos, encontramos a nossa estrela-guia. Ficamos perto do trecho não pavimentado e seguimos. Alguns minutos depois, Rachel parou. Quase dei um encontrão nela, que apontou à frente.

Uma estrutura.

Parecia um tipo de celeiro. Então ficamos mais cuidadosos. Nos abaixamos. Corremos de árvore em árvore e tentamos ficar fora de vista. Não falamos. Dali a pouco, comecei a ouvir música. Country, acho, mas não sou especialista. Mais à frente, avistei uma clareira. Havia um celeiro que parecia em ruínas. Havia outra estrutura também: uma casa ou talvez um trailer grande.

Chegamos um pouco mais perto, até o fim do bosque. Ficamos colados atrás das árvores e espiamos. Havia um trator. Vi um velho Pontiac TransAm sobre blocos de cimento. Bem na frente da casa havia um carro esportivo branco e exagerado – alguns diriam um "carrão tunado", acho – com uma listra preta larga no capô. Parecia um Camaro.

O bosque terminara, mas ainda estávamos a pelo menos quinze metros da casa. O capim estava alto e batia no joelho. Rachel pegou a arma. Eu ainda segurava a minha. Ela se jogou no chão e começou a rastejar. Fiz o mesmo. Na televisão, rastejar assim parece fácil. Basta rastejar com a bunda abaixada. E, por uns três metros, é mesmo bem fácil. Depois fica muito mais difícil. Os cotovelos doíam. O capim não parava de entrar no nariz e na boca. Não sofro de nenhuma alergia, mas estávamos incomodando algumas criaturas. Insetos e coisas parecidas se erguiam vingativos enquanto perturbávamos o seu sono. Agora a música estava mais alta. O cantor, um homem que quase não afinava nota nenhuma, se queixava do seu pobre, pobre coração.

Rachel parou. Rastejei até a sua direita e parei a seu lado.

– Você está bem? – sussurrou ela.

Fiz que sim, mas ofegava.

– Talvez tenhamos que agir ao chegarmos lá – disse ela. – Você não pode ficar exausto. Podemos ir mais devagar se for preciso.

Fiz que não e comecei a avançar. Eu não iria mais devagar. Devagar simplesmente não era uma possibilidade. Estávamos nos aproximando. Agora eu conseguia ver o Camaro com mais clareza. Havia para-lamas pretos nos pneus de trás com a silhueta prateada de uma moça curvilínea. Havia adesivos no para-choque traseiro. Um deles dizia: ARMAS NÃO MATAM GENTE, MAS AJUDAM BASTANTE!

Rachel e eu estávamos perto do final do capim, quase expostos, quando o cachorro começou a latir. Ambos ficamos paralisados.

Há muitas variedades de latido. O agudinho chato de um cachorrinho de colo. O chamado de um golden retriever amistoso. O aviso de um animal de estimação basicamente inofensivo. E há aquele latido gutural de ferro-velho, que rasga o tórax e faz gelar o sangue.

O latido se encaixava nessa última categoria.

Eu não estava com muito medo do cachorro. Estava armado. Seria mais fácil usar a arma num cão do que num ser humano, suponho. Mas é claro que o que me assustou foi que o latido seria ouvido pelo ocupante da casa. Assim, esperamos. Dali a um ou dois minutos, o cachorro parou. Ficamos de olho na porta da casa. Eu não tinha certeza do que faríamos se alguém saísse. Se fôssemos vistos, não poderíamos atirar. Ainda não sabíamos nada. O fato de uma ligação ter sido feita da residência de Verne Dayton para o celular de um morto não queria dizer muita coisa. Não sabíamos se a minha filha estava ali ou não.

Na verdade, não sabíamos nada.

Havia calotas jogadas. O sol nascente refletia nelas. Avistei um monte de caixas verdes. E algo nelas atraiu o meu olhar. Esqueci a cautela e comecei a me aproximar.

– Espere – sussurrou Rachel.

Mas não pude. Precisava dar uma olhada melhor naquelas caixas. Algo nelas... Mas não conseguia identificar. Rastejei até o trator e então me escondi atrás dele. Espiei as caixas de novo. Agora eu via. As caixas eram mesmo verdes. Também tinham o desenho de um bebê sorridente.

Fraldas descartáveis.

Rachel agora estava ao meu lado. Engoli em seco. Uma grande caixa de fraldas. Do tipo que se compra em atacadões. Rachel também viu. Pôs a mão no meu braço, me avisando para manter a calma. Nos abaixamos de novo. Ela sinalizou para irmos até uma janela lateral. Com a cabeça, mostrei ter entendido. Agora um longo solo de rabeca berrava no aparelho de som.

Estávamos ambos com a barriga no chão quando senti algo frio na nuca. Deslizei os olhos para o lado. Havia um cano de espingarda ali também, apertado contra a nuca de Rachel.

Uma voz disse:

– Larguem as armas!

Era um homem. A mão direita de Rachel estava curvada na frente do rosto, segurando a arma. Ela a largou. Uma bota avançou e a chutou para longe. Tentei calcular nossas chances. Um homem só. Agora conseguia ver. Um homem com duas espingardas. Eu poderia fazer alguma coisa. Com certeza não seria a tempo, mas talvez liberasse Rachel. Encontrei os olhos dela e havia pânico neles. Ela sabia o que eu estava pensando. De repente a espingarda pressionou o meu crânio com mais força, empurrando o meu rosto na terra.

– Nem tente, chefe. Consigo estourar um crânio ou dois com a mesma facilidade.

A minha mente correu de um lado para outro mas só encontrava becos sem saída. Assim, deixei a arma cair da minha mão e observei o homem chutar a nossa esperança para longe.

capítulo 36

— Fiquem deitados!
— Sou agente do FBI – disse Rachel.
— Cale a boca!
Ainda estávamos com a cara enfiada na terra. Ele mandou que puséssemos as mãos no alto da cabeça, os dedos entrelaçados. Apoiou o joelho na minha coluna. Fiz uma careta. Usando o corpo como alavanca, o homem puxou os meus braços para trás e quase os arrancou dos ombros. Os pulsos foram rapidamente unidos com lacres de nylon, como aqueles que usam para embalar brinquedos e evitar que sejam furtados nas lojas.
— Junte os pés.
Outro lacre prendeu os meus tornozelos. Ele se apoiou nas minhas costas para se levantar. Depois foi até Rachel. Eu ia dizer alguma coisa estupidamente cavalheiresca como *Deixe-a em paz!*, mas sabia que seria no mínimo inútil. Fiquei imóvel.
— Sou agente federal – disse Rachel.
— Já ouvi.
Ele apoiou o joelho nas costas dela e juntou suas mãos. Ela gemeu de dor.
— Ei! – exclamei.
O homem me ignorou. Virei-me e dei a primeira olhada de verdade nele, e foi como se eu entrasse no túnel do tempo. Sem dúvida alguma, o Camaro era dele. O cabelo era comprido como o de um jogador de hóquei dos anos 1980, talvez com permanente, a cor uma mistura esquisita de amarelo com laranja, puxado para trás da orelha, com um mullet que eu não via há muito tempo. Tinha um bigode louro cafona que podia ser uma mancha de leite. A camiseta dizia UNIVERSIDADE SMITH & WESSON. A calça jeans era de um azul-escuro pouco natural e parecia rígida.
Depois de prender as mãos de Rachel, ele disse:
— Levante, moça. Eu e você vamos dar uma volta.
Rachel tentou endurecer a voz.
— Você não está entendendo – disse ela, o cabelo caindo sobre os olhos.
— Eu me chamo Rachel Mills e...
— E eu, Verne Dayton. E daí?
— Sou agente federal.

– A sua identidade diz "aposentada". – Verne Dayton sorriu. Não era desdentado, mas também não serviria de garoto-propaganda de um dentista. O incisivo direito era totalmente virado para dentro, como uma porta cuja dobradiça tivesse se soltado. – Meio jovem para se aposentar, não acha?

– Ainda trabalho em casos especiais. Eles sabem que estou aqui.

– É mesmo? Não me diga. Há vários agentes esperando na estrada e, se não tiverem notícias suas em três minutos, vão invadir. É isso, Rachel?

Ela parou. Ele revelara o blefe. Ela não tinha mais para onde correr.

– Levante-se – repetiu, dessa vez puxando seus braços.

Rachel se pôs de pé com dificuldade.

– Aonde vai levá-la? – perguntei.

Ele não respondeu. Começaram a ir na direção do celeiro.

– Ei! – gritei, a minha voz ribombando de impotência. – Ei, volte!

Mas eles continuaram andando. Rachel lutava, mas as mãos estavam presas atrás das costas. Toda vez que ela se mexia demais, ele levantava seus braços, obrigando-a a se curvar. Finalmente ela obedeceu e só andou.

O medo me deixou alerta. Num frenesi, procurei alguma coisa, qualquer coisa que pudesse me libertar. As armas? Não, ele já as pegara. E mesmo assim, o que eu faria? Atiraria com os dentes? Pensei em rolar de costas, mas não sabia ainda como isso poderia ajudar. E agora? Comecei a me mover como uma minhoca na direção do trator. Procurava uma lâmina ou coisa parecida que pudesse usar para me libertar.

A distância, ouvi a porta do celeiro ranger ao se abrir. A minha cabeça virou a tempo de vê-los desaparecer lá dentro. A porta se fechou atrás deles. O som ecoou no silêncio. A música – devia ser um CD ou fita – tinha parado. Estava tudo em silêncio agora. E Rachel sumira de vista.

Eu tinha que soltar as mãos.

Comecei a rastejar para a frente, erguendo os quadris, empurrando com as pernas. Cheguei até o trator. Procurei algum tipo de lâmina ou borda afiada. Nada. Os meus olhos correram para o celeiro.

– Rachel! – berrei.

A minha voz ecoou na quietude. Essa foi a única resposta. O meu coração começou a dar cambalhotas.

Meu Deus, e agora?

Rolei de costas e me sentei. Empurrando com as pernas, me encostei no trator. Tinha uma visão clara do celeiro. Não sei no que isso me ajudava.

Ainda não havia nenhum movimento, nenhum som. Os meus olhos correram por toda parte, caçando desesperados algo que pudesse trazer a salvação. Mas não havia nada.

Pensei em ir até o Camaro. Um maluco por armas como aquele provavelmente tinha duas ou três com ele o tempo todo. Poderia haver alguma lá. Mas, novamente, mesmo que eu conseguisse chegar a tempo, como abriria a porta? Como procuraria a arma? Como atiraria com ela quando a encontrasse?

Não, primeiro eu tinha de tirar aqueles lacres.

Procurei no chão uma... Nem sei o quê. Uma pedra afiada. Uma garrafa de cerveja quebrada. Alguma coisa. Tentei calcular quanto tempo se passara desde que os dois tinham desaparecido. Imaginei o que ele estaria fazendo com Rachel. Parecia que a minha garganta ia se fechar.

– Rachel!

Ouvi o desespero no eco. Ele me deu medo. Mas, novamente, não houve resposta.

O que estava acontecendo?

Procurei de novo algum tipo de borda no trator, algo que pudesse usar para me libertar. Havia ferrugem. Muita ferrugem. Daria certo? Se eu esfregasse o lacre numa quina enferrujada, será que ele acabaria se rompendo? Duvidava, mas não havia outra opção.

Consegui ficar de joelhos. Inclinei os pulsos para o canto enferrujado e me movi para cima e para baixo como um urso que usa uma árvore para coçar as costas. Os braços escorregaram. A ferrugem arranhou a minha pele e o ardor correu pelo braço. Olhei de volta para o celeiro, tentei escutar alguma coisa, ainda não ouvia nada.

Continuei.

O problema é que eu fazia aquilo pelo tato. Virei a cabeça o quanto pude, mas não conseguia ver os pulsos. Estaria tendo algum efeito? Não sabia. Mas era tudo o que dava para fazer. Assim, continuei me movendo para cima e para baixo, tentando me libertar, separando os braços como Hércules num filme B.

Não sei quanto tempo fiquei naquilo. Provavelmente dois ou três minutos no máximo, embora tenha parecido muito mais. O lacre não se rompeu nem se afrouxou. O que finalmente me fez parar foi um som. A porta do celeiro se abrira. Por um instante, não vi nada. Então o Jeca Cabeludo saiu. Sozinho. Começou a vir na minha direção.

– Onde ela está?

Sem falar nada, Verne Dayton se curvou e verificou os lacres nos meus punhos. Agora eu conseguia sentir o seu cheiro: capim seco e suor do trabalho. Ele observava as minhas mãos. Olhei para trás. Havia sangue no chão. Meu sangue, sem dúvida. De repente, tive uma ideia.

Recuei e mirei uma cabeçada na sua direção.

Sei que um bom golpe de cabeça pode ser devastador. Já fiz cirurgias em rostos esmagados por golpes assim.

Não foi o caso.

A posição do meu corpo era ruim. Tanto as mãos quanto os pés estavam presos. Eu estava de joelhos, me torcendo para trás. O crânio não bateu no nariz nem nas partes mais moles do rosto. Eu bati na testa. Ouviu-se um baque oco como na sonoplastia dos Três Patetas. Verne Dayton rolou para trás, xingando. Agora eu estava totalmente desequilibrado, em queda livre, apenas com o rosto para amortecer o meu pouso. A bochecha direita recebeu o maior golpe, fazendo os dentes chocalharem. Mas eu estava além da dor. Virei os olhos na direção dele: estava sentado, sacudindo a cabeça. Havia uma pequena laceração na testa.

É agora ou nunca.

Ainda amarrado, me lancei contra ele. Mas fui lento demais.

Verne Dayton se inclinou para trás e ergueu a bota. Quando cheguei suficientemente perto, ele pisou no meu rosto como se apagasse fogo no mato. Caí para trás. Com os pés, ele empurrou o corpo até uma distância segura e agarrou a espingarda.

– Não se mexa! – Os dedos dele conferiram o corte na cabeça. Ele olhou o sangue com descrença. – Ficou maluco?

Eu estava caído de costas, a respiração saindo em fôlegos profundos. Não achei que tivesse quebrado alguma coisa, mas, novamente, não tinha certeza de que isso fosse importante. Ele se aproximou e me deu um pontapé com força na costela. Rolei. Ele agarrou os meus braços e começou a me arrastar. Tentei apoiar os pés sob o corpo. Ele era forte para diabo. Os degraus do trailer não o retardaram. Ele me puxou por eles, empurrou a porta com o ombro e me jogou lá dentro como um saco de turfa.

Caí ruidosamente. Verne Dayton entrou e fechou a porta. Os meus olhos avaliaram o cômodo. Era metade o que se esperaria, metade não. O esperado: havia armas penduradas na parede, mosquetes antigos, espingardas de caça. Havia a obrigatória cabeça de veado empalhada, um diploma de membro da National Rifle Association concedido a Verne Dayton, uma colcha de retalhos formando a bandeira americana. O inesperado: o lugar estava impecável e seria possível até dizer que mobiliado com bom gosto. Avistei um cercadinho no canto, mas não estava bagunçado. Os brinquedos estavam num daqueles moveizinhos de acrílico com gavetas de cores diferentes. As gavetas estavam arrumadas e rotuladas.

Ele se sentou e me olhou. Eu ainda estava deitado de barriga para baixo. Verne Dayton brincou um pouco com o cabelo, puxando os fios, enfiando as laterais compridas atrás da orelha. O rosto era magro.

– Foi você que bateu nela? – perguntou.

Por um instante, não entendi do que ele estava falando. Então me lembrei que ele vira os ferimentos de Rachel.

– Não.

– Você gosta disso, é? De bater em mulher?

– O que você fez com ela?

Ele puxou um revólver, abriu a câmara, enfiou nela uma bala. Girou-a para fechá-la e apontou para o meu joelho.

– Quem mandou você?

– Ninguém.

– Quer perder o joelho?

Para mim, já bastava. Rolei de costas, esperando ouvir o estrondo do tiro. Mas ele não atirou. Deixou que eu me mexesse, mantendo a arma apontada para mim. Sentei-me e o fitei. Isso pareceu confundi-lo. Ele deu um passo atrás.

– Onde está a minha filha? – perguntei.

– Hein? – Ele inclinou a cabeça. – Que gracinha é essa?

Olhei dentro dos olhos dele e vi. Não era fingimento. Ele não sabia mesmo do que eu estava falando.

– Você chegou aqui armado – disse, o rosto ficando vermelho. – Quer me matar? Matar a minha mulher? Os meus filhos? – Verne levantou a arma para o meu rosto. – Me dê uma boa razão para eu não matar vocês dois e enterrar os corpos na floresta.

Filhos. Ele disse filhos. De repente, alguma coisa naquela situação não fez mais sentido. Decidi me arriscar.

– Escute aqui – argumentei. – Eu me chamo Marc Seidman. Dezoito meses atrás, a minha mulher foi assassinada e a minha filha, sequestrada.

– Do que você está falando?

– Por favor, me deixe explicar.

– Espere um instante. – Os olhos de Verne se estreitaram. Ele esfregou o queixo. – Eu me lembro de você. Na televisão. Também atiraram em você, não foi?

– Foi.

– Então por que quer roubar as minhas armas?

Fechei os olhos.

– Não estou aqui para roubar as suas armas – falei. – Estou aqui... – Eu não sabia direito como explicar. – Estou aqui para encontrar a minha filha.

Ele levou um segundo para registrar a informação. Então seu queixo caiu.

– Você acha que tenho alguma coisa a ver com isso?

– Não sei.

– É melhor começar a explicar.

Então expliquei. Contei tudo a ele. A história soou insana aos meus ouvidos, mas Verne escutou. Dedicou-me toda a sua atenção. Quase no final, eu disse:

– O homem que fez isso. Ou que estava envolvido, não sei mais. Pegamos o celular dele, que só tinha uma ligação recebida. O telefonema veio daqui.

Verne pensou no caso.

– Esse homem, como se chama?

– Não sabemos.

– Ligo para muita gente, Marc.

– Sabemos que a ligação foi feita em algum momento ontem à noite.

Verne balançou a cabeça.

– Não, sem chance.

– Como assim?

– Eu não estava em casa ontem à noite. Estava na estrada fazendo entregas. Cheguei cerca de meia hora antes de vocês aparecerem. Avistei vocês quando Munch, o meu cachorro, começou a rosnar. O latido não significa nada. É o rosnado que me avisa que há alguém aqui.

– Espere um instante. Não havia ninguém aqui ontem à noite?

Ele deu de ombros.

– Bom, a minha mulher e os garotos. Mas os garotos têm 6 e 3 anos. Acho que não ligariam para ninguém. E conheço Kat. Ela não faria nenhuma ligação tão tarde assim.

– Kat? – perguntei.

– A minha mulher. Kat. Apelido de Katarina. Ela é da Sérvia.

* * *

– Quer uma cerveja, Marc?

Fiquei surpreso ao responder:

– Seria ótimo, Verne.

Verne Dayton cortara os lacres plásticos. Esfreguei os pulsos. Rachel estava ao meu lado. Ele não a machucara. Só nos queria separados, em parte, explicou, porque achou que eu tinha batido nela e a obrigara a me ajudar. Verne tinha uma valiosa coleção de armas, muitas ainda em condições de uso, e havia muita gente interessada. Ele imaginara que era o nosso caso.

– Budweiser, tudo bem?

– Claro.

– E você, Rachel?

– Não, obrigada.

– Refrigerante? Água gelada, talvez?

– Água seria ótimo, obrigada.

Verne sorriu, o que não era uma visão das mais agradáveis.

– Sem problemas. – Esfreguei os pulsos de novo. Ele viu e sorriu. – Usávamos isso na Guerra do Golfo. Mantinha aqueles iraquianos sob controle, pode crer.

Ele sumiu na cozinha. Olhei para Rachel. Ela deu de ombros. Verne voltou com duas cervejas e um copo d'água. Distribuiu as bebidas. Ergueu a garrafa para brindarmos. Brindei. Ele se sentou.

– Tenho dois filhos. Dois meninos. Verne Junior e Perry. Se alguma coisa acontecesse com eles... – Verne assoviou baixo e sacudiu a cabeça. – Não sei nem como você consegue se levantar da cama de manhã.

– Quero encontrá-la – disse eu.

Verne concordou com isso.

– Acho que consigo entender. Contanto que o homem não esteja se enganando, sabe o que eu quero dizer? – Ele olhou Rachel. – Tem certeza absoluta de que o número do telefone é o meu?

Rachel puxou o celular. Apertou algumas teclas e lhe mostrou a telinha. Com a boca, Verne puxou um cigarro do maço de Winston. Balançou a cabeça.

– Não consigo entender.

– Temos esperanças de que a sua esposa possa ajudar.

Ele fez que sim devagar.

– Ela deixou um bilhete dizendo que foi comprar comida. Kat gosta de fazer isso bem cedinho, no mercado 24 horas. – Ele parou. Achei que Verne estava dividido. Queria ajudar, mas não queria descobrir que a mulher ligara para um estranho à meia-noite. Levantou a cabeça. – Rachel, quer que eu lhe arranje umas ataduras novas?

– Estou bem.

– Tem certeza?

– Tenho, sim, obrigada. – Ela segurava o copo d'água com ambas as mãos.

– Verne, se importa se eu lhe perguntar como você e Katarina se conheceram?

– Pela internet – respondeu ele. – Sabe, um daqueles sites para noivas estrangeiras. Cherry Orchid, acho que foi esse. É assim: a gente vai ao site. Vê aquelas fotos de mulheres do mundo inteiro, Leste Europeu, Rússia, Filipinas, qualquer lugar. Tem as medidas, uma pequena biografia, o que gosta e o que não gosta, esse tipo de coisa. A gente vê uma que interessa e pode comprar o endereço de e-mail dela. Eles também vendem pacotes se a gente quiser escrever a mais de uma.

Rachel e eu nos entreolhamos rapidamente.

– Há quanto tempo foi isso?

– Faz sete anos. Começamos a trocar e-mails, coisa e tal. Kat morava numa fazenda na Sérvia. Os pais não tinham nada. Ela tinha que andar mais de seis quilômetros para ter acesso a um computador. Queria ligar também, sabe, falar pelo telefone. Mas nem telefone eles tinham. Ela é que tinha que me ligar. Então um dia ela disse que vinha para cá. Para me conhecer.

Verne ergueu as mãos, como se quisesse calar uma interrupção.

– Agora, veja só, é aí que as garotas costumam pedir dinheiro, sabe, dólares para comprar a passagem de avião e coisas assim. E eu estava esperando por isso. Mas Kat não. Ela veio por conta própria. Fui de carro até Nova York e nos encontramos lá. Nos casamos três semanas depois. Verne Junior veio no ano seguinte, Perry três anos depois.

Ele deu um grande gole na cerveja. Fiz o mesmo. Foi maravilhoso sentir o líquido gelado descendo pela garganta.

– Olhe, sei o que vocês estão pensando. Mas não é assim. Kat e eu somos felizes de verdade. Eu já fui casado com uma americana, daquelas de parar o trânsito. E ela só fazia reclamar. Eu não ganhava dinheiro suficiente. Ela queria ficar em casa sem fazer nada. Eu pedia que lavasse a roupa, ela dava um ataque com todo aquele lixo feminazista. Sempre me rebaixando, dizendo que era um perdedor. Com Kat, não é assim. Se gosto do fato de ela deixar a casa bonita, um lar bem cuidado? Claro, isso é importante para mim. Quando estou trabalhando lá fora e faz calor, Kat me leva uma cerveja sem me dar uma bronca sobre a liberdade da mulher. O que há de errado nisso?

Nenhum de nós respondeu.

– Olhe bem, quero que vocês pensem bem nisso, certo? Por que duas pessoas são atraídas uma pela outra? Aparência talvez? Dinheiro? Um emprego importante? Todo mundo se junta porque espera ganhar alguma coisa. Dar e receber, não é assim? Eu queria uma esposa amorosa que me ajudasse a criar meus filhos e cuidar do lar. Também queria uma parceira, alguém, não sei, que simplesmente fosse legal comigo. Consegui. Kat queria sair de uma vida horrível. Quer dizer, eles eram tão pobres que a miséria era um luxo. Ela e eu vivemos bem aqui. Em janeiro, pegamos os garotos e fomos a Disney. Gostamos de fazer caminhadas, de andar de canoa. Verne Junior e Perry são bons garotos. Bom, talvez eu seja uma pessoa simples. *É claro* que sou simples. Gosto das minhas armas, de caçadas e pescarias... E, mais do que tudo, da minha família.

Verne baixou a cabeça. O cabelo comprido caiu como uma cortina, tapando seu rosto. Ele começou a arrancar o rótulo da cerveja.

– Em alguns lugares, provavelmente na maioria, não sei, os casamentos são arranjados. Sempre foi assim. Os pais decidem. Eles forçam os filhos. Bom, ninguém forçou Kat e eu. Ela podia ir embora quando quisesse. Eu também. Mas já faz sete anos. Sou feliz. Ela também.

Então ele deu de ombros.

– Pelo menos, achei que ela fosse.

Bebemos em silêncio.

– Verne? – falei.

– Diga.

– Você é um homem interessante.

Ele riu, mas pude ver o medo. Ele deu um gole na cerveja para esconder. Criara uma vida para si. Uma vida boa. É engraçado. Não sou muito bom em avaliar os outros. Geralmente a minha primeira impressão está errada. Vejo esse caipira cheio de armas com esse cabelo, os adesivos e a atitude de quem adora corrida de caminhões gigantes. Descubro que mandou vir uma noiva na Sérvia. Como não julgá-lo? Mas, quanto mais o escutava, mais gostava dele. Devo ser pelo menos igualmente esquisito para ele. Eu tinha me esgueirado na casa dele com uma arma. Mas, assim que comecei a contar a minha história, Verne agiu. Ele sabia que dizíamos a verdade.

Escutamos um carro parar. Verne foi até a janela e olhou para fora. Havia um sorrisinho triste em seu rosto. A família descia do carro. Eles eram tudo para ele. Intrusos armados tinham invadido sua casa e ele fizera o possível para protegê-los. E agora talvez a minha tentativa de reunir a minha família dilacerasse a dele.

– Vejam! Papai está em casa!

Tinha que ser Katarina. O sotaque estrangeiro era inconfundível, algo russo/balcânico/do Leste Europeu. Não sou um linguista para saber a diferença. Ouvi gritinhos alegres de crianças pequenas. O sorriso de Verne se alargou um pouco. Ele saiu na varanda. Rachel e eu ficamos onde estávamos. Ouvimos passos correndo nos degraus. A recepção durou um ou dois minutos. Fitei as minhas mãos. Ouvi Verne dizer alguma coisa sobre presentes na caminhonete. Os meninos saíram correndo para buscá-los.

A porta se abriu. Verne entrou com o braço em torno da mulher.

– Marc, Rachel, esta é a minha esposa Kat.

Ela era adorável. Usava o cabelo liso comprido e solto. O vestido de verão amarelo deixava os ombros expostos. A pele era de um branco puro, os olhos, azul-gelo. Tinha aquele porte específico que me revelaria, mesmo que eu não soubesse, que era estrangeira. Ou talvez fosse projeção minha. Tentei adivinhar a idade. Passaria por 20 e poucos, mas as rugas em torno dos olhos me disseram que provavelmente eu errara por uma década.

– Oi – falei.

Ambos nos levantamos e apertamos a mão dela. Era delicada, mas havia aço naquele aperto. Katarina manteve o sorriso de anfitriã, mas não foi fácil. Os olhos dela não desgrudaram de Rachel, dos ferimentos. Aposto que a imagem era bem chocante. Eu estava quase me acostumando.

Ainda sorrindo, ela se virou para Verne como se fizesse uma pergunta. Ele disse:

– Estou tentando ajudá-los.

– Ajudá-los? – repetiu ela.

As crianças tinham encontrado os presentes, uivavam e gritavam. Parecia que Verne e Katarina não ouviam. Entreolhavam-se. Ele segurou a mão dela.

– Aquele homem ali – ele gesticulou com o queixo na minha direção –, alguém matou a mulher dele e levou sua filhinha.

Ela tapou a boca com a mão.

– Eles estão tentando achar a menininha.

Katarina não se mexeu. Verne virou-se para Rachel e fez com a cabeça um sinal de vá em frente.

– Sra. Dayton – começou Rachel –, a senhora deu um telefonema ontem à noite?

A cabeça de Katarina se jogou para trás como se ela tivesse levado um susto. Ela olhou primeiro para mim, como se eu fosse uma aberração. Depois voltou a atenção para Rachel.

– Não entendi.

– Temos o registro do telefone – disse Rachel. – Ontem, à meia-noite, alguém ligou desta casa para um celular. Achamos que foi a senhora.

– Não, não é possível. – Os olhos de Katarina começaram a se mover, como se buscassem uma via de escape. Verne ainda segurava a mão dela. Tentava encontrar o seu olhar, mas ela o evitava. – Ah, espere – disse ela. – Talvez eu saiba.

Esperamos.

– Ontem à noite, quando eu estava dormindo, o telefone tocou. – Ela tentou de novo o sorriso, que tinha dificuldade de se manter no lugar. – Não sei que horas eram. Muito tarde. Achei que fosse você, Verne. – Ela o olhou e então o sorriso se sustentou. Ele sorriu de volta. – Mas, quando atendi, ninguém falou nada. Aí me lembrei de uma coisa que vi na televisão. Asterisco, seis, nove. A gente tecla isso e liga o número. Foi o que fiz. Um homem atendeu. Não era Verne, então desliguei.

Ela nos olhou com expectativa. Rachel e eu trocamos um olhar. Verne ainda sorria, mas vi os seus ombros afundarem. Ele soltou a mão dela e quase desmoronou no sofá.

Katarina começou a ir na direção da cozinha.

– Quer outra cerveja, Verne?

– Não, querida, não. Quero que você se sente aqui comigo.

Ela hesitou, mas obedeceu. Sentou-se com a coluna ainda rígida. Verne também estava sentado bem ereto e pegou a mão dela de novo.

– Quero que você me escute, tudo bem?

Ela fez que sim. As crianças davam gritinhos de prazer lá fora.

É meio piegas dizer isso, mas há poucos sons como o riso solto das crianças. Katarina olhou Verne com uma intensidade que quase me fez virar o rosto.

– Você sabe o quanto amamos os nossos garotos, não sabe?

Ela fez que sim.

– Imagine que alguém os tirasse de nós. Imagine que isso tivesse acontecido mais de um ano atrás. Pense só. Imagine que alguém roubasse, digamos, Perry, e durante mais de um ano a gente ficasse sem saber onde ele estava.

– Ele me apontou. – Aquele homem ali. Ele não sabe o que aconteceu com a filhinha dele.

Os olhos dela estavam cheios de lágrimas.

– Temos que ajudá-lo, Kat. O que quer que você saiba. O que quer que você tenha feito. Não me importo. Se há segredos, conte agora. Vamos deixar tudo em pratos limpos. Posso perdoar praticamente qualquer coisa. Mas acho que não consigo perdoar se você não ajudar aquele homem e a filhinha dele.

Ela baixou a cabeça e não disse nada.

Rachel apertou a cravelha mais um pouquinho.

– Se está tentando proteger o homem para quem ligou, não precisa. Ele está morto. Alguém deu um tiro nele algumas horas depois de você telefonar.

A cabeça de Katarina se manteve abaixada. Levantei-me e comecei a andar de um lado para outro. Lá de fora, veio outra gargalhada. Fui até a janela e olhei. Verne Junior – o menino parecia ter uns 6 anos – gritava: "Aqui vou eu!" Não seria muito difícil achar o irmão. Não conseguia ver Perry, mas o riso do menino escondido vinha claramente de trás do Camaro. Verne Junior fingiu procurar em outros lugares, mas não por muito tempo. Esgueirou-se até o Camaro e berrou: "Buu!"

Perry saiu ainda rindo e correu. Quando vi o rosto do menino, senti que o meu mundo, já abalado, levava outro golpe. Reconheci Perry.

Era ele o menininho que eu tinha visto no carro na noite anterior.

capítulo 37

Tickner estacionou diante da casa de Seidman. Ainda não tinham colocado a fita amarela para isolar a cena do crime, mas ele contou seis carros da polícia e duas vans de emissoras de TV. Primeiro achou que talvez não fosse boa ideia se aproximar, com as câmeras ligadas. Pistillo, o chefe do seu chefe, deixara bem claro qual era sua posição. Porém, no fim das contas, Tickner achou que ficar seria seguro. Se fosse pego pela câmera, sempre poderia optar por contar a verdade: fora avisar aos policiais locais que estava fora do caso.

Tickner encontrou Regan no quintal com o corpo.

– Quem é?

– Não tem identificação – disse Regan. – Vamos tirar as impressões digitais, ver o que descobrimos.

Ambos baixaram os olhos.

– O rosto bate com o retrato falado que Seidman nos deu no ano passado – disse Tickner.

– É.

– Então o que isso significa?

Regan deu de ombros.

– O que descobriu até agora?

– Primeiro os vizinhos ouviram tiros. Depois pneus cantando. Viram um BMW Mini passar pelo gramado. Mais tiros. Avistaram Seidman. Um dos vizinhos disse que acha que viu uma mulher com ele.

– Provavelmente Rachel Mills – comentou Tickner e ergueu os olhos para o céu da manhã. – Então o que isso significa?

– Talvez a vítima trabalhasse para Rachel. Ela a silenciou.

– Na frente de Seidman?

Regan deu de ombros.

– Mas o BMW Mini me faz lembrar uma coisa. A sócia de Seidman tem um. Zia Leroux.

– Deve ter sido ela que o ajudou a fugir do hospital.

– Já avisamos todas as unidades sobre o carro.

– Tenho certeza de que trocaram de veículo.

– É, provavelmente. – Então Regan parou. – Ai, meu Deus.

– O que foi?

Ele apontou o rosto de Tickner.

– Você não está de óculos escuros.

Tickner sorriu.

– Mau presságio?

– Do jeito que vai este caso? Talvez seja um bom presságio.

– Vim avisar que estou fora do caso. Não só eu. O FBI. Se você conseguir provar que a menina ainda está viva...

– ... e sabemos que não está...

– ... ou que ela foi transportada para outro estado, provavelmente consigo voltar. Mas este caso não é mais prioridade.

– De volta ao terrorismo, Lloyd?

Tickner fez que sim. Voltou a olhar o céu. Era esquisito sem os óculos escuros.

– O que o seu chefe queria, afinal de contas?

– Dizer o que acabei de lhe contar.

– Aham. Mais alguma coisa?

Tickner deu de ombros.

– O tiro que atingiu o agente federal Jerry Camp foi acidental.

– O seu chefão chamou você à sala dele antes das seis da manhã para lhe dizer isso?

– É.

– Uau.

– Não só isso, ele investigou o caso pessoalmente. Era amigo da vítima.

Regan balançou a cabeça.

– Isso significa que Rachel Mills tem amigos poderosos?

– De jeito nenhum. Se você conseguir incriminá-la pelo homicídio ou pelo sequestro do caso Seidman, vá fundo.

– É só não envolver a morte de Jerry Camp...

– Isso mesmo.

Alguém chamou. Eles olharam. Tinham encontrado uma arma no quintal do vizinho. Uma rápida cheirada lhes revelara que fora disparada recentemente.

– Que conveniente – acrescentou Regan.

– É.

– Alguma ideia?

– Não. – Tickner se virou para ele. – O caso é seu, Bob. Sempre foi. Boa sorte.

– Obrigado.

Tickner se afastou.

– Ei, Lloyd! – chamou Regan.

Tickner parou. A arma fora ensacada. Regan a observou, depois olhou o corpo aos seus pés.

– Ainda não sabemos o que está acontecendo aqui, não é?

Tickner continuou a andar na direção do carro.

– Não temos a menor ideia – respondeu.

Katarina estava com as mãos no colo.

– Ele está morto mesmo?

– Está – respondeu Rachel.

Verne se levantou, irritadíssimo, os braços cruzados sobre o peito. Estava assim desde que eu dissera que Perry era a criança que vi no Honda Accord.

– O nome dele é Pavel. Era meu irmão.

Esperamos que contasse mais.

– Não era um homem bom. Sempre soube disso. Sabia ser cruel. O Kosovo deixa a gente assim. Mas sequestrar uma criancinha? – Ela balançou a cabeça.

– O que aconteceu? – perguntou Rachel.

Mas os olhos dela estavam no marido.

– Verne?

Ele fez questão de não olhar para ela.

– Menti para você, Verne. Menti sobre muita coisa.

Ele arrumou o cabelo atrás da orelha e piscou. Vi que umedecia os lábios com a língua. Mas nem assim olhou para ela.

– Não vim de uma fazenda – disse ela. – O meu pai morreu quando eu tinha 3 anos. A minha mãe aceitava qualquer emprego que aparecesse. Mas a vida era dificílima. Éramos pobres demais. Roubávamos restos de comida no lixo. Pavel ficava nas ruas, pedindo esmolas e furtando. Comecei a trabalhar em bordéis aos 14 anos. Vocês não podem imaginar como era, mas não dá para escapar dessa vida no Kosovo. Quis me matar nem sei quantas vezes.

Ela levantou a cabeça para o marido, mas Verne ainda não a olhava.

– Olhe para mim – disse ela. Como ele não atendeu, ela se inclinou à frente. – Verne?

– Isso não tem nada a ver conosco – disse ele. – Apenas conte a eles o que precisam saber.

Katarina pôs as mãos no colo.

– Depois de algum tempo, quando a gente vive assim, não pensa mais em escapar. Não pensa em coisas bonitas, felicidade, nada do tipo. A gente fica como um animal. Só caça e sobrevive. E nem sei por que a gente faz isso. Mas certo dia Pavel veio falar comigo. Disse que sabia de um jeito de escapar.

Katarina parou. Rachel se aproximou. Deixei que ela cuidasse daquilo. Tinha experiência com interrogatórios, e, com o risco de soar machista, achei que Katarina teria mais facilidade de se abrir com outra mulher.

– Qual era o jeito de escapar? – perguntou Rachel.

– O meu irmão disse que conseguiria nos arranjar algum dinheiro e passagem para os Estados Unidos se eu conseguisse engravidar.

Achei – risque isso; esperei – ter ouvido errado. Verne virou a cabeça para ela de repente. Dessa vez, Katarina estava preparada. Ela o olhou com firmeza.

– Não entendi – disse Verne.

– Eu tinha algum valor como prostituta. Mas um bebê valia mais. Se eu ficasse grávida, alguém levaria a gente para os Estados Unidos. E pagaria em dinheiro.

A sala ficou em silêncio. Ainda conseguia escutar as crianças lá fora, mas de repente o som parecia muito longe, um eco distante. Fui eu que falei em seguida, tentando sair daquele torpor.

– Pagaria – disse eu, ouvindo o horror e a descrença na minha própria voz – pelo bebê?

– É.

– Jesus – disse Verne.

– Você não entende.

– Ah, entendo sim – disse Verne. – E você concordou?

– Concordei.

Verne se virou como se tivesse levado um tapa. A mão se estendeu e segurou a cortina. Ele fitou os próprios filhos.

– No meu país, se a gente tem um bebê, eles o põem num orfanato horrível. Os pais americanos querem muito adotar. Mas é difícil. Leva muito tempo. Mais de um ano, às vezes. Enquanto isso, o bebê vive na miséria. Os pais têm de pagar às autoridades do governo. O sistema é muito corrupto.

– Entendo – disse Verne. – Você ia fazer isso pelo bem da humanidade?

– Não, fiz por mim. Só por mim, está bem?

Verne fez uma careta. Rachel pôs a mão no joelho de Katarina.

– Então vocês vieram para cá?

– É. Eu e Pavel.

– Então o quê?

– Ficamos num motel. Eu visitava uma mulher de cabelo branco. Ela me examinava, verificava se eu estava comendo direito. E me dava dinheiro para comprar comida e o que fosse necessário.

Rachel assentia para estimulá-la.

– Onde você teve o bebê?

– Não sei. Veio uma van sem janelas. A mulher de cabelo branco estava lá. Ela fez o parto. Lembro que ouvi o choro. Depois levaram a criança embora. Nem sei se era menino ou menina. Eles nos levaram de volta ao motel. A mulher nos deu dinheiro.

Katarina deu de ombros.

Era como se o meu coração tivesse parado. Tentei pensar naquilo, superar o horror. Olhei para Rachel e comecei a perguntar como, mas ela balançou a cabeça. Não era hora de fazer deduções. Era hora de recolher informações.

– Eu adorava estar aqui – disse Katarina depois de algum tempo. – Vocês acham que vivem em um país maravilhoso, mas na verdade não fazem ideia. Eu queria muito ficar. Mas o dinheiro foi acabando. Procurei algum jeito. Conheci uma mulher que me falou do site na internet. A gente põe o nome e os homens nos escrevem. Ela disse que eles não querem prostitutas. Então inventei uma biografia com uma fazenda. Quando os homens pediam, eu dava um endereço de e-mail. Conheci Verne três meses depois.

Verne ficou ainda mais incrédulo.

– Quer dizer que o tempo todo em que eu escrevia para você...?

– Eu estava nos Estados Unidos, isso mesmo.

Ele balançou a cabeça.

– Algo do que você me contou era verdade?

– Tudo o que realmente importava.

Verne fez um ruído de desdém.

– E Pavel? – perguntou Rachel, tentando voltar ao assunto. – Para onde ele foi?

– Não sei. Sei que voltou para casa algumas vezes. Recrutava outras garotas para trazer. Em troca de comissão. De vez em quando entrava em contato comigo. Se precisava de alguns dólares, eu lhe dava. Na verdade nunca era grande coisa. Até ontem.

Katarina ergueu os olhos para Verne.

– As crianças devem estar com fome.

– Elas podem esperar.

– O que aconteceu ontem? – perguntou Rachel.

– Pavel telefonou no fim da tarde. Disse que precisava me ver imediatamente. Não gostei disso. Perguntei o que ele queria. Ele disse que me diria quando chegasse aqui, para eu não me preocupar. Não soube o que responder.

– Que tal "não"? – interrompeu Verne.

– Eu não podia dizer que não.

– Por que não?

Ela não respondeu.

– Ah, entendo. Você tinha medo de ele me contar a verdade. Não é?

– Não sei.

– Que diabo isso quer dizer?

– É, eu estava apavorada, com medo de que ele lhe contasse a verdade. – Mais uma vez ela ergueu os olhos para o marido. – E rezava para que contasse.

Rachel tentou nos trazer de volta ao assunto.

– O que aconteceu quando o seu irmão chegou aqui?

Os olhos dela começaram a se encher de água.

– Katarina?

– Ele disse que precisava levar Perry com ele.

Os olhos de Verne se arregalaram.

O peito de Katarina começou a subir e descer como se fosse difícil respirar.

– Eu disse que não. Disse que não deixaria ele tocar nos meus filhos. Ele me ameaçou. Disse que contaria tudo a Verne. Eu falei que não me importava. Que ele não podia levar Perry. Então ele me deu um soco no estômago. Caí. Ele prometeu que traria Perry de volta em algumas horas. Prometeu que ninguém se machucaria, a não ser que eu dissesse alguma coisa. Se eu chamasse Verne ou a polícia, ele mataria Perry.

As mãos de Verne se fecharam com força. O rosto dele estava vermelho.

– Tentei detê-lo. Tentei resistir, mas Pavel me empurrou de novo para o chão. E então... – a voz dela falhou –, então ele foi embora. Com Perry. As seis horas seguintes foram as mais longas da minha vida.

De soslaio, ela lançou um olhar culpado na minha direção. Eu sabia o que ela estava pensando. Ela vivera esse terror durante seis horas. Eu convivia com ele havia um ano e meio.

– Não sabia o que fazer. O meu irmão é um homem mau. Sei disso. Mas não podia acreditar que ele machucaria os meus filhos. Era tio deles.

Pensei então em Stacy, minha irmã, as minhas palavras de defesa fraternal refletidas nas de Katarina.

– Durante horas fiquei junto da janela. Não conseguia suportar. Finalmente, à meia-noite, liguei para o celular dele. Ele me disse que estava voltando, que Perry estava bem, que não tinha acontecido nada. Ele tentou parecer alegre, mas havia alguma coisa na voz dele. Perguntei onde eles estavam. Ele me disse que estava na Route 80, perto de Paterson. Eu não consegui ficar sentada dentro de casa esperando. Disse que o encontraria no meio do caminho. Peguei Verne Junior e fomos. Quando chegamos ao posto de gasolina na saída de Sparta... – Ela olhou para Verne. – Ele estava bem. Perry. Senti um alívio tão grande que não dá para imaginar.

Verne beliscava o lábio inferior com o polegar e o indicador. Olhou para longe outra vez.

– Antes que eu voltasse, Pavel agarrou o meu braço com força. Me puxou para perto dele. Deu para ver que estava apavorado. Ele disse: "Aconteça o que acontecer, nunca conte isso a ninguém." Falou que se descobrissem sobre mim, se soubessem que ele tinha uma irmã, matariam todos nós.

– Quem são eles? – perguntou Rachel.

– Não sei. As pessoas para quem ele estava trabalhando. As que compravam os bebês, acho. Ele disse que eram malucos.

– O que você fez depois?

Katarina abriu a boca, fechou, tentou de novo.

– Fui ao supermercado – disse ela, com um som que podia até ser riso. – Comprei suco para as crianças. Deixei que tomassem enquanto fazíamos compras. Só queria fazer alguma coisa normal. Não sei, talvez para deixar tudo para trás.

Katarina ergueu os olhos para Verne. Segui o olhar dela. Novamente, estudei esse homem de cabelo comprido e dentes ruins. Dali a um instante, ele se virou para ela.

– Tudo bem – disse Verne com a voz mais delicada que já escutei. – Você estava apavorada. Esteve apavorada a vida inteira.

Katarina começou a soluçar.

– Não quero que fique apavorada nunca mais, está bem?

Ele foi na direção dela. Abraçou-a. Ela se acalmou o suficiente para dizer:

– Ele falou que viriam atrás de nós. Da família inteira.

– Então eu vou proteger a todos nós – disse Verne simplesmente. Ele me olhou por cima do ombro dela. – Eles levaram o meu filho. Ameaçaram a minha família. Está entendendo?

Fiz que sim.

– Agora estou nessa. Estou com vocês até o fim.

Rachel se recostou. Vi quando fez uma careta. Os olhos dela se fecharam. Não sei quanto tempo mais ela aguentaria. Fiz um movimento na sua direção. Ela ergueu a mão.

– Katarina, precisamos da sua ajuda. Onde o seu irmão morava?

– Não sei.

– Pense. Existe algo dele que possa nos levar às pessoas para quem ele trabalhava?

Ela soltou o marido. Verne acariciou o cabelo dela com uma mistura de ternura e força que me deu inveja. Virei-me para Rachel. Não sabia se teria coragem de fazer o mesmo.

– Pavel acabou de chegar do Kosovo – disse Katarina. – E ele não viria para cá de mãos vazias.

Rachel fez que sim.

– Acha que ele trouxe uma mulher grávida?

– Era o que ele sempre fazia.

– Sabe onde ela está?

– As mulheres sempre ficam no mesmo lugar, o mesmo lugar onde fiquei. É em Union City. – Katarina ergueu os olhos. – Vocês querem que ela ajude vocês, não é?

– É.

– Então terei que ir com vocês. Ela provavelmente não fala inglês.

Olhei para Verne. Ele disse:

– Eu cuido dos meninos.

Ninguém se moveu durante vários instantes. Precisávamos reunir forças, nos ajustar, como se tivéssemos entrado numa zona sem gravidade. Usei esse tempinho para sair e ligar para Zia. Ela atendeu no primeiro toque e disse na mesma hora:

– A polícia pode estar escutando e é bom não ficarmos muito tempo na linha.

– Tudo bem.

– O nosso amigo Regan veio à minha casa. Disse que achava que você tinha usado o meu carro para sair do hospital. Liguei para Lenny. Ele me disse para não confirmar nem negar qualquer acusação. Provavelmente você pode adivinhar o resto.

– Obrigado.

– Está tomando cuidado?

– Sempre.

– Continue. Aliás, a polícia não é burra. Acham que, se usaram o carro de uma amiga, vocês podem usar o de outro.

Entendi o que ela queria dizer: não usar o carro de Lenny.

– Melhor desligar – disse ela. – Amo você.

A ligação caiu. Entrei de novo. Verne destrancara o armário das armas com uma chave. Estava escolhendo. Do outro lado da sala, havia um cofre com munição. Abria por combinação. Olhei por cima do ombro dele. Verne moveu as sobrancelhas para mim. Tinha poder de fogo suficiente para derrubar um país europeu.

Contei a eles da conversa com Zia. Verne não hesitou. Deu um tapinha nas minhas costas e disse:

– Tenho o veículo perfeito para vocês.

Dez minutos depois, Katarina, Rachel e eu saíamos num Camaro branco.

capítulo 38

N̄ão demoramos a encontrar a menina grávida.

Antes de sairmos a toda no carro de Verne, Rachel tomou uma chuveirada para lavar o sangue e a sujeira. Troquei o curativo rapidamente. Katarina lhe emprestou um vestido florido de verão. O cabelo de Rachel estava molhado e embaraçado, ainda pingando quando chegamos ao carro. Esqueça o inchaço e os hematomas; acho que nunca vi mulher mais linda em toda a minha vida.

Partimos. Katarina insistiu em ocupar o banco dobrável de trás. Eu e Rachel fomos na frente. Durante alguns minutos, ninguém falou nada. Acho que estávamos tentando relaxar.

– O que Verne disse – começou Rachel. – Sobre tirar os segredos do caminho e deixar tudo em pratos limpos.

Continuei dirigindo.

– Não matei o meu marido, Marc.

Ela não parecia dar importância ao fato de Katarina estar no carro. Nem eu.

– A conclusão oficial é que foi um acidente – falei.

– A conclusão oficial é uma mentira.

Ela soltou um longo suspiro. Precisava de tempo para se recompor. Dei esse tempo a ela.

– Era o segundo casamento de Jerry. Ele tinha dois filhos do primeiro. O menino, Derrick, tem paralisia cerebral. As despesas são absurdas. Jerry nunca foi bom em finanças nem nada do tipo, mas fazia o melhor que podia. Chegou a fazer um grande seguro de vida para o caso de alguma coisa acontecer com ele.

Com a visão periférica, eu conseguia ver as mãos dela. Não se mexeram nem se fecharam. Só ficaram pousadas recatadamente no colo.

– O nosso casamento tinha acabado. Por muitas razões. Já mencionei algumas. Eu realmente não o amava. Acho que ele sentia isso. Mas, principalmente, Jerry era maníaco-depressivo. Quando parou de tomar a medicação, piorou. Então finalmente pedi o divórcio.

Dei uma espiada para o lado. Ela piscava e mordia o lábio.

– No dia em que levaram os documentos para ele, Jerry deu um tiro na cabeça. Fui eu que o encontrei caído sobre a mesa da cozinha. Havia um envelope com o meu nome escrito. Reconheci na mesma hora a letra de Jerry. Abri. Havia uma única folha de papel com uma única palavra escrita. "Cadela."

Katarina pôs uma mão no ombro de Rachel para consolá-la. Concentrei-me com toda a força na estrada.

– Acho que Jerry se matou assim de propósito – disse ela –, porque sabia o que eu teria que fazer.

– Como assim? – perguntei.

– A seguradora não pagaria se a morte fosse por suicídio. Derrick não teria como ser sustentado. Eu não podia deixar isso acontecer. Liguei para um dos meus antigos chefes, um amigo de Jerry chamado Joseph Pistillo. É um dos figurões do FBI. Ele apareceu com alguns de seus homens e fizemos com que parecesse um acidente. A conclusão oficial foi de que o confundi com um ladrão. A polícia local e a seguradora foram pressionadas a aceitar essa versão.

Ela deu de ombros.

– Então por que você saiu do FBI? – perguntei.

– Porque os agentes nunca engoliram a história. Todos acharam que eu só podia estar saindo com alguém poderoso. Pistillo não podia me proteger. Pegaria mal. E eu não podia me defender. Tentei segurar as pontas, mas o FBI não é um lugar para indesejáveis.

A cabeça dela se recostou no descanso. Ela olhou pela janela do carona. Eu não sabia o que pensar da história. Não sabia o que pensar de nada daquilo. Gostaria de ter dito algo para confortá-la. Não consegui. Só continuei dirigindo até que, felizmente, chegamos ao motel de Union City.

Katarina se aproximou da recepção fingindo só falar sérvio, gesticulando feito louca, até que o atendente, imaginando que seria a única maneira de acalmá-la, lhe disse o número do quarto da única outra pessoa no local que parecia falar aquela língua. Estávamos prontos para começar.

O quarto da menina grávida era mais uma pequena quitinete do que um quarto comum de motel de beira de estrada. Eu me refiro a ela como "menina" porque Tatiana – foi o nome que ela nos deu – afirmava ter 16 anos. Desconfiei que fosse mais nova. Tatiana tinha os olhos fundos de uma criança que tivesse acabado de aparecer em um noticiário de guerra, e naquela situação o caso podia ser literalmente esse.

Fiquei atrás, quase fora do quarto. Rachel também. Tatiana não falava inglês. Deixamos que Katarina cuidasse de tudo. As duas conversaram durante uns dez minutos. Em seguida houve um breve silêncio. Tatiana suspirou, abriu a gaveta da cabeceira e deu um pedaço de papel a Katarina. Katarina lhe deu um beijo no rosto e depois se aproximou de nós.

– Ela está apavorada – falou. – Só conhecia Pavel. Ele a deixou aqui ontem e mandou que não saísse do quarto em nenhuma circunstância.

Dei uma olhada em Tatiana. Tentei lhe lançar um sorriso tranquilizador. Tenho certeza de que ficou muito longe disso.

– O que ela disse? – perguntou Rachel.

– É claro que ela não sabe de nada. Como eu. Só sabe que o bebê encontrará um bom lar.

– Que papel é aquele que ela lhe deu?

Katarina ergueu a tira de papel.

– É um telefone. Se houver uma emergência, ela tem que ligar e teclar quatro noves.

– Um bipe – respondi.

– É, acho que sim.

Olhei para Rachel.

– Podemos rastreá-lo?

– Duvido muito. É fácil conseguir bipes com nomes falsos.

– Então vamos ligar – falei. Virei-me para Katarina. – Tatiana conheceu alguém além do seu irmão?

– Não.

– Então você liga. Diz que é Tatiana. Diz a quem atender que está sangrando ou sentindo dor ou algo do tipo.

– Opa – disse Rachel. – Vamos mais devagar.

– Precisamos pegar alguém – falei.

– E depois?

– Como assim, e depois? Você os interroga. Não é isso que você faz, Rachel?

– Não sou mais agente federal. E, mesmo que fosse, a gente não pode cair em cima deles desse jeito. Imagine por um segundo que você é um deles. Você aparece e eu o confronto. O que faria se estivesse envolvido numa coisa dessas?

– Faria um acordo.

– Talvez. Ou talvez só fechasse a boca e pedisse um advogado. E aí, o que faríamos?

Pensei melhor.

– Se a pessoa pedir um advogado – disse eu –, deixe ela comigo.

Rachel me fitou.

– Está falando sério?

– Estamos falando da vida da minha filha.

– Estamos falando de um monte de crianças agora, Marc. Essa gente compra bebês. Precisamos acabar com o negócio deles.

– Então, o que sugere?

– Ligamos para eles, como você disse. Mas Tatiana é quem terá que falar. Ela vai dizer o que for preciso para trazê-los aqui. Eles a examinarão. Anotaremos a placa do carro. Vamos atrás quando forem embora. Descobriremos quem são.

– Não entendi – disse eu. – Por que Katarina não pode ligar?

– Porque quem vier vai querer examinar a pessoa com quem falou pelo telefone. Katarina e Tatiana não têm a voz parecida. Vão perceber a armação.

– Mas por que precisamos passar por tudo isso? Estaremos com eles aqui. Por que correr o risco de segui-los depois?

Rachel fechou os olhos e depois os abriu de novo.

– Marc, pense. Se descobrirem que estamos em cima deles, como reagirão?

Parei.

– E quero deixar uma coisa bem clara. Não é mais só Tara. Precisamos acabar com esses sujeitos – completou Rachel.

– E se os atacarmos aqui – disse eu, entendendo agora o que ela dizia –, vão dar um jeito de se proteger.

– Correto.

Eu não tinha certeza de que me importava muito com isso. Tara era a minha prioridade. Se o FBI ou a polícia quisessem montar uma investigação contra essas pessoas, eu daria todo o apoio. Mas isso estava bem longe do meu radar.

Katarina conversou com Tatiana sobre o nosso plano. Pude ver que não estava colando. A menina estava paralisada. Só ficava fazendo que não com a cabeça. O tempo passava, tempo que na verdade não tínhamos. Não aguentei e decidi fazer uma coisa muito estúpida. Peguei o telefone, liguei o número do bipe e apertei o nove quatro vezes. Tatiana ficou imóvel.

– Você vai falar – insisti.

Katarina traduziu.

Ninguém disse nada nos dois minutos seguintes. Todos só fitamos Tatiana. Quando o telefone tocou, não gostei do que vi nos olhos da menina. Katarina disse alguma coisa, a voz urgente. Tatiana balançou a cabeça e cruzou os braços. O telefone tocou pela terceira vez. Depois pela quarta.

Puxei a arma.

– Marc... – disse Rachel.

Mantive a arma ao lado do corpo.

– Ela sabe que estamos falando da vida da minha filha?

Katarina começou a falar rápido algo em sérvio. Olhei Tatiana bem nos olhos. Não houve reação. Levantei a arma e atirei. O lustre explodiu, o som reverberando alto demais no quarto. Todo mundo levou um susto. Outra atitude burra. Sabia disso. Só que não me importava mais.

– Marc!

Rachel pôs a mão no meu braço. Sacudi o braço para que a tirasse. Olhei para Katarina.

– Diga a ela que se a ligação cair...

Não terminei a frase. Katarina falava depressa. Segurei a arma com força, mas agora ao lado do corpo de novo. Tatiana ainda estava com os olhos em mim. Brotaram gotas de suor na minha testa. Senti o corpo tremer. Enquanto ela me observava, algo no seu rosto começou a se suavizar.

– Por favor – pedi.

No sexto toque, Tatiana agarrou o fone e começou a falar.

Dei uma olhada em Katarina. Ela escutou a conversa e depois assentiu para mim. Voltei para o outro lado do quarto. Ainda estava com a arma na mão. Eu e Rachel nos encaramos.

Ela piscou primeiro.

Estacionamos o Camaro no restaurante vizinho e esperamos.

Não houve muito papo furado. Nós três olhávamos cada um para um lado, menos um para o outro, como se fôssemos estranhos num elevador. Eu não sabia direito o que dizer. Não sabia direito o que estava sentindo. Atirara para o alto e ameaçara a vida de uma adolescente. Pior, acho que não me importava muito. As repercussões, se houvesse alguma, pareciam muito distantes, nuvens de tempestade que poderiam se juntar, mas também se dispersar.

Liguei o rádio e sintonizei a estação local de notícias. Meio que esperava alguém dizer "Interrompemos este programa para um boletim especial" e depois anunciar o nosso nome, dar a nossa descrição e talvez avisar que estávamos armados e éramos perigosos. Mas não houve reportagens sobre disparos em Kasselton nem buscas da polícia.

Rachel e eu ainda estávamos na frente. Katarina se recostava no banco dobrável de trás. Rachel estava com o Palm Pilot pronta para agir. Pensei em ligar para Lenny, mas me lembrei do aviso de Zia. Estariam à escuta. De qualquer modo, eu não tinha muito a relatar – só que ameaçara uma menina grávida de 16 anos com uma arma ilegal tirada de um homem que fora assassinado no meu quintal. Lenny, o Advogado, com certeza não gostaria nem um pouco dos detalhes.

– Acha que ela vai cooperar? – perguntei.

Rachel deu de ombros.

Tatiana jurara que agora estava do nosso lado. Não sabia se podíamos acreditar nela ou não. Por segurança, desconectei o telefone da parede e levei o cabo comigo. Revistei o quarto atrás de papel, lápis e canetas para que ela não pudesse passar um bilhete ao visitante. Não encontrei nada. Rachel também pôs o celular no alto da janela para ser usado como aparelho de escuta. Katarina estava com o celular na orelha agora. Novamente, ela traduziria.

Meia hora depois, um Lexus SC 430 dourado entrou no estacionamento. Soltei um assovio. Um colega do hospital tinha acabado de comprar um carro desses. Custara 60 mil dólares. A mulher que saiu tinha um tufo curto e eriçado de cabelo branco. Para combinar, usava uma camisa branca e, no mesmo tom, calça branca, ambas muito justas. Os braços eram rijos e bronzeados. A mulher tinha aquela aparência de mamãe gostosa que desfila no clube de tênis.

Rachel e eu nos viramos para Katarina. Ela fez que sim solenemente.

– É ela. É a mulher que fez o parto do meu bebê.

Vi Rachel começar a trabalhar no Palm Pilot.

– O que está fazendo? – perguntei.

– Registrando a placa e as características do carro. Em minutos a gente vai saber em nome de quem o carro está registrado.

– Como você faz isso?

– Não é difícil – respondeu Rachel. – Todos os agentes da lei têm contatos. Quem não tem, paga alguém no Departamento de Trânsito. Geralmente quinhentas pratas.

– Tem internet no aparelho?

Ela fez que sim.

– Modem sem fio. Um amigo meu chamado Harold Fisher é técnico e trabalha como autônomo. Ele não gostou do jeito como os federais me colocaram para fora.

– Então agora ele a ajuda?

– É.

A mulher de cabelo branco se inclinou para trás e puxou o que parecia ser uma maleta de médico. Pôs um par de óculos escuros de marca e correu para o quarto de Tatiana. Ela bateu, a porta se abriu, Tatiana a deixou entrar.

Virei-me no banco e observei Katarina, que estava com o telefone no mudo.

– Tatiana está dizendo que agora se sente melhor. A mulher está irritada por ter sido chamada à toa.

Ela fez uma pausa.

– Já ouviu algum nome?

Katarina fez que não.

– A mulher vai examiná-la.

Rachel fitou a tela minúscula do Palm Pilot como se fosse uma bola de cristal.

– Na mosca.

– O que foi?

– Denise Vanech, avenida Riverview, 47, Ridgewood, Nova Jersey. 46 anos. Nenhuma multa de estacionamento pendente.

– Conseguiu tão depressa assim?

Ela deu de ombros.

– Harold só precisou digitar a placa. Ele vai ver o que consegue descobrir sobre ela. – Rachel começou a trabalhar de novo. – Enquanto isso, vou pôr o nome no Google.

– O site de buscas?

– É. Você ficaria surpreso com o que dá para descobrir.

Na verdade, eu sabia. Certa vez, busquei o meu nome. Não me lembro por quê. Zia e eu estávamos bêbados e fizemos para nos divertir. Ela chama de "navegar o ego".

– Não estão falando nada agora. – O rosto de Katarina era uma máscara de concentração. – Será que ela está examinando Tatiana?

Olhei para Rachel.

– Duas ocorrências no Google – disse ela. – O primeiro é da Secretaria de Planejamento do condado de Bergen. Ela requisitou uma licença para subdividir o seu terreno. Foi indeferida. Mas o segundo é mais interessante. É um site de ex-alunos. Lista antigos formandos que estão tentando encontrar.

– Qual escola? – perguntei.

– Enfermagem de Família e Assistência em Obstetrícia da Universidade de Filadélfia.

Batia direitinho.

Katarina disse:

– Terminaram.

– Bem depressa – falei.

– Muito.

Katarina escutou mais um pouco.

– A mulher está dizendo a Tatiana que se cuide. Que deveria se alimentar melhor por causa do bebê. Para telefonar se sentir mais algum desconforto.

Virei-me para Rachel.

– Parece mais agradável do que quando chegou.

Rachel fez que sim. A mulher que supúnhamos ser Denise Vanech saiu. Andava com a cabeça erguida, o traseiro balançando de um jeito provocante. A camisa branca justa tinha riscas verticais e, não pude deixar de notar, era bastante transparente. Ela entrou no carro e partiu.

Liguei o Camaro, o motor rugindo como um fumante vitalício com coqueluche. Segui-a a uma distância segura. Não tinha muito medo de perdê-la. Agora sabíamos onde ela morava.

– Ainda não entendi – disse a Rachel. – Como eles conseguem se safar comprando bebês?

– Encontram mulheres desesperadas e as atraem com promessas de dinheiro e de um lar estável e confortável para as crianças.

– Mas para adotar – insisti –, é preciso passar por todo um procedimento complicado. É um pé no saco. Conheço crianças no exterior, crianças com deficiências físicas, que quiseram trazer para cá. Você não acreditaria na papelada. É impossível.

– Não tenho resposta para isso, Marc.

Denise Vanech entrou na New Jersey Turnpike, sentido norte. Seria o caminho de volta para Ridgewood. Deixei o Camaro para trás mais oito, dez metros. A seta para a direita se acendeu e o Lexus entrou na parada de Vince Lombardi. Denise Vanech estacionou e entrou. Parei o carro ao lado da rampa e olhei para Rachel. Ela mordia o lábio.

– Pode ser que tenha ido ao banheiro – sugeri.

– Ela lavou as mãos depois de examinar Tatiana. Por que não foi ao banheiro lá?

– Será que está com fome?

273

– Ela tem cara de quem come muito no Burger King, Marc?
– Então o que fazemos?
Houve pouca hesitação. Rachel agarrou a maçaneta.
– Me deixe junto da porta.

Denise Vanech tinha quase certeza de que Tatiana estava fingindo.
A menina afirmara estar perdendo sangue. Denise verificou os lençóis. Não tinham sido trocados, mas não havia sangue neles. O piso do banheiro estava limpo. O assento do vaso sanitário, limpo. Não havia sinal de sangue em lugar nenhum.
É claro que isso não significava muita coisa. Havia a possibilidade de a menina ter se limpado. Mas havia outras coisas. O exame ginecológico não mostrou sinais de problemas. Nada. Nem a mais leve mancha vermelha. Os pelos pubianos também não tinham vestígios de sangue. Denise verificou o chuveiro quando terminou. Seco. A garota ligara menos de uma hora antes. Afirmara estar sangrando muito.
Não batia.
Finalmente, o comportamento dela era esquisito. As meninas viviam apavoradas. Nem é preciso dizer. Denise saíra da Iugoslávia aos 9 anos, durante a relativa paz do governo Tito, e sabia o inferno que era. Para essa garota, de onde ela viera, os Estados Unidos deviam parecer Marte. Mas o medo dela tinha um tom diferente. Em geral, as meninas viam em Denise um tipo de tia ou salvadora e a olhavam com uma mistura de apreensão e esperança. Mas essa evitou o seu olhar. Estava agitada demais. E havia mais uma coisa. Tatiana fora trazida por Pavel. Geralmente ele era bom na vigilância. Mas não estava lá. Denise quase perguntou por ele, mas decidiu esperar e entrar no jogo. Se não houvesse nada de errado, com certeza a menina tocaria no nome de Pavel.
Não tocara.
É, alguma coisa estava mesmo errada.
Denise não quis levantar suspeitas. Terminou o exame e saiu depressa. Por trás dos óculos escuros, verificou possíveis vans de vigilância. Não havia nenhuma. Procurou carros descaracterizados da polícia. Novamente, nenhum. É claro que ela não era especialista. Embora trabalhasse com Steven Bacard havia quase uma década, nunca houvera complicações. Talvez por isso tivesse baixado a guarda.
Assim que voltou a entrar no carro, procurou o celular. Queria ligar para

Bacard. Mas não. Se estivessem atrás deles, seriam capazes de rastrear a ligação. Pensou em usar um telefone público no posto de gasolina mais próximo. Mas também poderiam estar esperando por isso. Quando viu a placa da parada na estrada, ela se lembrou de que ali havia uma parede enorme de telefones públicos. Poderia ligar de lá. Se fosse bem rápida, não a veriam nem saberiam que telefone usara.

Mas seria seguro?

Ela examinou rapidamente as possibilidades. Suponhamos que estivesse sendo seguida. Ir até o escritório de Bacard seria obviamente uma escolha errada. Ela poderia aguardar e telefonar quando chegasse em casa. Mas seu telefone poderia estar grampeado. Ligar de onde havia vários telefones públicos parecia o menos arriscado.

Denise pegou um guardanapo de papel e o usou para não deixar impressões digitais no aparelho. Tomou o cuidado de não limpá-lo. Provavelmente já havia dezenas de impressões digitais nele. Por que facilitar o serviço da polícia?

Steven Bacard atendeu.

– Alô!

A tensão óbvia na voz dele a deixou com o coração apertado.

– Onde está Pavel? – perguntou ela.

– Denise?

– É.

– Por que pergunta?

– Acabei de visitar a garota dele. Algo está errado.

– Meu Deus – gemeu ele. – O que foi?

– A garota ligou para o telefone de emergência. Disse que estava com hemorragia, mas estou achando que mentiu.

Houve silêncio.

– Steve?

– Vá para casa. Não fale com ninguém.

– Tudo bem.

Denise viu o Camaro branco parar. Franziu a testa. Ela já não vira aquele carro?

– Há algum registro na sua casa? – perguntou Bacard.

– Não, é claro que não.

– Tem certeza?

– Absoluta.

– Ótimo, tudo bem.
Uma mulher desceu do Camaro. Mesmo a distância, Denise conseguiu ver a atadura na orelha.
– Vá para casa – repetiu Bacard.
Antes que a mulher pudesse dar uma olhada, Denise desligou o telefone e se enfiou no banheiro.

Quando criança, Steven Bacard adorava o antigo seriado *Batman* na TV. Todos os episódios começavam quase da mesma maneira. Um crime era cometido. A imagem passava para o comissário Gordon e o chefe O'Hara. Os dois bufões da lei estariam de cara feia. Discutiriam a situação e perceberiam que só havia um jeito de solucioná-la. Então o comissário Gordon pegava o batfone vermelho. Batman atendia, prometia resolver o problema, virava-se para Robin e dizia: "Para o batmóvel!"
Ele fitou o telefone com aquela sensação sinistra na boca do estômago. Não era para um herói que telefonava. Bem ao contrário, na verdade. Mas, no fim das contas, o que importava era a sobrevivência. Palavras e justificativas bonitas eram ótimas em tempo de paz. Em tempo de guerra, em tempo de vida ou morte, era mais simples: nós ou eles. Ele pegou o telefone e ligou.
Lydia atendeu com doçura.
– Alô, Steven.
– Preciso de você de novo.
– Muito?
– Muitíssimo.
– Estamos a caminho – disse ela.

capítulo 39

— Quando cheguei lá - disse Rachel –, ela estava no banheiro. Mas tenho a sensação de que deu um telefonema antes.

– Por quê?

– Havia uma fila no banheiro. Só havia três pessoas entre nós. Deveria haver mais.

– Algum jeito de descobrir para quem ligou?

– Não por agora. Todos os telefones públicos estão ocupados. Mesmo que eu tivesse todo o acesso do FBI, levaria algum tempo.

– Então continuamos seguindo.

– Isso. – Ela se virou para trás. – Tem algum guia no carro?

Katarina sorriu.

– Muitos. Verne gosta de mapas. Mundo, país, estado?

– Estado.

Ela enfiou a mão no bolso atrás do meu banco e entregou o mapa a Rachel, que destampou a caneta e começou a fazer marcações.

– O que está fazendo? – perguntei.

– Não sei direito.

O celular tocou. Atendi.

– Vocês estão bem?

– Estamos, Verne, estamos bem.

– Pedi à minha irmã que cuidasse das crianças. Estou na picape, seguindo para leste. Qual é o rumo?

Disse a ele que estávamos indo para Ridgewood. Ele disse que conhecia a cidade e avisou:

– Estou a uns vinte minutos. Encontro vocês na Ridgewood Coffee Company, no Van Neste Park.

– Talvez a gente esteja na casa dessa parteira... – falei.

– Eu espero.

– Tudo bem.

– Ei, Marc – disse Verne –, não é sentimentalismo barato nem nada, mas se alguém precisar de uns tirinhos...

– Pode deixar, eu aviso.

O Lexus entrou na Linwood Avenue. Ficamos mais para trás. Rachel mantinha a cabeça baixa, alternando entre o Palm Pilot e o mapa. Chegamos ao subúrbio. Denise Vanech virou à esquerda na Waltherly Road.

– Ela está obviamente indo para casa – disse Rachel. – Deixe-a ir. Precisamos pensar bem nisso.

Não consegui acreditar no que ela sugeria.

– Como assim, pensar bem? Precisamos pegá-la.

– Ainda não. Estou raciocinando aqui.

– O quê?

– Me dê alguns minutos.

Desacelerei e entrei na Van Dien, perto do Valley Hospital. Olhei para Katarina no banco de trás. Ela me deu um sorrisinho. Rachel continuava trabalhando no que quer que fosse. Verifiquei o relógio do painel. Hora de encontrar Verne. Peguei a North Maple no sentido da Ridgewood Avenue. Uma vaga apareceu diante de uma loja chamada Duxiana. Aproveitei. A picape de Verne estava estacionada do outro lado da rua. Tinha rodas de magnésio e dois adesivos, um que dizia CHARLTON HESTON PARA PRESIDENTE e o outro TENHO CARA DE HEMORROIDA? ENTÃO LARGA DA MINHA BUNDA.

O centro da cidade de Ridgewood era uma mistura de esplendor de cartão-postal da virada do século e praça de alimentação extravagante de shoppings modernos. A maior parte das antigas lojas familiares tinha sumido. Claro, a livraria independente ainda funcionava. Havia uma loja de colchões caros, um lugar bonitinho que vendia miudezas dos anos 1960, um monte de butiques, salões de beleza e joalherias. E, claro, algumas lojas de redes grandes – Gap, Williams-Sonoma, a onipresente Starbucks – tinham ocupado um bom espaço. Mas, mais do que tudo, o centro da cidade se transformara num grande bufê, um *pot-pourri* de restaurantes e lanchonetes para todos os orçamentos e gostos. Cite a culinária de um país, havia um restaurante disso lá. Jogue uma pedra, mesmo sem força, em qualquer direção, e atingiria três deles.

Rachel levou o mapa e o Palm Pilot. Trabalhava enquanto andávamos. Verne já estava no café, batendo papo com o sujeito corpulento atrás do balcão. Estava com um boné da John Deere e uma camiseta que dizia: MOOSEHEAD: UMA GRANDE CERVEJA, UMA NOVA EXPERIÊNCIA.

Ocupamos uma mesa.

– E aí? – perguntou Verne.

Deixei que Katarina contasse. Eu observava Rachel. Toda vez que eu começava a falar, ela erguia o dedo para me calar. Disse a Verne que deveria levar

Katarina para casa. Não precisávamos mais da ajuda deles. Eles deveriam ficar com os filhos. Verne relutava.

Sorrateira, a hora se aproximava das dez da manhã. Eu não estava muito cansado. A privação de sono, mesmo por razões que geram muito menos adrenalina do que aquela, não me incomodava. Isso era resultado da residência médica e das muitas noites de plantão.

— Na mosca — disse Rachel de novo.

— O quê?

Com os olhos ainda no Palm Pilot, Rachel estendeu a mão.

— Me empreste o seu celular.

— O que é?

— Apenas me dê, ok?

Entreguei-lhe o celular. Ela fez uma ligação e se afastou para o canto do café. Katarina pediu licença para ir ao banheiro. Verne me cutucou com o cotovelo e apontou para Rachel.

— Vocês dois estão apaixonados?

— É complicado — respondi.

— Só se você for um idiota.

Posso ter dado de ombros.

— Ou você ama ou não — disse Verne. — O resto? Babaquice.

— Foi assim que você lidou com o que descobriu hoje de manhã?

Ele pensou um pouco.

— O que Kat disse. O que fez no passado. Não tem muita importância. Há uma essência. Durmo com aquela mulher há oito anos. Conheço sua essência.

— Não conheço Rachel tão bem assim.

— Ah, conhece sim. Olhe só para ela. — Olhei. E senti algo leve e arejado passar por mim. — Ela apanhou. Levou um tiro, pelo amor de Deus. — Ele parou. Eu não estava olhando, mas aposto que ele balançou a juba com ar de desaprovação. — Se deixar isso acabar, sabe o que você é?

— Um babaca.

— Um babaca *profissional*. Você sai da condição de amador.

Rachel desligou o telefone e voltou correndo. Talvez fosse algo que Verne disse, mas poderia jurar que vi um fogo nos olhos dela. Naquele vestido, com o cabelo despenteado, com o sorriso confiante de dona do mundo, fui transportado para o passado. Não durou muito. Não mais que um ou dois instantes. Mas talvez bastasse.

— Na mosca? — perguntei.

– Um tiro de canhão na festa da independência. – Ela começou a batucar com a canetinha de novo. – Só preciso fazer mais uma coisa. Enquanto isso, dê uma olhada nesse mapa.

Puxei-o para mim. Verne olhou por sobre o meu ombro. Ele cheirava a óleo lubrificante. Havia marcas de todo tipo no mapa: estrelinhas, cruzes, mas a linha mais grossa era uma rota sinuosa. Reconheci.

– Essa é a rota que os sequestradores seguiram ontem à noite – falei. – Quando os seguimos.

– Certo.

– E o que são todas essas estrelas e tal?

– Tudo bem. Primeira coisa: veja a rota real que fizeram. Para o norte pela Tappan Zee. Depois, oeste. Depois, sul. Depois oeste de novo. Depois de volta ao leste e ao norte.

– Estavam enrolando – disse eu.

– Isso. É como dissemos. Estavam preparando aquela armadilha para nós na sua casa. Mas pense nisso um segundo. A nossa teoria é de que alguém da polícia os avisou sobre o Q-Logger, certo?

– E daí?

– E daí que ninguém sabia do Q-Logger até você ir para o hospital. Quer dizer que, pelo menos durante parte da viagem, eles não sabiam que eu os estava seguindo.

Eu não sabia se tinha entendido, mas disse:

– Tudo bem.

– Você paga a conta do seu celular pela internet? – perguntou ela.

A mudança de assunto me desconcertou um instante.

– Pago – respondi.

– Então recebe um extrato, certo? Você clica no link, faz o login e vê todas as suas chamadas. Provavelmente também tem um extrato invertido, para clicar no número e ver para quem você ligou.

Fiz que sim. Era isso mesmo.

– Pois encontrei a última conta telefônica de Denise Vanech. – Ela ergueu a mão. – Não se preocupe em perguntar como. É bem fácil. Provavelmente Harold conseguiria hackear se tivesse mais tempo, mas conhecer as pessoas certas ou suborná-las é mais rápido. Agora, com as contas pagas pela internet, é mais fácil do que nunca.

– Harold lhe mandou a conta pela internet?

– Mandou. Enfim, a Sra. Vanech faz muitas ligações. Foi por isso que demorei. Estávamos conferindo todas elas, encontrando os nomes e depois os endereços.

– E um nome se destacou?

– Não, um endereço. Eu queria ver se ela ligara para alguém na rota dos sequestradores.

Agora eu vi aonde ela queria chegar.

– E suponho que a resposta seja sim?

– Melhor do que sim. Lembra quando eles pararam no complexo de escritórios MetroVista?

– Claro.

– No mês passado, Denise Vanech fez seis ligações para o escritório de advocacia de um tal Steven Bacard. – Rachel apontou para a estrela que desenhara no mapa. – No MetroVista.

– Um advogado?

– Harold vai ver o que consegue desenterrar, mas o Google deu conta. O nome Steven Bacard aparece com frequência.

– Em que contexto?

Rachel sorriu de novo.

– Ele é especializado em adoções.

– Minha nossa senhora – disse Verne.

Recostei-me e tentei digerir tudo aquilo. Luzes de alerta piscaram, mas não tive certeza do que queriam dizer. Katarina voltou à mesa. Verne contou a ela o que tínhamos descoberto. Estávamos chegando perto. Disso eu sabia. Mas me senti boiando. O meu celular – ou, devo dizer, o de Zia – tocou. Era Lenny. Pensei em não atender, lembrando o que Zia dissera. Mas é claro que Lenny saberia da possibilidade de grampo. Fora ele que avisara Zia.

Apertei o botão de atender.

– Eu falo primeiro – disse Lenny antes mesmo que eu pronunciasse um alô. – Que fique registrado, caso esteja sendo gravada, que esta conversa é entre um advogado e o seu cliente. Portanto, está protegida pela confidencialidade. Marc, não me diga onde está. Não me diga nada que me obrigue a mentir. Entendeu?

– Entendi.

– A sua viagem deu frutos? – perguntou.

– Não os frutos que queríamos. Pelo menos, ainda não. Mas estamos chegando perto.

– Posso ajudar em alguma coisa?

– Acho que não... – Mas então lembrei que Lenny cuidara das prisões da minha irmã. Ele fora o seu principal assessor jurídico. – Stacy já lhe disse alguma coisa sobre adoção?

– Não estou entendendo.

– Ela já pensou em dar um bebê para adoção ou lhe mencionou adoções de alguma forma?

– Não. Isso está ligado ao sequestro?

– Pode estar.

– Não me lembro de nada assim. Olhe, podem estar nos gravando, então vou lhe dizer por que liguei. Acharam um corpo na sua casa, um homem com dois tiros na cabeça. – Lenny sabia que eu já sabia disso. Supus que tivesse dito isso para quem estivesse à escuta. – Ainda não o identificaram, mas encontraram a arma do crime no quintal dos Christies.

Não fiquei surpreso. Rachel imaginara que jogariam a arma em algum lugar.

– A questão, Marc, é que a arma do crime é a sua antiga arma, aquela que sumiu desde os tiros na sua casa. Já fizeram o exame de balística. Você e Monica foram baleados com revólveres diferentes, lembra?

– Lembro.

– Então, aquela arma, a *sua* arma, foi uma das duas usadas naquela manhã.

Fechei os olhos. Rachel fez "O quê?" com a boca.

– Vou desligar – disse Lenny. – Vou dar uma olhada no caso de Stacy e nesse lance da adoção, se quiser. Ver o que consigo descobrir.

– Obrigado.

– Cuide-se.

Ele desligou. Virei-me para Rachel e lhe contei a descoberta da arma e o exame de balística. Ela se recostou e mordeu o lábio inferior, outro hábito conhecido dos nossos tempos de namoro.

– Então isso quer dizer – disse ela – que Pavel e o resto dessa gente estão definitivamente ligados ao primeiro ataque.

– Você ainda tinha dúvidas?

– Algumas horas atrás, achávamos que era tudo um golpe, lembra? Achávamos que talvez esses sujeitos soubessem apenas o suficiente para fingir que tinham Tara e arrancar do seu sogro o dinheiro do resgate. Mas agora sabemos que não. Essa gente estava lá naquela manhã. Eles participaram do sequestro original.

Fazia sentido, mas ainda havia algo que não fazia sentido.

– E daqui, para onde vamos? – perguntei.

– O passo mais lógico é visitar esse tal advogado Steven Bacard – disse Rachel. – O problema é que não sabemos se ele é o chefe ou apenas mais um funcionário. Até onde sabemos, Denise Vanech pode muito bem ser a chefe e ele trabalhar para ela. Ou ambos trabalham para algum terceiro. E se formos lá de qualquer jeito, Bacard só vai se fechar. Ele é advogado. É esperto demais para se abrir conosco.

– Então, o que sugere?

– Não sei direito – respondeu ela. – Pode estar na hora de chamar os federais. Talvez eles consigam revistar o escritório.

Fiz que não.

– Isso vai demorar muito.

– Talvez a gente consiga fazer com que se mexam depressa.

– Supondo que acreditem em nós, o que é uma suposição e tanto, depressa até que ponto?

– Não sei, Marc.

Não gostei.

– Suponhamos que Denise Vanech tenha desconfiado. Suponhamos que Tatiana se apavore e ligue para ela de novo. Suponhamos que haja mesmo um vazamento. Há variáveis demais aqui, Rachel.

– Então o que acha que deveríamos fazer?

– Um ataque em pinça – falei, as palavras saindo sem pensar. Havia um problema. Achei a solução. – Você pega Denise Vanech. Eu pego Steven Bacard. Coordenamos a ação para pegar os dois ao mesmo tempo.

– Marc, ele é advogado. Não vai se abrir com você.

Olhei-a. Ela viu. Verne se sentou um pouco mais ereto e soltou um pequeno *ebaaa*.

– Vai ameaçá-lo? – perguntou Rachel.

– Estamos falando da vida da minha filha.

– E você está falando em fazer justiça com as próprias mãos. – E acrescentou: – De novo.

– E daí?

– Você ameaçou uma adolescente com uma arma.

– Estava tentando intimidá-la, só isso. Eu nunca a machucaria de verdade.

– A lei...

– A lei não fez nada para ajudar a minha filha – insisti, tentando não gritar.

Com o canto do olho, vi Verne concordar com a minha indignação. – Estão ocupados demais perdendo tempo com você.

Isso a fez se endireitar.

– Comigo?

– Lenny me contou lá em casa. Acham que foi você. Sem mim. Que você estava obcecada para me ter de volta ou coisa assim.

– O quê?

Levantei-me da mesa.

– Olhe, vou visitar esse tal Bacard. Não pretendo machucar ninguém, mas, se ele souber alguma coisa sobre a minha filha, vou descobrir o que é.

Verne ergueu o punho.

– É isso aí.

Perguntei a Verne se podia ficar com o Camaro e se Rachel podia usar o celular de Katarina. Ele me lembrou de que estava do meu lado em tudo. Esperei que Rachel argumentasse um pouco mais. Não argumentou. Talvez soubesse que eu não mudaria de ideia. Talvez soubesse que eu tinha razão. Ou talvez – o que era mais provável – tivesse ficado atordoada ao saber que os antigos colegas a consideravam a única suspeita.

– Vou com você – disse Rachel.

– Não. – A minha voz não deixava espaço para negociação. Não tinha a mínima ideia do que faria quando chegasse lá, mas sabia que era capaz de muita coisa. – O que eu disse antes faz sentido. – Ouvi a minha conhecida voz de cirurgião assumir o controle. – Ligo para você quando chegar ao escritório de Bacard. Pegamos ele e Denise Vanech ao mesmo tempo.

Não esperei resposta. Voltei ao Camaro e parti rumo ao complexo de escritórios MetroVista.

capítulo 40

Lydia verificou os arredores. Estava um pouco mais visível do que gostaria, mas não havia como evitar. Estava com a peruca loura espetada, a que mais lembrava a descrição que Steven Bacard fizera de Denise Vanech. Bateu à porta da quitinete.

A cortina junto à porta se mexeu. Lydia sorriu.

– Tatiana?

Nenhuma resposta.

Tinham lhe avisado que a garota falava pouquíssimo inglês. Lydia pensara bem em como fazer aquilo. O tempo era fundamental. Tudo e todos tinham que se calar. Quando alguém que detesta sangue como Bacard diz isso, a gente entende imediatamente as implicações. Lydia e Heshy tinham se dividido. Ela tinha vindo para cá. Eles se encontrariam depois.

– Está tudo bem, Tatiana – disse ela pela porta. – Estou aqui para ajudar.

Não houve nenhum movimento.

– Sou amiga de Pavel – testou. – Conhece Pavel?

A cortina se mexeu. O rosto de uma moça apareceu por um breve instante, magro e infantil. Lydia cumprimentou-a com a cabeça. A mulher continuava não abrindo a porta. Lydia examinou os arredores. Não havia ninguém olhando, mas ela ainda se sentia exposta demais. Isso precisava acabar logo.

– Espere – disse Lydia.

Então, olhando a cortina, enfiou a mão na bolsa. Tirou um pedaço de papel e uma caneta. Escreveu alguma coisa, se assegurando de que, se ainda houvesse alguém na janela, vissem exatamente o que fazia. Tampou a caneta e se aproximou da janela. Segurou o pedaço de papel junto ao vidro para que Tatiana pudesse ler.

Foi como tirar um gato assustado de debaixo do sofá. Tatiana se moveu devagar. Aproximou-se da janela. Lydia ficou parada para não assustá-la. Tatiana se inclinou para mais perto. *Aqui, gatinho, gatinho.* Agora Lydia conseguia ver o rosto da moça. Ela franzia os olhos, tentando ver o que estava no pedaço de papel.

Quando Tatiana se aproximou o suficiente, Lydia encostou o cano da arma no vidro e mirou entre os olhos da menina. No último segundo, ela tentou desviar. Não conseguiu por pouco. A bala atravessou diretamente o vidro e entrou no olho direito de Tatiana. Havia sangue. Lydia atirou de novo, inclinando a arma para baixo. Pegou-a na queda, no alto da testa. Mas a segunda bala era desnecessária. O primeiro tiro, aquele no olho, atravessara o cérebro da mocinha e a matara no mesmo instante.

Lydia saiu apressada. Arriscou uma olhadela para trás. Ninguém. Quando chegou ao shopping vizinho, jogou a peruca e o guarda-pó branco no lixo. Encontrou o carro num estacionamento a 700 metros dali.

Liguei para Rachel quando cheguei ao MetroVista. Ela estava estacionada na rua de Denise Vanech. Ambos estávamos prontos para agir.

Não sei direito o que esperava encontrar ali. Acho que imaginei que entraria na sala de Bacard, enfiaria a arma na cara dele e exigiria respostas. O que eu não havia previsto era um escritório de alto nível normal – isto é, Steven Bacard tinha uma sala de recepção bem decorada. Havia duas pessoas esperando – um casal, ao que parecia. O marido estava com a cara enfiada num número plastificado de *Sports Illustrated*. A mulher parecia sentir dor. Tentou sorrir para mim, mas era como se o mero esforço a machucasse.

Percebi que a minha aparência devia estar horrível. Ainda vestia a roupa roubada do hospital. A barba estava por fazer. Sem dúvida os olhos estavam vermelhos pela falta de sono. Imaginei que o cabelo estava todo desgrenhado, um caso clássico de falta de pente.

A recepcionista ficava atrás de uma daquelas janelas de vidro de correr que costumo associar a consultórios de dentistas. A mulher – uma plaquinha dizia AGNES WEISS – sorriu.

– Em que posso ajudar?

– Vim falar com o Dr. Bacard.

– Tem hora marcada?

Ela falava com voz doce, mas havia também um toque de retórica. Ela já sabia a resposta.

– É uma emergência – falei.

– Entendo. É cliente nosso, Sr...?

– Doutor – retruquei automaticamente. – Diga-lhe que o Dr. Marc Seidman precisa vê-lo imediatamente. Explique que é uma emergência.

Agora o jovem casal nos observava. O sorriso da recepcionista começou a titubear.

– Hoje a agenda do Dr. Bacard está lotada. – Ela abriu a agenda grande.
– Vou ver quando teremos horário disponível, tudo bem?

– Agnes, olhe para mim.

Ela olhou. Fiz para ela a minha expressão mais séria de você-pode-morrer-se-eu-não-operar-agora-mesmo.

– Diga-lhe que o Dr. Seidman está aqui. Explique que é uma emergência. Diga a ele que, se não me atender agora, irei à polícia.

O jovem casal trocou olhares.

Agnes se ajeitou na cadeira.

– Se o senhor fizer o favor de se sentar...

– Diga a ele.

– Se o senhor não se afastar, vou chamar a segurança.

Então dei um passo atrás. Sempre poderia avançar de novo. Agnes não pegou o telefone. Recuei para uma distância não ameaçadora. Ela fechou a janelinha. O casal me olhou. O marido disse:

– Ela está enrolando.

– Jack! – exclamou a mulher.

Jack a ignorou.

– Bacard saiu correndo faz meia hora. Aquela recepcionista não para de nos dizer que ele volta já.

Notei uma parede coberta de fotografias. Olhei mais atentamente. O mesmo homem estava em todas elas com uma variedade de políticos, subcelebridades, ex-atletas gordos. Steven Bacard, supus. Fitei a cara dele – rechonchuda, queixo fraco, cara de quem frequenta country club.

Agradeci ao homem chamado Jack e segui para a porta. O escritório de Bacard ficava no primeiro andar, então decidi esperar na entrada. Dessa maneira, conseguiria pegá-lo despreparado em terreno neutro e antes que Agnes pudesse avisá-lo. Cinco minutos se passaram. Vários ternos entraram e saíram, todos atormentados pelos seus dias de toner de impressora e peso de papel, arrastados por pastas do tamanho de porta-malas. Andei de um lado para o outro no corredor.

Outro casal entrou. Soube na mesma hora, pelos passos hesitantes e pelo olhar, que também iam para o escritório de Bacard. Observei-os e me perguntei que caminho os levara até lá. Vi-os se casando, de mãos dadas, beijando-se com liberdade, fazendo amor de manhã. Vi a carreira dos dois começar a prosperar. Vi como sentiram a dor das tentativas iniciais de conceber, o dar de ombros ao esperar o mês seguinte quando os exames de farmácia davam negativo, a preocupação surgindo devagar. Um ano se passa. Nada ainda. Os amigos começam a ter filhos e a falar sobre eles sem parar.

Os pais perguntam quando terão netos. Vejo-os visitando o médico – um "especialista" –, a sondagem interminável para a mulher, a humilhação de se masturbar num béquer para o homem, as perguntas íntimas, as amostras de sangue e urina. Mais anos se passam. Os amigos se afastam. Fazer amor agora é estritamente com a finalidade de procriar. É calculado. É sempre marcado pela tristeza. Ele para de segurar a mão dela. Ela se vira para o outro lado à noite, a menos que seja a época certa do ciclo. Vejo os medicamentos, o Pergonal, a caríssima fertilização *in vitro*, os períodos de licença do trabalho, a verificação de calendários, os mesmos exames de farmácia, a decepção esmagadora.

E agora estavam aqui.

Não, não sabia se parte disso era mesmo verdade. Mas, não sei como, desconfiei que estava perto. Até onde eles seriam capazes de chegar para acabar com essa dor? Quanto pagariam?

– Ai, meu Deus! Ai, meu Deus!

Virei a cabeça de repente na direção do grito. Um homem socava a porta.

– Liguem para a emergência!

Corri na direção dele.

– O que foi?

Ouvi outro grito. Corri pela porta até a rua. Outro grito, este mais agudo. Virei-me para a direita. Duas mulheres saíam correndo da garagem subterrânea. Disparei pela rampa. Passei direto pelo portão onde a gente pega o tíquete do estacionamento. Alguém pedia ajuda, implorando para os outros ligarem para a emergência.

À frente, vi um segurança berrando num tipo de walkie-talkie. Ele também saiu a toda. Fui atrás. Quando fizemos a curva, o segurança parou. Havia uma mulher ao lado dele. Estava com as mãos no rosto e gritava. Corri até junto deles e olhei para baixo.

O corpo estava enfiado entre dois carros. Os olhos abertos fitavam o nada. O rosto ainda era rechonchudo, queixo fraco, cara de quem frequenta country club. O sangue corria do ferimento na cabeça. Meu mundo balançou de novo.

Steven Bacard, talvez a minha última esperança, estava morto.

capítulo 41

Rachel tocou a campainha. Denise Vanech tinha uma dessas campainhas pretensiosas que sobem e descem pela escala musical. O sol agora estava alto. O céu, limpo e azul. Na rua, duas mulheres caminhavam com pesinhos nas mãos. Cumprimentaram Rachel com a cabeça, sem diminuir o ritmo. Rachel cumprimentou-as de volta.

O interfone soou.

– Quem é?
– Denise Vanech?
– Quem é, por favor?
– Eu me chamo Rachel Mills. Trabalhei no FBI.
– Você disse "trabalhei"?
– É.
– O que quer?
– Precisamos conversar, Sra. Vanech.
– Sobre o quê?

Rachel suspirou.

– A senhora não poderia simplesmente abrir a porta?
– Só quando souber o que você quer.
– A mocinha que a senhora acabou de visitar em Union City. É sobre ela. Para começar.

Denise pareceu pensar antes de responder.

– Sinto muito. Não falo sobre os meus pacientes.
– Eu disse para começar.
– Por que uma ex-agente do FBI estaria interessada nisso, aliás?
– Prefere que eu chame um agente da ativa?
– Não me importa o que vai fazer, Sra. Mills. Não tenho nada a lhe dizer. Se tiver alguma pergunta, o FBI pode procurar o meu advogado.
– Entendo – respondeu Rachel. – E o seu advogado seria Steven Bacard?

Houve um breve silêncio. Rachel deu uma olhada no carro.

– Sra. Vanech?
– Não sou obrigada a falar com você.
– É verdade. Vou falar com os vizinhos, então.
– E dizer o quê?

289

– Vou perguntar a eles se sabem alguma coisa sobre a operação de contrabando de bebês organizada nesta casa.

A porta se abriu depressa. Denise Vanech, com a pele bronzeada e o cabelo branco, enfiou a cabeça pela porta.

– Eu a processarei por injúria.

– Calúnia – disse Rachel.

– O quê?

– Calúnia. Injúria é quando ofendo você diretamente. Calúnia, quando a acuso publicamente de um crime. Você está querendo dizer calúnia. Mas não importa, terá que provar que o que digo não é verdade. E a gente sabe muito bem que é.

– Você não tem provas de que fiz alguma coisa errada.

– Claro que tenho.

– Eu fui cuidar de uma mulher que afirmou estar doente. Só isso.

Rachel apontou o gramado. Katarina desceu do carro.

– E que tal essa ex-paciente?

Denise Vanech cobriu a boca com a mão.

– Ela dirá à polícia que você pagou pelo bebê dela.

– Não, não dirá. Eles vão prendê-la.

– Ah, claro, o FBI vai preferir prender uma pobre mulher sérvia do que acabar com uma quadrilha de contrabando de bebês. É óbvio.

Quando Denise Vanech fez uma pausa, Rachel empurrou a porta.

– Posso entrar?

– Você entendeu tudo errado – disse ela baixinho.

– Ótimo. – Agora Rachel estava do lado de dentro. – Você pode corrigir todos os meus erros.

De repente, pareceu que Denise Vanech não sabia o que fazer. Com mais uma olhada para Katarina, fechou a porta da frente devagar. Rachel já entrava na sala de estar. Era branca. Totalmente branca. Sofás modulares brancos em cima de um tapete branco. Estátuas de porcelana branca de mulheres nuas cavalgando. Mesinha de centro branca, mesinhas laterais brancas e duas daquelas cadeiras de aparência ergonômica e sem encosto – brancas. Denise entrou na sala atrás dela. As roupas brancas se fundiam ao cenário como uma camuflagem, e os braços e a cabeça dela pareciam flutuar.

– O que quer?

– Procuro uma criança específica.

Denise deixou os olhos vagarem na direção da porta.

– A dela?

Ela falava de Katarina.

– Não.

– Na verdade não importaria. Não sei nada sobre a colocação.

– Você é parteira, certo?

Ela cruzou os braços lisos e musculosos.

– Não vou responder a nenhuma pergunta sua.

– Sabe, Denise, sei de quase tudo. Só preciso que você preencha algumas lacunas. – Rachel se sentou no sofá de vinil. Denise Vanech não se mexeu. – Você tem contatos num país estrangeiro. Talvez em mais de um, não sei. Mas sei da Sérvia. Então comecemos por lá. Você tem gente lá que recruta mocinhas. As mocinhas vêm para cá grávidas, mas não mencionam isso ao entrar no país. Você faz o parto. Talvez aqui, talvez em outro lugar, não sei.

– Você não sabe muita coisa.

Rachel sorriu.

– Sei o suficiente.

Nisso Denise pôs as mãos na cintura. Nenhuma das suas poses parecia natural, como se ela as tivesse treinado na frente do espelho.

– Seja como for, as mulheres têm os bebês. Você paga a elas e entrega os bebês a Steven Bacard. Ele trabalha para casais desesperados que talvez estejam dispostos a infringir as regras. Os casais adotam as crianças.

– Que linda história.

– Está dizendo que é ficção?

Denise sorriu.

– Totalmente.

– Legal, ótimo. – Ela pegou o celular. – Então vou chamar o FBI. Vou apresentar Katarina a eles. Podem ir a Union City dar uma dura em Tatiana. Podem quebrar o seu sigilo telefônico, o seu sigilo bancário...

Denise começou a agitar as mãos.

– Tudo bem, tudo bem, me diga o que você quer. Quer dizer, você disse que não é mais agente do FBI. Então o que quer comigo?

– Quero saber como funciona.

– Está tentando entrar no ramo?

– Não.

Denise esperou um instante.

– Você disse antes que está procurando uma criança específica.

– Sim.

– Então trabalha para alguém?

Rachel fez que não.

– Olhe, Denise, você não tem escolha. Ou me conta a verdade ou vai cumprir pena de prisão.

– E se eu contar o que sei?

– Então deixo você fora dessa – disse Rachel.

Era mentira. Mas era uma mentira fácil. Essa mulher estava envolvida na venda de bebês. Não havia como Rachel simplesmente deixar pra lá.

Denise se sentou. O bronzeado começava a sumir do seu rosto. De repente, ela pareceu mais velha. As rugas em torno da boca e dos olhos se aprofundaram.

– Não é o que você está pensando – começou ela.

Rachel aguardou.

– Não prejudicamos ninguém. A verdade é que estamos ajudando.

Denise Vanech pegou a bolsa – branca, naturalmente – e tirou um cigarro. Ofereceu a Rachel, que recusou.

– O que você sabe sobre os orfanatos de países pobres? – perguntou Denise.

– Só o que vejo em documentários na TV.

Denise acendeu o cigarro e deu uma tragada profunda.

– São mais do que horríveis. Pode haver quarenta bebês para cada enfermeira. As enfermeiras não são formadas. O emprego costuma ser um favor político. Algumas crianças são maltratadas. Muitas nascem dependentes de drogas. A assistência médica...

– Já entendi – disse Rachel. – É péssimo.

– É.

– E?

– E achamos um jeito de salvar algumas dessas crianças.

Rachel se recostou e cruzou as pernas. Sabia onde aquilo ia parar.

– Vocês pagam às grávidas para virem para cá venderem os bebês?

– Isso é um exagero – disse ela.

Rachel deu de ombros.

– Como você explicaria?

– Coloque-se na posição delas. Você é pobre, e quero dizer pobre mesmo, talvez prostituta ou escrava. É miserável. Não tem nada. Algum homem a engravidou. Você pode abortar ou, se a sua religião proibir, deixar a criança num orfanato esquecido por Deus.

— Ou — acrescentou Rachel —, se tiver sorte, encontram vocês?

— É. Damos a elas assistência médica adequada. Oferecemos compensação financeira. E o mais importante é que nos asseguramos de encontrar para o bebê um lar amoroso com pais carinhosos e financeiramente estáveis.

— Financeiramente estáveis — repetiu Rachel. — Quer dizer, ricos?

— O serviço é caro — admitiu ela. — Mas deixe-me perguntar uma coisa agora. Veja aquela sua amiga lá fora. Katarina, certo?

Rachel se manteve imóvel.

— O que seria da vida dela agora se não a tivéssemos trazido para cá? Como seria a vida do filho dela?

— Não sei. Não sei o que vocês fizeram com a criança.

Denise sorriu.

— Ótimo, seja do contra. Mas você sabe o que quero dizer. Acha que o bebê estaria melhor com uma prostituta paupérrima num buraco infernal no meio de uma guerra ou numa família amorosa aqui nos Estados Unidos?

— Entendi — disse Rachel, tentando não fazer uma careta. — Então você é como a assistente social mais maravilhosa do mundo. É caridade o que você faz?

Denise deu uma risadinha.

— Olhe em volta. Tenho gostos caros. Moro num bairro elegante. Tenho um filho na universidade. Gosto de passar férias na Europa. Temos uma casa de praia nos Hamptons. Faço isso porque é absurdamente lucrativo. E daí? Que importância têm os meus motivos? Os meus motivos não mudam a situação daqueles orfanatos.

— Ainda não entendi direito — disse Rachel. — As mulheres vendem os bebês para você.

— Elas nos dão os bebês — corrigiu Denise. — Em troca, lhes oferecemos compensação financeira...

— Tá, tá, como quiser. Vocês ficam com o bebê. Elas recebem o dinheiro. Mas e depois? Precisa haver toda aquela papelada sobre a criança, senão o governo interferiria. Não deixariam Bacard organizar adoções desse tipo.

— Verdade.

— Então como funciona?

Ela sorriu.

— Planeja me entregar, não é?

— Não sei ainda o que vou fazer.

Ela ainda sorria.

— Vai se lembrar de que cooperei, não é?

– Vou.

Denise Vanech juntou as palmas das mãos e fechou os olhos. Parecia estar rezando.

– Contratamos mães americanas.

Agora Rachel fez uma careta.

– Como é?

– Por exemplo, digamos que Tatiana esteja prestes a ter o bebê. Podemos contratar você, Rachel, para se fingir de mãe. Você vai ao registro de pessoas físicas da prefeitura. Diz que está grávida e que vai fazer o parto em casa, sem registro hospitalar. Eles lhe dão formulários para preencher. Nunca verificam se você está mesmo grávida. Como poderiam? Não é como se pudessem fazer um exame ginecológico.

Rachel se recostou.

– Jesus.

– É bem simples quando a gente pensa bem. Não há nenhum registro de que Tatiana vai dar à luz. Há um registro de que você vai. Faço o parto. Assino como testemunha do nascimento do seu filho. Você vira a mãe. Bacard manda você preencher a papelada da adoção...

Ela deu de ombros.

– Então os pais adotivos nunca sabem da verdade?

– Não, mas eles também não perguntam muito. Estão desesperados. Não querem saber.

De repente, Rachel se sentiu esgotada.

– E antes de nos dedurar – continuou Denise –, pense em outra coisa. Fazemos isso há quase dez anos. Isso significa que há crianças felizes que moram há todo esse tempo com a sua nova família. Dezenas. Todas essas adoções serão consideradas nulas e sem valor. As mães naturais podem vir aqui e exigir os filhos de volta. Ou exigir uma indenização. Você vai estragar a vida de muita gente.

Rachel balançou a cabeça. Era muita coisa para pensar naquele momento. Melhor deixar para outra hora. Ela estava perdendo o rumo. Tinha que ficar de olho no prêmio. Virou-se e endireitou os ombros. Olhou Denise no fundo dos olhos.

– E como Tara Seidman se encaixa nisso tudo?

– Quem?

– Tara Seidman.

Agora foi a vez de Denise parecer confusa.

– Espere um instante. Essa não foi aquela menininha sequestrada em Kasselton?

O celular de Rachel tocou. Ela olhou a identificação e viu que era Marc. Estava prestes a atender quando um homem apareceu. Rachel perdeu o fôlego. Ao sentir alguma coisa, Denise se virou. Pulou para trás ao vê-lo.

Era o homem do parque.

As mãos dele eram imensas e faziam a arma que agora apontava para Rachel parecer um brinquedo de criança. Ele moveu os dedos na direção dela.

– Me dê o celular.

Rachel estendeu a mão, tentando ao máximo evitar tocá-lo. O homem encostou o cano da arma na cabeça dela.

– Agora me entregue a arma.

Rachel enfiou a mão na bolsa. Ele mandou que ela a erguesse com dois dedos. Ela obedeceu. O celular tocou pela quarta vez. O homem atendeu e disse:

– Dr. Seidman?

Até Rachel conseguiu escutar a resposta.

– Quem é?

– Agora estamos todos na casa de Denise Vanech. Você virá para cá sozinho e desarmado. Então contarei tudo sobre a sua filha.

– Onde está Rachel?

– Está bem aqui. Você tem meia hora. Vou lhe dizer o que precisa saber. Você costuma fazer gracinhas nessas situações. Mas não desta vez, senão a sua amiga Sra. Mills morre primeiro. Entendeu?

– Entendi.

O homem desligou. Olhou para Rachel. Os olhos dele eram castanhos com o centro dourado. Pareciam quase delicados, os olhos de uma corça. Então o homenzarrão voltou o olhar para Denise Vanech. Ela se encolheu. Um sorriso surgiu nos lábios dele.

Rachel viu o que ele estava prestes a fazer.

– Não!!! – berrou ela quando o homenzarrão mirou a arma no peito de Denise Vanech e deu três tiros.

Os três acertaram na mosca. O corpo de Denise amoleceu. Ela escorregou do sofá para o chão. Rachel começou a se levantar, mas agora a arma estava apontada para ela.

– Fique parada.

Rachel obedeceu. Denise Vanech estava visivelmente morta. Os olhos abertos. O sangue corria, um vermelho espantoso contra um mar de branco.

capítulo 42

Agora, o que eu faço?

Tinha ligado para contar a Rachel sobre a morte de Steven Bacard. Agora esse homem a estava fazendo de refém. Certo, então qual era meu próximo passo? Tentei pensar em tudo, analisar os dados com atenção, mas não havia tempo suficiente. O homem ao telefone estava certo. Eu fizera "gracinhas" no passado. No primeiro pagamento de resgate, deixara a polícia e o FBI interferirem. No segundo, arranjara a ajuda de uma ex-agente federal. Durante muito tempo culpei a minha decisão pelo fracasso do primeiro pagamento. Não mais. Nas duas vezes, eu jogara com as chances que tinha, mas agora acho que o jogo já estava decidido desde o pontapé inicial. Eles nunca pretenderam devolver a minha filha. Nem há dezoito meses nem ontem à noite.

Nem agora.

Talvez eu estivesse buscando uma resposta que eu já sabia o tempo todo. Verne tinha entendido a minha busca: "Contanto que o homem não esteja se enganando..." Mas talvez eu estivesse. Mesmo agora, mesmo enquanto desvendávamos esse golpe de contrabando de bebês, eu me permitira novas esperanças. Talvez a minha filha estivesse viva. Talvez tivesse sido enredada nesse golpe da adoção. Seria horrível? Seria. Mas a alternativa óbvia, de que Tara está morta, era muitíssimo pior.

Não sabia mais em que acreditar.

Olhei o relógio. Vinte minutos tinham se passado. Pensei no que fazer. Vamos começar pelo início: liguei para o escritório de Lenny.

– Um homem chamado Steven Bacard acabou de ser assassinado em East Rutherford – falei.

– Bacard, o advogado?

– Conhece?

– Trabalhei num caso com ele alguns anos atrás – respondeu Lenny. Em seguida: – Caramba.

– O quê?

– Você me perguntou sobre adoção e Stacy. Não vi nenhuma ligação. Mas agora que você mencionou o nome de Bacard... Stacy me perguntou sobre ele, hã... três ou quatro anos atrás.

– O que ela queria saber?

– Não me lembro mais. Algo sobre ser mãe.

– O que isso quer dizer?

– Não sei. Na verdade não prestei muita atenção. Só lhe disse que não assinasse nada sem me mostrar antes. Como sabe que ele foi assassinado?

– Acabei de ver o corpo dele.

– Opa, não fale mais nada. Essa linha pode não ser segura.

– Preciso da sua ajuda. Chame a polícia. Eles devem pegar os registros de Bacard. Ele comandava uma rede de adoções. É possível que tenha algo a ver com o sequestro de Tara.

– Como assim?

– Não tenho tempo de explicar.

– Tá, tudo bem, vou ligar para Tickner e Regan. Regan está procurando por você.

– Imagino.

Desliguei antes que ele fizesse mais perguntas. Não tenho certeza do que esperava que descobrissem. Não conseguia me convencer a acreditar que a resposta sobre o destino de Tara estivesse no arquivo de algum escritório de advocacia. Mas quem sabe? E se algo desse errado – e sem dúvida havia uma boa probabilidade de isso acontecer –, queria que mais alguém conseguisse ir atrás.

Agora eu estava em Ridgewood. Não acreditei nem por um segundo que o homem ao telefone estivesse dizendo a verdade. Eles não estavam no ramo de troca de informações. Estavam ali para queimar o arquivo. Rachel e eu sabíamos demais. Estavam me atraindo para lá para que pudessem matar a nós dois.

Então o que eu devia fazer?

Havia pouquíssimo tempo. Se eu enrolasse, se levasse muito mais do que meia hora, o homem do telefone começaria a ficar nervoso. Isso seria ruim. Pensei novamente em chamar a polícia, mas me lembrei do aviso sobre "gracinhas" e ainda estava com medo de realmente haver vazamentos. Eu estava armado. Sabia usar a arma. Tinha uma ótima pontaria, mas num estande de tiro. Supus que atirar em gente seria diferente. Talvez não. Não tinha mais escrúpulos quanto a matar essa gente. *Acho* que nunca tive.

A um quarteirão da casa de Denise Vanech, estacionei o carro, peguei a arma e parti pela rua.

* * *

Ele a chamou de Lydia. Ela o chamou de Heshy.

A mulher chegara havia cinco minutos. Era miúda e bonita, os olhos de boneca arregalados de empolgação. Ficou diante do cadáver de Denise Vanech e observou o sangue escorrer. Rachel estava sentada, imóvel. As mãos tinham sido amarradas às costas com fita adesiva. A mulher chamada Lydia se virou para Rachel.

– Vai ser um horror tirar essa mancha.

Rachel a fitou. Lydia sorriu.

– Não acha engraçado?

– Por dentro – respondeu Rachel. – Por dentro estou morrendo de rir.

– Você visitou uma mocinha chamada Tatiana hoje, não foi?

Rachel não disse nada. O homenzarrão chamado Heshy começou a fechar as cortinas.

– Está morta. Só achei que você gostaria de saber. – Lydia se sentou ao lado de Rachel. – Lembra-se do seriado *Risos em família*?

Rachel se perguntou o que fazer. Essa Lydia era maluca, sem dúvida alguma. Hesitante, falou:

– Lembro.

– Era fã?

– Aquele seriado era uma bobagem pueril.

Lydia jogou a cabeça para trás e riu.

– Eu era a Trixie.

– Você devia se orgulhar.

– Ah, me orgulho sim. E como. – Lydia parou, inclinou o rosto, aproximou-o do rosto de Rachel. – É claro que você sabe que logo, logo vai morrer.

Rachel não piscou.

– Então que tal me contar o que fez com Tara Seidman?

– Ah, por favor. – Lydia se levantou. – Fui atriz, lembra? Atuei na televisão. Então, ora, ora, essa é a parte do espetáculo em que contamos tudo para a plateia entender, e o herói chegar de fininho e nos pegar? Sinto muito, doçura. – Ela se virou para Heshy. – Mordaça, Ursinho Pooh.

Heshy pegou a fita adesiva e a enrolou em torno da boca de Rachel, passando pela nuca. Ele voltou à janela. Lydia se inclinou e chegou bem perto da orelha de Rachel, que conseguiu sentir o seu hálito.

– Vou contar só uma coisa – sussurrou –, porque é engraçado. – Lydia se aproximou mais um pouquinho. – Não tenho ideia do que aconteceu com Tara Seidman.

* * *

Certo, eu não ia dirigir até a frente da casa e bater à porta.

Encaremos os fatos. Eles pretendiam nos matar. A minha única chance era surpreendê-los. Eu não conhecia a planta da casa, mas imaginei que conseguiria achar uma janela lateral e entrar. Eu estava armado. Tinha confiança de que atiraria sem hesitar. Gostaria mesmo de ter um plano melhor, mas, mesmo que houvesse mais tempo, duvido que conseguisse pensar em alguma coisa.

Zia já mencionara o meu ego de cirurgião. Admito que isso me apavorou. Na verdade, eu estava confiante de que conseguiria me dar bem. Eu era esperto. Sabia tomar cuidado. Procuraria uma brecha. Se não encontrasse nenhuma, proporia uma troca: eu por Rachel. Não me deixaria enrolar com conversas sobre Tara. Sim, eu queria acreditar que ela ainda estava viva. Sim, queria acreditar que sabiam onde ela estava. Mas não arriscaria mais a vida de Rachel por esperanças vãs. A minha vida? Com certeza. Mas não a de Rachel.

Aproximei-me da casa de Denise Vanech tentando me esconder atrás das árvores sem chamar muita atenção. Em bairros de alto padrão, isso seria impossível. Ninguém se esgueira. Imaginei os vizinhos me observando por trás das cortinas, os dedos no botão de discagem automática para a polícia. Eu não podia me preocupar com isso. De um modo ou de outro, o que quer que acontecesse seria antes que a polícia conseguisse aparecer.

Quando o meu celular tocou, quase desmaiei de susto. Estava a três casas de distância. Xinguei entre os dentes. O Dr. Bacana, o Dr. Confiante esquecera de pôr o celular no silencioso. Percebi com tristeza que estava me iludindo. Ali, eu estava fora da minha zona de conforto. Suponhamos, por exemplo, que o celular tocasse quando eu estivesse encostado na casa. E aí?

Pulei para trás de um arbusto e atendi com um movimento do pulso.

– Você precisa aprender muito sobre se esgueirar pelos lugares – cochichou Verne. – Você é péssimo nisso.

– Onde você está?

– Olhe a janela do segundo andar.

Espiei a casa de Denise Vanech. Verne estava à janela. Acenou para mim.

– A porta dos fundos estava destrancada – sussurrou ele. – Entrei.

– O que está acontecendo aí?

– Assassinato a sangue-frio. Ouvi que mataram aquela menina no motel. Acabaram com a tal Denise. Agora ela está morta, caída a menos de um metro de Rachel.

Fechei os olhos.

– É uma armadilha, Marc.

– É, imaginei.

– São dois, um homem e uma mulher. Quero que você volte ao seu carro. Quero que venha de carro e estacione na rua. Fique a uma distância segura para que não seja um alvo fácil. Fique lá. Não se aproxime. Só quero que você chame a atenção deles, entendeu?

– Entendi.

– Vou tentar manter um deles vivo, mas não posso prometer nada.

Ele desligou. Corri para o carro e fiz o que ele pediu. Sentia o coração pular no peito. Mas agora havia esperança. Verne estava lá. Estava armado e dentro da casa. Parei diante da casa de Denise Vanech. As persianas e cortinas estavam fechadas. Respirei fundo. Abri a porta do carro e saltei.

Silêncio.

Esperei ouvir tiros. Mas não foi o que aconteceu. O primeiro som foi de vidro quebrando. Então vi Rachel cair da janela.

– Ele acabou de estacionar – disse Heshy.

As mãos de Rachel ainda estavam presas às costas, a fita adesiva cobrindo a boca. Ela sabia que era o fim. Marc viria até a porta. Eles o deixariam entrar, essa versão mutante de Bonnie e Clyde, e depois matariam os dois.

Tatiana já estava morta. Denise Vanech já estava morta. Não havia outro jeito de agir. Heshy e Lydia não poderiam deixá-los vivos. Rachel torcia para Marc perceber isso e ir à polícia. Torcia para que ele não aparecesse, mas é claro que isso não era opção para ele. Portanto, lá estava ele. Provavelmente tentaria alguma temeridade ou talvez estivesse tão cego de esperança que simplesmente se jogaria na armadilha.

De qualquer forma, Rachel tinha que detê-lo.

A única chance dela era surpreendê-los. Mesmo assim, mesmo que tudo desse certo, o máximo que ela poderia esperar seria salvar Marc. O resto não tinha a menor importância.

Hora de agir.

Eles não tinham se dado ao trabalho de amarrar seus pés. Com as mãos atrás das costas e a boca amordaçada, que mal ela poderia causar? Tentar correr na direção deles seria suicídio. Ela seria um alvo fácil.

E era com isso que ela contava.

Rachel se levantou. Lydia se virou e apontou a arma para ela.

– Sente-se.

Ela não se sentou. E agora Lydia estava num dilema. Se atirasse, Marc ouviria. Saberia que havia algo errado. Um impasse. Mas não duraria. Uma ideia – uma ideia bastante frágil – ocorreu a Rachel. Ela saiu correndo. Lydia teria que atirar ou ir atrás dela...

A janela.

Lydia viu o que Rachel estava fazendo, mas não havia como impedir. Rachel baixou a cabeça como um aríete e mergulhou diretamente na janela panorâmica. Lydia ergueu a arma para atirar. Rachel se preparou. Sabia que ia doer. O vidro se quebrou com surpreendente facilidade. Rachel voou por ele, mas não contava com a distância até o chão. As mãos ainda estavam presas às costas. Não havia como amortecer a queda.

Ela se virou de lado e recebeu o impacto no ombro. Alguma coisa estalou. Ela sentiu uma dor lancinante descer pela perna. Um caco de vidro saía da coxa. O som alertaria Marc, sem dúvida nenhuma. Ele poderia se salvar. Mas, quando Rachel saiu rolando, o pavor – um pavor pesado e profundo – a atingiu. Sim, ela o alertara. Ele a vira cair pela janela.

Mas agora, sem pensar no perigo, Marc corria em sua direção.

Verne estava agachado na escada.

Estava prestes a agir quando Rachel se levantou de repente. Estava maluca? Não, ela era apenas uma mulher corajosa. Afinal de contas, não sabia que ele estava escondido no andar de cima. Ela não ficaria simplesmente ali sentada esperando Marc cair na armadilha. Ela não era assim.

– Sente-se.

A voz da mulher. Aquela coisa arrogante chamada Lydia. Ela começou a erguer a arma. Verne entrou em pânico. Ainda não estava em posição. Não conseguiria mirar direito. Mas Lydia não puxou o gatilho. Verne observou espantado Rachel correr e pular pela janela.

Uma distração e tanto.

Então Verne agiu. Ele já ouvira falar incontáveis vezes do modo como o tempo para em momentos de extrema violência, que breves segundos podem se arrastar de modo que a gente vê tudo com clareza. Na verdade, essa era uma grande bobagem. Quando a gente olha para trás, quando repassa tudo na cabeça são e salvo, no conforto, é que a gente imagina que foi devagar. Mas, no calor do momento, quando ele e três colegas tiveram que trocar tiros com alguns soldados da "elite" de Saddam, o tempo na verdade acelerou. Era o que estava acontecendo agora.

Verne entrou.

– Largue a arma!

O homenzarrão estava com a arma apontada para a janela de onde Rachel caíra. Não havia tempo de gritar outro aviso. Verne atirou duas vezes. Heshy caiu. Lydia gritou. Verne se jogou no chão, rolou e sumiu atrás do sofá. Lydia gritou de novo.

– Heshy!

Verne espiou, esperando que Lydia lhe apontasse a arma. Mas não era o caso. Ela largou a arma. Ainda gritando, caiu de joelhos e segurou suavemente a cabeça de Heshy.

– Não! Não morra. Por favor, Heshy, por favor, não me deixe!

Verne chutou a arma de Lydia para longe e manteve a sua apontada para ela.

A voz dela agora era baixa, suave e maternal.

– Por favor, Heshy. Por favor, não morra. Meu Deus, por favor, não me deixe.

Heshy disse:

– Nunca vou deixar.

Lydia olhou para Verne, os olhos implorando. Ele não se deu ao trabalho de ligar para a polícia. Já escutava as sirenes. Heshy agarrou a mão de Lydia.

– Você sabe o que tem que fazer – disse ele.

– Não – respondeu ela, a voz miúda.

– Lydia, planejamos isso.

– Você não vai morrer.

Heshy fechou os olhos. A respiração era difícil.

– O mundo vai pensar que você era um monstro – disse ela.

– Só me importa o que você pensa. Prometa, Lydia.

– Você vai ficar bem.

– Prometa.

Lydia balançou a cabeça. Agora as lágrimas escorriam livremente.

– Não consigo.

– Consegue, sim. – Heshy conseguiu dar um último sorriso. – Você é uma grande atriz, lembra?

– Amo você – disse ela.

Mas os olhos dele estavam fechados. Lydia continuou soluçando. Continuou implorando que ele não a deixasse. As sirenes se aproximaram. Verne deu um passo atrás. A polícia chegou. Quando entraram, os policiais fizeram um círculo em torno dela. De repente, Lydia levantou a cabeça do peito de Heshy.

– Graças a Deus – disse a eles, e as lágrimas voltaram a escorrer. – O meu pesadelo finalmente chegou ao fim.

Rachel foi levada às pressas para o hospital. Eu quis ir atrás, mas a polícia tinha outros planos. Falei com Zia. Pedi-lhe que cuidasse de Rachel por mim.

A polícia nos interrogou durante horas. Interrogaram Verne, Katarina e eu separadamente e depois juntos. Acho que acreditaram na gente. Lenny estava lá. Regan e Tickner apareceram, mas demoraram para chegar. Estavam verificando os registros de Bacard a pedido de Lenny.

Regan falou comigo primeiro.

– Que dia longo, hein, Marc?

Eu estava sentado na frente dele.

– Pareço estar a fim de papo furado, detetive?

– A mulher responde pelo nome de Lydia Davis. O nome verdadeiro é Larissa Dane.

Fiz uma careta.

– Por que esse nome me parece familiar?

– Foi atriz mirim.

– Trixie – falei ao me lembrar. – De *Risos em família*.

– É isso mesmo. Ou pelo menos é o que ela diz. Seja como for, ela afirma que esse sujeito que só conhecemos como Heshy a mantinha em cárcere privado e a agredia. Disse que a obrigava a fazer coisas. O seu amigo Verne acha que é tudo mentira. Mas agora isso não tem importância. Ela afirma não saber nada sobre a sua filha.

– Como assim?

– Ela diz que eram apenas contratados. Que Bacard procurou Heshy com esse plano de pedir resgate por uma criança que não tinham sequestrado. Heshy adorou a ideia. Muito dinheiro... E como não tinham mesmo a criança, quase não havia riscos.

– Ela diz que não têm nada a ver com os tiros na minha casa?

– Exato.

Olhei Lenny, que também via o problema.

– Mas estavam com a minha arma. A que usaram para matar o irmão de Katarina.

– É, sabemos. Ela afirma que Bacard a entregou a Heshy. Para armar para você. Heshy atirou em Pavel e deixou a arma lá para você e Rachel levarem a culpa.

– Como conseguiram o cabelo de Tara para o pedido de resgate? Como conseguiram as roupas dela?

– De acordo com a Sra. Dane, foi Bacard quem forneceu tudo.

Balancei a cabeça.

– Então foi Bacard que sequestrou Tara?

– Ela diz que não sabe.

– E a minha irmã? Como ela se envolveu?

– Ela também afirma que foi Bacard. Ele deu a eles o nome de Stacy como bode expiatório. Heshy deu dinheiro a Stacy e pediu que o depositasse no banco. Depois a matou.

Olhei para Tickner, depois Regan.

– Não bate...

– Ainda estamos trabalhando nisso.

– Tenho uma pergunta – disse Lenny. – Por que voltaram um ano e meio depois para tentar de novo?

– A Sra. Dane afirma não ter certeza, mas acha que foi pura ganância. Diz que Bacard ligou e perguntou se Heshy queria ganhar outro milhão. Ele disse que sim. Quando examinamos os registros de Bacard, ficou claro que tinha problemas financeiros. Achamos que ela está falando a verdade. Ele simplesmente decidiu tentar de novo.

Esfreguei o rosto. As costelas começaram a doer.

– Acharam os registros de adoção de Bacard?

Regan deu uma olhada em Tickner.

– Ainda não.

– Como assim?

– Veja bem, mal começamos a investigar. Vamos encontrá-las. Vamos verificar todas as adoções que ele intermediou, principalmente as que envolvam uma menina dezoito meses atrás. Se Bacard pôs Tara para adoção, descobriremos.

Balancei a cabeça de novo.

– O que é, Marc?

– Isso não faz o menor sentido. O sujeito já ganhava bem com esse esquema das adoções. Por que atirar em mim e em Monica e piorar a situação com sequestro e assassinato?

– Não sabemos – disse Regan. – Acho que todos concordamos que há mais nessa história. Mas a verdade é que a explicação mais provável agora é que a sua irmã e um cúmplice atiraram em você e em Monica e levaram a menina. Depois a entregaram a Bacard.

Fechei os olhos e repassei tudo na cabeça. Será que Stacy teria mesmo feito isso? Teria sido capaz de invadir a minha casa e atirar em mim? Ainda não conseguia me forçar a acreditar. Então pensei numa coisa.

Por que não ouvi a janela quebrando?

Mais do que isso, antes de levar o tiro, por que não ouvi *nada*? Uma janela quebrar, uma campainha tocar, a porta se abrir. Por que não escutei nada? A resposta, de acordo com Regan, é que eu estava bloqueando. Mas agora percebi que não.

— A barra de granola — disse eu.

— Como é?

Virei-me para ele.

— A sua teoria é de que estou me esquecendo de alguma coisa, certo? Stacy e o cúmplice quebraram a janela ou, sei lá, tocaram a campainha. Eu teria ouvido algum desses barulhos. Mas não ouvi. Só me lembro de comer a minha barra de granola e depois cair.

— Certo.

— Mas, veja, fui bem específico. Eu estava com a barra de granola na mão. Quando vocês me acharam, ela estava no chão. Quanto eu tinha comido?

— Talvez uma ou duas mordidas — disse Tickner.

— Então a sua teoria da amnésia está errada. Eu estava em pé junto à pia comendo a barra de granola. Disso eu me lembro. Quando vocês me acharam, era o que eu estava fazendo. Não há nenhum intervalo de tempo sem explicação. E se foi a minha irmã, por que tiraria a roupa de Monica... Pelo amor de Deus? — Parei.

— Marc? — disse Lenny.

Você a amava?

Fitei diretamente à frente.

Você sabe quem atirou em você, não sabe, Marc?

Dina Levinsky. Pensei nas suas visitas esquisitíssimas à casa onde passara a infância. Pensei nas duas armas, uma delas sendo a minha. Pensei no CD escondido no porão, bem no lugar que Dina mencionara estar o próprio diário. Pensei naquelas fotos tiradas diante do hospital. Pensei no que Edgar me dissera sobre as consultas de Monica a um psiquiatra.

Então, uma ideia horrorosa, tão terrível que eu poderia mesmo tê-la reprimido, começou a vir à tona.

capítulo 43

FINGI UM MAL-ESTAR e pedi licença. Fui até o banheiro e liguei para Edgar. O meu sogro atendeu.

– Alô!
– Você disse que Monica estava consultando um psiquiatra?
– Marc? É você? – Edgar soltou um pigarro. – Acabei de falar com a polícia. Aqueles imbecis idiotas tinham me convencido de que você estava por trás de toda essa...
– Não tenho tempo para isso agora. Ainda estou tentando encontrar Tara.
– Do que precisa? – perguntou Edgar.
– Por acaso sabe o nome do tal psiquiatra?
– Não.

Pensei um pouco.

– Carson está aí?
– Está.
– Posso falar com ele?

Houve uma breve pausa. Batuquei com o pé no chão. A voz marcante do tio Carson chegou ao telefone.

– Marc?
– Você sabia daquelas fotos, não sabia?

Ele não respondeu.

– Conferi nossos extratos. O dinheiro não saiu da nossa conta. Você pagou o detetive particular.
– Isso não teve nada a ver com os tiros nem com o sequestro – disse Carson.
– Acho que teve. Monica lhe contou o nome do psiquiatra dela, não contou? Qual era?

Novamente, ele não respondeu.

– Estou tentando descobrir o que aconteceu com Tara.
– Ela só o consultou duas vezes – disse Carson. – Como ele pode ajudar?
– Em nada. Mas o nome dele pode.
– Como é?
– Basta me dizer sim ou não. O nome dele era Stanley Radio?

Consegui escutar a respiração dele.

– Carson?
– Já falei com ele. Ele não sabe de nada...
Mas eu já tinha desligado. Carson não diria mais nada.
Mas talvez Dina Levinsky dissesse.

Perguntei a Regan e Tickner se eu estava preso. Eles disseram que não. Perguntei a Verne se ainda podia usar o Camaro.
– Sem problemas – disse Verne. Então, franzindo os olhos, acrescentou:
– Precisa da minha ajuda?
Balancei a cabeça.
– Agora você e Katarina estão fora dessa. Para vocês, já acabou.
– Ainda estou aqui, se precisar de mim.
– Não preciso. Volte para casa, Verne.
Então ele me surpreendeu com um grande abraço. Katarina me deu um beijo no rosto. Deixei e fiquei observando os dois irem embora na picape. Segui para a cidade. O trânsito estava pesado no túnel Lincoln. Levei mais de uma hora para passar pelo pedágio. Isso me deu tempo de fazer algumas ligações. Descobri que Dina Levinsky dividia um apartamento com uma amiga em Greenwich Village.
Vinte minutos depois, bati à sua porta.

Quando Eleanor Russell voltou do almoço, havia um envelope simples de papel pardo na sua cadeira. Estava endereçado ao patrão, Lenny Marcus, e dizia PESSOAL E CONFIDENCIAL.
Eleanor trabalhava com Lenny havia oito anos. Gostava imensamente dele. Como não tinha família – ela e o marido Saul, que morrera havia três anos, nunca tiveram filhos –, ela se tornara quase uma avó substituta dos filhos do chefe. Chegava a ter fotos de Cheryl, a esposa de Lenny, e dos quatro filhos na sua escrivaninha.
Ela olhou o envelope com atenção e franziu a testa. Como chegara ali? Ela espiou a sala de Lenny. Ele parecia muito estressado, porque acabara de voltar da cena de um homicídio. O caso envolvendo o Dr. Marc Seidman, seu melhor amigo, voltara a explodir nas manchetes. Em geral Eleanor não incomodaria Lenny em ocasiões assim. Mas o remetente... Bem, ela achou que ele devia ver com os próprios olhos.
Lenny estava ao telefone. Viu-a entrar e pôs a mão sobre o fone.
– Estou meio ocupado... – disse.

— Chegou isso para você.

Eleanor lhe entregou o envelope. Lenny quase o ignorou. Mas então ela o observou ler o nome do remetente. Ele o virou de um lado, depois do outro.

O remetente dizia apenas *De um amigo de Stacy Seidman*.

Lenny desligou o telefone e rasgou o envelope.

Não acho que Dina Levinsky tenha ficado surpresa ao me ver.

Ela me deixou entrar sem dizer nada. As paredes estavam cobertas de quadros seus, muitos deles pendurados em ângulos estranhos. O efeito era perturbador e dava ao apartamento inteiro um clima de Salvador Dalí. Fomos para a cozinha. Dina me ofereceu um chá. Recusei. Ela pôs as mãos sobre a mesa. Pude ver que as unhas estavam bastante roídas. Estariam assim na minha casa? Agora ela parecia diferente, um tanto mais triste. O cabelo estava mais escorrido. Os olhos, baixos. Era como se estivesse se transformando de novo na menina digna de pena que eu conhecera no colégio.

— Achou as fotos? — perguntou ela.

— Achei.

Dina fechou os olhos.

— Eu nunca deveria ter levado você a elas.

— Por que fez isso?

— Menti para você antes.

Fiz que sim.

— Não sou casada. Não gosto de sexo. Tenho dificuldades para me relacionar. — Ela deu de ombros. — Tenho dificuldade até para dizer a verdade.

Dina tentou sorrir. Tentei sorrir de volta.

— Na terapia, aprendemos a enfrentar os nossos medos. A única maneira de fazer isso é deixar a verdade entrar, por mais doloroso que seja. Mas, sabe, eu nem tinha certeza de qual era a verdade. Então tentei levar você até lá.

— Você esteve na minha casa antes da noite em que a vi, não foi?

Ela fez que sim.

— E foi assim que conheceu Monica?

— Foi.

Fui em frente.

— Vocês duas ficaram amigas?

— Tínhamos algo em comum.

— E o que era?

Dina ergueu os olhos para mim e vi a dor.

– Abuso? – perguntei.

Ela fez que sim.

– Edgar abusou sexualmente dela?

– Não, Edgar não. A mãe. E não foi abuso sexual. Foi mais físico e emocional. Aquela mulher era muito doente. Você sabia disso, não é?

– Acho que sim – respondi.

– Monica precisava de ajuda.

– Então você a apresentou ao seu terapeuta?

– Tentei. Quer dizer, marquei uma hora para ela com o Dr. Radio. Mas não funcionou.

– Por quê?

– Monica não era do tipo que acredita em terapia. Ela achava que conseguiria cuidar dos próprios problemas.

Fiz que sim. Eu sabia.

– Lá em casa – falei –, você me perguntou se eu amava Monica.

– Foi.

– Por quê?

– Ela achava que não. – Dina pôs o dedo na boca, procurando uma lasca de unha para roer. Não havia. – É claro que ela não se achava digna de ser amada. Como eu. Mas havia uma diferença.

– Qual?

– Monica achava que só havia uma pessoa que poderia amá-la para sempre.

Essa resposta eu conhecia.

– Tara.

– É. Ela preparou uma armadilha para você, Marc. Provavelmente você sabe disso. Não foi por acidente. Ela queria engravidar.

Infelizmente, não fiquei surpreso. Mais uma vez, como numa sala de cirurgia, tentei juntar as peças.

– Então Monica acreditava que eu não a amava mais. Temia que eu quisesse o divórcio. Estava perturbada. Chorava à noite. – Parei. Eu dizia isso tanto para Dina quanto para mim mesmo. Não queria continuar seguindo essa linha de raciocínio, mas não havia como parar. – Ela é frágil. A mente está desgastada. Então ela escuta a mensagem de Rachel na secretária eletrônica.

– A sua ex-namorada?

– Isso.

– Você ainda guardava a foto dela na gaveta da escrivaninha. Monica sabia disso também. Você guarda lembranças dela.

Fechei os olhos, recordando o CD de Steely Dan no carro de Monica. Música da faculdade. Música que eu escutara com Rachel.

– Então ela contratou um detetive particular para ver se eu estava tendo um caso. Ele tirou aquelas fotografias.

Dina fez que sim.

– Então ela tinha provas. Eu ia trocá-la por outra mulher. Ia acusá-la de ser instável. Diria que ela não tinha condições de ser uma boa mãe. Sou um médico respeitado, e Rachel tinha ligações com a polícia. Ficaríamos com a custódia da única coisa que realmente importava para Monica. Tara.

Dina se levantou da mesa. Lavou um copo na pia e o encheu de água. Pensei de novo no que tinha acontecido naquela manhã. Por que eu não ouvira a janela quebrar? Por que não ouvira a campainha tocar? Por que não ouvira o intruso entrar?

Simples. Porque não havia intruso.

Lágrimas encheram os meus olhos.

– Então o que ela fez, Dina?

– Você sabe, Marc.

Fechei os olhos com força.

– Não achei que ela seria capaz – disse Dina. – Pensei que só estivesse representando, sabe? Monica estava muito deprimida. Quando me perguntou se eu sabia como arranjar uma arma, achei que queria se matar. Nunca pensei...

– Que ela atiraria em mim?

De repente o ar ficou pesado. A exaustão tomou conta de mim. Estava cansado demais para chorar. Mas ali ainda havia mais a ser desenterrado.

– Você disse que ela pediu ajuda a você para arranjar uma arma?

Dina limpou os olhos e fez que sim.

– Você ajudou?

– Não. Eu não sabia como. Ela disse que você tinha uma arma em casa, mas que não queria nada que pudesse ser rastreado. Então ela recorreu à única pessoa que conhecia que tinha contatos esquisitos.

Agora eu entendia.

– A minha irmã.

– É.

– Stacy arranjou uma arma para ela?

– Não, acho que não.

– Por que acha isso?

– Na manhã em que vocês dois foram baleados, Stacy veio me ver. Bom, eu e Monica tivemos a ideia de procurar Stacy juntas. Então Monica falou para ela de mim. Ela veio me perguntar por que Monica queria uma arma. Não contei, porque, na verdade eu não tinha certeza. Stacy foi embora. Fiquei em pânico. Queria perguntar ao Dr. Radio o que fazer, mas a próxima sessão seria só à tarde. Achei que poderia esperar.

– E aí?

– Ainda não sei o que aconteceu, Marc. Essa é a verdade. Mas sei que Monica atirou em você.

– Como?

– Fiquei apavorada. Então liguei para a sua casa. Monica atendeu. Estava chorando. Disse que você estava morto. Não parava de dizer: "O que eu fiz, o que eu fiz?" Então ela desligou. Liguei de novo. Mas ninguém atendeu. Na verdade, não sabia mesmo o que fazer. Aí a história apareceu na TV. Quando disseram que a sua filha tinha sumido... não entendi. Achei que a achariam logo. Mas nunca acharam. E também não escutei nada sobre aquelas fotos. Esperava, não sei, esperava que levar você às fotografias poderia lançar alguma luz sobre o que realmente aconteceu. Não tanto por vocês dois. Mas pela sua filha.

– Por que esperou tanto tempo?

Os olhos dela se fecharam, e, por um momento, achei que poderia estar rezando.

– Tive uma crise, Marc. Duas semanas depois dos tiros, fui internada com um colapso nervoso. A verdade é que fiquei muito mal e esqueci tudo. Ou talvez quisesse esquecer. Não sei.

O celular tocou. Era Lenny. Atendi.

– Onde você está? – perguntou ele.

– Com Dina Levinsky.

– Vá ao Aeroporto Newark. Terminal C. Agora.

– O que está acontecendo?

– Acho... – disse Lenny. Então ele parou, recuperou o fôlego. – Acho que sei onde podemos encontrar Tara.

capítulo 44

Quando cheguei ao Terminal C, Lenny já estava em pé junto ao *check-in* da Continental. Eram seis horas da tarde. O aeroporto estava lotado de gente exausta. Ele me entregou o bilhete anônimo encontrado no escritório dele. Dizia:

Abe e Lorraine Tansmore
26 Marsh Lane
Hanley Hills, Missouri

Era só isso. Só o nome e o endereço. Nada mais.

– É um subúrbio perto de Saint Louis – explicou Lenny. – Já pesquisei um pouco.

Eu não parava de olhar para o nome e o endereço.

– Marc?

Ergui os olhos para ele.

– Os Tansmores adotaram uma menina dezoito meses atrás. Ela estava com seis meses quando a receberam.

Atrás dele, uma funcionária da Continental disse: "Próximo." Uma mulher me empurrou para passar. Pode ter pedido licença, mas não tenho certeza.

– Comprei passagens para nós no próximo voo para Saint Louis. Sai daqui a uma hora.

Quando chegamos ao portão de embarque, falei a ele do meu encontro com Dina Levinsky. Como sempre, nos sentamos um ao lado do outro, olhando para a frente. Quando terminei, ele disse:

– Agora você tem uma teoria.

– Tenho.

Assistimos à decolagem de um avião. Um casal idoso sentado à nossa frente dividia uma lata de Pringles.

– Sou cético. Sei disso. Não tenho ilusões sobre viciados em drogas. No mínimo, superestimo a malícia deles. E acho que foi isso que fiz.

– Por que pensa assim?

– Stacy não atiraria em mim. E nunca machucaria a sobrinha. Era viciada. Mas ainda me amava.

– Acho que você tem razão.

– Olhando para trás, eu estava tão envolvido no meu mundinho que nunca vi... – Balancei a cabeça. Não era hora daquilo. – Monica estava desesperada. Não conseguiu arranjar uma arma e talvez tenha decidido que não precisava.

– Usou a sua – disse Lenny.

– É.

– E depois?

– Stacy pode ter adivinhado o que estava acontecendo. Correu lá para a casa. Viu o que Monica tinha feito. Não sei exatamente o que aconteceu. Talvez Monica tenha tentado atirar nela também... Isso explicaria o buraco de bala perto da escada. Ou talvez Stacy só tenha reagido. Ela me amava. Eu estava ali caído. Provavelmente achou que eu estivesse morto. Então, não sei, mas, seja como for, Stacy estava armada. E atirou em Monica.

A atendente anunciou que o embarque começaria em breve, mas que pessoas com deficiência e clientes Platinum poderiam embarcar antes.

– Você disse ao telefone que Stacy conhecia Bacard?

Lenny fez que sim.

– Ela o mencionou, é verdade.

– Mais uma vez não tenho certeza de como aconteceu exatamente. Mas acho o seguinte: estou morto. Monica está morta. Stacy provavelmente fica apavorada. Tara está chorando. Ela não pode simplesmente abandoná-la. Então leva Tara consigo. Depois percebe que não tem como criá-la sozinha. A vida dela é muito desregrada. Então leva a sobrinha a Bacard e lhe pede que encontre uma boa família para a menina. Ou, se eu quiser ser cético, talvez troque Tara por dinheiro. Nunca saberemos.

Lenny concordava com a cabeça.

– A partir daí, bem, apenas seguimos o que já sabemos. Bacard decide arrancar um dinheirinho a mais fingindo que foi um sequestro. Contrata aqueles dois lunáticos. Ele conseguiria obter amostras de cabelo, por exemplo. Engana Stacy. Arma para que ela leve a culpa.

Vi algo passar pelo rosto de Lenny.

– O que foi?

– Nada – disse ele.

Chamaram o nosso voo.

Lenny se levantou.

– Vamos embarcar.

O voo atrasou. Só chegamos em Saint Louis depois da meia-noite. Era tarde demais para fazer qualquer coisa. Lenny reservara um quarto para nós no hotel Airport Marriott. Comprei roupas na loja 24 horas deles. Quando chegamos ao quarto, tomei um banho muito quente e muito demorado. Então nos instalamos e fitamos o teto.

Pela manhã, liguei para o hospital para saber de Rachel. Ela ainda dormia. Zia estava no quarto dela e me assegurou que estava bem. Lenny e eu tentamos tomar o café da manhã no hotel, mas nada caía bem. O carro alugado nos esperava. Lenny pediu ao funcionário da recepção instruções sobre como chegar a Hanley Hills.

Não me lembro do que vimos pelo caminho. Além do Gateway Arch a distância, não havia nada diferente. Hoje os Estados Unidos têm a cara de um longo shopping center. É fácil criticar – faço isso muito –, mas talvez a graça seja que todos gostamos do que já conhecemos. Dizemos gostar de mudanças. Mas, no fim das contas, principalmente hoje em dia, o que realmente nos atrai é o que é familiar.

Quando chegamos ao limite da cidade, senti as pernas formigarem.

– O que estamos fazendo aqui, Lenny?

Ele não tinha resposta.

– Simplesmente bato à porta e digo: "Com licença, acho que essa filha é minha?"

– Poderíamos chamar a polícia – disse ele. – Deixar que cuidem disso.

Mas eu não sabia como aquilo se desenrolaria. Estávamos muito perto agora. Disse para continuar dirigindo. Entramos à direita em Marsh Lane. Agora eu tremia. Lenny tentou me lançar um olhar do tipo controle-se, mas o rosto dele também estava pálido. A rua era mais modesta do que eu esperava. Eu supunha que todos os clientes de Bacard eram ricos. Claramente não era o caso dessas pessoas.

– Abe Tansmore trabalha como professor de escola fundamental – disse Lenny, lendo os meus pensamentos como sempre. – Sexto ano. Lorraine Tansmore trabalha numa creche três dias por semana. Ambos têm 39 anos. Estão casados há dezessete.

À frente, vi uma casa com uma placa de cerejeira que dizia 26 – TANSMORE. Era uma casa pequena de um andar só. As outras casas do quarteirão pareciam velhas e acabadas. Esta não. A pintura cintilava como um sorriso. Havia montes de cachos de cor, flores e arbustos, todos bem arrumados e perfeitamente podados. Vi um capacho de boas-vindas. Uma cerquinha de madeira contornava o jardim da frente. Uma perua Volvo, modelo de vários anos atrás, estava na entrada. Havia um triciclo também e um daqueles velocípedes de plástico bem colorido.

E havia uma mulher ali fora.

Lenny estacionou diante de um terreno baldio. Nem notei. A mulher estava ajoelhada num dos canteiros de flores. Trabalhava com uma pazinha. O cabelo estava amarrado atrás com uma bandana vermelha. Ela cavava algumas vezes, depois limpava a testa com a manga.

– Você diz que ela trabalha numa creche?
– Três dias por semana. A filha vai com ela.
– Como se chama a filha?
– Natasha.

Fiz que sim. Não sei por quê. Esperamos. A mulher, a tal Lorraine, trabalhava com afinco, mas dava para ver que gostava. Havia uma serenidade nela. Abri a janela do carro. Deu para ouvi-la assoviando. Não sei quantos minutos se passaram. Uma vizinha passou. Lorraine se levantou e a cumprimentou. A vizinha apontou o jardim. Lorraine sorriu. Não era uma mulher bonita, mas tinha um belo sorriso. A vizinha foi embora. Lorraine se despediu com um aceno e voltou ao jardim.

A porta da frente se abriu.

Vi Abe. Era um homem alto, magro, de cabelo crespo, meio calvo. Tinha a barba bem aparada. Lorraine se levantou e o olhou. Acenou para ele.

Então Tara saiu correndo.

O ar à nossa volta parou. Senti as minhas entranhas se revirarem. Ao meu lado, Lenny se enrijeceu e murmurou:

– Meu Deus.

Durante os últimos dezoito meses, eu nunca tinha acreditado de verdade que esse momento seria possível. O que eu fiz, em vez disso, foi me convencer – não, me enganar – a acreditar que, talvez, de algum jeito, Tara estivesse viva e bem. Mas o meu inconsciente sabia que era apenas ilusão. Ele piscava para mim, me cutucava no sono. Sussurrava a verdade óbvia: eu nunca mais veria a minha filha.

Mas ali estava ela. Estava viva.

Fiquei surpreso ao ver como Tara mudara pouco. Ah, ela crescera, é claro.

Ficava em pé. Conseguia até correr, como eu via agora. Mas o rosto... Não havia como me enganar. Eu não estava cego de esperança. Era mesmo Tara. Era a minha menininha.

Com um sorriso imenso, ela correu para Lorraine com entrega total. Lorraine se abaixou, o rosto se iluminando daquele jeito celestial que só as mães têm. Pegou a minha filha no colo. Agora eu podia ouvir o som melodioso do riso de Tara. O som perfurou o meu coração. As lágrimas correram pelo meu rosto. Lenny pôs a mão no meu braço. Pude ouvi-lo fungar. Vi o marido, o tal Abe, ir até as duas. Ele também sorria.

Durante várias horas, observei-os no seu quintalzinho perfeito. Vi Lorraine apontar pacientemente as flores, explicando qual era cada uma. Vi Abe brincar de cavalinho com ela. Vi Lorraine lhe ensinar a bater a terra com a mão. Outro casal chegou. Tinham uma filhinha mais ou menos da idade de Tara. Abe e o outro pai empurraram as meninas no balanço de metal instalado nos fundos. As risadas deles golpearam os meus ouvidos. Finalmente, todos entraram. Abe e Lorraine foram os últimos. Passaram pela porta abraçados.

Lenny se virou para mim. Deixei a cabeça cair para trás. Tinha torcido para que aquele dia fosse o fim da minha jornada. Mas não era.

Dali a algum tempo, eu disse:

– Vamos embora.

capítulo 45

Quando voltamos ao airport Marriott, disse a Lenny que fosse para casa. Ele disse que ficaria. Retruquei que podia cuidar daquilo sozinho – que *queria* cuidar daquilo sozinho. Ele concordou com relutância.

Liguei para Rachel. Ela estava bem. Contei a ela o que tinha acontecido.

– Ligue para Harold Fisher – falei. – Peça que faça uma verificação minuciosa de Abe e Lorraine Tansmore. Quero saber se há alguma coisa.

– Tudo bem – disse ela, baixinho. – Gostaria de estar aí.

– Eu também.

Sentei na cama. A cabeça caiu sobre as minhas mãos. Acho que não chorei. Não sei mais o que sentia. Estava tudo acabado. Eu tinha descoberto o máximo possível. Quando Rachel ligou de volta dali a duas horas, nada do que me disse foi surpresa. Abe e Lorraine eram cidadãos respeitáveis. Abe foi a primeira pessoa da família a fazer faculdade. Tinha duas irmãs mais novas que moravam na região. Ambas tinham três filhos. Ele conhecera Lorraine quando os dois eram calouros na Universidade Washington, em Saint Louis.

A noite caiu. Levantei-me e me olhei no espelho. A minha mulher tinha tentado me matar. Sim, ela era instável. Agora eu sabia. Droga, provavelmente sabia na época. Não dei importância, acho. Quando o rosto de uma criança se quebra, recoloco ele no lugar. Consigo fazer milagres na sala de cirurgia. Mas a minha própria família desmoronou e eu fiquei só olhando.

Pensei então no que significava ser pai. Eu amava a minha filha. Sei disso. Mas quando vi Abe hoje... Quando vejo Lenny treinando futebol com os meninos, me pego pensando. Penso se sou mesmo adequado. Se sou mesmo comprometido. Se sou digno.

Será que eu já sabia a resposta?

Queria tanto ter a minha menininha de volta. Também queria tanto que não fosse só por minha causa, meus desejos.

Tara parecia muito feliz.

Agora era meia-noite. Olhei-me no espelho outra vez. E se deixar isso para lá, deixar que ela fique com Abe e Lorraine, for o mais certo? Eu teria mesmo coragem suficiente, força suficiente para ir embora? Fiquei olhando o espelho, me desafiando. Teria?

Fui me deitar. Acho que adormeci. Uma batida na porta me acordou com um susto. Dei uma olhada no relógio ao lado da cama. Marcava 5h19 da manhã.

– Estou dormindo – disse.
– Dr. Seidman?

Era uma voz de homem.

– Dr. Seidman, eu me chamo Abe Tansmore.

Abri a porta. Ele era bonito de perto, num estilo James Taylor. Usava calça jeans e uma camisa marrom. Olhei os olhos dele. Eram azuis, mas manchados de vermelho. Como os meus. Durante muito tempo, apenas nos encaramos. Tentei falar, mas não consegui. Recuei e o deixei entrar.

– O seu advogado passou lá em casa. Ele... – Abe parou, engoliu em seco. – Ele nos contou a história toda. Lorraine e eu passamos a noite acordados. Conversamos. Choramos muito. Mas acho que soubemos desde o princípio que só havia uma decisão a tomar. – Abe Tansmore tentava se segurar, mas agora perdia a luta. Fechou os olhos. – Temos que lhe devolver a sua filha.

Eu não soube o que dizer. Fiz que não.

– Temos que fazer o que é melhor para ela.
– É o que estou fazendo, Dr. Seidman.
– Por favor, me chame de Marc. – Era uma coisa burra a dizer. Sei disso. Mas não estava pronto para aquilo. – Se o que o preocupa é um processo arrastado, Lenny não deveria...
– Não, não é isso.

Ficamos ali em pé mais um pouco. Apontei a cadeira do quarto. Ele fez que não. Depois me olhou.

– Passei a noite inteira tentando imaginar a sua dor. Acho que não consigo. Acho que há lugares que não se pode alcançar sem a experiência. Talvez este seja um deles. Mas não foi pela sua dor, por pior que seja, que Lorraine e eu chegamos a essa decisão. E também não é por culpa. Hoje, pensando no passado, talvez devêssemos ter desconfiado. Procuramos o Dr. Bacard. Mas tudo custaria mais de 100 mil dólares. Não sou rico. Não poderia pagar tudo isso. Então, algumas semanas depois, ele nos ligou. Disse que tinha uma bebê que precisava ser alocada imediatamente. Disse que não era recém-nascida. A mãe tinha acabado de abandoná-la. Sabíamos que alguma coisa não estava certa, mas ele disse que, se quiséssemos, poderíamos ficar com ela sem mais perguntas. – Nisso ele desviou os olhos. Observei o rosto dele. – Pensando bem, talvez já soubéssemos. Só que não conseguimos enfrentar a verdade. Mas também não foi por isso que chegamos a essa decisão.

Engoli em seco.

– Então o que foi?

Os olhos dele se moveram na direção dos meus.

– Não se pode fazer a coisa errada pela razão certa. – Eu devo ter feito cara de confuso. – Se não fizermos isso, eu e Lorraine não seremos dignos de criá-la. Queremos que Natasha seja feliz. Queremos que seja uma boa pessoa.

– Pode ser que vocês sejam os melhores para fazer isso.

Ele balançou a cabeça.

– Não é assim que funciona. Não damos crianças aos melhores pais para criá-las. Não cabe a nós esse julgamento. Você não sabe como isso é difícil para a gente. Ou talvez saiba.

Virei-me para o outro lado. Vislumbrei o meu reflexo no espelho. Só por um segundo. Menos, talvez. Mas bastou. Vi o homem que eu era. Vi o homem que eu queria ser. Virei-me para ele e disse:

– Quero que nós dois a criemos.

Ele se espantou. Eu também.

– Não sei se entendi.

– Nem eu. Mas é o que vamos fazer.

– Como?

– Não sei.

Abe balançou a cabeça.

– Não pode dar certo. Você sabe disso.

– Não, Abe, não sei. Vim aqui buscar a minha filha para levá-la para casa e descubro que talvez ela já esteja em casa. É certo que eu a arranque de casa? Quero vocês dois na vida dela. Não estou dizendo que será fácil. Mas crianças são criadas por pais solteiros, por padrastos, em lares adotivos. Há divórcios, separações e sei lá mais o quê. Todos amamos essa menininha. Faremos com que dê certo.

Vi a esperança voltar ao rosto magro do homem. Ele passou alguns segundos sem conseguir falar. Depois, disse:

– Lorraine está no saguão. Posso falar com ela?

– É claro.

Eles não demoraram muito. Houve uma batida na porta. Quando a abri, Lorraine jogou os braços em torno de mim. Abracei-a também, essa mulher que eu nem conhecia. O cabelo cheirava a morango. Atrás dela, Abe entrou no quarto. Tara dormia nos braços dele. Lorraine me largou e se afastou. Abe se aproximou. Com todo o cuidado, me entregou a minha filha. Peguei-a no colo e o meu coração se acendeu. Tara começou a se mexer. Começou a choramingar. Eu ainda a segurava. Ninei-a e fiz sons calmantes.

E logo ela se aconchegou em mim e voltou a dormir.

capítulo 46

Tudo começou a dar errado de novo quando olhei o calendário.

O cérebro humano é impressionante. É uma mistura curiosa de eletricidade e substâncias químicas. De fato, é ciência pura. Entendemos melhor o funcionamento do grande cosmo do que o curioso circuito formado por cérebro, cerebelo, hipotálamo, bulbo raquidiano e todo o resto. E como todo composto complicado, nunca temos certeza de como reagirá a determinado catalisador.

Várias coisas me deram motivo para fazer uma pausa. Havia a questão dos vazamentos. Rachel e eu tínhamos achado que alguém do FBI ou do departamento de polícia contara a Bacard e ao seu pessoal o que estava acontecendo. Mas isso nunca se encaixou na minha teoria sobre Stacy atirar em Monica. Havia a questão de Monica ter sido encontrada sem roupas. Acho que agora eu entendia por quê, mas o fato é que isso Stacy não faria.

Mas acho que o principal catalisador foi olhar o calendário e perceber que era quarta-feira.

Os tiros e o sequestro tinham acontecido numa quarta-feira. É claro que houve muitas quartas-feiras nos últimos dezoito meses. O dia da semana era uma coisa bastante inofensiva. Mas dessa vez, depois de descobrirmos tanta coisa, depois do meu cérebro digerir todos os dados novos, algo se interligou. Todas aquelas pequenas dúvidas e perguntas, todos aqueles fatos esquisitos, todos aqueles momentos a que não dei a menor atenção e nunca examinei de verdade... Todos se mexeram um pouquinho. E o que vi era ainda pior do que o que imaginara originalmente.

Agora eu estava de volta a Kasselton – à minha casa, onde tudo havia começado. Liguei para Tickner para confirmar.

– Eu e a minha mulher levamos tiros de armas calibre 38, não é? – perguntei.

– É.

– E você tem certeza de que eram armas diferentes?

– Absoluta.

– E o meu Smith and Wesson era uma delas?

– Você já sabe isso tudo, Marc.

– Você ainda tem todos os relatórios da balística?

– Quase todos.

Umedeci os lábios e me preparei. Torci com todas as forças para estar errado.

– Quem levou o tiro da minha arma, eu ou Monica?

Ele ficou evasivo.

– Por que pergunta isso agora?

– Curiosidade.

– É, até parece. Espere um instante. – Pude ouvi-lo folheando papéis. Senti a garganta se apertar. Quase desliguei. – A sua mulher.

Quando ouvi o carro parar lá fora, pus o fone no gancho. Lenny virou a maçaneta e abriu a porta. Não bateu. Afinal de contas, Lenny nunca batia.

Eu estava sentado no sofá. A casa estava em silêncio, todos os fantasmas dormindo agora. Ele trazia um Slurpee em cada mão e um sorriso largo. Pensei em quantas vezes já vira aquele sorriso. Lembrei-me dele mais torto. Lembrei-me dele com aparelho. Lembrei-me dele sangrando quando bateu numa árvore no dia em que fomos descer de trenó o quintal dos Gorets. Pensei de novo na vez em que Tony Merruno resolveu brigar comigo no terceiro ano e como Lenny pulou nas costas dele. Lembrei-me agora que Tony Merruno quebrou os óculos dele. Acho que Lenny nem ligou.

Eu o conhecia muito bem. Ou talvez não o conhecesse nem um pouquinho.

Quando Lenny viu a minha cara, o sorriso se desfez.

– Íamos jogar raquetebol naquela manhã, Lenny. Lembra?

Ele baixou os copos e os pousou na mesinha de canto.

– Você nunca bate. Simplesmente abre a porta. Como hoje. Então o que aconteceu, Lenny? Você veio me buscar. Abriu a porta.

Ele começou a balançar a cabeça, mas agora eu sabia.

– As duas armas, Lenny. Elas é que revelaram tudo.

– Não sei do que você está falando – disse ele, mas não havia convicção na sua voz.

– Imaginamos que Stacy não tenha conseguido uma arma para Monica, que Monica usou a minha. Mas, sabe, ela não usou. Acabei de verificar com a balística. É engraçado. Você nunca me disse que Monica foi morta com a minha arma. Eu fui baleado pela outra.

– E daí? – perguntou Lenny, de repente advogado de novo. – Isso não significa nada. Talvez Stacy tenha conseguido uma arma para ela, afinal de contas.

– Conseguiu – respondi.

– Então ótimo, tudo bem, ainda faz sentido.

– Então me explique.

Ele arrastou os pés.

– Talvez Stacy tenha ajudado Monica a arranjar uma arma. Monica atirou em você com ela. Quando Stacy chegou alguns minutos depois, Monica tentou atirar nela. – Lenny foi até a escada como se quisesse demonstrar. – Stacy correu escada acima. Monica atirou... isso explicaria o buraco de bala. – Ele apontou o ponto coberto de massa junto à escada. – Stacy pegou a sua arma no quarto, desceu e atirou em Monica.

Olhei para ele.

– Foi assim que aconteceu, Lenny?

– Não sei. Quer dizer, pode ter sido.

Esperei um instante. Ele me deu as costas.

– Um problema – disse eu.

– Qual?

– Stacy não sabia onde eu escondia a arma. Também não sabia a combinação da caixa de metal. – Me aproximei. – Mas você sabia, Lenny. Guardo todos os meus documentos jurídicos lá. Confiei tudo a você. Então agora quero a verdade. Monica atirou em mim. Você entrou. Viu que eu estava caído no chão. Achou que eu estivesse morto?

Lenny fechou os olhos.

– Me ajude a entender, Lenny.

Ele balançou a cabeça devagar.

– Você acha que ama a sua filha – disse. – Mas você não faz ideia. O que você sente cresce a cada dia. Com o tempo ficamos mais apegados. Ontem à noite cheguei do trabalho. Marianne estava chorando porque algumas meninas implicaram com ela na escola. Fui dormir me sentindo mal e percebi uma coisa. Só consigo ser tão feliz quanto o meu filho mais triste. Entende o que estou dizendo?

– Conte o que aconteceu.

– Você acertou quase tudo. Vim à sua casa naquela manhã. Abri a porta. Monica estava ao telefone. Ainda segurava a arma. Corri até você. Não conseguia acreditar. Procurei o pulso, mas... – Ele balançou a cabeça. – Monica começou a gritar comigo, que não deixaria ninguém tirar a bebê dela. Apontou a arma para mim. Jesus Cristo. Tive certeza de que morreria. Rolei para longe e depois corri para a escada. Lembrei que você tinha uma arma lá em cima. Ela atirou em mim. – Ele apontou de novo. – É o buraco de bala.

Ele parou. Respirou algumas vezes. Esperei.

– Peguei a sua arma.

– Monica seguiu você escada acima?

A voz dele era baixa.

– Não. – Ele começou a piscar. – Talvez eu devesse ter tentado usar o telefone. Talvez eu devesse ter saído escondido. Não sei. Já pensei nisso centenas de vezes. Tento imaginar como deveria ter agido. Mas você estava lá caído, o meu melhor amigo, morto. Aquela doida de pedra berrava que ia fugir com a sua filha... a minha afilhada. Já havia dado um tiro em mim. Não sei o que ela faria depois.

Ele desviou os olhos.

– Lenny?

– Não sei o que aconteceu, Marc. Não sei mesmo. Desci a escada com cuidado. Ela ainda estava armada... – A voz dele se esvaiu.

– Então você atirou nela.

Ele fez que sim.

– Eu não queria matá-la. Pelo menos, acho que não. Mas de repente vocês estavam os dois ali caídos, mortos. Eu ia chamar a polícia. Mas não sabia direito o que pensariam. Eu atirara em Monica de um ângulo esquisito. Poderiam afirmar que ela estava de costas.

– Achou que o prenderiam?

– É claro. A polícia me odeia. Sou um advogado de defesa bem-sucedido. O que acha que aconteceria?

Não respondi.

– Você quebrou a janela?

– Por fora – disse ele. – Para que parecesse um intruso.

– E tirou as roupas de Monica?

– Tirei.

– Mesma razão?

– Eu sabia que haveria resíduos de pólvora nas roupas. Eles perceberiam que ela havia atirado. Eu queria fazer parecer um ataque aleatório. Então me livrei daquelas roupas. Usei um lenço umedecido para limpar a mão dela.

Essa era outra coisa que me incomodava. Monica estar despida. Havia a possibilidade de que Stacy tivesse feito isso para despistar, mas não conseguia imaginá-la pensando nisso. Lenny era advogado de defesa; ele, sim, pensaria.

Agora estávamos chegando ao núcleo da coisa. Ambos sabíamos disso. Cruzei os braços.

– Me fale de Tara.
– Ela era minha afilhada. Era minha obrigação protegê-la.
– Não entendi.
Lenny abriu as mãos.
– Quantas vezes lhe implorei que redigisse um testamento?
Fiquei confuso.
– O que isso tem a ver com o caso?
– Pense. Durante tudo isso, quando estava com problemas, você recorreu ao seu treinamento cirúrgico, não foi?
– Acho que sim.
– Sou advogado, Marc. Fiz o mesmo. Vocês dois estavam mortos. Tara chorava no quarto. E eu, Lenny, o Advogado, percebi na mesma hora o que aconteceria.
– O quê?
– Você não tinha deixado testamento. Não nomeara guardiões. Não entende? Isso significava que Edgar ficaria com a sua filha.
Olhei a cara dele. Eu não tinha pensado nisso.
– A sua mãe poderia contestar, mas não teria chance contra o dinheiro dele. Ela já tinha o seu pai para cuidar. Fora condenada por dirigir bêbada seis anos antes. Edgar conseguiria a custódia.
Agora eu entendia.
– E você não podia permitir isso.
– Sou padrinho de Tara. Era minha obrigação protegê-la.
– E você odiava Edgar.
Ele balançou a cabeça.
– Será que fui influenciado pelo que ele fez com o meu pai? É, talvez inconscientemente, um pouco. Mas Edgar Portman não presta. Você sabe disso. Veja como Monica ficou. Eu não podia permitir que ele destruísse a sua filha como fez com a dele.
– Então você a levou.
Ele fez que sim.
– Você a levou a Bacard.
– Ele havia sido meu cliente. Sabia parte do que ele fazia, embora não até que ponto. Também sabia que ele manteria tudo em segredo. Disse que queria a melhor família. Que esquecesse dinheiro, esquecesse poder. Eu queria gente boa.
– Então ele a entregou aos Tansmores.

– É. Você tem que entender. Achei que vocês dois estivessem mortos. Todo mundo achou. E depois pareceu que você viraria um vegetal. Quando você ficou bom, era tarde demais. Eu não podia contar a ninguém. Seria preso, com certeza. Sabe o que isso causaria à minha família?

– Ah, nem posso imaginar.

– Isso não é justo, Marc.

– Não tenho que ser justo aqui.

– Ei, eu não quis nada disso. – Agora ele gritava. – Eu estava numa situação terrível. Fiz o que achei melhor para a sua filha. Mas você não pode querer que eu sacrifique a minha.

– Melhor sacrificar a minha.

– A verdade? É claro. Eu faria qualquer coisa para proteger os meus filhos. Qualquer coisa. Você não?

Fiquei calado. Isso eu já dissera: daria a minha vida na mesma hora pela minha filha. E, verdade seja dita, se fosse necessário, daria a sua também.

– Acredite ou não, tentei pensar em tudo friamente – disse Lenny. – Uma análise de custo-benefício. Se contasse a verdade, destruiria a minha mulher e os meus quatro filhos e você tiraria a sua filha de um lar amoroso. Se me calasse... – Ele deu de ombros. – É, você sofreu. Não queria que isso acontecesse. Doía ver você. Mas o que você faria?

Não quis pensar nisso.

– Você está deixando uma coisa de fora – disse eu.

Ele fechou os olhos e murmurou algo ininteligível.

– O que aconteceu com Stacy?

– Ela não deveria ter sido ferida. Foi como você disse. Ela vendera a arma a Monica e, quando percebeu por quê, correu para impedir.

– Mas chegou tarde demais?

– É.

– Ela viu você?

Ele fez que sim.

– Veja, eu lhe contei tudo. Ela queria ajudar, Marc. Queria agir corretamente. Mas no fim das contas o hábito foi forte demais.

– Ela o chantageou?

– Ela pediu dinheiro. Eu dei. Isso não tinha importância. Mas ela estava lá. E quando procurei Bacard, contei tudo o que tinha acontecido. Você tem que entender. Achei que você fosse morrer. Como você não morreu, sabia que ficaria enlouquecido sem uma conclusão para o caso. A sua filha tinha sumido. Conversei com Bacard sobre isso. Ele teve a ideia do falso sequestro. Todos ganharíamos um monte de dinheiro.

– Você recebeu dinheiro por isso?

Lenny recuou como se eu tivesse lhe dado um tapa.

– É claro que não. Depositei a minha parte num fundo para pagar a universidade de Tara. Mas a ideia desse falso sequestro me pareceu atraente. Eles arrumaram tudo para, no final, parecer que Tara estava morta. O caso se encerraria para você. Também tiraríamos dinheiro de Edgar e pelo menos parte dele iria para Tara. Parecia que todo mundo sairia ganhando.

– Só que...?

– Só que, quando souberam de Stacy, decidiram que não podiam depender do silêncio de uma viciada em drogas. O resto você sabe. Eles a atraíram com dinheiro. Fizeram tudo para que ela fosse filmada. Então, sem me dizer nada, eles a mataram.

Pensei nisso. Pensei nos últimos minutos de Stacy na cabana. Será que soube que ia morrer? Ou apenas adormeceu, pensando que estava apenas tomando mais uma dose?

– Você é que vazou as informações, não foi?

Ele não respondeu.

– Você contou a eles que a polícia estava envolvida.

– Não entende? Não fazia diferença. Eles não pretendiam devolver Tara. Tara já estava com os Tansmores. Depois do pagamento do resgate, achei que era o fim. Todos tentamos continuar levando a vida.

– E aí, o que aconteceu?

– Bacard decidiu pedir resgate outra vez.

– Você estava nessa? – perguntei.

– Não, da segunda vez ele me deixou de fora.

– Quando você soube?

– Quando você me contou no hospital. Fiquei furioso. Liguei para ele. Ele me mandou relaxar, disse que não havia como você nos descobrir.

– Mas descobrimos.

Ele fez que sim.

– E você sabia que eu estava me aproximando de Bacard. Eu lhe disse ao telefone.

– É.

– Espere um instante. – Senti mais um calafrio no pescoço. – No final, Bacard quis queimar o arquivo. Chamou aqueles dois lunáticos. A mulher, aquela tal de Lydia, foi e matou Tatiana. Mandaram Heshy cuidar de Denise Vanech. Mas... – pensei mais um pouco – mas quando vi Steven Bacard ele tinha acabado de ser morto. Ainda sangrava. Não havia como um deles ter feito aquilo. – Ergui os olhos. – Você o matou, Lenny.

A fúria se infiltrou na voz dele.

– Acha que eu queria?

– Então por quê?

– Como assim, por quê? Eu era o passe para livrar Bacard da cadeia. Quando tudo começou a dar errado, ele disse que arranjaria provas contra mim. Afirmaria que eu matara você e Monica e entregara Tara a ele. Como disse antes, a polícia me odeia. Já tirei criminosos demais das mãos deles. Eles engoliriam a história na mesma hora.

– Você teria sido preso?

Lenny parecia quase em lágrimas.

– Os seus filhos sofreriam?

Ele fez que sim.

– Então você matou um homem a sangue-frio.

– O que mais eu poderia fazer? Você está me olhando desse jeito, mas, no fundo, sabe a verdade. Essa bagunça toda era sua. Eu é que tive de limpar. Porque me preocupava com você. Queria ajudar a sua filha. – Ele parou, fechou os olhos e acrescentou: – E sabia que se matasse Bacard talvez conseguisse salvar você também.

– Salvar a mim?

– Outra análise de custo-benefício, Marc.

– Do que você está falando?

– Tudo acabava. Morto, Bacard poderia levar a culpa. Por tudo. Eu ficaria limpo.

Lenny se aproximou e ficou na minha frente. Por um instante, achei que tentaria me abraçar. Mas ele só ficou ali em pé.

– Queria que você tivesse paz, Marc. Mas isso nunca aconteceria. Agora eu sabia. Só quando encontrasse a sua filha. Com Bacard morto, a minha família ficaria a salvo. Você poderia saber a verdade.

– Então você escreveu aquele bilhete anônimo e o deixou na mesa de Eleanor.

– É.

As palavras de Abe me voltaram.

– Você fez a coisa errada pela razão certa.

– Ponha-se no meu lugar. O que você faria?
– Não sei – respondi.
– Fiz isso por você.
E a parte mais triste é que ele dizia a verdade. Olhei-o.
– Você foi o melhor amigo que já tive, Lenny. Amo você. Amo a sua mulher. Amo os seus filhos.
– O que vai fazer?
– Se eu disser que vou contar à polícia, você me matará também?
– Nunca – respondeu ele.
Mas, por mais que o amasse, por mais que ele me amasse, não tive certeza de que acreditava nele.

epílogo

Um ano se passou.

Nos dois primeiros meses, acumulei muitas milhas indo a Saint Louis toda semana, tentando descobrir, com Abe e Lorraine, o que faríamos. Começamos devagar. Nas primeiras visitas, pedi aos dois para ficar no mesmo cômodo. Finalmente, Tara e eu começamos a sair sozinhos – a pracinha, o zoológico, o carrossel do shopping –, mas ela não parava de olhar por cima do ombro. Levou algum tempo para a minha filha se sentir à vontade comigo. Entendi.

O meu pai faleceu dormindo dez meses atrás. Depois do velório, comprei uma casa na Marsh Lane, a duas casas de Abe e Lorraine, e me mudei para cá permanentemente. Eles dois são pessoas admiráveis. Veja só: chamamos a "nossa" filha de Tasha. Pense bem. É apelido de Natasha e parece Tara. O cirurgião plástico reparador que existe em mim gosta disso. Continuo esperando que algo dê errado. Não deu. É esquisito, mas não questiono muito.

A minha mãe comprou um apartamento e se mudou para cá também. Sem papai, não havia razão para continuar em Kasselton. Depois de todas as tragédias – os problemas de saúde do meu pai, Stacy, Monica, o ataque, o sequestro –, ambos precisávamos de um segundo ato. Fico feliz por ela estar perto de nós. Mamãe tem um namorado novo, um sujeito chamado Cy. Ela está feliz. Gosto dele, e não só porque arranja entradas para a temporada de futebol americano dos Rams. Eles riem muito juntos. Quase me esqueci de como a minha mãe morria de rir.

Converso muito com Verne. Na primavera, ele e Katarina trouxeram Verne Junior e Perry num trailer. Passamos uma semana ótima juntos. Verne me levou para pescar, a minha primeira vez. Gostei. Na próxima, ele quer caçar. Eu lhe disse que não vou de jeito nenhum, mas Verne sabe ser bem convincente.

Não falo muito com Edgar Portman. Ele manda presentes no aniversário de Tasha. Já ligou duas vezes. Espero que venha visitar a neta. Mas há culpa demais entre nós dois. É como eu já disse. Talvez Monica fosse instável. Talvez fosse apenas um problema químico. Sei que boa parte dos problemas psiquiátricos vêm mais do lado físico, dos desequilíbrios químicos, do que da experiência de vida. É provável que não houvesse nada que pudéssemos fazer. Mas, no fim das contas, fosse qual fosse a origem, ambos deixamos Monica na mão.

A princípio Zia ficou muito magoada com a minha partida, mas depois viu que era uma oportunidade. Agora há um novo médico no consultório. Soube que ele é muito bom. Abri uma filial da One World WrapAid em Saint Louis. Está indo bem.

Lydia – ou Larissa Dane, se preferir – está prestes a se safar. Ela deu um salto mortal para escapar da acusação de duplo homicídio e fez o pouso "abusaram de mim" perfeito, com ambos os pés. Voltou a ser uma celebridade com o misterioso retorno de "Trixie, a Caçulinha". Apareceu no programa de Oprah Winfrey, chorando nas horas certas ao falar dos anos de tormento nas mãos de Heshy. Mostraram a foto dele na tela. O público ficou sem fôlego. Heshy é horrendo. Lydia é linda. Então todo mundo acredita. Há boatos de que ela fará um filme sobre sua vida.

Quanto ao caso do contrabando de bebês, o FBI decidiu "cumprir a lei", ou seja, levar os bandidos à justiça. Aqui, os bandidos eram Steven Bacard e Denise Vanech. Ambos estão mortos. Oficialmente, as autoridades ainda procuram os registros, mas ninguém quer saber com certeza onde cada criança foi parar. Acho que é melhor assim.

Rachel se recuperou totalmente dos ferimentos. Acabei eu mesmo fazendo a reparação da orelha. A sua bravura recebeu muita cobertura da imprensa. Ela ficou com os créditos por descobrir a quadrilha de contrabandistas de bebês. O FBI a recontratou. Ela pediu e conseguiu um posto em Saint Louis. Moramos juntos. Eu a amo. Amo mais do que você pode imaginar. Mas se espera que eu lhe conte um final totalmente feliz, não sei se consigo.

Por enquanto, eu e Rachel ainda estamos juntos. Não consigo imaginar a vida sem ela. Pensar em perdê-la me deixa fisicamente mal. Mas não sei se isso basta. Há muita bagagem aqui. Isso confunde a situação. Compreendo o telefonema dela tarde da noite e o fato de ter aparecido na frente do hospital; mesmo assim, sei que essas ações acabaram provocando morte e destruição. Não culpo Rachel, é claro. Mas há alguma coisa aí. A morte de Monica deu uma segunda chance ao nosso relacionamento. Isso é meio estranho. Tentei explicar tudo isso a Verne quando ele veio nos visitar. Ele me disse que sou um babaca. Acho bem provável que ele esteja certo.

A campainha toca. Sinto um puxão na minha perna. É, é Tasha. Agora ela já se acostumou comigo. Afinal de contas, as crianças se adaptam melhor do que os adultos. Do outro lado da sala, Rachel está no sofá. Está sentada com as pernas enfiadas debaixo do corpo. Olho para ela, para Tasha e sinto a mistura maravilhosa de medo e felicidade. Eles – o medo e a felicidade – são companheiros constantes. Raramente um se aventura a sair sem o outro.

– Um segundo, fofinha – digo a ela. – Vamos atender à porta, tá?

– Tá.

É o carteiro, que traz pacotes. Trago-os para dentro. Quando olho o remetente, sinto a dor já conhecida. O pequeno adesivo me diz que são de Lenny e Cheryl Marcus, de Kasselton, Nova Jersey.

Tasha ergue os olhos para mim.

– Meu presente?

Nunca contei à polícia sobre Lenny. Não havia mesmo provas, só a confissão dele para mim. Isso não teria valor num tribunal. Mas não foi por isso que decidi não contar nada.

Desconfio que Cheryl sabe a verdade. Talvez soubesse desde o princípio. Recordo o seu rosto na escada, o jeito como brigou conosco quando eu e Rachel chegamos à casa dela naquela noite, e agora me pergunto se era raiva ou medo. Desconfio do segundo.

O fato é que Lenny tinha razão. Ele fez isso por mim. O que teria acontecido se ele tivesse simplesmente saído da casa? Não sei. Poderia ter sido ainda pior. Lenny me perguntou se eu teria feito o mesmo no seu lugar. Naquela época, provavelmente não. Porque talvez eu não fosse um homem tão bom. Aposto que Verne faria. Lenny estava tentando proteger a minha filha sem sacrificar a própria família. Ele só se atrapalhou.

Mas, rapaz, como sinto saudades dele. Penso no espaço que ele tinha na minha vida. Às vezes pego o telefone e começo a ligar para o número dele. Mas nunca termino a ligação. Não voltarei a falar com Lenny. Nunca mais. Sei disso. E dói pra caramba.

Mas também penso no rosto inquisitivo do pequeno Conner no jogo de futebol. Penso em Kevin jogando e no cabelo de Marianne cheirando a cloro depois do treino de natação. Penso em como Cheryl ficou bonita depois de ter filhos.

Olho a minha filha agora, comigo e a salvo. Tasha ainda olha para cima. É mesmo um presente do padrinho dela. Lembro-me de quando conheci Abe naquele estranho dia no hotel Airport Marriott. Ele me disse que não se deve fazer a coisa errada pela razão certa. Pensei muito nisso antes de decidir o que fazer com Lenny.

No final, bom, pode marcar como "resultado imprevisível".

Às vezes misturo tudo. É a coisa errada pela razão certa ou a coisa certa pela razão errada? Ou as duas coisas são iguais? Monica precisava sentir amor, por isso me enganou e engravidou. Foi assim que tudo começou. Mas se não tivesse feito isso, eu não estaria olhando agora para a criação mais maravilhosa que conheço na vida. Razão certa? Razão errada? Quem é que pode dizer?

Tasha inclina a cabeça e franze o nariz para mim.

– Papai?

– Não é nada, querida – digo baixinho.

Tasha faz um grande e complicado dar de ombros de criança. Rachel ergue os olhos. Vejo preocupação no rosto dela. Pego o pacote e o ponho no alto do armário. Depois fecho a porta e pego a minha filha no colo.

agradecimentos

O AUTOR – CARA, adoro falar de mim na terceira pessoa – gostaria de agradecer às seguintes pessoas pelos seus conhecimentos técnicos: Dr. Steven Miller, diretor de emergência pediátrica do Children's Hospital do New York Presbyterian, da Universidade Colúmbia; Christopher J. Christie, procurador-geral do estado de Nova Jersey; Dra. Anne Armstrong-Coben, diretora médica do Covenant House Newark; Lois Foster Hirt, higienista dental; Jeffrey Bedford, do FBI; Gene Riehl, do FBI (aposentado); Andrew McDade, cunhado extraordinário e homem de mil talentos. Quaisquer erros são deles e só deles. Afinal de contas, são eles os especialistas, não é? Por que eu deveria levar a culpa?

Também quero agradecer a Carole Baron, Mitch Hoffman, Lisa Johnson e a todo mundo do Dutton and Penguin Group (Estados Unidos); a Jon Wood, Susan Lamb, Malcolm Edwards, Anthony Cheetham, Juliet Ewers, Emily Furniss e a todo mundo da Orion; e aos sempre confiáveis Aaron Priest, Lisa Erbach Vance, Maggie Griffin e Linda Fairstein.

Ah, é claro, muito obrigado a Katharine Foote e Rachel Cooke por me liberarem para que eu conseguisse dar conta da correria do final.

CONHEÇA OS LIVROS DE HARLAN COBEN

Até o fim
A grande ilusão
Não fale com estranhos
Que falta você me faz
O inocente
Fique comigo
Desaparecido para sempre
Cilada
Confie em mim
Seis anos depois
Não conte a ninguém
Apenas um olhar

COLEÇÃO MYRON BOLITAR
Quebra de confiança
Jogada mortal
Sem deixar rastros
O preço da vitória
Um passo em falso
Detalhe final
O medo mais profundo
A promessa
Quando ela se foi
Alta tensão
Volta para casa

Para saber mais sobre os títulos e autores da Editora Arqueiro, visite o nosso site. Além de informações sobre os próximos lançamentos, você terá acesso a conteúdos exclusivos e poderá participar de promoções e sorteios.

editoraarqueiro.com.br